陀思妥耶夫斯基文集

Ф. М. Достоевский

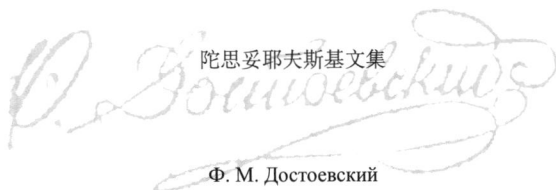

被伤害与侮辱的人们

Униженные и Оскорблённые

〔俄〕陀思妥耶夫斯基　著

娄自良　译

上海译文出版社

"描绘人内心的全部深度"
——总序

    解读作家是难事，何况是陀思妥耶夫斯基这样的作家。一个半世纪以来，文学家、思想家、评论家，以至革命家们，虽然对陀氏其人其文多有阐发，却是众口异词，甚或径相抵牾。然而，陀氏的面貌终究还是深印在人们的心中，只是每个读者心目中的陀思妥耶夫斯基不尽相同。这首先是因为陀思妥耶夫斯基作品本身的多义性，由此引出了后来的批评家们大相径庭的评论。这种现象，许多大作家都有。因为"大"，就多了包容，才生出种种阐释。那么作家真正的本义在哪里呢？当然是在作品里，但要使本义外化，又须通过阅读，而阅读的主体却又各有各的立场和观念，于是转而为无尽的，甚至相悖的评论。作品的本义游弋在阅读和评论之间。这种说法显得像一个悖论，却是事实。所以像陀思妥耶夫斯基这样的作家，最好还是不去寻求一劳永逸的解读，因为它不曾有，也不会有，就像不会有一劳永逸的文学批评理论一样。我们从批评家那里读到的文学解读，是经过特定批评视角折射的，凸显的是批评感兴趣的理解。这一点常常在读者那里产生错觉，以为批评家解读的即文学本身。其实两者并不相等，有时甚至相悖。所谓批评，并非完全客观的阐发，更多的是一种主观的解读，甚至还附带着对文学的要求。但好的批评视角会有十分精彩的发现和阐释，它体现的是批评家自身的睿智和素养。文学研究却比批评要稍稍显得客观，因为它的注意力多少还在作品或作家本身，尽管它也并不能完全做到这一点，因为批评和研究终究是相互依存，很难分割清楚的。

关于陀思妥耶夫斯基的批评和研究话题早已超越了陀氏本身。当一个人物成了大众的话题，他就成为各种思想的载体、对话的平台，人们会借他的名声来说自己的话，使它成为话题的注释或旁证。这是派生的现象，在学术研究中往往不可避免。《陀思妥耶夫斯基文集》已经摆在读者的面前，如何解释小说里的故事，每个读者本身就是批评家，因为任何阅读都是事实上的批评，毋庸笔者赘言。本文仅止于就陀氏本人、他的创作，以及与此有关的几个问题提出一些思考角度，读者尽可见仁见智，作出最富想象力的解读。

艰难踬踬，创作一生

十九世纪辉煌的俄国文学最引人注目的特点是它的思考深度和批判精神。但很多表现了这种思想深度的大作家如普希金、冈察洛夫、托尔斯泰、屠格涅夫等人却并不出身于平民，相反倒有优裕的生活来保证他们的写作，就像当时俄国历史上第一次有组织有纲领的十二月党人起义偏偏发生在一批贵族青年中一样，俄国的思想和变革的号角是在知识阶层里吹起的。陀思妥耶夫斯基虽然也不出身平民，但在俄国作家里，他的一生踬踬困顿，充满了悲剧性的变故。疾病对他的折磨也造成他精神上的创伤，这在相当程度上反映在他的作品里。

一八二一年十一月十一日陀思妥耶夫斯基出生在莫斯科。父亲是一名普通的军队医官，薄有田产，也取得了贵族身份。青年陀氏醉心于文艺，还在莫斯科一所寄宿中学读书的时候，就在老师的影响下接触了当时俄国和西欧的文学，涉猎了从沙士比亚到西欧浪漫主义和现实主义经典作家的作品。但父亲的普通医官职务和小农奴主的身份只能勉强供陀思妥耶夫斯基求学。中学毕业后，他依照父亲的意愿，进了彼得堡军事工程学院，以冀将来在军队里谋职。一八三九年他父亲被自己田庄上的农奴殴打致死。一八四三年他从工程学院毕业后只工作了一年，就辞去公职，决然从事文学翻译和创作。彼得堡的生活，扩大了他对俄国社会的了解，他开始关注并决心"用一辈子"来探索"人和人生"之谜。经过短暂的准备，包括翻译巴尔扎克的长篇《欧也妮·葛朗台》之后，一八四五年发表第一部中篇《穷人》。这个篇幅不大的中篇引起当时俄国文坛极大反响，如别林斯基认为这是"社会小说的第一次尝试"，涅克拉索夫甚至惊呼是"新的果戈理出现了"。这是陀思妥耶夫斯基文学之路的第一次回响。革命民主主义派和"自然派"发现了陀思妥耶夫斯基，并引以为同道。但是陀氏在《穷人》中开掘了"小人物"主题之后，似乎并不满足于"社会小说"的界定。马上在一八四六年发表了另一个中篇《双重人格——高略德金先生的奇遇》，把眼光从社会问题转入了人物的内心世界、心理过程。正反两种对立的性格，其实是存在于一个人的身上，作家把他们幻化为性格迥异的两个同貌人，借助荒诞的手法把人性中的怯懦与野心、本分与嚣张、老实与无耻等等，作了极端的对比表现。从解剖社会转入解剖人性，预示了陀思妥耶夫斯基的创作不同凡响的多样化趋向。"双重人格"的倾向在这里只是最初的开端，它将在嗣后的作品里不断深化，成为陀氏最主要的母题之一。这部作品当然受到了以别林斯基为首的革命民主主义批评家的反对。这是文艺理论中政治倾向性的差异。陀氏当时对文学性的侧重，例如强调文学的"想象"和"幻想"，即后来所谓的"幻想的现实主义"，与革命民主主义派对社会使命的重视，强调文学应同专制农奴制度作斗争并宣传革命和社会主义的主张产生分歧。陀氏认为"这是强加给文学的……有辱于它身份的使命"。其实这不单是一种文艺论争。这种分歧，终于在一八四七年公开化，致使后来的许多批评家认为陀氏脱离了革命民主主义正确的主张。现在从陀氏的创作个性和作品整体来看，这种分道扬镳恐怕是必然的。然而，四十年代终究是陀氏创作生涯中一个重要的开始。接着发表的中篇小说《女房东》（1847）、《白夜》（1848）、《脆弱的心》（1848）以及未完成的《涅陀契卡·涅兹凡诺娃》（1849）等作品，都表明此时已经形成带有陀氏个性并在他后来小说里反复出现的一些旋律，如："小人物"、"双重人格"、"幻想家"、"罪恶与情欲本能"、"被伤害与侮辱的"等等。这表明陀氏的小说真正的着眼点也许并不全在正面的写实上，更在审视人的本身、剖视人性以及挖掘人生本义上。

然而，陀氏四十年代的创作却中断在蓄势待发的状态里。在文学观念上他虽然和别林斯基发生了分歧，但他在政治思想上依然信奉法国空想社会主义，而且参加了当时俄国著名的彼得拉舍夫斯基小组的活动，是积极成员之一。一八四九年陀思妥耶夫斯基和小组其他成员一起被沙皇政府逮捕，他因在小组上朗读过别林斯基有名的反农奴制度的信《致果戈理》，以及其他的"罪名"，被剥夺了贵族身份，并处死刑。在临刑前改判为流放苦役并期满后当兵。长达九年的苦役和兵营生活，对陀思妥耶夫斯基的一生有着不可磨灭的影响。一方面，亲历底层生活极大丰富了他对生活的认识，积累了大量的文学素材，对社会和人生的思考更趋深刻，形成了独特的哲理性探索，但长期亲历流放和苦役，无可否认也加重了他对人生苦难和社会阴暗的感觉。与底层生活的紧密接触，使他更关注人民的思绪，特别是根植在民间的宗教意识，一种寻求权力阶层和平民之间和解的倾向在他身上开始显现。加之生理上癫痫病发作日趋频繁，沙皇鹰犬无时不在的监视跟踪，更增添了他精神上的抑郁，以致他的创作也隐含了某些病态、痉挛的风格。这也是后来许多评论家所说陀氏思想消极面的由头。

经历了无数磨难，他在五十年代末返回彼得堡，开始了他创作生涯的新阶段。这一时期发表的中篇小说《舅舅的梦》（1859）、《斯捷潘奇科沃村及其居民》（1859）和长篇小说《被伤害与侮辱的人们》（1861）还继续着四十年代的风格，在长篇中除了描写社会和家庭的道德堕落以外，已经出现宣扬正教苦受难精神、人要在苦难里寻求幸福、以苦难来净化心灵的说教。对社会真实的揭示和借宗教解脱的药方，是这一时期创作里很明显的矛盾倾向，出现了所谓"苦难救赎"的主题。一八六一年正值俄罗斯农奴制度改革，陀氏却在文学观念和政治主张两个方面明确宣告自己的主张。一八六一年他针对杜勃罗留波夫①而发的一篇论文《——波夫先生和艺术问题》，明确反对艺术的"功利主义"，虽然他并不赞同"为艺术而艺术"的主张，但强调艺术的"主要本质"是"灵感的自由"。在政治主张上陀氏更接近的是俄国的斯拉夫主义②，一八六二年发表《两个理论家阵营》，文章主要针对当时的"自由主义"代表如卡特科夫③的主张，但同时也表明了自己与革命民主派的分歧，提出"根基论"④主张，强调人民的信仰才是"根基"，是道德理想的根源，俄国的改革必须与人民的"根基"相结合，西欧的革命方式不适用于俄国，应该寻求在君主和正教教会指引下的和解和团结，利用普及"文化和教育"促使两者的联合。这一点是历来评论家对陀氏思想最有非议的地方，常常被视作对革命民主主义派的攻击。但就在这个时期，以作家亲身经历为素材的长篇笔记小说《死屋手记》（1861—1862）发表了。小说展示了苦役犯可怕处境和精神状态，从社会和生活的因果深入剖析人性"善"、"恶"的变异。人性中兽性一面发展成"恶魔化"的个性，出现了"强者与弱者"的论题。俄国思想家赫尔岑说"以戴着镣铐的手为自己的难友画像，竟然将西伯利亚一座牢狱的风尚习俗，创作成米开朗琪罗式的壁画"，屠格涅夫更把它比作但丁《神曲》的《地狱篇》。一八六四年发表的中篇《地下室手记》更是从心理分析

①　杜勃罗留波夫（1836—1861）——19世纪俄国革命民主主义者，文艺批评家，政论家，与别林斯基、车尔尼雪夫斯基齐名，反对专制农奴制度、贵族资产者的自由主义，宣传农民革命思想，倡导文学的现实主义、人民性和干预社会生活的原则。

②　斯拉夫主义——19世纪俄国的一种社会思潮。反对主张走西欧发展道路的"西欧派"。强调俄国宗法制度、保守传统与东正教，主要代表人物有阿克萨科夫兄弟、基列耶夫斯基兄弟等，在农奴改革进程中，逐渐与"西欧派"趋于融合。

③　卡特科夫（1818—1887）——俄国政论家，自由主义倡导者，主张实施英国式的政治制度。《俄罗斯通报》杂志和《莫斯科新闻》报的出版人。

④　根基论——19世纪60年代俄国由费·米·陀思妥耶夫斯基、阿·亚·格里戈里耶夫、尼·尼·斯特拉霍夫等在《时代》等杂志上提出的一种主张。倡导知识阶层应在宗教伦理的基础上同社会的"根基"，即接触土壤的人民接近。又译"土壤派"。

的角度来剖析一种"自卑"的内心世界，触及了人的潜在意识问题。在"幻想家"之后，又出现了"地下人"主题，但长期以来都流传着一种说法，似乎《手记》一书是针对车尔尼雪夫斯基的长篇《怎么办？》中"合理的利己主义"而发，后来高尔基更认为此书是对虚无主义和无政府主义的辩解。这部很深入描绘了人的心理和意识的小说，承担了太多的政治重负。

一八六二年陀思妥耶夫斯基第一次走出国门，接触西欧社会。六月到八月间，在巴黎、伦敦和日内瓦的逗留，看到的一切使他对西欧的文明和发展道路产生极大的疑惑。归国后不久，就写了散记体小说《冬天记的夏天印象》，第一次触及"西欧道路与俄国方式"的母题。这是他的"根基论"最早的文学表述。这一母题在后来的几部大作品里都有程度不同的开拓，尤其是在七十年代下半叶的《作家日记》和最后的长篇《卡拉马佐夫兄弟》里更有综合性的探讨。

陀思妥耶夫斯基的创作至此似乎是在为最后的四部厚重的长篇作准备。一八六六年长篇小说《罪与罚》出版，这部小说给作家带来了世界性的声誉，作品表面的谋杀情节遮掩着作家对社会和人性的深入探索。小说涉及的十分广泛的论题早已冲破故事框架，所以读者掩卷后存留在脑际的往往是各种论题，如涉及"超人与庸人"的超人哲学、有关"强者与弱者"的权力真理，更有人在言语行为里不自觉的"潜意识"泄漏，以及再一次回响起的"苦难救赎"等等。由于每个论题都有相当的雄辩性，小说作为一个体裁竟第一次彰显出某种互不相让的思想争论的品格。这被后来的文学评论家巴赫金称作为小说的"复调结构"，影响着此后一百多年长篇小说结构上的发展，且至今被认真地讨论和研究着。

《白痴》（1868）、《鬼》（1871－1872）分别体现了两种不同风格的小说。《白痴》是一部色彩斑斓的长篇小说，探讨了"罪恶与圣洁"的题目，在一个由伪善虚假织成的罗网里，一旦有人捅破那层薄薄的遮掩，这妖魔化的世界便不成体统，梅诗金公爵这个"自然人"，以十分单纯无邪的处世态度来对待周围的一切，结果呢？一切都是颠倒的：善良成了白痴，仁爱变成无用，狂暴显示为力量，怯懦装扮成理性，美命定了要被践踏和毁灭，恶却愈加肆无忌惮、扰乱一切。梅诗金公爵并没有能撼动这张根深蒂固的网，他并不能为这个世界做什么，仍然回到他那瑞士的净土。作家以强烈的激情揭示了当时俄国社会的腐朽和道德丧尽的世象。梅诗金公爵像一面镜子，返照出腐败的群象。《鬼》则把社会政治与人性的善恶本质紧密结合起来作深入的剖视，在一个政治事件里发现人性里兽性——妖魔化的依据。《鬼》从情节上看是一部涉案小说，在社会政治层面上有"反虚无主义"的主题，也表明了作者对社会变革中欧洲道路的评价，但作品更多的是从共性、抽象的角度考察革命的暴力与道德人性、社会主义思想里无神论的得失等很值得深思的问题。由于当时的俄国正处在剧烈的革命变革时期，这些敏感的问题引起很大的争议。深谙文学的高尔基也从政治上评价《鬼》，说过这是"七十年代对革命运动进行恶意攻击的无数尝试中最富于天才也最恶毒的一次"。但就作品思考的深度、对沙皇政府的揭露，以及对"自由主义"的批判，此书的意义恐怕远在具体的社会事件之外，且要深刻得多。如果我们稍加注意，也许可以发现在法国存在主义作家萨特的剧作《肮脏的手》里呼应着类似的共通主题。

《卡拉马佐夫兄弟》（1879 — 1880）是陀思妥耶夫斯基的压卷之作。计划中有上、下两部，最后只写成了第一部。评论界一般把这部小说视为作家最成熟的作品。作家曾经开拓过的种种主题，如："幻想家"、"双重人格"、"灵与肉"、"被伤害与侮辱的"、"超人哲学"、"权力真理"、"偶合家庭"、"恶魔性格"、"苦难救赎"等等，在这部书里都作了探讨。小说把社会现实生活的揭示、人物类型的刻画、俄国社会发展道路和人类命运的思考等一系列问题融合在一起，涉及了政治、社会、人性、哲学、伦理、道德等各个方面的论题。书中展示的人物，从老卡拉马佐夫到德米特里、伊万、阿列克塞三兄弟，以及身为厨师、实为老卡拉马佐夫私生子的斯乜尔加科夫，这个"偶合家庭"里的所有成员，都有着十分鲜明的性格，代表着不同的主题。作家从人物的心理和意识着手，写出了"俄罗斯性格"的不同方面。这些性格要素是认识俄罗斯社会和人性的重要依据。长期以来，"俄罗斯性格"似乎只是一个褒词，其实作为民族性格来讲，它"既伟大，又孱弱"，充满正反矛盾和斗争的习性才是正常的。就像果戈理《死农奴》里的地主们，也正是"俄罗斯性格"某些方面的体现。高尔基曾经写了两篇文章专论"卡拉马佐夫习性"，但这何尝不是民族性格的一部分，只是消极面凸显得更明晰罢了。《卡拉马佐夫兄弟》把俄罗斯人的生活观念、宗教意识、民族特性和人性欲望都作了透彻的解剖，脱略在具体画面之上的含义正是陀氏所追求的目标。嗣后的作家们也看到了这一点，所以在二十世纪现代主义文学兴起时，诸多现代派作家会把陀氏视作自己的师承。但陀氏作品的丰富性，表明他依然是写实主义的杰出代表。他的作品的真实往往是通过人物的自身感受、内心分析以及近乎乖张的行为来体现，散发出强烈的时代气氛，形成别具一格的真实。陀氏说："人们称我为心理学家，不，我是高度意义上的现实主义者，我的意思是，我描绘人的内心的全部深度。"这恐怕是理解陀思妥耶夫斯基的关键所在。

　　六十至七十年代陀氏还创作过两个长篇《赌徒》（1866）和《少年》（1875）。《赌徒》题材不大，写人被嗜好和物欲控制，无法自拔的状态，对沉湎于赌博的心态有极为传神的描绘。人性的弱点反过来控制人本身，带着悲剧性的意味。这也牵涉到作家自己曾经有过的一段经历。该书的创作过程成就了一段佳话。陀氏一生为金钱所困，为了偿还哥哥米哈伊尔身后的债务，他与出版社约定在规定的期限里交出一部作品，但合同规定，如逾期不交，将影响陀氏作品的版权。作家无奈之下，只能聘用女速记员安·格·斯尼特金娜，由他每天口述小说内容，斯尼特金娜打字整理成文稿，最后在二十六天的时间里赶完书稿，同时也成就了作家第二次婚姻。斯尼特金娜即后来的陀思妥耶夫斯卡娅，陀氏去世后，她对陀氏遗稿的整理作了许多贡献。《少年》写了俄国资本主义进程里人们浮躁的心态和欲望的变化。七十年代人们急切的发财欲望腐蚀着年轻一代人的灵魂。作家对特定历史时期的普遍极端个人主义，表示出明显的担忧，他想从宗教思想里找到适合的药方，当然是不现实的。但小说生动地见证了这个剧变时期的人心浮躁的状态。也许至今还有现实意义。陀思妥耶夫斯基另外的一些作品，如中篇《永久的丈夫》（1870）、"幻想性的故事"《温顺的女性》（1876）和《一个荒唐人的梦》（1877）都各有侧重，不相雷同。特别是《一个荒唐人的梦》把"幻想家"的主题上升到对"人类黄金时代"的憧憬，说明陀氏思想的变化。

从一八七三年到一八八一年陀氏陆续在刊物上发表《作家日记》，体裁不一，有政论、文学评论、回忆录、特写、谈话式的随笔以及一部分小说。长期以来，俄国评论界认为《作家日记》体现了作者思想中软弱以至反动的一面，其实这是研究陀思妥耶夫斯基的一部极其重要的资料，是正确理解陀氏其人其事的钥匙。陀氏一生，磨难不断，除了政治上的迫害，经济窘迫也是他和俄国其他大作家不一样的地方，往往预支计划中作品的稿费，以解眉急。这在某种程度上也影响着他的写作风格，而为有些评家所诟病。但陀氏的写作风格正是冲动型的，不加掩饰的内心激动，急于表达的思想观念，形成陀思妥耶夫斯基别具一格的文风。他不可能像托尔斯泰或屠格涅夫那样字斟句酌地反复修改文稿。感情的激流一路狂泻，有时甚至显得痉挛纠葛的文风，构成了陀氏小说的别样格调。很难说他写的是美文，但有着不作掩饰的内心披露，深入骨髓的无情解剖，作家自己常常会忘情于展示严酷的真实，以致只求将它们如实呈现于读者的眼前，不作表面的抑扬，却把判断留给读者自己。

陀氏小说对世界和人性的思考和剖视，把小说这个文学体裁推到了思想的前沿。小说家不是政治家或哲学家，重要的不在他能提出什么医治人生和社会的良方，因为这时他们往往是既幼稚又可笑的。文学的力量在于敏锐的发现，表现的深刻，在感性的图像里展示世界的真相和人性深处的奥秘。就这一点来说，陀思妥耶夫斯基是做得非常出色的，可以说达到了前所未有的时代的高度。高尔基虽然对陀氏有些作品颇有微词，但他承认陀思妥耶夫斯基是"最伟大的天才"，

"就表现力而言，他的才能可能只有莎士比亚堪与媲美"。读过陀思妥耶夫斯基的作品，就知道这并非溢美之词。

一八八一年一月二十八日陀思妥耶夫斯基在圣彼得堡逝世。此后的一百多年时间里，臧否不一的评论从来不曾间断过，这主要是对他的政治倾向性和宗教意识而言，至于对他在世界文学中崇高的地位，他对小说文体的巨大贡献，似乎并不见太大的异议。倒是随着现代小说风格的演进，陀氏小说的价值正越来越引起人们的注意。

变幻的母题旋律

小说通常都以题材分类，例如司各特的《艾凡赫》被称作"历史小说"，巴尔扎克的《人间喜剧》是以"场景"来归类，如"巴黎场景"、"外省场景"之类，托尔斯泰的《战争与和平》通常被称作"史诗小说"，更有完全具体如英国作家哈代的被统称为"威塞克斯小说"的一组作品。但陀思妥耶夫斯基写的故事虽然大都发生在彼得堡，但并没有评论家称他的小说为"彼得堡小说"。原因是陀氏小说不断开拓的是一种"母题"，他像音乐家那样，找到活跃在生活里的种种"旋律"，构成他小说的主要元素。这在以往的作家那里并不多见。

"小人物"是俄国文学里固有的一个母题，从普希金的《驿站长》开始，果戈理的《外套》，到后来契诃夫的《一个文官的死》，这个母题被开拓得淋漓尽致。陀思妥耶夫斯基的第一部作品《穷人》奏响的就是这个旋律。陀氏崇敬普希金，他的第一部作品献给了这样一个题目，也许并不偶然。因为他说过："我们都是从普希金门下走出来的。"但《穷人》里的主人公杰武什金虽然有着和其他"小人物"一样的命运，在心里占主导地位的却是对自己人格的意识。"我有良心和思想，我是人"，"我的一块面包是我自己的，是用劳力挣来的"。社会的不公，贫富的对立使他愤懑，他意识到自己软弱，又不能有所作为，他告诉读者，"在一个最浅薄的人类天性里面有着多么美丽的、高贵的和神圣的东西"（别林斯基语）。陀氏把"小人物"的内心世界、心理过程，十分清晰地展示给读者看。这是他比前辈们要更深刻的地方。

探索人的内心奥秘，是一条很复杂的路。重视文学社会历史作用的评论家们对他承袭俄罗斯文学写"小人物"传统褒奖有加的时候，陀氏却悄悄转向，把他的探索推进到人的"双重人格"母题上，创作了小说《双重人格》（又译《孪生兄弟》、《性格迥异的同貌人》等）。历来的小说都是善恶分明，在英国小说里有"happy ends"，就连法国巴尔扎克也未能免俗，总要在小说里分出这样的壁垒。但陀思妥耶夫斯基用形象说明，善与恶常常会共同栖居在一个人身上，人的本性里就有兽性与人性，当兽性占上风的时候，就出现恶行，人性却支持着人的善行。在《双重人格》里，作者只是把这个问题提了出来，因为在一个中篇里也不可能有太深入的开掘。这个旋律，还要在作家后来的长篇里作为回旋曲反反复复地出现。但这个中篇已经把问题十分明确地提了出来。当然引起评论界一片哗然，好像陀氏忽然误入歧途。这一点甚至影响着中国的评论界。其实只消读一下陀氏嗣后的作品，就能知道《双重人格》正是作家小说母题深化的一个前兆。《罪与罚》里的斯维德里加依洛夫、《鬼》里的尼古拉·斯塔夫罗金，以及《卡拉马佐夫兄弟》中的德米特里·卡拉马佐夫和伊万·卡拉马佐夫等，都对这一个重要母题有更深入的开拓。很难设想，如果在陀思妥耶夫斯基的作品里没有"双重人格"的母题，小说的思想魅力和人物的生动个性将会是什么样子？

小说作为一种思想现象，和其他人文学科是处在同一发展长河中的，只是文学是借助着形象来表现和认识世界，它和哲学之借助于抽象和共性、概念和逻辑来演绎世界，至少在方法上是不同的。但是人类认识的发展在不同的学科中却往往有着同步性。因为人都生活在同一个历史进程里。一个有趣的现象是，陀思妥耶夫斯基在自己的小说里用形象演绎的母题，却在后来的哲学家和心理学家的发现里得到了印证。十九世纪德国哲学家尼采出生在一八四四年，比陀思妥耶夫斯基整整晚了二十三年，他在一八九五年出版的《权力意志》一书里的基本思想，陀氏在一八六六年出版的长篇《罪与罚》里通过拉斯柯尔尼科夫的对权力的思考，作了形象的表述。主人公基本上表达了"超人哲学"和"权力意志"的观念。

按拉斯柯尔尼科夫的理论，"人按照天性法则，大致可以分成两类：一类是低的人（平凡的人）……他们是一种仅为繁殖同类的材料，而另一类则是……具有天禀和才华的人，在当时的社会里能发现新的见解。……第一类人就是一种材料……第二类人则永远是未来的主人。第一类人保持着这个世界，增加他们的数目；而第二类人推进这个世界……""芸芸众生，人类中的普通材料，生存在世界上只是为着经过某种努力，通过某种……血统的交配而终于生出了多少具有独立精神的人，甚至一千人中只有一个。也许一万人中出一个，……几百万人中出几个天才，而伟大的天才，也许是世界上有了几十万人以后才出现的"，"真正的统治者，他才可以为所欲为，攻破土伦，在巴黎进行大屠杀，忘记在埃及的一支军队，在莫斯科远征中糟蹋了五十万条人命，……拿破仑、金字塔、滑铁卢……"这里说的几百万人中才能出一个的人，其实就是"超人"。拉斯柯尔尼科夫说："这种人有权利昧着良心去逾越……某些障碍，但只是在为实现他的理想（有时对全人类来说也许是个救星）……如果开普勒、牛顿的发现，由于某些错综复杂的原因，没有能够为大家所知道，除非牺牲一个，或者十个或者百个，或者更多妨碍者的生命，那么牛顿为使自己的发现让全人类知道，就有权利，甚至有义务……消灭这十个人或者百个人。""立法者们和人类社会的建立者们……他们无一例外都是罪犯，……他们也不怕流血，只要流血对他们有利，人类社会中多数这些超人和建立者都是非常可怕的刽子手。所有这些人都是伟大的……"这类几十万以至几百万人中才有一个的"超人"可以使千千万万人毁灭，可以踏过尸体和血泊，人们却认为这是为人类造福。

常常有人说尼采的《权力意志》是法西斯主义的理论基础，但它的出现，距陀氏演绎理论和形象描绘这种事实，已经过了好几十年。

人类的认识，都差不多在同一个时期进化到一个新的境地，有时是哲学家用推理和演绎的方法先作了预示，有时却由伟大的文学家用形象来先期作了表现。陀氏之所以伟大，还因为他要比弗洛伊德更早触及了人的"潜意识"。陀氏并没有提出任何理论，但是在他作品中的人物，有许多涉及潜意识的行为。他对弑父现象的描绘，梦境的暗示，人对自己行为的文饰作用，自虐倾向，甚至后来由弗洛伊德的学生荣格探讨的人在潜意识里的自卑意念的表现等许多问题，作家都有极其精细的描写。这一点，比陀思妥耶夫斯基晚生三十多年的弗洛伊德的著作是最好的证明。作为精神病学专家兼心理学家，他一方面用医案来说明他的潜意识理论，但陀思妥耶夫斯基的作品，当然地成了他理论的佐证。他那篇著名的《陀思妥耶夫斯基与弑父意识》就成了《卡拉马佐夫兄弟》的注脚。关于梦的解析以及潜意识问题的解释，陀氏成了一个提供形象材料的先驱。这是很值得玩味的现象。陀氏自己说"我描绘人内心的全部深度"，以探索人类心灵的奥秘为己任，这说明他十分自觉地从人的内心、心理、意识上切入去了解人心的秘密。但他不是哲学家，也不是心理学家，不以推论的形式来表述他的看法，但他创造的文学形象是厚重的，有着充分的心理的和哲学的依据。这也是陀氏的心理剖视要高出于文学中一般心理描写的道理。

　　陀氏作品里常遭非议的部分是他对宗教的态度。其实宗教问题是俄罗斯文学里一个不可逾越的论题，有着深厚的俄罗斯文化历史背景。俄罗斯是欧洲最后的封建王朝，是农奴制取消最晚的国家。农奴制借着宗教的力量在民间形成很普遍的"苦难救赎"的思想，这是无助百姓的精神寄托。东正教以苦难来救赎原罪的观念根深蒂固，在人世用苦难来净化自身，用宽恕他人来寻找内心慰藉和平衡，变成了很高尚的行为准则。在陀氏的作品中，许多矛盾都是借助这种"苦难救赎"的思想来处理的。在《被伤害与侮辱的人们》中，女主人公涅莉、娜塔莎受尽侮辱与伤害，但对待"恶魔化"的瓦尔科夫斯基之流却是正教所提倡的百般容忍和承受苦难。"痛苦能洗尽一切"，这是深入俄国农民性格里的一种意识，它只能加剧恶的横行。但这种意识至少在当时已经成了俄罗斯性格的消极组成部分。当然作为一个伟大的艺术家，陀思妥耶夫斯基在小说里还是让涅莉在临死前说出了她的诅咒"我不久前读了福音书。那里说，要宽恕自己所有的仇敌。我读了，而他（瓦尔科夫斯基）我终究没有宽恕"。这一段话，和陀氏在《被伤害与侮辱的人们》以及其他小说里一再宣扬的通过受苦来净化自身的"救赎"母题是不相吻合的，这也说明艺术的逻辑在艺术家身上终究还是要起作用的。

　　"灵与肉"、"兽性与神性"、"理智与情欲"这些母题，陀思妥耶夫斯基在最后一个长篇《卡拉马佐夫兄弟》里都放在"偶合家庭"这个总概念下面作了详尽的探讨。由于老卡拉马佐夫令人不齿的行为，这个家庭里的成员，没有十分牢固的精神上和感情上的联系，像几个偶然相遇的人生活在一个屋檐下，在长子德米特里身上有着老卡拉马佐夫听任自然欲望的一面，也有曾经是一名军人和体面人的痕迹，在他身上明显的"灵与肉"斗争，使他完全成了一个"双重人格"的人。为了情欲，他和老父亲争夺情妇格露莘卡，甚至扬言要杀死自己的父亲。但内心却还存留着一丝做人的尊严，也思考人间的种种苦难。所谓"所多玛城的理想"与"圣母马利亚的理想"一直在他身上斗争着。所以当老卡拉马佐夫真的被杀之后，人们理所当然地认为他是凶手，但这时的德米特里却不想为自己辩白，俄罗斯人意识里那种根深蒂固的"救赎"观念竟占了上风。他决定用苦难来净化自己，自我完善。虔诚地忏悔自己的罪孽，寻求精神的"复活"，这情节很像后来托尔斯泰在一八九九年出版的长篇《复活》的基调。我们的评论，常常直言主人公的"伪善"。在俄罗斯宗教文化的背景上，这也许并非"伪善"两字可以概括的。就像德米特里被欲望驱使时候的不顾一切，在他决定"救赎"自己的时候，也是一样的认真，这也正是俄国宗教文化背景下的"俄罗斯性格"的一种表现。同一母题在二十年后由托尔斯泰的《复活》再次奏起并作为全书的主题的时候，俄罗斯人意识里这种深藏着的宗教文化积淀，是再也不该忽视了。这种宗教文化意识，它彰显为崇高一面的时候是"救赎"，露出它破釜沉舟一面的时候则是"自虐"。《白痴》中女主人公娜斯塔霞·菲立波夫娜，在无法摆脱自己被欺凌和玩弄的命运时，虽然遇见了梅诗金公爵，但终于不愿接受公爵的帮助，宁肯随粗鲁不堪的商人罗果静而去，她拒绝"新生"，却手焚十万卢布来嘲弄报复这一群心怀鬼胎的人，明白无误地表现了一种"自虐"的倾向。

在陀氏作品的母题中，也有诸如"幻想家"、"地下人"、"自然人"这样的人性概念。早期的中篇《女房东》、《白夜》、《脆弱的心》或多或少都写出当时年轻人沦为无所作为的"幻想家"的母题，但其中有些作品如《白夜》，主人公内心的纯真和善良，不计利害的自我牺牲的爱心，说明作家对这一代年轻人的期望和同情。陀思妥耶夫斯基被人称作为"残酷的天才"，因为他对人物内心解剖的犀利与无情，常常令人不寒而栗。但《白夜》里的主人公给人以一种美好的希望。人性的善良哪怕是一种"幻想"，也显得那么令人向往。这是陀氏作品里少有的充满动人诗意和明邃风格的作品。晚年的《一个荒唐人的梦》则体现了一种对于"人类黄金时代"的幻想。

在陀氏的作品中，这种不断变幻的母题旋律，是很值得注意的现象，说明作家对这个世界有着十分概括性的认识。他通过这些关键概念演绎了他对人生的思考和对社会、历史的认识。这是他的创作与其他作家十分不同的地方。陀氏的这些认识，在相当程度上还有预见性，往往会在后来的历史里找到佐证。例如被评论家阐释得很多的《卡拉马佐夫兄弟》第五卷中"宗教大法官"那一节，历来有种种解释，但这一节涉及的问题，对于人类、世界、社会秩序、暴力与奴役等等问题的探讨，无疑带着某种寓意的性质。我们习惯于对一个作家描绘的内容作出判断，陀思妥耶夫斯基却总想留下一点让人遐想的余地，包括俄国评论家定义的陀思妥耶夫斯基小说的"复调结构"[①]，正是这种特殊风格的表现。

---

① 参见《陀思妥耶夫斯基诗学问题》，巴赫金著，白春仁等译，生活·读书·新知出版社 1988 年版。

独特创新的小说艺术

小说艺术的经典样式从文艺复兴时期到十九世纪的三百余年时间里，经过从塞万提斯、拉伯雷到司汤达、巴尔扎克、狄更斯、托尔斯泰等一大批作家的创新，已经到了相当完美的境地。陀思妥耶夫斯基却使小说的内涵层次有了更饱满的展现，并在经典的小说样式中添加了新的元素，所谓"复调"现象。

历来小说理论的着眼点，或在小说体裁的限定，如长篇、中篇、短篇；记事体、传记体、虚构体、书信体，或人物小说、事件小说、家庭小说、社会小说、历史小说、哲理小说、抒情小说、纪实小说等；或在构成小说的要素，如：情节、人物、场景、语言、风格、主题等。小说的要素是小说存在的形式，是小说之所以为小说的理由，是小说区别于其他文学体裁的依据。但小说的价值还取决于它的内涵层次，不同类型的小说有不同的内涵。陀氏的小说却通常能提供更加饱满的阅读层次。不同的读者，在陀氏作品里可以找到不尽相同的内涵。这种见仁见智的现象，虽然在其他大作家那里也不乏表现，但在陀思妥耶夫斯基绝对是一种特色。

小说的内涵是分层次的。小说可以在**故事情节层次**上被阅读，也称作**事件层次**。这是可以用叙述梗概的方式来表达的那一部分内容。一个年龄不小的小公务员杰武什金和一个苦命的、饱受凌辱的年轻姑娘杜勃罗谢洛娃相爱，而终因周围世界中人、事和生计的迫促，只得深受别离之苦而抱憾终身的故事。主人公善良而软弱、自尊而无奈、深情而无力的处境，社会与生活对小人物的重压和摧残，贫苦情侣在生活重担下无出路的状态等等，这就是陀氏第一部小说《穷人》的故事情节层次。一个读者，单读这个感人而痛苦的爱情故事，也可以受到感动。再看另一所谓"偶合家庭"的故事。父子、兄弟五人间种种思想的、感情的、物欲的、精神的冲突，在冲突、矛盾，以致仇视的过程中，引出一起弑父的案件。这是陀思妥耶夫斯基最后的长篇小说

《卡拉马佐夫兄弟》的故事情节层次。这个事件对于读者也一样有它的吸引力，它显示了一个家庭悲剧，每个人物都有着自己的性格和行为的理由。读者也看到了人性的罪恶与奸诈，情欲对人的毁灭力量。这样的事件，在生活里是可以得到印证的。许多小说在这个层次上就结束了。这类小说被称作为情节小说，或者事件小说。但陀氏的小说通常还可以进入第二个层次的阅读。

社会历史的层次较之情节和故事要更进一步，因为它着眼在与故事相关的社会、政治、历史的主题，也就是**时代的层次**。这些主题也许并不具有永恒共通的意义，但它们有着时代的迫切的内涵。不仅促使当代人思考，而且是长久的历史鉴照。《穷人》在这个层次上表达了社会的混乱和失衡。好人受苦，恶人当道；有活力的青春被毁灭，为非作歹者左右他人的命运，一个是非颠倒的社会，它的出路在哪里？谁的罪过？这是十九世纪俄罗斯社会的写照。对于生活在这个社会里的人们有着震撼人心的力量，所以它会引起别林斯基等人的惊呼，但它也会引起后来某些社会阶段里人们的共鸣。在《卡拉马佐夫兄弟》里，处在这一个层次上的问题表面上并不十分显著，但是作家从六十年代初开始关注的"西欧道路与俄国方式"的社会变革观，在这里得到了综合性的表述。作家在一八六三年发表的《冬天记的夏天印象》里尖锐批判的西方资产者的贪欲与自私、伴随西方式自由与平等而来的罪恶，在《卡拉马佐夫兄弟》里以文学形象作了充分的展示。深植在人民土壤里的宗教意识与文化知识载体的完美结合，成了陀思妥耶夫斯基心目里的"俄国方式"。这是《卡拉马佐夫兄弟》这部作品中时代的层次，是当时整个俄国社会都以不同的方式关心着的社会历史内涵。是当时俄国具有相当迫切性的主题。但这样的母题，对于中国的读者来说可能会因为文化宗教背景产生现实的距离，但对今天的俄国社会和文化来说，始终是一个十分引人关注而且一时难于解决的问题。"西欧道路与俄国方式"、"欧洲与亚洲"、"东方与西方"，这些思考从一九一七年以来俄国八十余年历史进程中，从来也不曾消停过。俄国方式的宗教影响依然是一种潜在的激流。

个别的事物走向本质的共通，具体的形象趋于抽象的普遍。小说在经过了故事情节画面、社会历史含义之后，最后的境界是**永恒共通的哲理**。它是无数具体故事情节和社会历史图像的普遍概括。它不会因事过境迁而失去活力，却能把表象指归到本质。并不是所有的小说都具有这样的品格，但陀思妥耶夫斯基的作品的着眼点，往往正是在这人性共通的哲理上。陀思妥耶夫斯基对哲学有相当透彻的了解，这从他论述到的哲学家的数量上可以证明，但他不是哲学家，作为小说家，他必然要透过人性来观察现象的本质。他说过要"在人身上发现人"，所谓"窥视心灵的奥秘"。这是作家最终的着眼点。如果说一部《穷人》，苦难的爱情是它的情节，善恶的失衡是它的现实，那么主人公心理的变幻是它最终要探索的奥秘。就像《双重人格》，情节是一个精神错乱的小公务员的故事，我们完全可以把它理解为一个精神病人的感觉和体验。所指社会现实是弱肉强食，强力和扩张对软弱与安分的排挤，但作家在永恒的人性层次上要说明的却是善与恶原本就共存于一体，人性与生俱来有着"双重"性，魔鬼与天使共居一处乃是人的天性，人性的复杂和变异都来源于此。当然，这一命题在这里还只是一个开篇，更深的探究还有待后来的几部大作品，《罪与罚》中斯维德里加依洛夫性格里那种善与恶、崇高和卑鄙的难以想象的结合，《鬼》里斯塔夫罗金幻觉里看到的那个可怕之至的"蜘蛛"，其实就是他内在本性里恶的幻化。他那种对善恶界限虽然内心清楚，却行为放浪、淫乱无耻、不断作恶，两种相互排斥的思想可以同时宣教，却并不相信其中任何一种，"我……希望做好事，并从中感到愉快，同时我又希望干坏事，并且也感到愉快"，终于在无法解决的矛盾里以自杀了结生命。《卡拉马佐夫兄弟》中伊万与"鬼"谈话，正是一个人身上善因与恶因的交锋。在陀思妥耶夫斯基的作品里这类题目有许多，例如"人的社会性与生物性"、"人的非逻辑行为"、"潜在意识与外部行为"、"直觉现象"、"偶然与必然"、"理智与感情"、"诱惑与理性"、"灵与肉"、"真性情与无个性"等等。总之，他善于把真正人性面上那一层遮掩物毫不顾惜地揭开，示世人以人类本性的真相。所以永恒共通的层次是陀氏作品中最值得关注的部分。在这个层次上来读小说，可能具体的情节故事和社会历史画面反倒显得不那么重要，因为这时作家探讨的是在抽象共通层面上的题目，所谓"义主文外"，"秘响旁通"的部分。它们超脱了具体的图像和事件，进入共通的境界，把人身上最最隐秘的部分呈现在读者的面前。涉及永恒哲理的层次有许多，人性的奥秘是重要方面，当然也有超出人性范畴的命题，如"真实与假象"、"宗教与道义"、"教条式与创造性"、"生命的本质"等等。这些题目的产生，当然并非完全抽象的永恒，而有陀氏自身的历史限定性，但他所提供的思考角度，至今仍不乏现实意义，所以对陀氏作品的不同层次的内涵，是非常值得关注的，因为它们都包含着作家十分独特的发现。

二十世纪现代主义文学兴起，虽然在最初颠覆传统的时刻，也有一些流派宣告过要把陀思妥耶夫斯基扔进大海，但随着现代主义文学的深入发展，许多现代主义的代表人物，却开始谬托师承，把陀思妥耶夫斯基奉为现代主义的偶像。这是很值得思索的现象。其实陀思妥耶夫斯基与现代主义虽说也可以强调某些传承关系，但陀氏终究还是经典小说的代表。不过他小说里的创新，的确有十分独特的个性。十九世纪俄罗斯的小说是以它的思考深度、现实诉求和批判热情为主要特点的。所以后来在俄国有了"批判现实主义"的说法。这是从思想特征上来评价。但俄罗斯小说艺术，也有着相应的创新和变革。其中陀思妥耶夫斯基小说的创作尤其让人觉得有着某种新意。直到俄国文艺评论家米·巴赫金出版专著《陀思妥耶夫斯基的创作问题》(1928)，其中提出陀氏小说的"复调结构"问题，才引起评论界注意。可惜的是该书的主要思想与当局一统的文艺政策和理论体系不合，未能广泛流传。而作者本人也因莫须有的罪名，于次年被投入北方集中营，后又辗转流放到南方。身心横遭摧残。但他的著作却在西方得到了广泛的流传。巴赫金的理论直到五十年代终于引起当时苏联文学理论界的争议，于是在一九六三年经过修改后以《陀思妥耶夫斯基的诗学问题》为名发行新版。在苏联依旧争论不绝，但此时在国外已经把巴赫金的理论作为小说理论的重要创新，甚至把巴赫金视作小说理论发展的一个分水岭①。现在即使在中国，一谈起陀思妥耶夫斯基，就会联想到巴赫金，似乎"复调小说"理论才是唯一能说明陀氏创作的理论。这是一个很繁复的论题。我们不在这里讨论。但"复调"之说，的确在相当程度上表达了陀氏小说的特点。这是小说写法的一个变革。在陀氏本人，也许并不十分明确地意识到这一点，因为他本人从来也没有谈论过类似的概念。但读者如果没有先入之见，在读完他的小说后，常常会有一种感觉，似乎作者在小说里通过人物之口，讨论了许多问题，或者通过作家的描写涉及了种种情景，但读者在掩卷沉思时，又常常会觉得无所适从。因为作者最终也没有在他的书里投下一个十分明确的结论。但他促使你对书中的叙事进行思考，每一个人物的声音都可以在你耳边絮叨，都在表明自己存在的理由，作家本人到底站在哪一个人物的后面，反而很难让人捉摸。这就是所谓的"复调"。这个理论是借用了音乐上的一个术语。好比音乐的声部，原来的小说都是一个基调，伴随着和声，但现在像巴赫的赋格，出现了平等的声部，就像钢琴演奏，本来是右手的基调，左手是低音的和声，现在两个相互争鸣的声部，出现了复调音乐。其实这仅仅是一种比喻，在小说里并不可能真有那样繁复。但经典的小说通常是作家定下基调，然后安排人物的行为和言语，在相互的关系中，善恶忠奸，壁垒分明，即使在巴尔扎克的小说里通常也是善人善终，恶人恶报。陀思妥耶夫斯基却往往在一个人的性格里放进了两重的变数，这是一。另外作为善、恶典型的人物，都可能一语道破事物的真谛。善恶两类主人公的行为往往会发生突变。每种行为也都有自己的理由。作者并不一定要清楚地表现出他的倾向性。

根据巴氏的理论，这样的小说结构，会产生行为以外、语言以外的含义，不一定都有明确的结论。所以就能促使读者的思索，扩大小

---

① 参阅 David Lodge/After Bakhtin/ Routledge, London and New York, 1990。

说的容量。这是现在一般对所谓"复调"的理解，事实上这个理论要涉及许多其他方面的问题，这是一种把文学与语言学结合起来考察的十分重视文本细读的理论。《罪与罚》里拉斯柯尔尼科夫的理论，其中侦查科长波尔菲里·彼得罗维奇与拉斯柯尔尼科夫的"法与理"之争论，索菲娅·马尔美拉陀娃的宗教教义与拉斯柯尔尼科夫的"超人哲学"之争，到底是谁说服了谁？无非是一种思索，一种更为深入思考的趋向。

尤其是巴赫金论及陀氏小说中"对话"的概念，主人公的自我意识是对话化的；这个自我意识在自身的每一点上，都是外延的，同自身、同他人、同第三者有着一种对话的关系。这就关系到小说文本中的潜在文本。一个单一的文本在极大的程度上扩大了自身容量。

读陀氏的小说，当然不能完全用"复调"的理论来解析。但这是一个很值得关注的特点。

通常的陀氏评论，总是把着眼点放在作者着力描绘的社会现实画面，故事情节发展，人物性格发展上。但陀思妥耶夫斯基作品的故事，却往往信手拈来，他的大作品，通常都是涉案故事，一般都是从报刊上得来某个报道，以此敷衍成篇，却成一个精彩的长篇故事。之所以精彩，是因为作者注入了他的思考和对人性的挖掘。陀氏的小说，是思想的小说，是剖视人性的小说，故事与情节只是他借以使人物和事件活动起来的要素而已。

陀氏小说十分注重人物的自我意识，所以形成一种思想的类型。他并不十分注意性格刻画和典型塑造。他要创造的是一种思想类型。他们存活在和不同的思想声音的"对话"中，甚至这种对话是潜在的、只是在上下文中隐含着的。所以作者往往会虚化故事的环境、日常生活的细部刻画，转而用不同性质的对话来表现作品的容量。他的人物很难用传统的术语来定义，如性格、典型、正面主人公、反面人物等等。因为作家自己的声音和评价也混迹在人物的相互关系或对话里，而且作者的声音也未必能左右人物和情节的发展。所以在阅读陀氏作品的时候，不妨以读者自己固有的心态和感觉来与作者的思想对话，完全不必抱定一种文学批评的理论或观念，来生硬地分析作品。让每一次阅读都成一次冒险，看看读完后你会产生什么感觉。这是一种很有趣的阅读过程，在阅读中加上读者自己的一路思考，陀氏的作品将给你十分独特的感觉。

对陀氏这样的作家最好还是不抱先入之见，随着作者的安排，先领略他的思想，然后再来作认真的思索。它不是消闲的读物，却能长人心智。

夏仲翼
二〇〇四年九月

第一部

第一章

　　去年三月二十二日傍晚，我碰到了一件非常蹊跷的事。那一天我在城里四处奔走，想找个住处。旧的住处太潮湿，而我那时已经咳嗽得很厉害了。秋天我就想搬家，却一直拖到了春天。我整天跑来跑去也没有找到合适的地方。首先，我想要一个单独的住所，不愿与人合住；其次，哪怕是一间房也行，但必须是个大间，当然，房租还要尽可能便宜。我发觉，住在狭小的房间里，连思路也施展不开。我在构思未来的小说时，总喜欢在屋子里踱来踱去。我在构思自己的作品时，更喜欢想象它会写成什么样子，而不愿动笔就写，说真的，倒不是因为懒，那是为什么呢？

　　从早晨起我就觉得不大对劲，到日落时我简直难受得很，好像是发了热病。而且我奔走了一天，疲惫不堪。傍晚，暮色四合，我正走在沃兹涅先斯基大街上。我爱彼得堡三月的阳光，尤其是那夕阳，当然要在晴朗、严寒的黄昏。整条街上蓦地阳光闪烁，沐浴在灿烂的光芒里，所有的建筑仿佛都突然亮堂起来。它们那灰色、黄色、脏兮兮的绿色顿时失去了阴沉沉的样子；仿佛心里敞亮了，仿佛浑身一震或被人用胳膊肘捅了一下。于是涌起新的观点，新的思绪……不可思议，太阳的光芒对人的心灵居然会有这么大的影响！

可是阳光熄灭了；寒气逼人，刺得鼻子生疼；暮色渐浓；店铺里都点燃了煤气灯。当我走近米勒糖果店①的时候，我猛地站住了脚，像钉在那里一样，我开始看着大街的对面，似乎预感到，马上就会碰到一件离奇的事情，就在这一刹那我看见了对面的老人和他的狗。我记得很清楚，一种不祥的感觉使我的心揪了起来，可连我自己也说不准那是一种什么感受。

我不是神秘论者，对预感和占卜几乎是从来不信的；不过，我的生活中有过一些叫人困惑不解的经历，或许别人也都有过这样的经验。就说这位老人吧：为什么当时一遇见他，我立刻就觉得，我当晚一定会碰到不大平常的事呢？不过我当时有病，而病中的感觉差不多总是靠不住的。

老人跨着缓慢、虚弱的步子，移动着仿佛不能弯曲的棍子似的两条腿，他伛偻着身子，用手杖轻敲着人行道的石板，向糖果店走去。我生平没有见到过这样奇怪的、不可思议的人。他那高大的身材，伛偻的背，他那八十岁老人的死气沉沉的脸，他那衣缝已经裂开的旧大衣，他那至少戴了二十年的破礼帽，光秃的头上只有在后脑勺上留下

---

① 指的是卖糖果、蜜饯、果酱、蜂蜜等甜食的店铺。

的一撮已经不是花白，而是白里泛黄的头发；他的一举一动都似乎是无意识的，是由上紧的发条所驱动，——这一切使初次遇见他的人都不禁大为惊讶。看到一位垂死的老人独自行走，无人照顾，实在令人纳罕，尤其是因为他像一个逃离看守人的疯子。他那异乎寻常的枯瘦也使我感到惊讶：他的身上差不多已经没有肌肉，只剩下了一副皮包骨头。他那嵌在发青的眼眶里的大而无神的双眼总是直直地望着前面，从来不往别处看，也从来看不见任何东西，——我敢肯定是这样。即使他看着你，他也直冲着你走，好像在他面前空无一物。这情形我注意到好几次。他到米勒的店里来是不久之前的事，身边总是跟着一条狗，没有人知道他是从哪里来的。糖果店的主顾谁也不曾同他打过招呼，他也不和任何人说话。

"为什么他要步履艰难地到米勒这里来呢？他到这里来要干什么？"我在想。我站在街道的另一边，不由自主地一再打量着他。一阵烦恼在我心里涌起，这是疾病和疲惫所引起的结果。"他在想什么呢？"我继续暗自寻思，"他的脑子里在转些什么念头？"不过，他还能想些什么吗？他的脸那样死气沉沉，根本就没有什么表情。这条讨厌的狗他是从哪里弄来的呢？这条狗一步也不离开他，好像和他是一个分不开的整体，而且它和他是那么相像。

这条可怜的狗看来也有八十来岁了；是的，它也一定有这么老了。首先，它看上去那么衰老，别的狗都不会老成这样，其次，不知为什么，我第一次看见它就觉得，它和别的狗不可能是一样的；觉得这是一条不平常的狗；觉得它有点儿怪异，大概有一种神奇的魔力；它也许是以狗的形状出现的一个梅非斯特[①]吧，而它的命运通过某种神秘莫测的途径与它主人的命运结合在一起了。看着它，你立刻会同意，从它最后一次吃东西时起，想必已经过去了二十年。它瘦得像一具骷髅，或者说（还有更好的说法吗？）瘦得像它的主人。它身上的毛几乎脱光了，尾巴也一样，像一根棍子垂着，老是紧紧地夹在胯下。长着长长的耳朵的头阴沉地耷拉着。我生平从未遇见过这样讨厌的狗。他俩走在街上的时候，主人在前，狗跟在后面，它的鼻子紧挨着他衣服的下摆，仿佛连在一起。他们的步态和他们的那副模样几乎每走一步都在说：

"老了，我们老了，主啊，我们多么老啦！"

记得，有一天我还想过，这老人和狗是从加瓦尼作插图的霍夫曼小说中走出来的[②]，正在世间漫游，为那本书作活动广告。我走过街道，跟在老人后面进了糖果店。

老人在糖果店里的表现十分古怪。近来，米勒站在柜台后面，一看见这位不速之客进店，便会露出不满的鬼脸。首先，这个奇怪的客人从来不买什么东西。每次他都笔直地走到一个角落的炉子跟前，在那里找一把椅子坐下来。假如他那炉边的座位被人占了，他就茫然不

[①] 歌德诗剧《浮士德》中的魔鬼，第一次在浮士德面前出现时，现形为一条狮子狗。
[②] 保尔·加瓦尼（1804—1866），19 世纪 30、40 年代法国著名的插图画家。霍夫曼（1776—1822），德国作家，他的《霍夫曼幻想小说》于 1846 年译成法文，由加瓦尼作插图，在巴黎出版。

知所措地对着那位占了他位置的先生站一会儿，然后仿佛很无奈地走开，到另一个角落的窗边去。在那里选中一把椅子，慢腾腾地坐下，摘下帽子，放在身边的地板上，把手杖放在帽子旁边，于是仰靠在椅背上，一动不动地待上三四个钟头。他从来不曾拿起过一份报纸，从来不说一句话，不吭一声，只是坐在那里，睁大眼睛直瞪着前方，但目光是那么迟钝，那么毫无生气，可以打赌，他对周围的一切是视而不见、听而不闻的。那狗在同一个地方旋转两三圈之后，把鼻子伸到他那双靴子中间，深深地喘息着，整个晚上也一动不动，好像这时已经死了一样。似乎这两个生物终日死在什么地方，太阳一落就突然复活，只为来到米勒的糖果店，执行某种无人知道的神秘使命。坐上三四个钟头之后，老人终于站起来，拿起帽子，动身回家。狗也爬了起来，又夹起尾巴，垂着头，依旧以缓慢的步子机械地跟随着他。店里的主顾们简直是想着法儿回避老人，甚至不愿坐在他旁边，似乎对他极其厌恶。老人对此却毫不理会。

　　这个糖果店的顾客多半是德国人。他们从整条沃兹涅先斯基大街上聚集到这里，都是各种作坊的主人：有钳工、面包师、染色工、制帽技师、马鞍匠；人人都是德语中所谓的老派人物。米勒家还完全保留着古风。店主时常来到他认识的客人跟前，同他们围桌而坐，而且喝上几杯潘趣酒。店主家的几条狗和年幼的孩子们偶尔也来到顾客中间，顾客们都亲切地逗着孩子们和狗。大家都彼此熟悉，相互尊重。在顾客们专心阅读德国报纸的时候，从一门之隔的店主住宅里传来

《我亲爱的奥古斯汀》①的乐曲声，那是店主的长女在叮叮咚咚地弹奏钢琴。她是很像一只小白鼠的有一头淡黄鬈发的德国姑娘。这首华尔兹舞曲很受欢迎。我在每月的月初都到米勒的店里来，看他所收到的几种俄国杂志。

走进糖果店，我看到，老人已经坐在靠窗的地方，那条狗和往常一样，伸直身子躺在他的脚边。我默默地在一个角落坐下，并在心里自问："我在这儿根本无事可做，而且我有病，本该赶紧回家，喝喝茶，上床睡觉，在这种时候我何苦到这里来呢？难道我在这儿真的就是要看看这位老人？"我觉得恼火，"我和他有什么关系？"我在想，回忆着刚才我在街道上看着他时所怀有的那种奇怪的、痛苦的感觉。"我和这些无聊的德国人又有何干？这种怪异的心情有什么意思呢？近来我在自己心里所发觉的这种由琐事引起的无谓烦恼有什么意思呢？而且它妨碍我生活，妨碍我清醒地看待人生。一位很有洞察力的批评家，在气愤地分析我最近的一篇小说时，已经向我指出这一点了。"可是，尽管我在踌躇、抱怨，却还是留了下来，同时疾病使我越来越难受，我终于舍不得离开暖和的屋子了。我拿起一份法兰克福的报纸，看了两行就打起盹来。那些德国人没有打扰我。他们看报、抽烟，只是每隔半小时偶尔断断续续地低声交谈一下法兰克福的什么新闻，以及以机智著称的德国人

---

① 当时在德国小市民中流行的华尔兹舞曲和通俗歌曲。

沙非尔①的俏皮话；然后怀着加倍的民族自豪感又埋头看报。

我约摸打了半小时盹，一阵猛烈的寒战使我醒了过来。实在是该回家了。但这时房间里正在上演的一出哑剧又使我留了下来。我已经说过，老人在自己的椅子上坐好之后，立刻就把目光死盯着一个方向，而且整个晚上不再把目光移向别的目标。我也曾落在这茫然而固执、视而不见的目光之下。这是一种极不愉快的感觉，简直叫人无法忍受，通常我是尽快换个座位。此刻老人的牺牲品是一个矮小、肥胖、衣着非常整洁的德国小男人，他那衣领浆得又硬又挺，脸色异常红润，他是外地来的客人，一个里加的商人。我后来听说，他名叫亚当·伊万尼奇·舒尔茨，是米勒的密友，不过他还不认识老人，也不认识顾客中的很多人。他兴致勃勃地读着《乡村理发师报》②，喝着潘趣酒，偶尔抬头，猛地发觉老人凝视他的目光。这使他感到莫名其妙。亚当·伊万尼奇像所有"高贵的"德国人一样，是个爱生气、又很敏感的人。他觉得这样无礼地盯着他看，又奇怪又可气。他强压怒火，从失礼的客人身上移开视线，暗自嘀咕了几句，随即默默地拿报纸挡住了自己。不过他按捺不住，过了一两分钟，他从报纸后面狐疑地张望了一下：还是那固执的目光，还是那茫然的端详。这一次亚当·伊万尼奇还是一言不发。可是，当这种情况又第三次出现的时

---

① 沙非尔（1795—1858），德国幽默作家。
② 原文为德文。

候，他勃然大怒，认为他有责任维护自己的尊严，不让里加城的美好声誉在这些高贵的公众面前被败坏，或许他自以为是里加城的代表吧。他以不耐烦的手势把报纸扔在桌上，报夹在桌上猛击了一下，于是他满怀自尊感，由于喝酒、由于自负而满面通红，也以一双充血的小眼睛盯着那位冒犯他的老人。看来这个德国人和他的对手都想以目光的魔力一决高低，等着瞧谁会首先感到难为情而垂下视线。报夹的敲击声和亚当·伊万尼奇那异乎常情的姿态引起了所有顾客的注意。人人都立刻放下自己的事情，怀着好奇心，高傲地、默默无言地旁观着两位对手。这出哑剧变得很滑稽，很可笑。可是，面红耳赤的亚当·伊万尼奇那双挑战的小眼睛的魔力竟全然不起作用。老人不动声色，继续直视着盛怒如狂的舒尔茨先生，而且他根本就没有注意到，他已成为众人好奇的对象，仿佛他的那颗头颅远在月亮上，而不是在地上。亚当·伊万尼奇终于忍无可忍，于是他发作起来。

"您干吗这么注意地看着我？"他以尖厉刺耳的声音用德语叫道，一副吓人的神气。

但他的对手仍然沉默着，对他的问题似乎不明白，甚至没有听见。亚当·伊万尼奇决定改说俄语。

"我在问您，干吗这样紧盯着我看？"①他更加狂暴地叫道，

---

① 除了老人和"我"，当时在场的，包括店主米勒在内，都是德国人。他们所说的俄语半通不通，发音不准，俄国读者看了，不禁会发出会心的微笑。但用汉字来表达语音差别，阅读效果并不好，所以这里只是直接译出原意，以免弄巧成拙。

"我在宫廷是知名人士，而您在宫廷是无名之辈！"他从椅子上跳起来补充道。

可是老人纹丝不动。那些德国人发出了一片气愤的低语声。米勒听到有人吵闹，亲自来到了房间里。问明情况后，他以为老人是聋子，于是弯腰凑近他的耳边。

"舒尔茨先生请您不要这样盯着他看。"他注视着这位古怪的顾客，尽可能大声地说道。

老人机械地看了米勒一眼，突然，在他那一直木然的脸上，露出了一种惊慌的、忐忑不安的神气。他慌张起来，费劲地哼哼着弯下腰，急忙将帽子和手杖一把抓住，从椅子上站了起来，脸上带着一副可怜的微笑——那是在不该待的地方被人赶走的可怜人的卑微的笑，他已经准备离开房间。这位可怜、衰迈的老者那逆来顺受、匆匆忙忙的身影是那么令人哀怜，有时叫人看了那么心痛，仿佛心在为之流血，因而包括亚当·伊万尼奇在内，所有的人都转变了对事态的看法。显然，老人不但不会冒犯任何人，而且他自己时时都觉得，他在哪里都可能像乞丐一样被人赶出去。

米勒是个富有同情心的好人。

"不，不，"他说道，善意地拍拍老人的肩头。"坐！但①舒尔茨先生②请您不要这样盯着他看。他在宫廷是知名人士。"

_____

①② 原文为德文。

可是可怜的老人这时也还是不明白他的意思；他比刚才更加慌张了，弯腰拾起自己的手帕，那是从帽子里掉下来的一条有破洞的蓝色旧手帕，于是开始呼唤他的狗，这条狗一动不动地躺在地板上，两只前爪护住鼻子，看来睡得很沉。

"阿佐尔卡，阿佐尔卡！"他用发颤的衰老的声音喃喃地呼唤，"阿佐尔卡！"

阿佐尔卡没有动。

"阿佐尔卡，阿佐尔卡！"老人忧伤地反复呼唤着，用手杖碰碰它，可它还是躺在原地不动。

手杖从他的手里掉了下来。他弯腰，双膝跪地，两手微微托起阿佐尔卡的头。可怜的阿佐尔卡！它已经死了。它无声无息地在主人的脚边死了，可能是由于年老，也可能是由于饥饿。老人看了它一会儿，好像挺惊讶似的，似乎不明白阿佐尔卡已经死了；接着他缓缓地向自己的奴仆和朋友弯下身子，把自己苍白的脸紧挨着它那已经没有生命的头。静默的片刻过去了。我们都深受感动……可怜的人终于站了起来。他面色惨白，好像发了热病似的浑身哆嗦。

"可以做个标本，"米勒同情地说道，想多少安慰一下老人，"可以好好地做个标本；费多尔·卡尔洛维奇·克里盖尔做标本做得非常出色；费多尔·卡尔洛维奇·克里盖尔是制作标本的大师，"米勒反复说道，从地上拾起手杖递给了老人。

"是的，我做标本做得非常出色。"克里盖尔先生本人走上前来，谦恭地接腔道。这是一位身材瘦长、道德高尚的德国人，长着一绺绺棕红色的头发，鹰钩鼻子上架着一副眼镜。

"费多尔·卡尔洛维奇·克里盖尔是伟大的天才，会做各种漂亮的标本。"米勒补充道，因为想出这个主意而高兴起来。

"是的，我是伟大的天才，会做各种漂亮的标本，"克里盖尔先生又肯定地说道，"我可以免费为您的狗做标本。"他补充道，表现了慷慨大度的忘我精神。

"不，您做标本，由我付钱给您！"亚当·伊万尼奇也慷慨激昂地狂叫道，他的脸越发红了，天真地以为自己是一切不幸的根源。

老人听着他们的话，显然并不明白他们的意思，还是浑身哆嗦。

"等一等！喝一杯好的白兰地吧！"米勒叫道，他看到，这位令人费解的客人在急着要走。

有人给他端来了白兰地。老人机械地拿起酒杯，但他的手在发抖，杯子还没有送到嘴边，酒已经泼了一半，于是酒未沾唇，他就把杯子放回托盘。接着，他露出一抹奇怪的、不合时宜的笑容，急促地、踉踉跄跄地走出了店铺，把阿佐尔卡留在原地。大家都惊讶地站着；只听见一片叹息声。

"真糟糕！出了这样的事！"①那些德国人彼此瞪着眼睛说道。

我连忙去追赶老人。从糖果店往右拐，再走几步，有一条又窄又

---

① 这句话是用俄文字母拼写的德文。

黑的小巷子，两边都是高大的房屋。我心里一动，觉得老人一定是在这里拐进了巷子。巷子右首的第二栋房子正在修建，周围搭着脚手架。围着房子的篱笆几乎扩展到了巷子中间，紧挨篱笆铺着一条供人行走的木板道。我在篱笆和房子所形成的一个黑暗的角落里找到了老人。他坐在木板人行道的边上，两肘支在膝上，双手托着头。我坐到他身旁。

"您听我说，"我简直不知道该从哪里说起，"不要为阿佐尔卡伤心了。我们走吧，我送您回家。您不用担心。我马上去叫一辆马车来。您住在哪里？"

老人没有答话。我不知道怎么办才好。巷子里没有别的行人。突然他摸索着想抓住我的手。

"胸口好闷！"他说，声音沙哑，勉强听得见，"好闷！"

"我送您回家！"我欠身叫道，用力想把他拉起来，"喝点茶，躺下睡一觉……我马上去叫马车。我给您请一位医生……我认识一位医生……"

我不记得还对他说了些什么。他想站起来，可是刚抬起身子，又跌倒了，他又喃喃地说起话来，还是那沙哑而窒息的声音。我弯腰更凑近他，想听听他在说些什么。

"在瓦西里岛，"老人沙哑地说，"六道街，六——道——街……"他不说了。

"您住在瓦西里岛？但您走的方向不对呀；应该向左拐，而不是向右。我马上送您去……"

老人没有动。我拉起他的手，手毫无生气地滑了下去。我看看他的脸，碰碰他——他已经死了。我觉得，这一切仿佛是在梦中。

这个意外给我招来了许多麻烦，在料理期间我的热病不知不觉地好了。老人的住处总算找到了。不过，他不是住在瓦西里岛，而是住在离他死去的地方只有两步路的克卢根公寓，就在屋顶下面的第五层。那是一个独用的住所，有一条小小的过道和一个很大但很矮的房间，墙上有三个狭长的洞算是窗户。他的生活贫困极了。家具只有一张桌子、两把椅子和一张很旧很旧的沙发，沙发硬得像石头一样，四处都露出椴树皮的纤维来；就这些还是房东的。炉子看来已经很久没有生过了；也找不到一支蜡烛。我现在真的认为，老人到米勒的店里去，只是要在有烛光的地方取暖。桌上放着一只空的瓦罐，还有一片干硬的面包皮。钱是一个戈比也没有。甚至没有一件替换的内衣，为了安葬他，有人拿来了自己的一件衬衫。显然，他不可能这样孤零零地过日子，想必有人哪怕是偶尔来看看他。在桌子里找到了他的身份证。死者是入了俄国籍的外国人，名叫叶列米亚·斯米特，机械师，七十八岁。桌上有两本书，一本是简明地理，一本是《新约》的俄译本，这本《新约》的书页上满是铅笔写的字迹，还有指甲画的记号。向房客和房东打听了一下，几乎人人都对他一无所知。这幢大楼的住户很多，差不多都是手艺人和德国妇女，她们出租住房并提供包饭和仆人。大楼的管理员是贵族出身，对这位已故的房客也说不出什么，只知道这个住处月租六卢布，死者住了四个月，不过最近两个月他连一个戈比也不曾付过，所以不得不赶他走。还问过有没有人到他这里来走动，但谁也不能给予一个令人满意的答复。这是一座很大的楼房，到这个挪亚方舟①来走动的人还少吗，要记住所有的人是不可能的。看门人在这幢大楼里干了五年左右，他或许多少能介绍一点情况，但两周前他告假回了家乡，留下侄子代替他，这是个年轻的小伙子，他认识的房客还不到一半。我说不准，这些查询的结果究竟如何，不过老人终究被安葬了。在这些日子里，除了忙于其他事务，我还到瓦西里岛六道街去过，只是在回来以后，我才不禁自嘲：除了一些普通的房子之外，我在六道街还能看到什么呢？"可是为什么，"我想，"老人在临死时要提到六道街和瓦西里岛呢？难道是说胡话？"

我看了看斯米特留下的空房，觉得挺喜欢。我决定把它留给自己住。主要是因为房间很大，尽管它很矮，最初我老是觉得头会碰到天花板。不过很快就习惯了。月租六卢布的房子，找不到更好的了。它是独门独户，这一点很吸引我；只消找个仆人就行了，因为完全不用仆人是无法生活的。看门人答应，在最初一个时期，他每天至少来一次，必要时为我做点事。我想："谁知道呢，说不定会有人来探望老人呢！"不过，老人死去已有五天了，还是没有谁来过。

---

① 挪亚方舟的故事见《圣经·旧约·创世记》第 6 章第 13 节至第 7 章第 24 节。此处比喻人口繁杂的地方。

第二章

　　那时，也就是在一年之前，我还在给几家杂志撰稿，我写些小文章并坚信，我一定能写出大部头的佳作。当时我在写一部长篇小说；结果却是我目前待在医院里，而且看来已不久于人世了。按说既然就要死了，为什么还要写回忆录呢？

　　我情不自禁地时时忆起我生平这充满苦涩的最后一年。我想把一切都写下来，而且我觉得，假如我不给自己想出这件事情来做，我会苦闷而死。所有这些往日的印象有时使我激动得痛苦不堪，备受折磨。这些回忆在笔下比较具有一种相对安抚的、和谐的性质，不再那么像一场噩梦、梦魇。这是我的感觉。光是写作过程就有很大好处：它使我得到慰藉，使我平静，把我的回忆和病态的梦幻化为一种活动、一件工作……是的，我的这个主意很好。而且这也是给医士的一份遗产；至少到了冬季他能用我的稿子糊糊窗户。

　　不过，不知为什么，我的故事是从中间说起的。如果要把一切都写下来，就必须从头说起。好吧，那就从头说起。好在我的自传并不长。

我不是在本地出生的，而是出生在一个遥远的省份。可以说，我的父母都是好人，但早在我的童年，他们就去世而留下我这个孤儿。我是在尼古拉·谢尔盖伊奇·伊赫缅涅夫的家里长大的，他是一个小地主，出于怜悯收留了我。他只有一个女儿娜达莎，比我小三岁。我和她就像兄妹一样。啊，我那幸福的童年！多么荒唐，在二十五岁的时候，还在怀念、惋惜童年时光，而且在垂死的时候还怀着欢乐和感激的心情，回忆幸福的童年！那时的天空照耀着那么明朗、那么不同于彼得堡的太阳，而我们幼小的心那么热烈而快乐地跳动着。那时四周是田野和树林，不像现在这样只有一堆死气沉沉的石头。瓦西里耶夫斯科耶的花园和公园多么美呀，尼古拉·谢尔盖伊奇是那个地方的管理员；我和娜达莎时常到那个花园里去游玩，花园后面是一座阴湿的大树林，我们两个孩子有一次在那里迷了路……美妙的黄金时代！这是生活的初次显现，神秘而诱人，和它接触是那么甜蜜。那时，仿佛每丛灌木和每棵大树后面都有神秘的、未知的人生活着；神话世界和真实世界融为一体了；有时，深深的峡谷里傍晚的雾霭渐浓，一缕缕灰白色的雾气，缭绕于大峡谷两侧石壁上的灌木丛之间，我和娜达莎站在高处，手挽着手，又胆怯又好奇地向深处窥探，期待着随时会有谁从谷底的雾霭中向我们走来或回应我们的呼唤，于是乳母的童话仿佛便成了合情合理的真实故事。后来，已是许久之后了，我偶然向娜达莎提起，那时我们曾得到一本《儿童读物》，我们立刻跑到花园里，来到池边，那里在枝繁叶茂的老枫树下有一把我们心爱的绿色长椅，我们在那里坐下，开始阅读一篇神奇的故事——《阿尔芬索与达林达》①。直到现在，我一想起这篇故事，心里就会掠过一阵奇异的感动。那时，也就是在一年前，我向娜达莎提及开头的两句："阿尔芬索，我的故事的主人公，生在葡萄牙；堂拉米罗，他的父亲"等等，我差点儿哭了起来。大概这情形显得非常荒唐，娜达莎想必因此才对我的狂热那样怪怪地笑了。不过她立刻懊悔起来（这一点我还记得），于是为了安慰我，自己也开始回忆往事。说着说着，她也深深地动了感情。那是一个美妙的黄昏；我们谈起一件件往事：谈到我被送往省城进寄宿学校，——天哪，那时她哭得好厉害呀！——还谈到我们最后一次的离别，那是我永远告别瓦西里耶夫斯科耶的时候。那时我已经在寄宿学校毕业，要到彼得堡去，准备上大学。当时我十七岁，她十四岁。娜达莎说，我那时那么笨拙，那么又高又瘦，叫人看了忍不住要笑。分手时我把她拉到一旁，想对她说一件非常重要的事情；可是不知怎么，我的舌头却突然蔫了，说不出话来了。她记起来，我当时非常激动。不言而喻，我们的谈话未能进行下去。我不知怎样说才好，即使说了，她也未必明白我的意思。我只是伤心地哭了

---

① 这是一篇劝谕性的童话，刊登于《培育心智的儿童读物》杂志，1787 年第 11—12 期。

起来，什么也没说，就那么走了。我们很久之后才在彼得堡重逢。这是两年之前的事情。伊赫缅涅夫老人是为了打官司到这里来的，我那时刚刚在文学界崭露头角。

第三章

　　尼古拉·谢尔盖伊奇·伊赫缅涅夫出身于一个早已败落的名门望族。不过，双亲去世后给他留下了一个拥有一百五十名农奴的体面的庄园。二十岁时他参军当了骠骑兵。一切顺利；但是在他服役的第六年，在一个倒霉的夜晚，他赌博把自己的财产输得一干二净。他一宿未睡。第二天晚上他又来到牌桌跟前，押上了自己的马——这已经是他仅有的财产了。这一把赢了，接着赢了第二把、第三把，过了半个钟头，他赢回了自己的若干田庄之一，小村子伊赫缅涅夫卡，根据最近一次男丁普查，这个村子有五十名农奴。他戒了赌，第二天就申请退伍。他无可挽回地丧失了一百个农奴。两个月后，他以中尉衔退役，动身回到自己的小村子。此后他一辈子不再提起输钱的事，而且谁要是敢于向他提起此事，他就一定会同谁闹得不欢而散，尽管他是出名的好脾气。他在村子里苦心经营，三十五岁上娶了家境贫寒的女贵族安娜·安德烈耶夫娜·舒米洛娃，她完全没有妆奁，但她曾在省贵族寄宿学校受教于外国女侨民蒙-雷韦什，这是安娜·安德烈耶夫娜毕生引以为自豪的，不过，从来谁也猜不透，那究竟是怎样的教育。尼古拉·谢尔盖伊奇成了出色的当家人。邻近的地主们都向他学习经营之道。几年过去了，一位地主，彼得·亚历山德罗维奇·瓦尔科夫斯基公爵，突然从彼得堡来到邻近的庄园，那是拥有九百名农奴的村庄瓦西里耶夫斯科耶。他的到来在周围地区产生了相当强烈的影响。公爵虽然不再青春年少，却还是一个年轻人，有不算低的官衔，有重要的上层关系，容貌英俊，家产殷富，而且还是鳏夫，这一点使全县的夫人和少女特别感兴趣。据说他在省城曾受到省长的盛大款待，他和省长沾点儿亲；还听说省城的妇女都"为他彬彬有礼的风度而晕头转向"，等等，等等。总之，他是彼得堡上流社会的杰出代表之一，他们很少在外省露面，一旦光临，便会引起极大的反响。不过公爵并不是一个殷勤多礼的人，对于他用不着的人，以及他认为其地位稍不如己的人尤其如此。他不屑于和庄园附近的邻里结识，这立即给他招来了很多敌人。因此，他突然登门拜访尼古拉·谢尔盖伊奇，使大家都感到异常惊讶。诚然，尼古拉·谢尔盖伊奇是他最近的邻居之一。公爵在伊赫缅涅夫家给人留下了很深的印象。他立刻使老夫妻俩为之着迷；安娜·安德烈耶夫娜对他更是极为欣赏。不久他在他们那里就完全像在家里一样，天天来看他们，也邀请他俩去他的庄园，说俏皮话，讲奇闻轶事，在他们那架蹩脚的钢琴上弹琴唱歌。伊赫缅涅夫夫妇惊讶不置：对这样一位难得的极其亲切友好的人，怎能说他是傲慢、自负、冷酷的利己主义者，而且所有的邻居都异口同声地这样议论他呢？想必公爵是真的喜欢尼古拉·谢尔盖伊奇，因为他是一个淳朴、正直、无私而高尚的人。不过，不久就真相大白了。公爵来到瓦西里耶夫斯科耶是要赶走他的管家，那是一个放荡的德国人，一个自命不凡的农学家，他有令人肃然起敬的满头白发，鹰钩鼻子上架着眼镜，可是，尽管他有这些优点，却无耻地公然盗窃庄园财产，不仅如此，他还把几个农民折磨致死。伊万·卡尔洛维奇终于被人赃俱获，揭穿了，他很生气，大谈德国人的诚实；尽管如此，他还是灰溜溜地被赶走了。公爵需要一个管家，他看中了尼古拉·谢尔盖伊奇，他是出色的当家人，而且非常诚实，这是不容置疑的。显然，公爵很希望尼古拉·谢尔盖伊奇能毛遂自荐，但未能如愿，于是有一天公爵亲自提出了这个建议，态度极其友好而谦恭。伊赫缅涅夫起初不肯；但高额薪金吸引了安娜·安德烈耶夫娜，而公爵倍加亲切的态度又驱散了仅有的疑虑。公爵的目的达到了。应当说，公爵是深谙人的心理的。在和伊赫缅涅夫的短期交往中，他已经完全懂得，他在和怎样的人打交道，他知道，对伊赫缅涅夫必须以诚恳、友好的态度去打动他，必须博得他由衷的好感，不然，钱是起不了多大作用的。他需要的是一个他可以完全放手并且永远信任的管家，这样他就可以永远不到瓦西里耶夫斯科耶来了，这才是他的如意算盘。他在伊赫缅涅夫的心里所引起的好感是如此强烈，以致使他由衷地相信了他的友谊。尼古拉·谢尔盖伊奇是那种极其善良、天真而又富于幻想的人，他们是那么高尚的俄罗斯人，尽管有人对他们说三道四，而且他们一旦喜欢上谁（有时天知道为什么喜欢），就会把心交给谁，他那依恋之情有时会发展到可笑的程度。

多年过去了。公爵的庄园兴旺起来。瓦西里耶夫斯科耶的主人和他的管家之间没有发生过任何不愉快的事情，双方的交往只限于干巴巴的事务性通信。公爵对尼古拉·谢尔盖伊奇的各种安排丝毫不加干预，有时给他出些点子，既务实又精明，使伊赫缅涅夫感到吃惊。显然他不但不喜欢浪费，而且很会赚钱。大约在瓦西里耶夫斯科耶之行的五年之后，他委托尼古拉·谢尔盖伊奇购买本省的另一处拥有四百个农奴的极好的庄园。尼古拉·谢尔盖伊奇非常高兴；公爵的声望，关于他获得成功和飞黄腾达的传闻都使他感同身受，仿佛公爵就是他的亲兄弟。但使他高兴至极的是，公爵在一桩事情上确实表现了对他的异乎寻常的信任。事情是这样的……不过，我认为有必要在这里讲一讲这位瓦尔科夫斯基公爵生平的某些特殊的事迹，在某种程度上说，他在我的这篇故事里也是极重要的人物之一。

第四章

　　我在前面已经提过，他是一个鳏夫。他年纪轻轻的时候就结了婚，是为了钱而结婚的。他的父母在莫斯科彻底破产，几乎什么也没有给他留下。瓦西里耶夫斯科耶抵押了又抵押；他负债累累。这个年方二十二岁的公爵不得不在莫斯科的一个政府机关里当差，他身无分文，踏入社会时是一个"望族的讨饭后裔"①，他和一个包税商的青春已逝的女儿的婚姻挽救了他。包税商，当然，在妆奁上骗了他，不过妻子的钱还是够他把祖传的庄园赎出来，并站稳脚跟。他所娶的这个商人的女儿勉强会写字，连两句话也凑不拢，容貌丑陋，只有一个重要的优点：心地善良，百依百顺。公爵充分利用了这个优点：婚后一年他就丢下这时为他生了一个儿子的妻子，把她留在莫斯科，由她的包税商父亲照料，自己跑到某省去做事了，依靠彼得堡一位显要亲戚的庇护，他在那里谋到了一个相当重要的职位。他一心只想出人头地，飞黄腾达，考虑到他不可能在彼得堡或莫斯科与妻子共同生活，于是决心在外省开始自己的宦途，等待更好的时机。据说，在与妻子共同生活的第一年，他就以粗暴的态度几乎把妻子折磨致死。这种传闻总是会激怒尼古拉·谢尔盖伊奇，他热烈地为公爵辩护，说公爵绝不会有不高尚的行为。但大约七年以后公爵夫人终于死了，于是她那成了鳏夫的丈夫马上迁往彼得堡。他在彼得堡甚至不无影响。他还年轻，漂亮而富有，具有很多出色的品质、无可否认的机智，举止高雅，谈吐风趣，他不是为了寻求机遇和庇护而来，而是有相当独立的地位。人们说，他确实有魅力，有才华，令人倾倒。他特别受到女人的青睐，他和上流社会一位美人的私情成了他的丑闻。虽然他生性节俭，几至吝啬，但一掷千金却毫不在乎，他把钱输给他用得着的人，即使输了巨款也绝不皱一皱眉头。他到彼得堡来不是寻欢作乐：他需要稳稳地踏上仕途并巩固自己的地位。他终于如愿以偿。他那位显要的亲戚纳英斯基伯爵绝不会正眼看他，如果他以普通求助者的角色前来的话，此时却震惊于他的名声，认为对他青眼相看是合适而得体的，甚至把他七岁的儿子接到家里教养。公爵到瓦西里耶夫斯科耶来并与伊赫缅涅夫结识，就是在这个时期。最后，他借助于伯爵，在一个极重要的驻外使馆谋得了很高的职位，出国去了。后来有关他的传闻有点儿暧昧：据说他在国外有过令人厌恶的经历，但谁也说不清情况究竟如何。大家只知道他又添置了一座拥有四百个农奴的庄园，这一点我已经提到过了。多年以后，他以高官的身份从国外归来，在彼

---

① 引自涅克拉索夫的诗《公爵小姐》。

得堡就任要职。在伊赫缅涅夫卡人们纷纷传说，他即将再娶，与富贵而有权势的人家结亲。"他眼看就要当上大官了！"尼古拉·谢尔盖伊奇高兴地搓着手说道。那时我在彼得堡上大学，我记得，伊赫缅涅夫曾特意写信给我，要我核实一下，关于结婚的消息是否属实。他也写信请公爵对我多加关照；但公爵没有答复。我只知道，他的儿子起初住在伯爵家，后来进了高等法政学校，十九岁毕业。我写信把这些情况告诉了伊赫缅涅夫，还说到公爵很爱他的儿子，很娇惯他，现在就已经在为他的未来操心了。这一切都是我的一些同学告诉我的，他们认识小公爵。就在这时，尼古拉·谢尔盖伊奇有一天收到了公爵的一封使他大为惊讶的信……

迄今为止，正如我所说的，公爵与尼古拉·谢尔盖伊奇的交往仅限于干巴巴的事务性通信，现在这封信却非常详细、坦率而友好地讲起了他的家庭情况：他抱怨儿子，说儿子的恶劣行为使他很伤心；当然，他说，对这样一个孩子的淘气还不能看得太认真（显然，他在竭力为他辩解），但他拿定主意要惩罚他、吓唬他一下，就是说，要暂时把他送到乡下，由伊赫缅涅夫加以管教。公爵说，他完全信赖"我的极善良、极高尚的尼古拉·谢尔盖伊奇，尤其是安娜·安德烈耶夫娜"，请求他们两位把他的这个小无赖收留下来，在他独处乡间时开导他，爱他，如果可能的话，主要是要"让他懂得为人处世必须遵循的那些至关重要、不可逾越的规矩"，改正他那轻浮的性格。当然，伊赫缅涅夫老人欣然照办。于是小公爵来了；他俩像迎接亲生儿子一样迎接他。不久尼古拉·谢尔盖伊奇就非常疼爱他，不亚于疼爱自己的娜达莎；后来，即使老公爵与伊赫缅涅夫夫妇已彻底决裂，老头子有时还温情地提到他的阿辽沙——他已经习惯于这样称呼阿列克谢·彼得罗维奇公爵。的确，这是一个非常可爱的孩子：年纪轻轻的美男子，像女孩子一样柔弱而容易冲动，同时又快乐而单纯，胸无城府而又怀有非常高尚的感情，有爱心，诚实、热忱，——他成了伊赫缅涅夫家的宠儿。虽然十九岁了，他还完全是个孩子。很难想象，据说很爱他的父亲怎么会把他赶出家门呢？据说年轻人在彼得堡游手好闲，举止轻佻，而且不肯工作，因而父亲感到伤心。尼古拉·谢尔盖伊奇没有向阿辽沙打听，因为显然，彼得·亚历山德罗维奇公爵在信里对赶走儿子的真正原因避而不谈。不过流言四起，谈到阿辽沙不可原谅的轻佻，与一位夫人的私情，谈到他曾要求决斗，谈到他打牌输掉了令人难以置信的巨款；甚至还说他似乎曾挪用了别人的钱。还有一种传闻，说公爵并不是因为儿子有过错才决心把他赶走，而是出于某些特殊的自私的考虑。尼古拉·谢尔盖伊奇愤怒地驳斥这种流言，何况阿辽沙非常爱他的父亲，虽然他在整个童年和少年时代对父亲并不了解；他谈起父亲来是那么热情洋溢，津津乐道，显然深受其父的影响。阿辽沙偶尔还聊起一位伯爵夫人，说他和他父亲同时追求她，而他，阿辽沙，更受她的垂青，为这事他父亲对他十分恼怒。在讲这个故事的时候，他总是兴高采烈，孩子似的天真烂漫，发出清脆的快乐的笑声；但尼古拉·谢尔盖伊奇马上就加以制止。阿辽沙也证实了关于他父亲正想结婚的传闻。

　　他在这次放逐中差不多生活了一年，每隔一段时间给他父亲写一封措辞恭敬、合乎情理的信，最后，他那么习惯于瓦西里耶夫斯科耶的生活，以致公爵本人到乡下来度夏的时候，被放逐的儿子竟亲自请求父亲让他在瓦西里耶夫斯科耶尽可能长住下去，说乡间生活才是他的真正归宿。阿辽沙的一切决定和向往都是由于他那容易冲动、异常敏感的天性；由于轻浮，有时简直轻浮得荒唐；由于太容易受外界的影响，而自己又太缺乏主见。但公爵对他的请求好像抱着怀疑的态度……总之，尼古拉·谢尔盖伊奇不大认得出自己原先的"朋友"了：彼得·亚历山德罗维奇公爵的变化太大。他突然对尼古拉·谢尔盖伊奇特别挑剔；在庄园里查账的时候，表现了讨厌的贪婪、悭吝和莫名其妙的多疑。这一切使善良的伊赫缅涅夫伤心透了；他很久都不敢相信自己的这种感受。比起十四年前初来时的情形，这一回是截然不同了：这一回公爵结识了所有显要的邻居，却就是从来不到尼古拉·谢尔盖伊奇的家里去，而且对他好像对下属一样摆着架子。这时突然发生了一件莫名其妙的事情：公爵和尼古拉·谢尔盖伊奇激烈地决裂了，却看不出有什么原因。有人暗中听到，他们双方都口不择言，出语伤人。伊赫缅涅夫愤怒地离开了瓦西里耶夫斯科耶，但事情并没有就此了结。地方上突然谣诼纷纭。有人硬说，尼古拉·谢尔盖伊奇摸透了小公爵的脾气，有意在利用他的那些缺点以达到自己的目的；他的女儿娜达莎（这时她已经十七岁了）诱使年方二十的年轻人爱上了自己；父母对他们的恋情持鼓励态度，不过装作什么也没有发觉；又狡猾又"不要脸"的娜达莎终于把年轻人完全迷住了，由于她的作梗，在整整一年里他见不到一位真正的大家闺秀，而在邻近的地主府第就有不少正当妙龄的闺女。还有人硬说，这对情人已经约定，要在离瓦西里耶夫斯科耶十五俄里之外的格里戈里耶沃村举行婚礼，看来是要瞒着娜达莎的父母，其实他们对所有的情况都一清二楚，而且给女儿出了一些下流的点子。总之，地方上那些爱搬弄是非的男男女女所散布的流言蜚语，多得连一本书也写不下。但最令人吃惊的是，公爵对这一切居然深信不疑，甚至专为此事而赶到瓦西里耶夫斯科耶来了，这是因为省里有人给他往彼得堡写了告密的匿名信。当然，对尼古拉·谢尔盖伊奇多少有点了解的人，按说听了针对他的那些诬蔑之词，连一个字也不会信；可事情往往就是这样：大家都非常活跃，大家都在议论纷纷，飞短流长，大摇其头，于是……一致加以谴责。伊赫缅涅夫是太骄傲了，不屑于在那些搬弄是非的人面前为自己的女儿辩护，并且严禁自己的安娜·安德烈耶夫娜向邻居作任何解释。而遭到诽谤的娜达莎本人，甚至过了整整一年，对这些流言蜚语几乎还一无所知：她完全被蒙在鼓里，因而她像一个十二岁的小女孩一样快乐而天真烂漫。

这时争吵在继续。无事生非的人是不会打瞌睡的。告密和作证的人有的是，他们终于使人相信，尼古拉·谢尔盖伊奇多年来对瓦西里耶夫斯科耶的管理远非诚实的典范。不仅如此，三年前尼古拉·谢尔盖伊奇在出售一片小树林时，私吞了一万二千卢布，关于这一点可以在法庭上依法提出确凿的证据，况且他没有公爵关于出售小树林的合法授权，而是他自作主张，只是在事后才向公爵申述出售的理由，而且他上交的货款比实际所得少得多。不言而喻，这一切全是诽谤，后来总算搞清楚了，但公爵全都信了，并且当着证人的面骂尼古拉·谢尔盖伊奇是贼。伊赫缅涅夫也忍无可忍地反唇相讥；于是闹得不可开交。接着一场诉讼就开始了。尼古拉·谢尔盖伊奇由于拿不出任何凭证，主要是由于既没有后台，又没有打官司的经验，所以一开始就处于下风，终于败诉。他的庄园被查封。老头子一怒之下抛开一切，决定干脆迁居彼得堡，亲自张罗自己的案子，只委托一位有经验的代理人留在乡下。看来公爵不久就明白过来，伊赫缅涅夫是无辜受辱。但双方结怨太深，已经毫无和解的余地，于是怒火中烧的公爵全力以赴，力争胜诉，实际上这就等于要剥夺他前任管家的最后一片面包。

第五章

　　这样，伊赫缅涅夫一家就到了彼得堡。我和娜达莎久别重逢的情景我就不说了。四年来我从来不曾忘了她。当然，我自己并不完全了解我在想念她时所怀有的那种感情；不过在我们重逢之日，我很快就明白了，她命中注定是我的人。在他们来到彼得堡的最初的日子里，我老是觉得，这些年来她长进不大，好像一点也没有变，仍然还是我们离别之前的那个小丫头。可是后来我每天都能发现她身上的新的特点，在此之前我从未发觉，仿佛故意瞒过了我，仿佛姑娘在故意向我隐藏她自己，——这样的猜测使我多么喜不自胜哪！老头子来到彼得堡的初期怒气冲冲，肝火很旺。他的事情不妙；他心情愤懑，爱发脾气，整天忙着和公文打交道，无暇顾及我们。安娜·安德烈耶夫娜满怀忧伤，失魂落魄。彼得堡使她害怕。她长吁短叹，忧心忡忡，经常哭泣，怀念过去的生活，怀念伊赫缅涅夫卡，想着娜达莎，姑娘大了，却没有人为她操心，于是向我倾诉她的那些古怪的心事，因为她再也没有可以托付心腹的更好的朋友了。

就在这个时期，在他们到来之前不久，我完成了我的第一部长篇小说，我就是从这部小说开始了我的文学生涯，我是新手，起初还不知道该把稿子往哪儿送。在伊赫缅涅夫家我一字不曾提及；他们差点儿和我吵了起来，怪我过着游手好闲的生活，就是说，我没有职业，也不出去找工作。老头子很伤心，甚至气冲冲地责备我，当然，这是出于对我的父亲般的关怀。我简直羞于向他们提到我的写作。难道真的直说，我不想做事只想写小说吗，所以只好暂时骗他们说，人家不给我安排工作，我正在尽力找事做。老头子也无暇追究。记得，有一天娜达莎听了我们的交谈，悄悄地把我拉到一边，满眼含泪地恳求我想想自己的前途，不停地打听、追问，我究竟在干什么，我没有对她说实话，她就要我发誓，决不做懒汉，混日子，毁了自己。的确，虽然我没有承认我在从事写作，但我记得，对我来说，她对我的劳动、我的第一部长篇小说的一句赞扬的话，将胜过我后来所听到的赏识我的文学批评家们所有最令我引以为荣的评论。我的长篇小说终于出版了。在它问世之前很久，文学界就在纷纷议论。Б.[①]读了我的手稿，高兴得像孩子一样。不！假如我曾经感到幸福，那并不是在我最初陶醉于成功的时刻，而是在我还不曾向任何人朗读或出示过我的手稿的时候：在我充满激情，满怀希望和梦想，沉浸于对劳动的热爱的那漫漫长夜；那时，我醉心于我的幻想，进入我所创造的角色，仿佛

---

① 指著名的文学批评家别林斯基（Белинский）。

他们就是我的亲人，仿佛他们就真实地生活在我们之间；我爱他们，同他们一起快乐，一起悲伤，有时甚至为我的淳朴的主人公—洒最真挚的同情之泪。我简直无法形容，两位老人家是多么为我的成功而喜悦，不过起初他们惊讶极了；他们觉得这太奇怪啦！就说安娜·安德烈耶夫娜吧，她怎么也不肯相信，大家所赞美的那个新进作家就是这个瓦尼亚，他呀，等等，等等，而且老是在摇头。老头子最初在听到传闻时，简直大吃一惊；他惋惜任职的前程被断送了，说所有的文人总是品行不端。但源源不断的新的消息，刊物上的广告，以及他亲耳听到的他所钦佩、信任的人们对我的一些赞扬，使他改变了对这件事的看法。他看到我突然有了钱，了解到文学劳动可以获得多少报酬，这时，他仅有的一些疑虑也就烟消云散。他由怀疑一变而为热情洋溢地充满信任，像孩子一样为我的幸运而兴高采烈，突然对我的未来充满异想天开的希望和令人眼花缭乱的幻想。每天他都为我设想新的前程和计划，而这些计划什么没有考虑到啊！他对我开始表现出一种特别的、前所未有的敬意。可是我记得，有时疑虑还是又会蓦地袭来，往往正是在他狂热地想入非非的时候，于是又使他犹豫起来。

"文人，诗人！奇怪……什么时候诗人也有了地位，显赫起来了？这种人都是文痞，靠不住的呀！"

我发觉，他产生这种疑虑和所有这些极微妙的问题，往往是在黄昏时分（那一切细节和那整个美妙的时期我是多么难以忘怀！）在黄昏时分他老人家似乎总是变得更冲动、敏感而多疑。我和娜达莎已摸透了这个特点，因而预先就在暗暗发笑。记得，为了使他振作起来，我讲了一些奇闻轶事，谈到苏马罗科夫的将军职衔，谈到杰尔查文曾获得鼻烟壶和金币的赏赐，谈到女皇陛下曾亲临罗蒙诺索夫的府上①；讲了普希金、果戈理的故事。

"知道，孩子，我全知道，"老头子说，也许他还是生平第一次听到这些故事呢。"哼！听我说，瓦尼亚，我还是很高兴，你写的玩意儿不是诗。诗呀，孩子，都是胡说八道；你别和我争，相信我这个老头子吧；我是为你好才说的；纯粹是胡说八道，白费时间！写诗是中学生的事儿；诗能把你们这班年轻人搞到疯人院里去……比方说，普希金是伟人，没说的！但不过是些诗罢了，还有什么呢；那是一种虚无缥缈的东西……不过，他的诗我读的也不多……散文②就不同了！散文作者甚至可以让人受到教育，——提一提对祖国的爱啦什么的，或者一般地谈谈伦理道德……是呀！我嘛，孩子，只是不善于表达，不过你明白我的意思；我是爱护你才说的呀。哎，哎，那你就读吧！"他带着点儿鼓励的神气说道，这时我已经把书拿了来，我们已经喝了下午茶，围在圆桌旁坐了下来，"读读你写的东西吧；人们都在对你议论纷纷呢！我们来听听，听听！"

---

① 苏马罗科夫是四等文官，相当于军中一级将军的级别。杰尔查文因撰写颂歌《费丽察》而获得叶卡捷琳娜女皇赐予的金质宝石鼻烟壶和五百金币。1764 年 6 月 7 日叶卡捷琳娜二世参观了罗蒙诺索夫家里的实验室。

② 在俄语里"散文"一词指包括小说在内的一切不讲究韵律的文学作品。

我打开书准备读了。那天晚上我的书刚刚出版，我总算拿到了一本，就跑到伊赫缅涅夫家来朗读我的作品。

我又难过又懊悔，未能早点儿根据手稿读给他们听，因为当时手稿在出版家手里！娜达莎甚至气哭了，她和我吵，怪我让别人比她先读到我的小说……不过现在我们终于围桌而坐。老头子露出特别严肃、准备批评的神气。他要非常严格地判断优劣，"亲自弄清真相"。老太太看上去也特别郑重其事；她为了听朗读差点儿要戴上一顶新的包发帽。她早就注意到，我正怀着无限的情意望着她的宝贝女儿娜达莎；我一同她谈起话来就气息急促，神情恍惚，而娜达莎瞭着我时，小眼睛似乎也比过去更加闪着光彩。是呀！这个时刻终于到了，功成名就、充满美好的希望、春风得意的时候到了，一下子全都有了！老太太还注意到，她的老伴夸起我来太过分，而且看我和女儿的神气有些特别……她惊慌起来：我毕竟不是伯爵、公爵、世袭王子呀，甚至也不是法学院毕业的年轻英俊、胸前挂着勋章的六等文官！安娜·安德烈耶夫娜的愿望是不肯打折扣的。

"大家在夸奖这个人呢，"她在想我的情况，"为什么呢，——不明白。文人，诗人……究竟什么叫文人呢？"

第六章

　　我一口气读完了我的长篇小说。我们在下午茶之后立刻就开始了，一直坐到深夜两点。起初老头子皱着眉头。他期待的是一种仰之弥高的高雅的作品，也许他自己也理解不了，但一定要高雅；却突然那么平常，一切都那么熟悉，——完全就像平常在我们周围所发生的事情。如果主人公是个大人物或有魅力的人物，那倒也罢了，或取材于历史，像罗斯拉夫列夫或尤里·米洛斯拉夫斯基①；可是不，写的是个渺小、卑微，甚至有些傻气的小官吏，制服上的纽扣也掉了；而这一切都是用通俗的文体来写的，完完全全就像我们平时在说话……奇怪！老太太迷惑不解地望望尼古拉·谢尔盖伊奇，甚至好像受了委屈似的有点儿气鼓鼓的，她的脸上明明写着："真是，这样的东西也值得印出来读给人听，还得为它付钱呢。"娜达莎正全神贯注，贪婪地听着，她目不转睛，看着我的嘴唇怎样一句一句地读出来，她自己那美丽的小嘴也随着微微翕动。结果怎样呢？我还没有读到一半，我的听众一个个已经潸然泪下。安娜·安德烈耶夫娜在动情地哭泣，由衷地同情我的主人公，并且非常天真地想对那个遭遇不幸的人有所帮助，这是我从她的声声叹息中体会到的。老头子已经放弃了种种高雅的幻想："一开头就看得出，离完美还差得远呢；马马虎虎，就是一篇小故事；不过能打动人，"他说，"能让人理解周围所发生的事情，并难以忘怀；能让人认识到，最卑微、最渺小的人也是人，该称之为我的兄弟！"娜达莎一边听一边哭，在桌子底下悄悄地紧握着我的手。我读完了。她站了起来，双颊绯红，满眼含泪；她蓦地抓起我的手吻了一下，奔出了屋子。她的父母惊讶得面面相觑。

"哼！瞧她这高兴劲儿，"老头子说道，对女儿的举动大吃一惊，"不过没关系，好，好，这是高尚的冲动！她是好心肠的姑娘……"他瞟着妻子喃喃地说，仿佛要为娜达莎辩解，同时不知什么缘故，仿佛也想为我辩解。

不过安娜·安德烈耶夫娜，尽管她自己在听我朗读时也有些激动，有些伤感，但这时她的神气似乎想说：

"当然，马其顿王亚历山大是个英雄，但干吗要把椅子摔坏呢？"②等等。

娜达莎很快就回来了，又高兴又得意，走过我身边时还拧了我一

---

① 俄国作家扎戈斯金（1789—1852）的历史小说《罗斯拉夫列夫，或一八一二年的俄罗斯人》和《尤里·米洛斯拉夫斯基，或一六一二年的俄罗斯人》中的人物。
② 这是果戈理《钦差大臣》第 1 幕第 1 场中市长对一个历史教员说的话。这个教员在课堂上讲到马其顿王亚历山大的时候，从台上走下，抓起椅子用力摔在地上，把椅子摔坏了。意思是激动得太过分了。

下。老头子又想对我的小说"严肃地"评论一番，但他太高兴了，评论不下去了，于是动情地说道：

"嗯，瓦尼亚，孩子，好，好呀！你让我太高兴了！我会这么高兴，简直出乎我的意料之外。并不高雅，并不伟大，这是显而易见的……我这儿有一本《莫斯科的解放》①，就是在莫斯科写的，——孩子，读了它的第一页就看得出，书中的人物，可以说像雄鹰一样展翅高翔……但你知道吗，瓦尼亚，你的作品更淳朴、更平易近人。我恰恰就是喜欢它这么平易近人！它似乎更亲切；仿佛这一切就是我的亲身经历。要不，高雅又能怎样呢？我也许根本就理解不了。文体我倒想改一改：我是在夸你，可不管怎么说，毕竟少了点儿崇高的意味……可惜现在来不及了，已经印出来了。是不是等到第二版再说？怎么样，孩子，大概还要出第二版吧？那时又可以拿到钱了……嗯！"

"难道您真的拿到了那么多钱吗，伊万·彼得罗维奇？"安娜·安德烈耶夫娜问道，"我看着您，总是不大相信。哎呀，天哪，现在动动笔就有人给钱！"

"知道吗，瓦尼亚？"老头子越发深情地继续说道，"这虽然不是做官，也是一种职业。显要人物也会读到你的书。你刚才说，果戈理有年金，而且被送往国外②。你是不是也会这样呢？啊？或许还不

---

① 这是一本风行一时的历史小说，作者是格卢哈列夫。
② 果戈理当时在意大利，尼古拉二世赏赐他 3 000 卢布，从 1845 年起每年支付 1 000。

到时候吧？还得写点儿什么才行？那就写吧，孩子，快写吧！别躺在成功的桂冠上睡大觉呀。还犹豫什么呢！"

他说话的神情那么信心十足，那么殷切，叫人不忍心打断他的话头，让他扫兴。

"或许也会给你一个鼻烟壶什么的……怎么呢？皇家的恩典是说不定的呀。这是为了表示鼓励。谁知道呢，可能也会奉召进宫吧，"他低声补充道，还郑重其事地眯起左眼，"不会吗？也许谈进宫还太早？"

"嗬，已经谈到进宫啦！"安娜·安德烈耶夫娜仿佛在埋怨似的说道。

"再过一会儿，您就要让我当上将军了。"我由衷地笑着说。

老头子也笑了。他非常得意。

"大人，您不想进餐吗？"调皮的娜达莎在叫了，这时她已经为我们准备了晚饭。

她哈哈大笑起来，跑到父亲身边，用温暖的双臂紧紧地搂着他说道：

"好心的、好心的爸爸！"

老人感动了。

"哟，哟，好了，好了！我只是随便说说嘛。当将军的事儿不谈了，我们吃饭去吧。你这个叫人心疼的丫头啊！"他又添了一句，拍拍娜达莎绯红的面颊，他一有机会就喜欢这样，"你明白，瓦尼亚，我是爱你才说的。嗯，虽然不是将军（离将军还远着呢！），可毕竟也是著名人物呀，文人嘛！"

"爸爸，如今叫作家了。"

"不叫文人？我不知道啊。就算是作家吧；我想说的是，写了一部小说，当然，是当不上宫廷高级侍从的，想也别想；不过总可以出人头地，当一个随员之类的官吧。也可能送你出国，到意大利去疗养或进修，是吧；还会拿钱资助你。当然，你自己也要光明磊落；必须靠工作，靠真正出色的工作去得到金钱和荣誉，不要拉关系走后门……"

"那时您不要骄傲起来啊，伊万·彼得罗维奇。"安娜·安德烈耶夫娜笑着补了一句。

"快给他颁一枚勋章吧，爸爸，随员算什么呀！"

她又在我的手臂上拧了一下。

"这丫头老是拿我寻开心！"老人叫道，深情地望着娜达莎，姑娘满面潮红，一双小眼亮闪闪的，像两颗星星。"我呀，孩子们，真的扯得太远，成了一个阿尔纳斯卡罗夫①了；我从来就是这么个人……不过你知道吗，瓦尼亚，我瞅着你，觉得你是那么普通……"

"哎呀，我的天哪！他该怎样呢，爸爸？"

———————————

① 阿尔纳斯卡罗夫是俄国剧作家赫梅尔尼茨基（1789—1845）的喜剧《空中楼阁》
中的人物，好幻想。

"不，我不是这个意思。不过说起来，瓦尼亚，你的外貌那么……就是说，好像完全不是诗人那样的……你知道，他们诗人哪，据说脸色都那么挺苍白的，还留着那样的头发，而且眼里有那样一种神气……你知道，像歌德或别的诗人那样……我是在《阿巴顿那》①里读到的……怎么？我又说错话了吗？瞧瞧，这个小淘气，这样格格地笑我！我的朋友们，我呀，不是学者，想到什么就说什么。嗯，外貌怎么样，这并不重要；我觉得你的外貌也挺好，而且我很喜欢……要知道，我刚才的话指的不是这方面……不过，你要正直，瓦尼亚，要正直，这是最要紧的；要正直地生活，不要自命不凡！你前程远大。要老老实实地干一番事业，这才是我想说的话，这才是我真正想说的呢！"

那是多么美妙的时光啊！我在他们那儿度过所有闲暇的时间，所有的夜晚。我给老爷子带去文学界和文学家们的新闻，不知怎么，他对这些新闻突然非常关注起来，甚至开始阅读 Б. 的评论，虽然他对 Б. 的文章不甚了了，却热情洋溢地赞扬他，并且对他的那些在《北方雄蜂》②上撰稿的论敌牢骚满腹。老太太密切地注意着我和娜达莎；不过她可管不住我们！我们之间已经有了诺言，我终于听见，娜达莎低着头、微微张着嘴悄声细语：愿意。但两位老人还是知道了；

---

① 俄国新闻工作者、作家和史学家尼·阿·波列伏依（1796—1846）的一部浪漫主义小说。
② 这是作者对《北方蜜蜂报》的戏称，该报发行于 19 世纪 20—60 年代。

他们琢磨呀，考虑呀；安娜·安德烈耶夫娜久久地摇着头。她又纳闷又发愁。她对我没有信心。

"成功了还好，伊万·彼得罗维奇，"她说，"万一失败了，或者有什么意外，那怎么办呢？您要是有个职业就好了！"

"我要对你说，瓦尼亚，"老爷子考虑了好久，终于拿定了主意，"我也看到了，注意到了，说实话，我甚至很高兴，你和娜达莎能……我看，这没有什么不好意思的！你要明白，瓦尼亚：你俩还很年轻，我的安娜·安德烈耶夫娜说得对。再等一等吧。虽然你有才华，甚至才华出众……不过不是天才，像当初人们纷纷议论的那样，你不过是有才华（今天我还读到《雄蜂》中对你的批评，他们对你的贬低也太过分了；不过这算什么报纸嘛！）。是呀！你知道，才华这东西并不是放在钱庄里的存款；你俩都是穷人。再等个一年半载吧，哪怕等一年也好：要是事情顺利，你能牢牢地站稳脚跟——娜达莎就是你的人；要是你办不到，那你自己斟酌斟酌吧！……你是老实人，想想吧！……"

事情就这样搁了下来。一年以后情况是这样的。

是的，差不多正好过了一年！九月晴朗的一天，我在傍晚前来到我的两位老人的家里，我有病，心情极度紧张，我倒在椅子上，几乎昏迷过去。他们看着我简直吓坏了。那时我头晕目眩，愁肠百结，在进去之前，我十次走到门前，又十次回头，——并不是因为我事业无成，既没有荣誉也没有金钱；不是因为我还不是一位"随员"，也没有资格被送往意大利疗养；而是因为在这一年里我仿佛过了十年，我的娜达莎也是度日如年。我俩之间隔着无法逾越的鸿沟……就这样，我记得，我坐在老头子面前，一言不发，心神不宁地折着我那本来就已经皱巴巴的帽檐；我坐在那里等着娜达莎出来，自己也不知道为什么。我衣衫破旧，胡乱地穿在身上；我双颊深陷，又黄又瘦，——不过我远不像一个诗人，在我的眼里也没有不可一世的神气，像尼古拉·谢尔盖伊奇当初所期盼的那样。安娜·安德烈耶夫娜以毫不掩饰、过于匆忙的怜惜的神气望着我，她心里在想：

"就是这个人差点儿成了娜达莎的未婚夫，上帝保佑吧！"

"您要喝点茶吗，伊万·彼得罗维奇？（放在桌上的茶炊沸腾着。）小伙子，您的日子过得怎样呀？您好像病得不轻呢。"她问，她那悲戚的声音仿佛至今犹在耳边。

我现在还仿佛看见：她虽然在对我说话，眼里却流露出别的烦恼，她的老伴正是由于那同样的烦恼而心情抑郁，坐在那里面对一杯已经凉了的茶，想着心事。我知道，与瓦尔科夫斯基公爵的诉讼此刻使他烦恼不堪，这个案子变得对他们不利了，而且他还遇到了新的糟心的事，竟使他郁郁成疾。这个倒霉的案子的起因是小公爵，五个月之前他却找了个机会来探望伊赫缅涅夫一家。老爷子爱他那亲爱的阿辽沙，就像爱自己亲生的儿子一样，几乎天天都惦记他，满心欢喜地迎接他的到来。安娜·安德烈耶夫娜提起瓦西里耶夫斯科耶的往事而哀哀痛哭。阿辽沙瞒着父亲来得越来越勤快了。尼古拉·谢尔盖伊奇，这位正直、坦荡、单纯的老人愤怒地拒绝采取防范措施。出于高尚的骄傲，他连想也不愿想，如果公爵知道儿子又在伊赫缅涅夫家受到接待会怎么说，对他的所有那些荒诞无稽的怀疑心里只有蔑视。但老人不知道，他是否还能承受得住新的侮辱。小公爵几乎天天都来了。有他在，两位老人都很愉快。他往往整晚待在他们家，直到深更半夜才回去。当然，他父亲终于全都知道了。卑鄙无耻的流言蜚语传了开来。他给尼古拉·谢尔盖伊奇写了一封可怕的信，使他感到受了莫大的侮辱，信里写的仍然是过去的老话题，他还禁止儿子再到伊赫缅涅夫家里去。这是我去看他们的两个星期之前的事。老爷子悲愤莫名。怎么！又把他的清白无辜的娜达莎扯进这种卑污的诽谤、恶劣的谣言！过去就曾凌辱过他的那个人又在玷污她的名声……而对这一切却无可奈何！最初他悲愤欲绝地在床上躺了好几天。这些情况我都知道。这件事的详情细节我都听说了，虽然最近我因为疾病缠身、心情沮丧，有三个星期的光景不曾在他们家里露面，一直睡在家里。但我还知道……不！我那时还只是有一种预感，我知道却不愿相信，除了这些纠纷，目前正在他们身边酝酿的不幸，将比世界上的任何事情都更让他们揪心。是的，我痛苦极了；我怕不幸而猜中，我不敢相信，竭力想避免那可怕的时刻。然而我是为她而来的。这天晚上我仿佛身不由己地想去见见他们！

　　"喂，瓦尼亚，"老头子仿佛突然清醒过来，问道，"你不是病了吧？怎么好久不来了？我很抱歉，早就想去看看你，可总是……"

他又陷入了沉思。

"我不大舒服。"我回答道。

"嗯！不舒服！"他过了五分钟才重复了一遍，"就是嘛，不舒服！我当初就说过，叫你当心身体，你就是不听！哼！不，瓦尼亚，我的孩子，看来缪斯女神自古以来就待在阁楼上挨饿，而且还要在那里待下去。是呀！"

是的，老人家心里不痛快。要不是他自己心里有伤痛，他就不会跟我讲什么挨饿的女神。我望望他，他的脸色发黄，眼里流露着困惑的神情，他在想着一个他难以索解的问题。他好像很激动，一反常态地心情烦躁。老伴不安地瞧着他，摇摇头。在他偶尔转过头去的时候，她悄悄地朝他摆摆头，向我示意。

"纳塔利娅·尼古拉耶夫娜身体好吗？她在不在家？"我问忧心忡忡的安娜·安德烈耶夫娜。

"在家，亲爱的，在家，"她回答道，我的问题好像使她感到为难，"她自己马上就出来看你了。可不是！三个星期没有见面啦！不知怎么，她变得有点儿那个，叫人闹不清，她是不是病了，上帝保佑她吧！"

她怯生生地瞅了瞅老伴。

"怎么啦？她没什么，"尼古拉·谢尔盖伊奇不大高兴，生硬地说道，"她好好的。没啥，姑娘大了，不再是孩子了，就是这么回事。谁能闹得清姑娘家的那些烦恼和古怪脾气呢？"

"瞧你说的，古怪脾气！"安娜·安德烈耶夫娜用埋怨的口气抢白道。

老头子不吭声了，用手指敲起桌子来。"天哪，难道他们之间有过什么争执？"我担心地想道。

"哎，你们的情况怎样？"他又说起来，"Б.还在写评论吗？"

"是的，还在写。"我回答。

"唉，瓦尼亚，瓦尼亚！"他挥挥手说道，"评论有什么用啊！"

这时门开了，娜达莎走了进来。

第七章

她手里拿着帽子，进来后把它放在钢琴上；接着走到我跟前，默默地同我握手。她的嘴唇微微颤抖；她好像要对我说点儿什么，向我问候一声，不过什么也没说。

我们有三个星期没有见面了。我看着她又困惑又担心。三周来她变得多么厉害呀！我心痛如绞，愁肠百结，我看到她那苍白、深陷的面颊，患热病似的干裂的嘴唇，在长长的黑睫毛下面，眼睛闪着炽热的火焰和强烈的决心。

可是天哪，她多美呀！我从未见过她那样美，无论是在这不幸的一天之前或之后。这还是那个娜达莎吗？还是那个女孩子吗？仅仅在一年之前，她曾目不转睛地看着我，跟着我微微翕动嘴唇，听我朗读我的小说，在那天的晚饭桌上她是那么快乐，那么无忧无虑地哈哈大笑，同她父亲和我开着玩笑。这还是那个娜达莎吗？在那间屋子里，她曾满面绯红，低着头对我说：**愿意**。

响起了浑厚的钟声，召唤人们去做晚祷。她浑身一颤，老太太画了十字。

"你不是要去做晚祷吗，娜达莎，已经在敲钟了，"她说，"去吧，娜达莎，去祈祷吧，好在很近！顺便也出去走走。何必老关在家里呢？瞧你多么苍白，就像中了邪似的。"

"我……也许……今天就不去了，"娜达莎慢慢地低声说道，仿佛在耳语一样。"我……不舒服，"她又补了一句，脸色白得像纸。

"还是去吧，娜达莎，你帽子也拿来了，刚才是想去的呀。去祈祷吧，娜达莎，祈祷上帝保佑你健康。"安娜·安德烈耶夫娜劝说道，仿佛怕她似的怯生生地望着她。

"是呀，你去吧；还可以出去走走，"老头子也忐忑不安地望着女儿的脸说道，"妈妈说得对。瓦尼亚会陪你去的。"

我发觉娜达莎的嘴边掠过一丝苦笑。她走到钢琴边拿起帽子戴上；她的两只手在哆嗦。她的一举一动仿佛都是无意识的，仿佛她不明白自己在干什么。她的爸妈凝神注视着她。

"别了！"她说，声音勉强听得见。

"咦，亲爱的，干吗告别呢，又不是出远门！到外面去吹吹风也好；瞧你的脸色多么苍白。哎呀！我忘了（我老是忘事！）我给你缝了个护身香囊，我把一篇祈祷文缝在里面。带上吧，娜达莎，但愿上帝保佑你。我们只有你一个闺女啊。"

老太太从针线匣里取出娜达莎贴身带的金十字架；那根细细的链条上挂着刚刚缝好的护身香囊。

"戴上它吧！"她说，一边把十字架给女儿戴上，画着十字，"过去我每天夜晚都在你临睡前这样给你画十字，诵读祈祷文，你也跟着我读。现在你变了，上帝让你的心灵得不到安宁。啊，娜达莎，娜达莎！母亲的深情祈祷也帮不了你！"老太太哭了起来。

娜达莎默默地吻了吻她的手，向门口走了一步；但她突然迅速地转过身来，走到父亲跟前。她的胸脯剧烈地起伏着。

"爸爸，您也画个十字吧……为您的女儿。"她以哽咽的声音说道，在他面前双膝跪下。

她的这个意外的、过于郑重的举动，使我们都大为惊愕。好一会儿，老爷子张皇失措地望着她。

"娜达莎，我的孩子，我的女儿啊，亲爱的，你这是怎么啦！"他终于叫道，泪水夺眶而出。"你为什么忧伤？为什么日夜哭泣？我都知道啊；我夜夜难眠，起身到你的门边倾听！……把一切都告诉我吧，向我，向老父亲敞开心扉吧，我们……"

他说不下去了，把女儿扶了起来，紧紧地搂在怀里。她痉挛地紧偎在他的胸前，把头埋在他的肩头。

"没什么，没什么，没事儿……我不舒服……"她反复申说，由于强忍心酸的眼泪而喘不过气来。

"但愿上帝像我一样为你祝福，我亲爱的孩子，我的宝贝！"父亲说道，"但愿上帝让你的内心永远安宁，远离痛苦。向上帝祈祷吧，我的朋友，你恳求上帝听听我这个罪人的祈祷吧。"

"也要听听我对你的祝福，我的祝福啊！"老太太补充道，泪如雨下。

　　"别了！"娜达莎低声说。

　　她在门边站了下来，又一次望望他们，还想再说点什么，但未能说出来，迅速地走出了屋子。我连忙跟上她，心里有一种不祥的预感。

第八章

　　她低着头，默默地快步走着，看也不看我。不过，在她走完一条街，踏上滨河大道的时候，她突然停住脚步，抓住了我的一只手。

　　"好闷！"她低声说道，"心里堵得慌……好闷！"

　　"回去吧，娜达莎！"我惊慌地叫道。

　　"难道你没有看出来吗？瓦尼亚，我是从家里出走，从此离开他们，**永远**不再回去了。"她说，怀着无限的哀愁望着我。

　　我的心往下一沉。还是在去她家的路上，我就有了这种预感；这一切已经像在雾里一样朦胧地在我眼前出现过，也许，那还是在这天之前很久；但现在她的话还是像晴天霹雳一样使我震惊。

　　我们忧伤地在滨河大道上走着。我说不出话来；我在斟酌、考虑、心慌意乱。我的头发晕。我觉得这种事情太不成体统，太难以容忍！

　　"你在责备我吗，瓦尼亚？"她终于说。

　　"不，不过……不过我不相信；这是不可能的！……"我回答，不知道自己在说什么。

"不，瓦尼亚，这已经是既成事实！我离开了他们，不知道他们会怎样……也不知道我自己的将来会怎样！"

"你是去他那儿吗，娜达莎？是吗？"

"是的。"她回答道。

"但这是不可能的！"我狂怒地叫道，"你知道吗，这是不能容忍的，娜达莎，我可怜的姑娘！要知道，这是发疯。你会使他们痛不欲生，也会毁了你自己！你知道吗，娜达莎？"

"知道，可是叫我怎么办呢，我自己也不想这样呀。"她说，她的话里充满绝望，仿佛她是在走向刑场。

"回头吧，回头吧，现在还来得及，"我恳求道，我越是坚决地恳求她，越是觉得我的这些劝说是白费口舌，越是觉得在此刻说这些话是何等荒唐，"你明白吗，娜达莎，你这样做会给你的父亲造成什么后果？这一点你想过没有？要知道，他的父亲是你父亲的仇家；要知道，公爵侮辱过你的父亲，怀疑他偷了钱，骂他是贼。他们正在打官司啊……什么呀！这还是次要的呢，你知道吗，娜达莎……（天哪，这一切你都知道啊！）你知道吗，公爵怀疑，在阿辽沙客居乡间的时候，你的父母曾故意撮合你和阿辽沙？想一想，当初你父亲听到这种诽谤有多难受。这两年他的头发全白了，——你看看他的样子吧！主要的是，这一切你都知道啊，我的天哪！我不想说，永远失去你，这对两位老人家是怎样的打击！要知道，你是他们的心肝宝贝，是他们晚年唯一的安慰。这一点我连讲也不想讲，因为你自己应当懂得。你要想一想，你父亲认为你无辜遭到那些自以为是的家伙们的诽谤、侮辱，还没有讨回清白！现在呢，恰恰是现在，由于你们接待阿辽沙而重新燃起、加剧了郁积已久的宿怨。公爵再一次侮辱了你的父亲，老人家受到这次新的侮辱正满腔怒火，你突然出走，于是这一切、所有这些指责现在在别人看来就都是对的了！所有那些了解情况的人，现在都会支持公爵，并指责你和你的父亲。那么他会怎样呢？要知道，这会立刻要了他的命！羞愧、耻辱，而且是由谁引起的啊？是因你而起，他唯一的女儿，他的掌上明珠！母亲呢？老伴一死她是活不下去的……娜达莎，娜达莎！你在干什么啊？回头吧！清醒清醒吧！"

她一言不发；她终于看了我一眼，似乎在责怪我，她的目光含有那么钻心的痛，那么强烈的痛苦，我明白了，即使我不说，此刻她的那颗受伤的心也在流血。我明白了，对她来说离家出走是多么痛苦的决定，而我的一番为时已晚、于事无补的话语使她受到怎样的折磨和伤害；我全都明白，然而我还是忍不住继续说了下去：

"刚才你还亲口对安娜·安德烈耶夫娜说过，**也许**你不走了……不去祈祷了。可见你也想留下来；可见你还没有最后下定决心，是吗？"

她只是对我报以苦笑。我何必再问呢？我应该明白，一切都已经无可挽回。但我也豁出去了。

"难道你那么爱他？"我激动地看着她叫道，几乎连自己也不明白在问什么。

"叫我怎么说呢，瓦尼亚？你瞧！他叫我来，我就来了，在这里等他。"她依旧那样苦笑着说道。

"不过，你听我说，你就听一听吧，"我又开始恳求她，想抓住一根稻草，"这一切还可以挽回，还可以采取别的方式来处理，完全不同的另一种方式！不必离开家庭。我教你怎么做，娜达莎。我负责为你们安排一切，一切，约会啦，等等……只是你不要离开家庭！……我为你们传递书信；为什么不呢？这比现在这样好呀：我为你俩效劳；你等着瞧吧，我一定会让你们如愿……你也不会像现在这样毁了你自己，娜达莎……否则你要毁了自己的，完全毁了你自己！相信我吧，娜达莎：一切都会称心如意……一旦你们的父亲停止争吵（他们终究会停止争吵呀），那时候……"

"行了，瓦尼亚，别说了，"她打断我的话，紧紧地握了一下我的手，眼泪汪汪地笑了笑。"善良的，善良的瓦尼亚！你是善良、正直的人哪！一句也不提自己！是我首先抛弃了你，你却宽恕一切，只想着我的幸福。还要为我们传递书信……"

她哭了起来。

"我知道，瓦尼亚，你爱我，现在还爱着我，而在这么长的时间里，你没有抱怨过，从来不说一句让我伤心的话！而我，我……天哪，我多么对不起你！记得吗，瓦尼亚，你还记得我俩在一起的那段时光吗？啊，我不认识**他**，从来不曾遇见**他**，岂不更好！……我就会和你，瓦尼亚，和你生活在一起，我的好心的人儿，我的亲爱的！……不，我配不上你！你瞧，我有多坏，在这样的时候还向你提起我俩往日的幸福，而你本来就满怀失恋的痛苦！这三个星期你没有来，我向你起誓，瓦尼亚，我一次也不曾想到你会骂我、恨我。我知道你为什么不来，你是不愿妨碍我们，不愿在我们面前出现而使我们受到良心的责备。而你自己看到我们不也感到痛苦吗？可我多么盼望你啊，瓦尼亚，多么盼望你来啊！瓦尼亚，你听我说，虽然我如醉如痴地爱着阿辽沙，可是，作为一个朋友，也许我更爱的是你。我觉得，我知道，没有你我活不下去；我需要你，我需要你的心、你的金子般的心……啊，瓦尼亚，我所面临的是多么痛苦、多么沉重的时刻啊！"

她泪如雨下。是的，她的心情很沉重。

"啊，我多么想见到你呀！"她强忍泪水继续说道，"你瘦了，脸色苍白，满面病容；你真的有病吧，瓦尼亚？真是，我问也不问一声！老是在讲我自己；现在你和评论界的关系怎样？你的新的长篇小说还在写吗？"

"现在还顾得上谈小说，谈我吗，娜达莎！我的事算什么呀！没啥，还行，随它去吧！告诉我，娜达莎：是他自己要求你去见他的吗？"

"不，不仅是他，多半还是我。不错，他提过，可是我自己也……你看，亲爱的，我把一切都告诉你吧：他家要给他娶一位富有而高贵的小姐，她的亲戚也都是达官贵人。他的父亲一定要他娶她，你知道，这个人是个可怕的阴谋家；他使出了浑身解数：这是等十年也等不到的机会呀。又有钱，又有上层关系……听说，她是一位很美的姑娘；而且教养、心地样样都好；阿辽沙真被她迷住了。何况他父亲自己也急于了却这桩心事，然后自己也要结婚，所以无论如何一定要把我们拆散。他怕我，怕阿辽沙受到我的影响……"

"难道公爵，"我惊讶地打断了她的话头，"知道你们相爱？他只是怀疑嘛，而且他也不能肯定。"

"他知道，全都知道。"

"是谁告诉他的？"

"阿辽沙全都说了，这是不久之前的事情。他亲口对我说，他把一切都告诉了父亲。"

"天哪！你们这都是什么事啊！他自己把什么都说了？而且还是在这样的时候！"

"别责怪他，瓦尼亚，"娜达莎插话道，"别笑话他！不要像评论别人那样评论他。你要公道。要知道，他和你我不同。他是个孩子，所受的教育也不一样。难道他能懂得他在做什么吗？第一个印象，外界的第一个影响，就足以使他放弃他在片刻之前还信誓旦旦地要为之献身的一切。他意志薄弱。他可以发誓忠实于你，可是就在当天，他能同样真诚地钟情于别人；还首先跑来把这件事告诉你。他大概也会干坏事；但为这件事指责他，看来却是不可以的，只能可怜他。他也能作出自我牺牲，甚至是奋不顾身的牺牲！不过一旦有了一个新的印象，他又会把原来的一切都忘掉。**他也会把我忘掉，如果我不经常留在他身边的话。他就是这么个人！**"

"啊，娜达莎，也许这并不是真的，只是一些谣传而已。请问，像他这样的一个孩子怎能结婚呢！"

"他父亲另有打算，我就告诉你吧。"

"那你怎么知道，他的未婚妻很美，而且他也钟情于她呢？"

"他亲口对我说的嘛。"

"什么！他亲口对你说，他可能正爱着别的姑娘，现在却要求你做出这样的牺牲？"

"不，瓦尼亚，不！你不了解他，你和他相处的时间太少。你要更多地了解他，然后才能评论他。世界上没有人比他更诚实、更纯洁了！怎么？要是他对我撒谎倒反而好吗？至于他钟情于她，那是因为只要我们一个星期不见面，他就会把我忘掉而爱上别人，可是一旦见到我，又会拜倒在我的脚下。不！让我知道这件事，不瞒着我，这样还好些；要不，我会被疑心折磨死的。是的，瓦尼亚！我已经看准了：**假如我不总是留在他身边，经常地、每时每刻地留在他身边，他就会不再爱我，把我忘掉，抛弃我。**他就是这样；别的任何一位姑娘都能让他着迷。那我怎么办呢？我一定会死……死算什么！我倒是甘愿去死！没有他，我活着又能怎样？那比死更糟，比受尽折磨更糟！

哦，瓦尼亚，瓦尼亚！为了他我把父母也抛下了，这是能说明问题的吧。你别劝我了，我的决心已定！我应当每时每刻都把他留在身边；我不能回去。我知道，我毁了自己，也毁了别人……啊，瓦尼亚！"她突然浑身颤抖地叫道，"要是他真的不爱我了，那怎么办！要是真的如你所说（我从来没有说过），他只是在欺骗我，只是装出真诚的样子，其实是个伪善的坏人，那怎么办！现在我在你面前为他辩护，而他此刻也许正和别的女人在一起，还嘲笑我呢……而我，我这个下贱的女人却满大街找他……啊，瓦尼亚！"

她的这声发自内心的沉痛的呻吟，使我为之心酸。我明白了，娜达莎已经管不住自己。只有盲目、疯狂的忌妒才会使她作出如此乖谬的决定。不过，我自己也妒火中烧。讨厌的忌妒使我控制不住自己。

"娜达莎，"我说，"有一点我想不通：既然你这么说他，你怎么还能爱他呢？你不敬重他，甚至信不过他的感情，却毅然决然地随他而去，不惜为了他而毁了大家？这是怎么搞的呢？他会使你一辈子受尽折磨，你也一样，会使他痛苦不堪。你爱他爱得太过分了，娜达莎，太过分了！我不能理解这样的爱情。"

"是的，我发疯似的爱着他，"她回答说，仿佛由于一阵剧痛而脸色发白，"我从来没有这样爱过你。我自己也知道，我疯了，我对他的爱不正常。我这样爱他不好……听我说，瓦尼亚：我早就知道，甚至在我们最甜蜜的时刻我也预感到，他所能给我的只能是痛苦。可是怎么办呢，既然对我来说，为他受苦也是一种幸福？我找他难道是为了寻求欢乐？难道我不早就知道，在他那儿等着我的是什么，我会有怎样的遭遇？他曾发誓爱我，对我山盟海誓；可我一句也不信，过去和现在我都把这些山盟海誓看得一钱不值，尽管他并没有说假话，也不会说假话。我亲自对他说，我不愿使他受到任何束缚。这样对他要好些；谁也不喜欢被拴在链子上，我首先就不喜欢。可我还是乐意做他的奴隶，无怨无悔的奴隶；为他忍受一切、一切，只要他和我在一起，只要我能看到他！我想，即使他爱着别人也好，只要这件事发生在我身边，因而我也能待在他身边……这不是下贱吗，瓦尼亚？"她突然问道，用她那热病似的灼热的目光看着我，有一会儿我觉得她好像是在说胡话。"这是下贱啊，有这样的心思？可是那又怎样？我自己也说下贱，倘若他抛弃我，我就追他到天涯海角，哪怕他把我推开，哪怕他赶我走。你现在劝我回去，——这有什么用呢？即使回去了，明天我又会出走，只要他吩咐一声，——我马上就走；只要他像对狗一样吹个口哨，召唤一声，我就跟着他跑……痛苦！为了他我不怕任何痛苦！我知道，那是**他**给我带来的痛苦……噢，这种情感是无法用语言来表达的，瓦尼亚！"

"父亲呢，母亲呢？"我在想，她似乎已经忘掉他们了。

"要是他不娶你呢，娜达莎？"

"他答应过我，全都答应了。就是为这件事，他才叫我现在到这儿来，明天就悄悄地在城外举行婚礼；不过他不知道他在干什么。他算个什么丈夫啊！好笑，真的。结了婚，他就要犯愁了，就要埋怨了……我不愿惹他埋怨。我把一切都奉献给他，对他却一无所求。是呀，如果结婚使他不开心，那又何必让他为婚姻而感到不幸呢？"

"不，这是人生的一杯苦酒啊，娜达莎，"我说，"怎么，你现在直接去他那儿吗？"

"不，他答应到这儿来带我走；我们约好了……"

于是她热切地向远处眺望，不过还空无一人。

"他还没来！你倒**先**来了！"我气愤地叫道。娜达莎仿佛挨了一拳似的，身子晃了一晃。她的脸病态地扭曲着。

"他也许不会来了，"她苦笑着说道，"前天他写信来说，如果我不保证到这儿来，他就不得不放弃同我去举行婚礼的决定；他父亲就要带他去见未婚妻了。他写得那么简单，那么自然，仿佛这是一件微不足道的小事……如果他真的见**她**去了，那怎么办，瓦尼亚？"

我没有回答。她紧紧地握了一下我的手——同时两眼闪闪发光。

"他在她那里了，"她说，声音勉强听得见。"他本来就希望我不要来，他就可以见她去了，然后他可以说，这不是他的错，他有言在先，只怪我自己不来。我使他厌烦了，他不理我了……啊，天哪！我是个疯子！他最近一次对我说过呀，说他对我厌烦了……我还等什么呢！"

"他来了！"我叫道，蓦地看见他远远地在滨河大道上。

娜达莎浑身一颤，尖叫一声，注视着渐渐走近的阿辽沙，她猛地丢下我的手，向他奔去。他也加快了脚步，片刻之后她已经偎依在他的怀里。这条街上几乎阒无人迹。他俩亲吻着，笑着；娜达莎又笑又哭，好像他们是久别重逢。她那苍白的双颊泛起潮红；她大喜若狂……阿辽沙看见了我，马上向我走来。

第九章

　　我贪婪地注视着他，虽然在此刻之前我已经见过他多次；我望着他的眼睛，仿佛他的目光能消除我的所有困惑，能向我解释，这个孩子究竟凭什么能迷住她，使她如此疯狂地钟情于他，失去理智地甘愿为他牺牲至今视为最神圣的一切？公爵抓住我的双手，紧紧地握了一下，他那温和、清澈的目光直透我的心底。

　　我觉得，仅仅因为他是我的情敌，我对他的看法就有可能出错。是的，我不喜欢他，而且老实说，我永远不会喜欢他，——在所有认识他的人之中，也许我是唯一的一个。我固执地讨厌他的很多特点，甚至他那优雅的外表，也许正因为他的外表太优雅了。后来我才明白，在这方面我的态度也是偏颇的。他高高的个子，瘦瘦的、匀称的身材；椭圆的脸总是略显苍白；金黄的头发，一双蓝蓝的大眼睛露出温和的沉思的神情，有时会突然闪出最纯真、最孩子气的快乐。不大的丰满、绯红的双唇，线条雅致，几乎总有一丝严肃的皱纹，因此他的唇边蓦地露出微笑的时候，才越发出人意料，令人着迷。他的微笑是那么稚气而纯真，以致你会立刻想作出回应，不觉莞尔，不论你当时的心情如何。他的衣着并不考究，却总是那么优雅；显然，他那无所不在的优雅丝毫无需着意，而是生而有之的。诚然，他也有一些不好的习气，一些不失风度的坏习惯：轻佻、自负、不失礼貌的放肆。但他心地开朗、单纯，自己会首先自揭其短，表示悔恨，并且对这些习气加以嘲笑。我觉得，这个孩子绝不会撒谎，即使开玩笑时也不会，如果他撒了谎，那么他确实是没有想到撒谎是不好的。在他身上甚至自私也显得颇有魅力，这也许恰恰是因为他的自私是坦然而不加掩饰的。他胸无城府，心地柔和、轻信、腼腆而又意志薄弱。欺负他、欺骗他简直是罪过，让人觉得可怜，就像欺负孩子是罪过一样。他天真得与年龄不相称，对人情世故几乎一点也不懂；看来，他就是长到四十岁也不会有什么长进。这种人似乎一辈子也长不大。我觉得，没有人能不喜欢他；他会像孩子一样对人撒娇。娜达莎说得对：他在别人的强烈影响之下也会干坏事；不过，一旦意识到这种行为的后果，我想，他会悔恨而死。娜达莎本能地感到，她将是他的主人、主宰；他甚至会成为她的牺牲品。她在预先品味着神魂颠倒地爱，并折磨她所爱的人（恰恰是因为爱他）的快乐滋味，所以她急于首先牺牲自己献身于他。不过他的眼里也溢满爱意，欣喜若狂地看着她。她得意地瞟了我一眼。这时她把一切都置诸脑后，——忘了父母，忘了同他们的诀别，忘了刚才的疑虑……她是幸福的。

"瓦尼亚！"她叫道，"我对不起他，配不上他！我以为你不会

前者为阿辽沙，后者为瓦尔科夫斯基公爵

来了，阿辽沙。忘了我的那些坏想法吧，瓦尼亚。我要为此赎罪！"
她补充说，怀着无限的爱恋看着他。他微微一笑，吻吻她的手，他拉
着她的手转身对我说道：

"您也不要怪我。我早就想拥抱您，就像拥抱亲兄弟一样；她时
常对我谈起您！我和您至今还只是初交，未能成为知己。让我们成为
朋友吧……请宽恕我们。"他低声补了一句，脸微微地红了，但带着
非常动人的微笑，使我不能不由衷地回应他的善意。

"是呀，是呀，阿辽沙，"娜达莎接着说道，"他是自己人，是
我们的兄弟，他已经原谅我们了，没有他我们是不会幸福的。我已经
对你说过……噢，我们是两个残忍的孩子啊，阿辽沙！不过我们要三
个人一起生活……瓦尼亚！"她继续说道，嘴唇在哆嗦，"你现在回
去看看**他们**；你有一颗金子般的心，即使他们不肯饶恕我，可是看到
你也能原谅，他们也许会对我宽容一些。把一切、一切都告诉他们，
用**你自己的**话，发自你内心的话；你要找到合适的话去说……为我辩
解，救救我。按照你的理解，把所有的原因都对他们说清楚。知道
吗，瓦尼亚，如果今天不是你恰巧和我在一起，我也许就没有勇气**对
他们说**！你是我的救星；我立刻就对你寄予希望，你知道怎样对他们
说，使他们第一次听到这可怕的消息时至少可以好受一些。我的天
哪，天哪！……你替我告诉他们，瓦尼亚，就说我知道我是不可原谅
的，他们原谅我，上帝也不会原谅；但是，即使他们诅咒我，我也要
终身为他们祝福，为他们祈祷。我整个的心都放在他们身上！噢，为

什么我们不能人人都拥有美满的生活呢！为什么，为什么！……天哪！我都干了些什么呀！"她突然叫道，仿佛刚刚清醒过来，她恐惧得浑身战栗，用双手捂着脸。阿辽沙拥抱着她，默默地把她紧搂在怀里。好几分钟在沉默中过去了。

"您怎么能要她作出这样的牺牲！"我埋怨地看着他说道。

"您不要怪我！"他又说了一次，"请相信我，现在所有这些不幸，虽然很可怕，但只是暂时的。我对这一点深信不疑。只是要坚强地忍受这暂时的痛苦；她也这样对我说过。您知道：这一切的根子是家庭的自尊，是这些毫无必要的争吵，还有无聊的诉讼！……不过……（我考虑了很久，请相信我）这一切应该结束了。我们大家又结合在一起了，于是我们会很幸福，这样一来，就是两位老人看着我们也会和解。谁知道呢，也许我们的婚姻就是他们和解的开端！我甚至想，结果不可能不是这样。您看呢？"

"你们说到婚姻。你们什么时候举行婚礼呢？"我看了娜达莎一眼，问道。

"明天或后天；至迟后天——大概吧。您瞧，我自己还不太清楚，老实说，还什么都没有准备呢。我原以为，娜达莎今天也许不会来。而且父亲今天一定要带我去见未婚妻（他们在给我做媒，娜达莎对您说过吗？可我不愿）。所以当时我还不能作出什么肯定的安排。不过我们还是有把握在后天举行婚礼。至少我是这样想的，因为非如此不可呀。明天我们从普斯科夫大道走。那里在不远的村子里有我的一个中学同学，他是非常好的人；我也许会介绍你们认识。那儿小镇上还有一个神父，不过，我不能肯定，有还是没有。应当预先问问清楚，可我来不及了……不过，这些其实都是小事。只要能抓住大事就行了。从邻近的大村子里请个神父也可以呀；您看呢？附近总有几个大村子嘛！只可惜我往那儿写几句话也来不及，预先通知一下才好。我的那个朋友现在好像不在家……不过——这不值一提！只要有决心，一切自然能安排好，不是吗？明天或后天她就暂时待在我那儿。我租了一套独立的住宅，我们回来以后就住在那儿。我不能再住到父亲那里去了，不是吗？您一定要来，我布置得可好啦。我的中学校友们会常来走动；我要举行晚会……"

我又困惑又厌烦地看着他。娜达莎用目光恳求我对他不要求全责备，迁就一些。在他讲话的时候，她带着有点儿伤感的微笑听着，同时仿佛也在欣赏他，就像人们在欣赏一个活泼可爱的孩子的颠三倒四、却又可爱的絮叨。我责备地看了她一眼。我感到难以承受地沉重。

"可是您父亲呢？"我问，"您肯定他能原谅你们吗？"

"一定能；他还能怎样？自然，最初他会骂我；我甚至相信，一顿骂是免不了的。他就是这样；对我那么严厉。说不定还要向别人抱怨，总之，使用他做父亲的权力……不过这不要紧。他非常疼我；尽管生气，过一阵子就会原谅我。那时大家言归于好，我们都会很幸福。她的父亲也一样。"

"要是他不肯原谅你呢？这一点你想过没有？"

"一定会原谅，不过，也许不会那么快就原谅我。那又怎样？我要向他证明，我也有坚强的性格。他老是骂我，说我没有坚强的性格，说我轻浮。现在就让他看看，我到底是不是轻浮呢？要知道，成家可不是儿戏；那时我就不再是一个孩子了……我是想说，我就和别人……唔，那些有家室的人一样了。我要靠自己的劳动生活。娜达莎说，这比我们现在这样依靠别人要好得多。要是您知道，她说得有多好啊！我自己怎么也想不到，——我成长的环境不同，所受的教育也不同。诚然，我自己也知道，我轻浮，而且几乎什么也干不了；可是，知道吗，我前天有了一个绝妙的主意。虽然现在还不是时候，但我要告诉您，因为娜达莎也要听听，而您一定得给我们出出主意。是这么回事：我想写小说向刊物投稿，就像您那样。您会帮助我同杂志社联系的，对不对？我就指望您啦，昨晚我通宵在构思一部长篇小说，作点儿尝试，您知道吗，很可能是一部非常精彩的作品。题材我取自斯克里布①的喜剧……不过以后再对您说吧。主要的是，写小说能拿到钱……他们不是付钱给您嘛！"

我忍不住笑了。

"您在笑我，"他也笑着说。"不，听我说呀，"他带着绝顶的单纯补充道，"您别看我这个样子；真的，我是很有观察力的；您等

---

① 奥古斯丁-艾·斯克里布（1791—1861），法国喜剧作家。

着瞧吧。为什么不尝试一下呢？说不定能搞出点儿名堂来……不过，您说的似乎也对：我对现实生活一无所知；娜达莎也这样说；其实大家都这样对我说；我能当什么作家呢？您笑吧，笑吧，给我指点迷津吧；为了她而这样做吧，您是爱她的呀。我实话对您说：我配不上她；我感觉得到，这使我的心情非常沉重，我简直不懂，为什么她会这样爱上我？看来，我要为她奉献我的一生了！真的，在此之前，我什么也不怕，现在却怕了起来：我们这是在干什么呀！天哪！一个人在他决心忠诚地负起责任的时候，却偏偏就没有尽到责任的能力和毅力吗？您要帮助我们，您是我俩的朋友啊！我们只有您一个朋友了。没有您的帮助我能懂得什么呢！对不起，我对您抱着这么大的期望；我认为您是十分高尚的人，比我优秀得多。不过请您相信，我一定会有进步，会配得上你们两位。"

这时他又握了一下我的手，一双漂亮的眼睛流露出善良、美好的感情。他是那么信任地向我伸出手来，那么相信我是他的朋友！

"她会帮助我进步，"他继续说道，"不过您也不要把我们的处境想得太糟，太为我们发愁。我毕竟还有不少指望，我们在物质生活方面是完全有保障的。我，比如说，如果小说写不成（说实话，前不久我还觉得写小说是胡闹，现在不过是随便谈谈，想听听您的意见），——如果小说写不成，我还可以给别人上音乐课。您不知道我懂音乐吧？我并不羞于这样靠劳动过日子。在这方面我的思想是很进步的。再说，我还有很值钱的小玩意和首饰；这些东西有什么用？我把它们卖掉，我们俩，您知道吗，就能过上好一阵子！最后，在万不得已的情况下，我也许真的去任公职。父亲甚至会感到高兴；他一直要我去当差，我总是推说身体不好（不过我的名字已经在什么地方登记过了）。等他看到，结婚对我有好处，使我变得老成持重了，而且我真的开始当差了，——他一高兴就会原谅我的……"

"可是，阿列克谢·彼得罗维奇，您想过没有，您的父亲和她父亲之间现在会发生怎样的纠纷？您想过吗，他们的家里今晚会是一种什么情形？"

于是我用手一指，让他看看听了我的话脸色变得死灰的娜达莎。我是冷酷无情的。

"是呀，是呀，您说得对，这太可怕了！"他回答说，"这一点我是想过的，我心里很痛苦……但怎么办呢？您是对的：哪怕只有她的父母能宽恕我们也好啊！要是您知道，我有多么爱他们哪！对我来说，他们完全就是亲生父母，可我却这样来报答他们！唉，这些争吵，这些诉讼！您不会相信，我们现在有多么烦恼！为什么他们要争吵！……我们大家都这样彼此相爱，却要争吵！言归于好，把案子结了，不就得了！真的，我要是他们就会这样做……听了您的话我很害怕。娜达莎，我俩要办的事是可怕的啊！这话我早就说过……是你自己坚持要这样……不过，听我说，伊万·彼得罗维奇，局面也许还是可以扭转的；您看呢？他们终究是要和解的呀！我们来促使他们和解！就这么办，一定得这样；他们是抵挡不住我们的爱的……即使他们骂我们，我们却还是爱他们；于是他们也就坚持不下去了。您不会相信，有时我的老父亲心肠有多好！他只是看上去那么凶巴巴的，其实他有时非常通情达理。要是您知道，他今天在同我谈话、规劝我的时候，是多么温和啊！可我今天就在跟他对着干；想起这一点我就觉得难过。一切都是由于那些无聊的成见！简直是发疯！要是他能好好地看看她，哪怕和她待上半小时，那会怎样呢？他立刻就会让我们称心如意。"阿辽沙说，一面温柔而深情地望着娜达莎。

"我有一千次乐此不疲地想象，"他继续絮叨着，"他会在对她有所了解以后而喜欢她，而她会使大家那么惊讶。他们谁也不曾见过这样的姑娘！父亲硬说她是个阴谋家。我的责任就是为她恢复名誉，我一定要做到！啊，娜达莎！人人都会喜欢你，人人；没有一个人能不喜欢你，"他兴高采烈地补充道，"虽然我完全配不上你，可你要爱我，那我就……你了解我的意思！我们为了幸福难道还有什么苛求吗！不，我相信，相信今晚将为我们带来幸福、安宁、和谐！愿今晚是个幸福之夜！是吗，娜达莎？你这是怎么啦？我的天哪，你这是怎么啦？"

她的脸色苍白得像死人。在阿辽沙喋喋不休的时候，她一直注视着他；但她的眼神越来越黯淡而呆滞，脸色越来越苍白。我觉得，她后来就不再听了，而是处于一种失神的状态。阿辽沙的惊叫声仿佛突然惊醒了她。她醒了过来，回头一看，突然——她向我扑了过来。她很快地从口袋里摸出一封信来递给我，似乎很匆忙，还好像要瞒着阿辽沙。信是给两位老人家的，昨天晚上就写好了。她在把信交给我的时候，凝神注视着我，那目光仿佛停在我身上不动了。那是绝望的目光；这骇人的目光我永远也无法忘记。恐惧也感染了我；我看出，现在她才真正地意识到，她的行为是多么可怕。她竭力想对我说什么，甚至张口要讲了，却突然晕了过去。我连忙把她扶住。阿辽沙吓得脸都白了；他给她揉太阳穴，吻她的双手和嘴唇。过了两分钟她才醒了。阿辽沙来时乘的一辆出租马车停在不远的地方；他叫来了车。娜达莎在要登上马车时，发疯似的抓住我的一只手，一滴热泪落在我的手上。马车动了。我还久久地站在那里，目送着她离我而去。在这一瞬间，我的幸福顿成泡影，生活也就折成了两段。我痛苦地感觉到这一点……我缓缓地沿着原路往回走，去见两位老人。我不知道，该怎样对他们说，怎样走进他们的家门？我的思绪呆滞，我的两腿发软……

　　这就是我全部幸福的往事；我的爱情完了，结局就是这样。现在我要把中断的故事说下去。

第十章

斯米特死去五天后，我搬进了他原来的住处。一整天我都非常悲伤。天气潮湿、寒冷，下着雨夹雪。傍晚太阳才露了一下脸，一缕迷路的阳光大概是出于好奇，朝我的屋子里瞥了一眼。我后悔搬到了这里。房间倒是挺大，但它那么矮，被熏得黑黢黢的，有一股霉味，又显得空落落的，尽管有几件破家具。那时我就想，我住在这里一定会葬送掉我的最后一点健康。果然不出所料。

整个上午我一直在收拾文稿，加以分类整理。搬家时，因为没有皮包，全都放在枕套里；所以弄得又皱又乱。后来我坐下写作。那时我还在写我的长篇小说；可是我又写不下去了；满脑子想的都是别的事……

我扔下笔，坐到窗边。暮色凄迷，我越来越满怀忧伤。心头萦绕着恼人的思绪。我老是觉得，我终究会死在彼得堡。春天就要到了；看来我又能生气勃勃，我想，只要冲出这蜗居，到野外去，呼吸一下田野和森林的新鲜空气，我和它们已经久违了！……记得，我还有过一个想法，如果出现什么奇迹或魔法，能让我把最近几年所有过、所经历的一切全都忘掉，那有多好；忘掉一切，保持清新的头脑，以新的活力重新开始。那时我还有这样的幻想，还希望获得再生。"哪怕进疯人院也行，"我终于决定，"把脑子整个儿地翻转过来，重新安排一下，然后再把它好好治治。"我渴望生活，对生活抱有信心嘛！……不过，我记得，那时我也笑了。"从疯人院出来又能干什么呢？难道再去写小说？……"

我这样苦涩地幻想着，时间不知不觉地溜走了。已是入夜时分。今晚我与娜达莎有个约会；昨晚她就写信恳切地要我去见她。我跳起来开始准备。我本来就想尽快离开住处，去哪儿都行，哪怕走进风雨和泥泞。

随着暮色四合，我的房间似乎更广阔了，仿佛它正在变得越来越大。我在想象，好像我夜夜都能在任何一个角落看见斯米特：他坐在那里目不转睛地瞪着我，就像他在糖果店里瞪着亚当·伊万诺维奇，而在他的脚边躺着阿佐尔卡。就在这一刹那，我遇到一件意外的事情，使我受到了极大的惊吓。

不过，必须坦白承认：不知是由于神经紊乱，还是由于在新住所里的这些新的感受，或由于最近的心情忧郁，反正每到黄昏我便会渐渐陷入一种古怪的感觉，现在我在病中，这种感觉往往在夜里向我袭来，我称之为**神秘的恐怖**。这是一种最难以忍受、最折磨人的恐惧，我在害怕什么东西，可我自己也讲不清楚它是什么，那是某种不可理解、超出常规的现象，但它一定会出现，也许就在此时此刻，仿佛为了嘲笑一切理性的论据而来到我跟前，作为一个无可否认的事实站在我面前，一个可怕、丑陋、确定不移的事实。通常这种恐惧越来越强烈，毫不理会任何理智的论据，以致在这种时候，理性即使分外清醒，也无法对抗感觉。理性不起作用，它成了无用的东西，精神的这种分裂更加剧了提心吊胆的恐惧感。我想，怕鬼的感觉在某种程度上就是如此。不过，在我的恐惧中，却不知危险为何物，这就使我更加提心吊胆，惴惴不安。

记得，我当时背对门站着，正想拿起桌上的帽子，就在这一瞬间，我突然想，只要我一回头，就会看见斯米特：起先他轻轻地把门推开，站在门口，打量着房间；然后低着头悄悄地进来，站到我面前，用那双茫然的眼睛盯着我，突然他直对着我的眼张开没有牙齿的嘴发出悠长、无声的笑，笑得浑身轻轻地摆动，而且还要好久地摆动不已。这幻影突然活灵活现地印入了我的脑海，同时我心里蓦地有了一种不可动摇的坚定信心，觉得这一切不可避免地必将发生，说不定已经发生了，只是我没有看见而已，因为我是背对着门，正是在这一刹那，也许门正在被推开。我迅速转身，你猜怎么着？——门确实正在被推开，悄悄地，无声地，正如我片刻之前所想象的那样。我惊叫了一声。好久不见有人，仿佛门是自动地开了；突然，一个奇怪的身影出现在门槛上；我在黑暗中只觉得，有一双眼睛在专注而执拗地看着我。一阵寒战掠过我的四肢。使我大为震惊的是，我看到那原来是

个孩子，一个小女孩，即使是斯米特本人来了，那么他也未必能使我如此震惊；一个陌生的孩子居然在此时此刻，这样奇怪，这样意外地出现在我的房间里。

我已经说过，她那样无声地、缓慢地把门推开，似乎不敢进来。露面之后，她站在门口看了我好久，惊讶得愣怔在那里；最后，她轻轻地、慢慢地向前走了两步，站在我面前，依旧一言不发。我凑近了仔细看看她。这是一个十二三岁的小女孩，矮小的个子，消瘦而苍白，好像害了一场大病刚能起床。所以她的一双黑黑的大眼睛显得更加明亮。她的左手把一条破旧的头巾搂在胸口，遮掩着她那在夜晚的寒气中哆嗦的胸脯。可以说，她衣衫褴褛；浓密的黑发不曾梳理，乱成一团。我们这样站了有两分钟，彼此目不转睛地打量着对方。

"外祖父呢？"她终于问，声音勉强听得见，而且嘶哑，好像她的胸腔或喉咙有病。

她这样一问，我的所有神秘的恐怖便一扫而光。她问的是斯米特；他的踪迹意外地显露了出来。

"你的外祖父？他已经死了呀！"我立刻说道，完全没有作好回答她的准备，所以我马上就后悔起来。有一会儿她依旧站着，突然却浑身颤抖，而且抖得很厉害，好像她患有一种危险的神经性疾病，就要发作。我连忙扶住她，不让她跌倒。过了几分钟，她好些了，我看得很清楚，为了对我掩饰她的悲痛，她表现了非凡的自制力。

"对不起，对不起，姑娘！对不起，我的孩子！"我说，"我这样突然告诉你，可实际上也许不是那么回事……可怜的孩子……你是找谁？住在这儿的那个老人吗？"

"是的。"她吃力地低声说道，不安地望着我。

"他姓斯米特？是吗？"

"是——呀！"

"那他……是呀，是他死了……不过，你别伤心，亲爱的。你怎么没有来呢？这时候你是从哪儿来的啊？他是昨天下葬的；他是猝然去世……这么说，你是他的外孙女？"

小女孩没有回答我的这些提得又急又乱的问题。她默默地转身，轻轻地走出了房间。我感到非常惊讶，居然没有挽留她，向她多提一些问题。她在门口又站住了，身子向我半转过来，问道：

"阿佐尔卡也死了吧？"

"是的，阿佐尔卡也死了。"我回答说，我觉得她的问题很奇怪：好像她深信，阿佐尔卡一定会和老人一起死去。小女孩听了我的回答便悄无声息地离开了屋子，轻轻地把门带上。

一分钟以后我跑了出去追她，我气极了，我竟会让她溜了！她那么悄悄地出去，我没有听见她拉开另一扇门的声音，那扇门是通楼梯的。我想，她还来不及走完楼梯，于是我站在穿堂里听着动静。但周围一片寂静，听不到人的脚步声。只有底层砰地传来一声关门的声音，接着又一切归于寂静。

我赶紧下楼。楼梯紧挨我的住处，从五楼到四楼是螺旋梯，从四楼起就是笔直的了。肮脏、污黑的楼梯总是很昏暗。在带小型套房的大楼里，楼梯通常都是这样。这时楼梯上黑洞洞的，什么也看不见。我摸索着走到四楼，我停住脚步，突然我似乎被人轻轻地碰了一下，我想，一定有人在这穿堂里躲着我。我伸出双手摸索起来；小女孩就在那里，躲在一个角落里，脸朝墙壁悄悄地啜泣。

"我说，你怕什么呢？"我开始对她说，"我让你受惊了，我很抱歉。外公在去世前曾谈到你；这是他临终前最后的几句话……我这里还留有几本书；大概是你的。你叫什么名字？住在哪里？他曾说，在六道街……"

不过我的话没有说完。她惊叫了一声，好像她很怕我知道她住在哪里，她用骨瘦如柴的胳膊把我推开，从楼梯上一溜烟地跑下去了。我跟了上去。我还能听到从下面传来的她的脚步声。突然脚步声没有了……等我跑到街上，她已经不在那里。我一直跑到沃兹涅先斯基大街，我发觉我的追寻是徒劳的：她已经无影无踪。"大概她下楼时在什么地方躲了起来。"我想。

第十一章

但我刚走上这条大街的又脏又湿的人行道，就和一位过路人撞了个满怀，他行色匆匆，低着头，看来有满腹心事。我惊讶极了，原来那是伊赫缅涅夫老人。这真是不期而遇。我知道，三天前老人病得很厉害，而我却突然在这样阴湿的天气里、在大街上遇见他。何况他过去也几乎从来不在晚上出门，自从娜达莎出走之后，也就是差不多有半年光景，他简直闭门不出。他看到我似乎非常高兴，好像一个人终于找到了可以畅所欲言的朋友，他抓住我的手，使劲地握了握，也不问我要到哪里去，拖着我就走。他不知在为什么事担忧，匆匆忙忙，心情烦躁。"他这是要去哪儿呢？"我暗自在想。问他是多此一举；他变得十分多疑，有时极平常的一个问题、一句话都被他视为冒犯、侮辱。

我偷偷看了他一眼：他满面病容；近来瘦了很多；胡子有一个星期没刮过。苍苍白发凌乱地露在皱巴巴的帽子下面，乱蓬蓬地披在他那破旧的大衣领子上。我早就发觉，他有时会走神；比如说，忘记房间里还有别人，自言自语，打着手势。看他这样，心里好难受。

"怎么样，瓦尼亚，怎么样？"他说，"你要去哪儿？我嘛，孩子，出门有事。你身体怎样？"

"您的身体怎样呢？不久前还病着，现在就往外跑。"

老人家没吭声，好像不在听我说话。

"安娜·安德烈耶夫娜身体好吗？"

"好，好……不过，她也有点儿不舒服。她好像有心事呢……她在惦记你，问你怎么不来。你现在是到我家去吧，瓦尼亚？不是吗？也许我打扰你了，碍了你的事？"他突然问，满腹狐疑地瞅着我。多疑的老头子那么敏感，他的脾气那么坏，要是我现在对他说，我不到他家去，那他一定会生气，冷冷地同我分手。我连忙肯定地回答他说，我正是要去探望安娜·安德烈耶夫娜，虽然我明知出来迟了，也许已经来不及去看娜达莎了。

"那就好了，"老人说，他听了我的回答完全放心了，"好呀……"突然他住口不说了，沉思起来，好像有话不曾说。

"嗯，好呀！"过了五分钟，他又机械地重复了一遍，仿佛从沉思中清醒过来。"嗯……你知道，瓦尼亚，对我们来说，你一直就像是亲生的儿子；上帝没有赐给我和安娜·安德烈耶夫娜……一个儿子……于是把你送来给我们；我总是这么想。老太婆也是……是呀！你对我们总是又恭敬又亲热，就像是我们亲生的孝顺儿子。愿上帝因此而祝福你啊，瓦尼亚，就像我们两个老人一样祝福你、爱你……但愿如此！"

他声音颤抖起来；只得等了一会儿。

"对了……你怎么样？没生病吧？怎么好久不来了呢？"

我把斯米特的故事都告诉了他，我向他表示歉意，说斯米特的事使我不能脱身，而且我还差点儿病了，瓦西里岛（当时他们住在那里）又太远，我有那些琐事缠身，就去不成了。我险些儿说漏了嘴，说我在这段时间里总算找了个机会去看了娜达莎，不过及时打住了。

老人对斯米特的故事很感兴趣。他听得比较认真了。听说我的新住处很潮湿，也许还不如原来的房子，却要六卢布的月租，他简直火冒三丈。他总是非常爱冲动、不耐烦。这时候只有安娜·安德烈耶夫娜还能哄住他，但也未必总能做到。

"哼……这都怪你的文学，瓦尼亚！"他几乎是恶狠狠地叫道，"文学把你送上了小阁楼，还要把你送进坟墓！我当时说过，有言在先！……Б.怎么样，还在写评论？"

"他已经死了，死于肺痨。我好像对你说过呀。"

"死了，嗯……死了！也只能是这样。怎么，给老婆孩子留下点什么吗？你不是说过吗，他好像是有老婆的……这种人干吗要讨什么老婆！"

"没有，什么也没有留下，"我回答。

"是吗，真是这样！"他十分关切地叫道，仿佛这件事和他密切相关，仿佛去世的 Б.就是他的亲兄弟。"什么也没有！真是什么也没有！你知道，瓦尼亚，我早就预感到，他的结局一定会这样，记得吗，当时你对他还赞不绝口。说起来轻巧：什么也没留下！哼……享有声誉。就算是不朽的声誉吧，可是声誉不能当饭吃呀。孩子，当时我对你以后的情况也都料到了，瓦尼亚；虽然我称赞你，可我在心里料到你情况不妙。这么说 Б . 死了？怎能不死呢！生活又好……这地方又好，你看看！"

他不由自主地指指那雾蒙蒙的街道，阴暗潮湿的空气中闪着几盏路灯的微弱的灯光，又指指那些污秽的房屋、人行道上由于潮湿而闪闪发亮的石板，指指那些愁眉苦脸、怒气冲冲、浑身湿透的行人，指指彼得堡宛如泼了浓墨的黑沉沉的天穹笼罩下的这幅街景。这时我们已经来到广场；我们面前有一座纪念碑耸立于夜色之中，几盏煤气灯从下面照着它，再往前是以撒大教堂的庞大的黑影，它与天空那黑糊糊的色调朦胧难辨。

"你说过，瓦尼亚，他是好人，高尚、有魅力、诚恳而亲切。嘿，他们都是这样，你的那些人都是又亲切又诚恳！不过只会制造孤儿！哼……我想，对他来说死亡倒是好事！唉——！真想离开这里，哪怕是到西伯利亚去呢！……你这是怎么了，小姑娘？"他看见一个孩子站在人行道上乞讨，立即问道。

那是一个瘦瘦的小女孩，最多只有七八岁；衣服又脏又破；一双小脚赤脚穿着破鞋。她竭力用小小的旧连衣裙遮掩冷得打哆嗦的瘦小的身躯，她穿的那条连衣裙早就嫌小了。消瘦、苍白、满是病容的小脸朝着我们；她胆怯地默默看着我们，带着一种怕遭到拒绝的无可奈何的恐惧，把发抖的小手向我们伸过来。老人看着她，忍不住浑身颤抖起来，他向她猛地转过身去，竟把她吓了一跳。她哆嗦了一下，向后一闪。

"你要什么，要什么呀，小姑娘？"他叫道，"要什么？你是在求乞吗？是吗？给，给你……拿着，给！"

他激动得发抖，手忙脚乱地在口袋里翻寻，掏出了两三个银币。但他觉得太少；他取出钱包，从里面拿出一张一卢布的纸币——那是其中的全部所有——把它放在小乞丐的手里。

"基督保佑你，小姑娘……我的孩子！天使与你同在！"

他用颤抖的手给可怜的孩子画了几次十字；但他看到我也在一旁看着他，便突然皱起眉头，快步走了过去。

"你瞧，瓦尼亚，这情形我看不下去，"他在气鼓鼓地沉默了好久之后开口说道，"这些年幼的无辜的孩子在街头冻得发抖……责任在于该死的父母。不过，哪个母亲会让这样小的孩子出来遭罪呢，如果她自己不是走投无路的话！……想必她身边还带着别的孤儿；这是最年长的一个；而那个当娘的呢，自己有病；所以……哼！遭罪的孩子！瓦尼亚，世界上有很多啊……遭罪的孩子！哼！"

他沉默了一会儿，似乎遇到了什么难题。

"你瞧，瓦尼亚，我答应过安娜·安德烈耶夫娜，"他开始说，有点儿语无伦次，"答应她……就是说，我和安娜·安德烈耶夫娜商量好了，想收养一个孤儿……随便找一个；找个年幼的穷孩子，永远收留在家里；你明白吧？光是我们两个老家伙太寂寞啦，唉……不过，你瞧，安娜·安德烈耶夫娜，不知怎么，又反对了。你去同她谈谈吧，知道吗，不要用我的口气，而是好像在从你的角度谈，这样才好。哄哄她……懂吗？我早就想求你办这件事了……你要劝她同意，我自己不大好意思老求她……唉，何必讲这些废话！我要小姑娘干啥？根本就不需要；找点乐趣罢了……能听听孩子的声音……其实，说实话，我是为了老太婆才想要个孩子；她会高兴一些，比老守着我强。不过这都是废话！瓦尼亚，这样走，要走到什么时候才能到呢，还是喊马车吧；走的话，路太远，安娜·安德烈耶夫娜要等得不耐烦了……"

我们到达安娜·安德烈耶夫娜那里的时候，是七点半。

第十二章

　　老两口十分相爱。爱情和多年的生活习惯使他们难分难舍，相依为命。可是不仅现在，就是在以往最甜蜜的时候，尼古拉·谢尔盖伊奇对安娜·安德烈耶夫娜也没有多少话好说，有时甚至很严厉，当着外人的面尤其如此。有些感情细腻的人，特别倔强、纯洁，羞于表露感情，无论在人们面前还是在私下都羞于向爱人表露情意，而在私下有过之而无不及；他们的情意只是偶尔暴发出来，而压抑愈久，暴发就更热情、更猛烈。伊赫缅涅夫老人对安娜·安德烈耶夫娜在某种程度上就是这样，甚至在青年时代就是如此。他尊敬她，非常爱她，虽然她只是一个善良的女性，除了爱他别无所长；她由于心地单纯，有时对他过于亲热，不大含蓄，他就非常恼火。不过娜达莎出走以后，他们彼此之间似乎更温存了；他们痛切地感到自己是那么孤单地留在世上。虽然尼古拉·谢尔盖伊奇有时忧心如焚，可是他们只要分开两个钟头，就会苦苦地彼此思念。他们好像有个默契，就是绝口不提娜达莎，仿佛世界上没有她这个人。安娜·安德烈耶夫娜在丈夫面前简直不敢提她，不过这使她非常痛苦。她在心里早就宽恕了娜达莎。我和她好像有个约定，我每次来都要给她带来她时刻惦记的心爱孩子的消息。

要是好久得不到女儿的消息，老太太就会生病，而我带着消息一到，她对最微末的细节也听得兴致勃勃，怀着迫不及待的好奇心问东问西，听着我的讲述"消愁解闷"，有一次听说娜达莎病了，她简直吓得要死，差点儿就要亲自去看她。但这是少有的例外。起初她即使在我面前也不敢说，她想和女儿见见面。我们谈话结束的时候，她往往把什么都打听到了，这时她差不多总是觉得有必要向我表白一番，一定要强调一下，她虽然关切女儿的命运，但娜达莎实在太不像话，她的过失是不可原谅的。但这些都是表面文章。往往有这样的情况，安娜·安德烈耶夫娜伤心哭泣，虚弱不堪，在我面前用最亲昵的名字呼唤娜达莎，悲伤地埋怨尼古拉·谢尔盖伊奇，见他在座就**指桑骂槐**，说有的人只顾自己的面子，铁石心肠，不肯宽恕人家的过失；不能宽恕别人的人，上帝也不宽恕他；不过她小心翼翼，不敢当他的面再多说一个字。这时老头子马上就板起面孔，闷闷不乐，一声不吭地皱着眉头，或者突然大声谈起别的话题，往往显得非常不自然，或者回他**自己屋里**去，把我们单独留下，这样安娜·安德烈耶夫娜就能哭着，数落着，毫无顾忌地向我倾诉她的悲哀。我每次来访，他也总是和我寒暄两句，就回自己屋里，让我有充分的时间把有关娜达莎的最新消息通通告诉安娜·安德烈耶夫娜。现在他也是这样。

"我全身湿透了，"他一进门就对她说道，"我到自己屋里去，你，瓦尼亚，在这里坐一会儿。他找房子碰到了一桩意外的事情；你对她说说吧。我马上就回来……"

他赶紧走了，甚至竭力不看我们，好像因为亲自把我们拉到一起而不好意思。在这种情况下，特别是在他回来的时候，他对我和安娜·安德烈耶夫娜总是很严厉，很暴躁，甚至爱挑刺儿，好像因为自己会体贴人，能委曲求全而在发脾气，生自己的气。

"你看他像什么样子，"老太太说，她近来对我不再拘礼，也不再见外了，"他对我总是这个样子；其实他知道，他的这些花招我们懂。何必在我面前装模作样！难道我是外人？他对女儿也是这样。他是能原谅她的，也许还很想原谅她，谁知道呢。每天夜里他都偷偷地哭，我听到的！可表面上他硬充好汉。他太爱面子了……伊万·彼得罗维奇，亲爱的，快告诉我，他刚才是到哪里去的？"

"您是说尼古拉·谢尔盖伊奇？不知道；我正想问您呢。"

"他一出去，我就吓得发呆了。他有病呀，天气又这么坏，已经很晚了；嗯，我想，大概有什么重要的事情；可是除了您所知道的那件事，还能有什么更重要的事呢？我只是在心里这么想，可不敢问他。我现在什么事也不敢问他了。天哪，我为他父女俩担心死了。我想，一定是到她那儿去了；是不是决定原谅她了呢？他对情况很了解，有关她的一切最新的消息他都知道；我认为，他肯定知道，不过我想不出，这些消息他是从哪里得到的。他昨天坐立不安，今天也一样。您怎么不说话呀！告诉我，亲爱的，那里又发生什么事了？我像盼望天使一样盼着您来，把眼都望穿了。究竟怎样了，那个坏东西要抛弃娜达莎？"

我立刻把我所知道的一切都告诉了安娜·安德烈耶夫娜。我对她向来是无所不谈的。我告诉她，娜达莎和阿辽沙好像真的要分手了，这次的情况比过去的不和更严重；昨天娜达莎给我写了一封信，恳求我今晚九时到她那儿去，所以我没打算到他们家来，是尼古拉·谢尔盖伊奇把我拖来的。我向她详细说明，现在的情形到了紧要关头；阿辽沙的父亲从外地回来有两个星期了，什么话也不愿听，对阿辽沙十分严厉；但最重要的是，阿辽沙自己对那个未婚妻似乎也并非无意，听说还爱上了她。我又补充说，据我看来，娜达莎在写信时非常激动；她在信中说，今晚一切都要解决了，可是什么问题要解决了？——不清楚。还有一点也很奇怪，信是昨天写的，却指定要我今天去，连时间也指定了：九点。所以我一定得去，还要快点儿去。

"你去，你去，亲爱的，你一定要去，"老太太急忙说，"等他出来你再走，你先喝杯茶……唉，茶炊还没有拿来！马特廖娜！你的茶炊呢！这个淘气的丫头……唔，你喝杯茶，找个像样的借口就走吧。明天你一定要来，把情况都告诉我；早点来啊。天哪！可不能再出什么事啦！按说，还能比现在更糟吗！尼古拉·谢尔盖伊奇全都知道了，我的心告诉我，他是知道的。我通过马特廖娜能打听到好多情况，马特廖娜是听阿加莎说的，阿加莎是玛丽亚·瓦西里耶夫娜的教女，玛丽亚·瓦西里耶夫娜就住在公爵家里……啊，这些你都知道。我的尼古拉今天气得要死。我刚想说话，他差点儿就要对我发脾气，后来他似乎过意不去，说什么缺钱花了。好像他是为钱发脾气似的。午后他去睡觉。我从门缝里（门上有一条缝，他不知道）看他，他呀，怪可怜的，跪在神龛前祈祷呢。我一见他这样，吓得腿都软了。他没有喝茶，也没有睡觉，拿起帽子就走了。他是在四点多钟出门的。我连问也不敢问一声，他会对我发脾气的。他现在常发脾气，多半是对马特廖娜，有时也对我；他一发起脾气来，我就吓得两腿发麻，心里发慌。他没有恶意，不过是在胡闹，我知道他是胡闹，可心里就是害怕。他走了以后，我向上帝祈祷了整整一个钟头，但愿上帝指引他向善。她的信呢，给我看看！"

我给她看了。我知道，安娜·安德烈耶夫娜有一个梦想：总有一天，她时而叫他坏东西、时而叫他无情无义的傻孩子的阿辽沙，会娶娜达莎为妻，而他的父亲彼得·亚历山德罗维奇公爵也会同意这门亲事。她甚至向我流露过这样的意思，不过有时又后悔了，否认她说过这些话。但她无论如何也不敢在尼古拉·谢尔盖伊奇面前表示这种愿望，尽管她知道，老伴怀疑她有这些想法，甚至不止一次婉转地责怪过她。我想，要是他知道他们有可能结婚的话，他一定会诅咒娜达莎，并且永远把她从自己的心里抹掉。

我们当时都这样想。他在一心一意地等待着女儿，不过他等的是她一个，等她悔悟甚至从自己的心里抹掉对她的阿辽沙的记忆。这是他宽恕女儿的唯一条件，虽然没有人这样说过，但你看看他就会明白，就会深信不疑。

"他意志薄弱，是个意志薄弱的顽童，意志薄弱而又冷酷无情，我常这么说，"安娜·安德烈耶夫娜又打开了话匣子，"他没有受到良好的教育，成了个轻浮子弟；她这样爱他，却被他抛弃，我的天哪！可怜的孩子，她可怎么办哪！那个姑娘有什么好，我真奇怪！"

"我听说，安娜·安德烈耶夫娜，"我反驳说，"给他介绍的这个未婚妻是非常迷人的姑娘，纳塔利娅·尼古拉耶夫娜也说她……"

"你可别信！"老太太打断了我的话，"什么叫迷人？你们这些耍笔杆子的，看见女人把裙子一摆，就觉得她迷人了。娜达莎夸她，那是因为心地高尚。她没有本事把他留在身边，总是原谅他，痛苦的是她自己。他欺骗她多少次啦！冷酷无情的坏东西！伊万·彼得罗维奇，我简直担心极了。他们想的就是面子。要是我的老伴能消消气，原谅我那可怜的宝贝，把她接回家来，那就好了。我多想抱抱她，看看她！她瘦了吗？"

"瘦了，安娜·安德烈耶夫娜。"

"我的宝贝呀！还有，伊万·彼得罗维奇，我又碰到了倒霉的事儿！昨夜我哭了一宿，今儿又哭了一整天……算啦！以后再告诉你吧！多少次我绕着弯子求他原谅孩子；我可不敢直说啊，总是巧妙地绕着弯子提起这个话头。我的心老是悬着：我怕他会大发雷霆，诅咒她！我还没有听到他诅咒过……我好担心，就怕他用诅咒对付孩子。

那可怎么得了啊？受到父亲诅咒的人，上帝也会加以惩罚。我过的就是这样的日子，整天胆战心惊。你呀，伊万·彼得罗维奇，也不害臊；按说，你在我们家长大，我们把你看作亲生儿子一样：你倒好，居然说她迷人！还是他们家的玛丽亚·瓦西里耶夫娜讲得好。（有一天我趁老伴上午出去有事，偷偷地请她过来喝茶。）她把所有的底细都告诉我了。公爵，阿辽沙的父亲，和伯爵夫人有暧昧关系。据说，伯爵夫人早就在埋怨他不肯娶她了，他只是一味地推托。这个伯爵夫人在丈夫活着的时候就时常闹出丑闻。丈夫一死，她就出国去了：意大利人和法国人一个个出现了，她开始把一些男爵往家里带；也就是在那时，她勾搭上了彼得·亚历山德罗维奇公爵。她的继女，她第一个丈夫包税商的女儿，一天天长大了。这个当继母的伯爵夫人花完了所有的财产，在这期间卡捷琳娜·费奥多罗夫娜的岁数大了起来，她的包税商父亲给她留在银行里的两百万卢布存款也多了起来。据说她现在已经有了三百万了；公爵灵机一动：替阿辽沙求亲呀！（真精明！他是不会错过机会的。）他们的亲戚，记得吗，那位朝廷重臣，伯爵大人，他也赞成；三百万真是非同小可啊。'好呀，'他说，'你去同那个伯爵夫人谈谈。'于是公爵把自己的愿望告诉了伯爵夫人。她呀，坚决反对，据说她是个不讲理的女人，一个泼妇！听说这里有的人家已经不接待她了；这可不是在国外。'不，'她说，'公爵，你自己同我结婚吧，我绝不会把我的继女嫁给阿辽沙。'而那个姑娘，她的继女，却非常爱她，几乎是崇拜她，对她百依百顺。人们说，她很温顺，有一颗天使般的心！可公爵知道问题在哪里，所以他说：'你呀，伯爵夫人，你别担心。你已经把自己的庄园花光了，又背着还不完的债。要是你的继女嫁了阿辽沙，你的天真的姑娘和我的小傻瓜阿辽沙倒是挺般配的一对；我们就把他们置于我们的支配和我们共同的监管之下。那时你就有钱了。你嫁给我有什么好处呢？'狡猾的家伙！诡计多端！这就是半年前的情况，伯爵夫人犹豫不决，听说现在不同了，他们去了一趟华沙，在那里总算已经谈妥。这就是我所听到的情况，都是玛丽亚·瓦西里耶夫娜告诉我的，她从一个可靠的人那里了解到了全部底细。嘿，原来如此，为的是钱，是几百万卢布，而不是因为那个姑娘迷人！"

安娜·安德烈耶夫娜的话使我大吃一惊。她的话和我自己不久前听阿辽沙本人所说的话完全一致。阿辽沙在讲的时候硬充好汉，说他决不为金钱而结婚。但卡捷琳娜·费奥多罗夫娜使他为之倾倒，陷入了情网。阿辽沙还告诉我，他的父亲自己或许也要结婚了，不过他否认这些传闻，为的是不要过早地使伯爵夫人受到刺激。我已经说过，阿辽沙很爱他的父亲，欣赏他、赞扬他，而且好像相信先知一样相信他。

"你所谓的'迷人的'小姐，也并不是出身于伯爵家庭呀，"安娜·安德烈耶夫娜继续说道，我对小公爵未来的未婚妻的赞美激怒了她。"娜达莎与他反而更般配。她是包税商的女儿，娜达莎出身于古老的贵族世家，是血统高贵的名门闺秀。我的老伴昨天（我忘记告诉你了）开了自己的一只小箱子，那个包铁皮的，你知道吧？他整晚坐在我对面，研究我们家族的古老文献。他的样子那么严肃。我在编结袜子，对他看也不看，我是怕呀。他见我一声不吭，大为光火，他主动招呼了我一声，接着花了整整一个晚上的时间，向我讲解我们的家谱。原来我们伊赫缅涅夫家族早在伊凡雷帝时代就已经是贵族了，而我娘家舒米洛夫家族早在沙皇阿列克谢·米哈伊洛维奇时代就是名门望族，我们有文件证明，卡拉姆辛所著的史书上也有记载。①情况就是这样，孩子，从这方面来看，我们显然也并不比别人差。老伴对我讲起家谱的时候，我就明白他心里在想些什么了。娜达莎被人看不起，大概他心里也不好受。他们只不过比我们多几个钱罢了。哼，就让他到处搞钱去吧，那个强盗彼得·亚历山德罗维奇；谁不知道他是个冷酷无情、贪得无厌的家伙。据说他在华沙秘密参加了耶稣会，这是真的吗？”

“荒唐的谣言。”我回答说，不由得注意到，这个谣言竟能久传不衰。不过尼古拉·谢尔盖伊奇研究家谱倒是一个新闻。过去他从未夸耀过自己的家世。

“都是一些冷酷无情的恶棍！”安娜·安德烈耶夫娜继续说道，“唉，她怎样呀，我的乖女儿还在伤心哭泣吗？啊，你该到她那里去了！马特廖娜，马特廖娜！这个调皮的丫头！他们欺负她了吗？你说

---

① 这两个家族是虚构的，故史书云云皆属子虚乌有。

呀，瓦尼亚。"

叫我怎么说呢？老太太哭了起来。我问她刚才想告诉我，又碰到了什么倒霉事儿啦？

"唉，倒霉的事儿还少吗，看来苦难还没有到头呢！你记得吗，亲爱的，也许你不记得了，我有一个金子的小挂件，那是纪念品，里面有娜达莎幼年的小画像，我的小天使那时八岁。就在那时候，我和尼古拉·谢尔盖伊奇请一位过路的写生画家给画的，看来你已经忘记了，孩子！他是优秀的写生画家，把她画得像一个小爱神：那时候她的头发闪闪发亮，蓬蓬松松；在这幅画里她穿着细纱小衫，隐隐约约地透出小小的身躯，她是那么美丽，简直叫人看不够。我请画家给她画上一对小翅膀，可画家没有同意。这不，在我们遭到这些可怕的事情之后，我就把小挂件从首饰盒里取出来，用一根细绳子挂在胸口，同十字架挂在一起，可我很怕让老伴看见。因为他曾吩咐我把她所有的东西都从家里扔掉，或者烧掉，不留任何能让我们想起她的东西。可我至少能看看她的画像呀；有时我就望着画像流泪，——心里会觉得好过些，有时在我独自待着的时候，我吻着它，好像在亲吻她本人一样；我时常用亲切的名字呼唤她，每次在就寝前对着它画十字。我在没有旁人的时候同她讲话，向她问点儿什么，想象着她怎样回答，接着又问。啊，亲爱的瓦尼亚，说起来心里好难受！不过我也很高兴，至少他不知道有这个挂件，也没有注意到。可是，昨天早晨小挂件突然不见了，只有细绳子还在，大概是绳子被磨断，我把它弄丢了。我简直惊呆了。找吧；找呀，找呀，——就是没有！无影无踪，消失了！丢到哪里去了呢？我想，大概是掉在被子里吧；我到处翻遍了——没有！如果是掉在什么地方，也许会有人拾到，谁会拾到呢，除了**他**或马特廖娜？我看，不可能是马特廖娜，她对我是一片忠心……（马特廖娜，你能不能把茶炊快点儿拿来？）嗨，我想，要是他拾到了，那可怎么办？我伤心透了，哭呀，哭呀，眼泪也留不住。尼古拉·谢尔盖伊奇对我越来越亲热；他望着我，心里也很难受，好像知道我为什么哭，在可怜我呢。我心里在想，他怎么会知道呢？或许他真的发现了小挂件，拿起来就从窗口扔了出去。在气头上他是会这么干的；他扔了以后，现在又很伤心，后悔不该把它扔了。我就带着马特廖娜到窗外去找，却什么也没有找到。如同石沉大海。我哭了一夜。第一次没有为她祝福。唉，这是要出事的，要出事的，这不是什么好兆头；我又哭了一天，眼泪不曾干过。我在等您，亲爱的，就像盼望天使一样，能讲讲心里话也好哇……"

老太太伤心地哭了起来。

"啊，对了，我忘记告诉您了！"她突然想起了什么，高兴地说道，"他对您说起过孤女的事吗？"

"说过，安娜·安德烈耶夫娜，他对我说，你们两位商量好了，决定收养一个穷苦的小女孩，失去父母的孤女。这是真的吗？"

"我可不想要，孩子，我可不想要！我不要什么孤女！她会让我想起我们的厄运，我们的不幸。除了娜达莎，我谁也不要。我们只有一个女儿，今后也一样。他居然想起要一个孤女，这究竟是什么意思呢，孩子？你是怎么想的，伊万·彼得罗维奇？他看见我流泪，想让我得到安慰，还是要把亲生女儿忘得一干二净，去疼爱别的孩子？一路上他对您是怎样谈起我的呀？您觉得他怎样，很严厉？在生气？嘘！他来了！以后，孩子，以后再说……别忘了，你明天一定要来……"

第十三章

老头子进来了。他疑惑而又似乎有点儿羞愧地打量了我们一下，皱着眉头走到桌子跟前。

"茶炊呢，"他问，"到现在还没有送来吗？"

"就来了，亲爱的，就来了；瞧，她拿来了。"安娜·安德烈耶夫娜慌忙说道。

马特廖娜一看见尼古拉·谢尔盖伊奇，就拿着茶炊走了进来，好像她一直在等他进来，好把茶炊给他送来。她是一个忠实可靠的老仆人，不过她是世界上最任性、最爱唠叨的女仆，脾气又犟又固执。她只怕尼古拉·谢尔盖伊奇，在他面前总是不敢多说话。不过在安娜·安德烈耶夫娜面前，她却让自己得到了充分的补偿，处处对她粗声粗气地说话，明显地想要支配自己的女主人，其实她真心实意地爱着她和娜达莎。这个马特廖娜我在伊赫缅涅夫卡就认识了。

"哼……浑身湿透了好难受；可是人家连茶也**不愿**给你喝。"老头子低声嘀咕道。

安娜·安德烈耶夫娜马上给我使了个眼色。他最讨厌这种神秘的暗示，虽然他此刻竭力不朝我们看，但是从他的脸色就能猜得到，安娜·安德烈耶夫娜恰在此时向我使了眼色，他是心知肚明的。

"我是为了那个案子出去的，瓦尼亚，"他突然说了起来，"情况很糟糕。我对你说过吗？完全判我有罪。可是没有证据，没有必要的证明文件；调查的结果是不真实的……哼……"

他说的是他和公爵的诉讼；这场官司还一直拖着，但前景对尼古拉·谢尔盖伊奇非常不利。我沉默着，不知说什么好。他怀疑地看了看我。

"也好！"他突然接着说道，我们的沉默似乎激怒了他，"越快越好！他们可以判我赔偿，但我并不是卑鄙的贪污犯。让他们判决吧，我问心无愧。至少案子可以了结了；我解脱了，破产了……我就扔下一切，到西伯利亚去。"

"天哪，你怎能走呢！何必跑到那么远的地方去呀！"安娜·安德烈耶夫娜忍不住不说了。

"这里近？离什么近呀？"他粗鲁地问，好像很高兴有人反驳他。

"唉，毕竟……离人们……"安娜·安德烈耶夫娜说，满腹忧愁地看了看我。

"离什么样的人们？"他叫道，把火辣辣的目光从我身上转向她，又转向我，"离什么样的人们？你是说那些强盗，那些造谣诽谤、忘恩负义之辈？这样的人到处都有；你放心，在西伯利亚也能找到。要是你不愿与我同去，也行，你就留下；我是不会勉强你的。"

"尼古拉·谢尔盖伊奇，老爷！没有你叫我为谁留下呀！"可怜的安娜·安德烈耶夫娜叫道，"除了你，在这世上我就没有别……"

她没有把话说完，突然住口，以惊慌的眼神望着我，仿佛要我帮她说情。老头子正在气头上，爱挑刺儿；同他唱反调是不行的。

"得啦，安娜·安德烈耶夫娜，"我说，"去西伯利亚并不像您想象的那样糟，万一遭到不幸而你们不得不卖掉伊赫缅涅夫卡，尼古拉·谢尔盖伊奇的主意还是不错的。在西伯利亚可以找到一份像样的私人工作，那时……"

"对呀，伊万，至少你的话说在点子上了，正合我的心意。我要扔下一切就走。"

"嘿，我可没有想到！"安娜·安德烈耶夫娜举起双手一拍，叫道，"你瓦尼亚也说该到那里去！我没有想到你，伊万·彼得罗维奇也会这么说……好像我们对你一向不错呀，可现在……"

"哈哈哈！你想怎样啊！在这里我们靠什么过日子呢，你想想吧！我们的钱用完了，已经没有经济来源！你要叫我去向彼得·亚历山德罗维奇公爵求饶？"

一提起公爵，老太太吓得发抖，她手里的茶匙在茶碟上碰得叮当作响。

"可不是，"伊赫缅涅夫接着说道，怀着固执的幸灾乐祸的心情，越说越激动，"你看呢，瓦尼亚，该去！何必到西伯利亚去呢！最好我明天就打扮一下，梳个漂亮溜光的发式，安娜·安德烈耶夫娜再给我准备一件簇新的胸衣（去见这样的人物就得这样呀！），为了有文雅的风度，再买一副手套，然后去对他大人说：'老爷，大人，恩公，亲爹！你饶了我吧，赏给我一片面包吧，——我家里有老婆，孩子还小……'是吗，安娜·安德烈耶夫娜？你是要这样吧？"

"老爷……我什么也不要！我说了蠢话；如果我让你生气，你就原谅我吧，不过你别嚷嚷呀。"她说，由于害怕抖得越来越厉害。

我相信，他眼看妻子老泪纵横，吓得发抖的样子，一定愁肠百结；我相信，他比妻子更痛苦百倍；但他欲罢不能。那些天性非常善良但神经脆弱的人往往如此，他们固然善良，却会沉浸于自己的悲哀和愤怒而以一吐为快，无论如何也要找机会发泄一下，甚至不惜伤害无辜，而受伤害的多半总是他最亲近的人。比如妇女，有时会有一种觉得自己很不幸、很委屈而伤感的欲望，虽然她并没有什么委屈和不幸。在这方面，有许多男人也像妇女一样，他们甚至并不是性格软弱的人，很少有女性的特点。老头子现在就有一种吵架的欲望，虽然这种欲望使他感到苦恼。

记得，我当时就有了一个想法：也许在此之前他真的像安娜·安德烈耶夫娜所揣测的那样，采取了一个乖张的行动！说不定他受到上帝的指引，真的是要到娜达莎那里去，可是半路上改变了主意，或者是由于什么原因未能去成，大概情况就是这样，于是他回到家里，又气恼又沮丧，对自己刚才的情感和愿望感到羞惭，只想找个人发泄一下他由于自己的**软弱**而产生的怒气，而他所找的正是他怀疑同他抱有同样愿望和感情的人。也许在想原谅女儿的时候，他所想象的恰恰是自己可怜的安娜·安德烈耶夫娜的激动和快乐，所以在受到挫折以后，**自然而然**，倒霉的首先就是她了。

　　但是她在他面前怕得发抖的沮丧的样子感动了他。他似乎为自己的愤怒感到愧疚，暂时忍住了。我们大家都沉默着；我竭力不去看他。但好景不长。无论如何，不吐不快，哪怕是发泄一下，诅咒几句。

　　"你瞧，瓦尼亚，"他突然说道，"遗憾，我本不想说，不过到了这个时候，我应当直言不讳，像任何一个坦率的人那样……懂吧，瓦尼亚？你来了我很高兴，所以我要大声说出来，让**别人**也听听，我要说，这一切胡闹、眼泪、叹息、不幸让我讨厌透啦。我从自己的心里挖出去的东西，也许带着鲜血，带着痛苦挖出去的东西，永远不会再回到我的心里来了。是的！我说到做到。我说的是半年前发生的事情，你明白的，瓦尼亚！我说得如此坦率，如此直截了当，就是让你绝不会对我的话有任何误解，"他补充道，用发红的眼睛望着我，看来在避开妻子的惊恐的目光。"我再说一遍：这是胡闹，我不想再看到！使我气得发疯的是，**人家**把我当作傻瓜，当作最下贱的混蛋，认为我会有那么下贱、那么软弱的感情……认为我痛苦得要发疯了……胡闹！我抛弃了，忘掉了过去的感情！对我来说，没有回忆……是的！是的！是的！就是！……"

他从椅子上跳起来，挥拳猛击桌子，震得茶碗叮当作响。

"尼古拉·谢尔盖伊奇！您就不可怜安娜·安德烈耶夫娜吗？您看看，您对她干了些什么。"我说，我忍无可忍了，几乎是愤怒地望着他。不过我只是在火上浇油。

"不可怜！"他叫道，浑身颤抖，脸色发白，"不可怜，因为人家也不可怜我！不可怜，因为在我的家里有人在搞阴谋诡计，反对我这个遭到侮辱的人，为了那个堕落的女儿，她该受到诅咒，受到惩罚！……"

"老爷，尼古拉·谢尔盖伊奇，你别诅咒呀！……你要怎样都行，就是不要诅咒女儿呀！"安娜·安德烈耶夫娜叫道。

"我要诅咒！"老头子叫得比刚才更响，"因为人家要求我这个受委屈、受侮辱的人到那个该诅咒的东西那里去，还要请求她的原谅！是的，是的，就是这么回事！这使我日日夜夜受着折磨，就在我自己的家里，用眼泪、叹息、愚蠢的暗示折磨我！想让我心软……你看，你看，瓦尼亚，"他补充道，急忙用颤抖的双手从自己的侧袋里往外掏文件，"这就是我们案情的摘录！根据这个案子，我现在是贼，是骗子，我盗窃了我的恩人！……是她使我受到了这样的奇耻大辱！……喏，喏，你看，你看！……"

他把上衣侧袋里的各种文件一份又一份地扔在桌上，迫不及待地在其中翻寻着他要拿给我看的那份文件；可偏偏就是找不到。他不耐烦地从口袋里猛地掏出一把东西来，突然当的一声，一样东西重重地掉在桌上……安娜·安德烈耶夫娜叫了起来。这就是失去的挂件！

我简直不相信自己的眼睛。老头子血涌了上来，脸涨得通红；他哆嗦了一下。安娜·安德烈耶夫娜合掌站着，哀求地看着他。老头子在我们面前红着脸，还有他的窘态……是的，没错，她现在明白了，她的挂件怎么会不见了！

她明白，是他拾到的，因为找到它而满心欢喜，也许高兴得发抖，瞒着别人私自把它珍藏起来；她明白，他会悄悄地避开别人，怀着无限的爱看着自己钟爱的女儿的小脸，看也看不够，或许他也和可怜的母亲一样，锁上门，单独与自己心爱的娜达莎谈心，想出她的种种回答，自己再对她的话作出答复，到了夜里，愁肠寸断，强忍着啜泣，爱抚着、亲吻着可爱的肖像，不是诅咒，而是原谅并祝福当着别人的面不愿看到还要加以诅咒的爱女。

"我的亲人，原来你还爱着她！"安娜·安德烈耶夫娜叫道，她在这个一分钟之前还曾诅咒她的娜达莎的严厉的老人面前，不再拘束了。

但是他一听到她的叫声，他的眼里就露出了狂暴的怒火。他抓起挂件，用力摔在地下，发疯似的用脚践踏。

"我要永远、永远诅咒你！"他气喘吁吁，声音嘶哑地说道，"永远，永远！"

"天哪！"老太太叫道，"她，她！我的娜达莎！她的小脸……

他在用脚踩！用脚踩呀！你这个暴君！没有感情，刚愎自用的冷血动物！"

听到妻子的哀叫，疯狂的老人停了下来，被自己的行为吓坏了。突然他抓起地上的挂件，向屋外扑去，不过，他只走了两步，就跪倒在地，两只手臂撑在面前的一张沙发上，精疲力竭地垂下了他的头。

他像个孩子，像个女人一样号啕大哭。他哭得声嘶力竭，仿佛胸膛要爆裂似的。威严的老人刹那间成了软弱的婴儿。啊，现在他不会诅咒了；他在我们面前已经不再害羞了，一阵猝发的爱的冲动，使他又无数次地亲吻着片刻之前他所践踏的那幅肖像。仿佛在他心里压抑太久的对女儿的情和爱，现在要以不可遏止的力量喷涌而出，要以爆发的力量把他击得粉碎。

"你宽恕她吧，宽恕她吧！"安娜·安德烈耶夫娜在他身边弯下腰来，拥抱着他，哭着叫道，"亲爱的，让她回到家里来吧，到了末日审判的时候，上帝也不会忘记你的宽容和仁慈呀！……"

"不，不！说什么也不行，决不！"他用嘶哑、窒息的声音激动地说，"决不！决不！"

第十四章

我到达娜达莎那里的时候已经很晚了，已是晚上十点。她那时住在丰坦卡河边，靠近谢苗诺夫桥，那是商人科洛图什金的一座肮脏的"大厦"，她住在四楼。在离家出走的初期，她和阿辽沙住的是三楼的一套极好的房子，不大，但又漂亮又舒适，在铸造厂街。可是不久小公爵的钱就用完了。音乐教师没有当成，而是借钱度日，欠下了对他来说数额巨大的债务。他把钱用于装修房屋，向娜达莎赠送礼品，她反对他挥霍浪费，婉言规劝，有时甚至伤心落泪。阿辽沙有时花上整个星期，满心欢喜地考虑给她送什么礼物，想象她接受礼物的情景，这使他快乐得像过节一样，事先就兴高采烈地把他的期待和幻想告诉我，她的规劝和眼泪使多愁善感的阿辽沙非常扫兴，那样子简直叫人可怜，后来礼物往往会在他们之间引起埋怨、伤感和争执。此外阿辽沙还背着娜达莎花了好多钱；他受同伴们的影响，拈花惹草；他常到约瑟芬和米内之类的坏女人那里去；不过心里还是很爱娜达莎。他爱她，却又很苦恼；他常到我这儿来，心灰意懒，满腹忧愁，说他连娜达莎的一根小指头也不如，说他粗俗下流，不能理解她，也配不上她的爱。在某种程度上说，他的话是对的；他俩太不相称了；他觉得在她面前自己像个孩子，而她也总是拿他当孩子看待。他流着眼泪向我忏悔同约瑟芬搞在一起，又恳求我不要告诉娜达莎；有时在向我这样坦白之后，他胆怯地、战战兢兢地拉着我去她那儿（他一定要拉着我去，他说他干了坏事害怕见她，只有我能替他壮胆），娜达莎一看到他那副窘态就明白了内情。她的忌妒心是很重的，我不明白她为什么总是原谅他的轻薄。情况通常是这样：阿辽沙和我走了进去，他胆怯地招呼她，胆怯地、温情脉脉地看着她的眼睛。她马上就猜到他干了坏事，但是不露声色，从来不提这件事，也不追问，立刻对他加倍温存，更加温柔、愉快，——这并不是她的什么花招或狡猾的诡计。不，对这位优秀的女性来说，原谅和宽容好像是一种无上的快乐；她仿佛能在宽恕阿辽沙的过程中发现一种特别的、细腻的美妙之处。不错，那时还只涉及约瑟芬们这样的问题。看到她那么温顺而宽容，阿辽沙忍不住了，马上就主动招认一切，表示忏悔，——为的是减轻良心的责难，"改邪归正"，他这样说。他得到了宽恕，于是兴高采烈，有时甚至快乐、感动得哭了起来，对她又是亲吻又是拥抱。接着马上欢天喜地，以孩子气的天真坦白，开始讲述他和约瑟芬的风流韵事的所有细节，笑容满面，哈哈大笑，他感谢娜达莎，赞美娜达莎，于是这个晚上有了一个美满而快乐的结局。钱花光以后，他开始变卖东西。由于娜达莎的坚持，终于在丰坦卡河边找了一个便宜的小小的住所。东西还是在继续变卖。娜达莎甚至卖掉了自己的衣服，并且开始寻找工作。阿辽沙知道了，他的绝望是没有止境的：他诅咒自己，大叫大嚷地说他蔑视自己，可是却一筹莫展。现在甚至这最后的经济来源也已经断绝了；只有靠工作维持生计，而工作的报酬是极其微薄的。

从他们共同生活的最初起，阿辽沙就和父亲为此大吵了一场。那时公爵想要儿子娶伯爵夫人的继女卡捷琳娜·费奥多罗夫娜·菲利蒙诺娃，还只是个打算，但他强烈地坚持这个打算；他带阿辽沙去见未来的未婚妻，劝说他要努力讨她的欢心，软硬兼施地要他服从；但由于伯爵夫人的反对而未能如愿。于是父亲对儿子和娜达莎的关系也就睁一只眼闭一只眼，听凭时间去解决。他知道阿辽沙轻浮放荡，希望他的爱不久会成为过去。对于他有可能娶娜达莎为妻，公爵直到最近几乎不再担心。至于那一对情人，他们把这个问题暂时搁置下来，想等他和父亲和解，情况发生变化。不过，娜达莎看来不想谈这件事。阿辽沙私下向我透露，他的父亲对事态的发展还有些高兴：他高兴的是，伊赫缅涅夫在这件事上丢了脸。表面上他对儿子仍然表示不满：减少了给儿子的本来就不多的生活费（他对儿子非常吝啬），还威胁要停止供给。但不久他就跟着伯爵夫人到波兰去了，伯爵夫人在那里有事情要办，不过他还是不知疲倦地为儿子求亲。不错，阿辽沙还太年轻，不宜结婚；可是姑娘太富有了，要他坐失良机是不可能的。公爵终于达到了目的。我们听到传闻，求亲的事总算有了进展。在我所描写的那个时候，公爵刚刚回到彼得堡。他对儿子很亲热，但他和娜达莎的关系那么牢固，使他感到吃惊，很不高兴。他开始失去信心，担心起来。他坚决而严厉地要求儿子断绝这种关系，不过很快他就想到了更好的办法，他把阿辽沙带到了公爵夫人的家里。她的继女可以说是个美人儿，几乎还是未成年的小女孩，有一颗极善良的心，心地开朗、纯洁，她快乐、聪明、温柔。公爵指望半年的时间就足以达到目的，那时娜达莎对他的儿子已经没有了新奇的魅力，他的儿子也不会再以两年前的眼光看自己未来的未婚妻了。他只猜对了一半……阿辽沙的确被迷住了。我还要补充一点，父亲忽然对儿子特别亲热起来（不过还是不给他钱）。阿辽沙觉得，这亲热的态度下面掩盖着百折不挠的决心，心里很难受，——不过，要是不能每天都看到卡捷琳娜·费奥多罗夫娜，他就会更难受。我知道，他已经有五天不曾在娜达莎那儿露面了。我从伊赫缅涅夫家到她那儿去的路上，不安地猜测着，她想对我说些什么呢？我远远地就看到了她窗口的灯光。我们早已有个约定，如果她很想见我，而且一定要见我，就在窗口点一支蜡烛，这样，我在近处走过的时候（我几乎每晚都从那里走过），就凭窗口那不平常的灯光，就能猜想到，她在等我，她需要我。近来她时常在窗口点上一支蜡烛……

第十五章

娜达莎只有一个人在家。她在房间里轻轻地走来走去，把双手交叉在胸前，静静地沉思着。熄灭的茶炊放在桌上，它已经等了我好久了。她微笑着默默地向我伸出手来。她脸色苍白，满面病容。她的笑容含有一种凄凉、温柔、饱经沧桑的神情。一双明亮的蓝眼睛仿佛比过去大了，一头秀发仿佛更浓密了，——这都是由于她消瘦、有病而给人的错觉。

"我还以为你不来了呢，"她把手伸过来时说道，"甚至想打发玛芙拉到你那儿去；我想，你该不是又病了吧？"

"不，我没病，我被人耽搁了，待会儿告诉你。你怎么样，娜达莎？发生什么事了？"

"没有什么事呀，"她有点儿吃惊似的回答说，"怎么呢？"

"可你写道……昨天你写信要我来，还规定了时间，叫我不要早来，也不要迟来；这有点儿不平常啊。"

"哦，对了！昨天我在等**他**呢。"

"他怎么，还是没有来？"

"没有来。我就是想，如果他不来，我得同你商量一下。"她沉默了一会儿，又说道。

"今晚你是在等他吗？"

"不。我没有等他；晚上他在**那边**。"

"你是怎么想的呢，娜达莎，他再也不来了吗？"

"当然，他会来的。"她回答说，特别严肃地看了看我。

她不喜欢我这样匆匆忙忙地提问题。我们沉默了，继续在房间里踱步。

"我一直在等你呢，瓦尼亚，"她又笑着说了起来，"你知道我在做什么吗？我在这里走来走去，背诵诗歌呢；记得吗——铃声，冬天的道路；'我的茶炊沸腾在橡木桌上……'我们还在一起朗读过：

> 风雪停了，一条大路被雪光照亮，
> 夜色中千百万只蒙眬的眼睛在闪烁……
> ……　……

接着：

> 有时我蓦地听见——激情洋溢的歌唱，
> 清脆的歌声与铃声和谐地飘荡：

'啊，我的他，何时、何时才来，

依偎在我的胸脯上！

我这儿，何尝不是生活！曙色曦微，

朝霞的光芒在玻璃窗上与寒气嬉戏，

我的茶炊沸腾在橡木桌上，

炉子噼啪作响，炉火照亮屋子的一角

那彩色帐幔下的一张床……'

"多么好啊！这是多么伤感的诗呀，瓦尼亚，怎样的一幅梦幻般的、广阔的画面呀。一幅绣花的底布，只有淡淡的图案，——想绣什么，任你随意挥洒。两种感受：前面的和后面的。这茶炊，这彩色帐幔，一切都那么亲切……这好像是在我们县城的小市民的家里；连这屋子也仿佛就在我的眼前：一栋原木搭建的新屋，还没有围上防雨板……然后又是另一个画面：

有时我蓦地听见——那同一个声音在唱，

歌声伴随着铃声忧伤地飘荡：

'我的知己在何方？我怕他走进来

温情脉脉地拥我入怀！

我这儿，算啥生活！——又窄小，又阴暗，

是我这寂寞的空屋；窗孔透进风寒……

窗外只有一株樱桃树，

还隔着结满冰花的玻璃，茫然不见，

也许它早已枯萎、死去。

算啥生活呀！彩色帐幔已经褪色；

我在病中徘徊，不愿去探望我的那些亲人，

没有谁骂我了——身边没有贴心的人儿……

只有老太婆在嘟嘟囔囔……'－－－

"'**我在病中徘徊**'……这'病'字放在这里多么好啊！'**没有谁骂我了**'，——这个诗句含有多少柔情、忧伤，以及回忆带来的苦涩，而这苦涩是你自己引起的，而你在这苦涩中自怜……天哪，这写得多么好啊！多么真实呀！"

她沉默了，仿佛在强忍喉头涌起的哽咽。

"亲爱的瓦尼亚！"片刻之后她对我说，却突然又沉默了，仿佛忘了想说什么，或者只是随口说的，没有经过思考，出于一时的某种感触。

这时我们一直在房间里踱步。圣像前点着一盏长明灯。近来娜达莎越来越虔诚了，却不喜欢别人提起这件事。

"怎么，明天过节吗？"我问，"你点了长明灯呢。"

"不，不是过节……你坐呀，瓦尼亚，一定累了吧。要茶吗？你还没有喝茶吧？"

"我们坐下来吧,娜达莎。茶我喝过了。"

"你是从哪里来的?"

"从他们那里。"我和她总是这样称呼原来的家。

"从他们那里?怎么来得及呢?是你自己去的?他们叫你的?……"

她向我提了一大堆问题。她激动得脸色更苍白了。我对她详细说了我和老头子的相遇,与她母亲的谈话,挂件引起的插曲,——我讲得很详细,而且有声有色。我对她从来不隐瞒什么。她贪婪地听着,一个字也不放过。她的眼里闪着泪花。挂件的那段插曲使她非常激动。

"慢点,慢点,瓦尼亚,"她说,常常打断我的叙述,"讲得详细点,一切,一切,尽可能详细点,你讲得不那么详细啊!……"

我重复地说了两遍、三遍,不断回答她关于细节的连珠炮似的问题。

"你真的以为,他当时是往我这儿来吗?"

"我不知道,娜达莎,我不敢肯定。他思念你,爱你,这是显而易见的;至于他当时是不是要到你这儿来,这……这……"

"他吻了挂件?"她打断了我的话,"吻的时候他说了些什么?"

"前言不搭后语,只是连声感叹;用最温柔的称呼叫你,呼唤你……"

“呼唤我？”

“是的。”

她轻轻地哭了起来。

“可怜！”她说，“要是他全都知道，”她沉默了一会儿又说，“那也并不奇怪。他对阿辽沙的父亲也是很了解的。”

“娜达莎，”我有些胆怯地说，“我们到他们那儿去吧……”

“什么时候？”她问，脸色发白，而且从椅子上微微欠起身来。她以为我是要她马上就去。

“不，瓦尼亚，”她又说，把双手按在我肩上，悲伤地微笑着，“不，亲爱的；你老是这么说，可是……你最好不要再提了。”

“难道这可怕的纠纷就永远、永远不能了结吗！难道你那么傲气，不肯跨出第一步！关键在于你；你应该首先迈出这一步。也许你父亲就在等着原谅你呢……他是父亲嘛；你得罪了他！你要尊重他的自尊；他的自尊是合情合理的！你应当这么做。试试看吧，他一定会无条件地原谅你。”

“无条件！这不可能；不要责备我了，瓦尼亚，没有用的。这件事我日日夜夜都在想啊。我在离开他们以后，也许没有一天不在想。这件事我和你谈了多少回了！你自己也知道，这是不可能的呀！”

“试试看吧！”

“不，我的朋友，不行。如果我这样做，只会使他更加疏远我。无可挽回的东西你是挽回不了的，你知道究竟什么是不可能挽回的吗？不可挽回的是我在他们身边度过的那些幸福的童年岁月。即使父亲原谅我，他也认不出现在的我了。他所爱的还是那个小姑娘、大孩子。他欣赏的是我童年时的纯真，高兴时还抚摩我的头，就好像我还是七岁的小女孩，坐在他的膝盖上，唱着我的儿歌给他听。从我的幼年到最后一天，他每晚都到我的床边画十字为我祝福。我们不幸的事件发生之前一个月，他瞒着我悄悄地为我买了一副耳环（其实我知道了），他快乐得像个孩子，想象我拿到礼物时会多么高兴，后来他了解到，买耳环的事我早就知道了，于是对所有的人，首先是对我大发雷霆。在我出走之前三天，他发觉我心情忧郁，他自己也立即郁郁不乐，竟然病了，而且——你猜怎么？为了让我消愁解闷，他居然去买了一张戏票！……真的，他想用戏票来哄我高兴！我再说一遍，他所了解、钟爱的是那个小女孩，连想也不愿想，有一天我也会成为女人……他从来不会想到这一点。现在呀，我要是回家，他已经认不出我了。如果他原谅我，那么他将面对怎样的一个人呢？我已经不是原来的那一个了，已经不是孩子了，我经历了许多风风雨雨。即使我为了满足他的愿望回到家里，他还是会怀念过去的幸福时光而伤感，因为我不再是他当初所爱的那个孩子而郁郁寡欢；人们总是觉得过去的一切更美好！回忆往事总是令人痛苦！啊，往日是多么美好，瓦尼亚！”她叫道，自己也不禁神往，而以这一声发自内心的哀叹打断了自己的话。

　　“你说的都对，娜达莎，”我说，“这意味着，他现在必须重新了解你，爱你。主要的是要了解你。不是吗？他了解你了，就会爱你的。难道你认为，他这个人，以他那样的心地，不能理解你吗！"

"哦，瓦尼亚，我没这么想！我有什么难理解的呢？我不是这个意思。你瞧，还有这样一点：父爱也是含有忌妒的。他气的是，我和阿辽沙的关系自始至终都瞒着他，而他毫不知情，没有看出来。他知道，这事儿是他所不曾想到的，于是把我们爱情的不幸后果，我的私奔全都归咎于我'忘恩负义'，对他保守秘密。我没有从一开始就对他讲清楚，后来也没有向他坦白承认我坠入情网后内心的所有活动；恰恰相反，我把一切都埋藏在心里，躲着他，我敢肯定，瓦尼亚，这比爱情的后果本身——我离开他们而投入情人的怀抱，更使他心里有气，觉得受了侮辱。即使他现在作为父亲热情而亲切地接纳我，可是不和的种子已经埋下了。第二天、第三天他就会伤心、想不通、埋怨。何况他也不可能无条件地原谅我。我会对他说，而且由衷地说真话，说我明白，我使他受到了多大伤害，我对他犯下了多大的罪过。如果他不愿理解，和阿辽沙在一起的这种**幸福**让我自己付出了怎样的代价，我自己忍受了怎样的煎熬，那么我会很痛苦，但我能忍住心里的痛，把一切都忍受下来，——但对他来说，这样还不够啊。他会向我要求不可能得到的补偿，要我诅咒我的过去，诅咒阿辽沙，并且悔恨我对他的爱。他要求的是办不到的事——把最近这半年从我们的生活里抹掉，把过去的时光追回来。可是我决不诅咒谁，也不愿追悔……不，瓦尼亚，现在不行，时机还没有到。"

"时机什么时候能到呢？"

"不知道……还要再经历一番痛苦才能赢得我们未来的幸福；忍受新的痛苦就是争取未来幸福的代价。痛苦能使一切净化……噢，瓦尼亚，人世间有多少痛苦啊！"

我沉默着，若有所思地看着她。

"你为什么这样看着我呀，阿辽沙？啊，瓦尼亚。"她说，因为说错了名字而微微一笑。

"现在我在看你微笑呢，娜达莎。这样的笑是哪里来的呢？过去你不是这样笑的呀。"

"我的微笑怎么了？"

"你的微笑，的确，还有原来的孩子似的纯真……不过在你微笑的时候，仿佛在你的心里正忍受着剧烈的痛苦。你瘦了，娜达莎，你的头发好像也更浓密了……你穿的这是什么连衣裙呀？这条连衣裙还是在他们那儿做的吧？"

"你是多么爱我啊，瓦尼亚！"她亲切地看着我说道，"说说你吧，你在做什么呢？情况怎么样？"

"还是老样子。一直在写长篇小说，很难，写不下去。灵感枯竭了。硬写也行，也能写得引人入胜；就是舍不得把很好的题材写坏了。这是我心爱的题材之一。可是稿子必须按时交给杂志。我甚至想把长篇放下，尽快构思一个中篇，写一篇轻松优雅的作品，绝对没有阴暗情绪……绝对没有……人人都会喜欢看！……"

“你是在苦干哪！斯米特怎么样？”

“斯米特死啦。”

“他没有来找你麻烦？我和你说真的，瓦尼亚，你有病，你的神经不大正常，尽是胡思乱想。你和我说起要租下这个住处的时候，我就发觉你不大对头。怎么样，房子很潮湿，很差吧？”

“可不是！我还碰到一桩怪事，今天晚上……不过，以后再告诉你吧。”

她已经不在听我说话了，满腹心事地坐着。

“我不明白，我那时怎么会离开**他们**；当时我太狂热了。”她终于说道，用一种并不期望回答的目光看着我。

要是我这时和她说话，她也是听而不闻的。

“瓦尼亚，”她用勉强听得见的声音说，“我是有事请你来的。”

“什么事？”

“我要和他分手了。”

“是已经分手了，还是要分手？”

“这样的生活该结束了。我喊你来，是要把郁积在心里，而且至今还瞒着你的一切，全都告诉你。”她同我谈话，总是这样开头，要向我倾诉她的秘密的心愿，实际上这些秘密往往就是她本人对我说过的。

“唉，娜达莎，这些话我听你说过一千次啦！当然，你们在一起过日子是不行的。你们的关系很奇怪；双方没有任何共同之处。不过……你做得到吗？"

"过去只是有这种想法，瓦尼亚；现在嘛，我已经下定决心了。我爱他胜过一切，可是实际上我却成了他的头号敌人；我会葬送他的前途的。应该让他自由。他不可能娶我；他没有力量反抗他的父亲。我也不想使他受到束缚。所以我听说他爱上了别人为他作伐的未婚妻，甚至感到高兴。这样一来，他和我分手就会好受些。我这样做是应该的！这是一种义务……既然我爱他，我就应该为他牺牲一切，应该向他证明我的爱，这是义务！不是吗！"

"可是你说服不了他呀。"

"我并不想去说服他。我对他还是一如既往，哪怕他现在就走了进来。不过我应当找到一种办法，让他能轻松地离开我而不至于受到良心的谴责。这就是让我操心的事儿，瓦尼亚；帮帮我吧。你不能给我出个什么主意吗？"

"这样的办法只有一个，"我说，"从此不再爱他，而去爱另一个人。不过，这恐怕也不是个办法。你不是了解他的性格吗？他已经有五天不到你这儿来了。假定他是真的抛弃了你；可是只要你给他个信，说你要抛弃他了，那么他马上就会跑来纠缠不休。"

"为什么你不喜欢他呢，瓦尼亚？"

"我！"

"是呀，你，你！你是他的敌人，明里暗里都是！你讲起他来总是有一种报复的欲望。我发觉有一千次了，你的最大快乐就是贬低他，给他抹黑！对，就是给他抹黑，我讲的是实情！"

"你对我也这样说过一千次了。得了，娜达莎；我们谈别的吧。"

"我很想搬一次家，"她沉默了一会儿又说。"你可别生气呀，瓦尼亚……"

"那又怎样，他会跟到你的新家来，我呀，说真的，没生气。"

"爱情的力量是很大的，新的爱情会把他绊住，如果他回到我这儿来，也不过是逗留一会儿罢了，你说呢？"

"怎么说呢，娜达莎，他这个人太莫名其妙，他想娶那个姑娘，又要爱你。他好像可以兼顾呢。"

"假如我知道他确实爱她，那我就好下决心了……瓦尼亚！你什么也别瞒我！你是不是有什么事不愿意告诉我呢，有吗？"

她用不安的、探究的目光看着我。

"绝对没有，我的朋友，我向你保证；我对你从来就是无话不谈。不过，我还有一个想法：也许他对伯爵夫人的继女的爱，并不像我们所想的那样深。不过是一时的迷恋……"

"你这么想吗，瓦尼亚？天哪，但愿真是这样！啊，现在我好想见到他，只要能看他一眼。我会从他的脸色看出来的！可他就是不来！就是不来！"

"那你是在等他吗，娜达莎？"

"不，他在她那边；我知道，我派人了解过。我好想也看看她……听着，瓦尼亚，我在说瞎话，不过，难道我真的就不能见到她吗，不能在什么地方会会她吗？你说呢？"

她不安地等着听我的看法。

"见面还是可以的。不过只见见面也没有什么意思。"

"能见面就行，那时我自己会拿主意。你听我说：我现在变得真蠢；我在这里不停地走来走去，老是只有我一个人，——老是在想心事；脑子里乱得像刮旋风，好难受啊！我在想，瓦尼亚，你不能设法同她结识吗？伯爵夫人赞扬过你的长篇小说（当时是你亲口说的）；你有时不是去参加 P 公爵家的晚会吗；她也常去。你可以请人介绍你同她认识。要不，让阿辽沙从中介绍也行。这样你就能把她的情况告诉我了。"

"娜达莎，我的朋友，这件事待会儿再说。我先问你：难道你真的认为，同他分手你能做得到吗？现在看看你自己吧：你心里平静吗？"

"我能做到！"她回答的声音勉强能听得见，"一切为了他！我的整个一生都为了他！但是你知道，瓦尼亚，眼下的情况我是无法忍受的，现在他在她那儿，把我忘了，他挨着她坐在那里，有说有笑，记得吧，就像他待在这里时那样……他直勾勾地看着她的眼睛，他总是这样看人；现在他哪里还想得到这儿的我……和你呢。"

她没有把话说完，绝望地望了我一眼。

"娜达莎，怎么你刚才，就在刚才啊，还说……"

"就让我们同时，大家同时分手吧！"她目光灼灼地打断了我的话，"我自己同意他这样做。可是，瓦尼亚，他竟先抛弃我啊，我能不难受吗？啊，瓦尼亚，这是怎样的煎熬呀！我自己也不懂，想得好好的，怎么实际上就不是那么回事呢！叫我怎么办哪！"

"行啦，行啦，娜达莎，安静些！……"

"已经五天了，每时每刻……哪怕是在梦里，——我老是在想着他，想着他！这样，瓦尼亚：我们去吧，你陪我去！"

"得了吧，娜达莎。"

"不，我们去！我一直在等你呢，瓦尼亚！这事儿我已经考虑了三天。我给你写信讲的就是这件事……你应该陪我去，不应该拒绝我的这个要求……我等了你……三天……今天那里有晚会……他在那里……我们去！"

她好像在说胡话一样。过道里传来了一阵喧哗声；玛芙拉似乎在和谁争吵。

"等一下，娜达莎，这是谁呀？"我问，"你听！"

她带着不大相信的微笑倾听着，突然她的脸色煞白。

"天哪，谁在那里？"她问，声音轻得几乎听不见。

她想拉住我，可是我已经走到过道里，到玛芙拉那里去了。果然！那是阿辽沙。他在向玛芙拉打听什么；起初她不肯让他进屋。

"你是从哪里来的？"她说，好像她有权过问似的。"什么？你到哪里溜达去了？你去呀，你去！你不用向我讨好！你去呀，你有什么话好说？"

"我谁也不怕！我要进去！"阿辽沙说，不过有点儿忸怩。

"你去呀！你真会钻！"

"我就去！啊！您也在这里！"他看见了我，"太好了，您也在这里！您瞧，我来了；现在我该怎么办呢……"

"进去吧。"我回答道，"您怕什么呢？"

"我什么也不怕，请您相信我，因为我真的没有过错。您以为我有过错吗？您看着吧，我马上就可以讲清楚。娜达莎，可以进来吗？"他站在关着的门前，装出勇敢的样子叫道。

没有人回答。

"这是怎么了？"他不安地问道。

"没事儿，她刚才在这儿呢，"我说，"难道有什么……"

阿辽沙轻轻地开了门，畏缩地张望了一下，房间里一个人也没有。

突然他看见她站在一个角落里，在柜子和窗子之间，好像是躲在那里，一副半死不活的样子。我一想起来，至今还忍不住要笑。阿辽沙胆怯地、小心翼翼地走到她跟前。

"娜达莎，你怎么了？你好啊，娜达莎。"他胆怯地说道，有点儿惊慌地望着她。

"没什么，我是……没事儿！……"她非常不好意思地说，好像倒是她有什么过错似的。"你……茶要吗？"

"娜达莎，你听我说……"阿辽沙惊慌失措地说道，"你也许认定我是有过错的……但是我并没有过错，一点过错也没有！情况是这样的，我马上就告诉你。

"这又何必呢？"娜达莎轻轻地说道，"不，不，不需要……你还是把手伸给我吧……当然，像平常一样……"于是她从角落里走了出来，两腮泛起了红晕。

她眼睛望着地下，好像不敢朝阿辽沙看似的。

"我的天！"他兴高采烈地叫道，"要是我真的有过错，按说我连看也不敢看她啊！你想，你想呀！"他转身对我叫道，"她认为我是有过错的，因为一切都对我不利，所有的表面现象都对我不利！我五天没有来！还有谣言说我在未婚妻那里，——怎么样呢？她还是原谅了我！她还是说：'把手伸给我，这就够了！'娜达莎，我亲爱的，我的天使！我没有过错，你就放心吧！我一点过错也没有！恰恰相反！恰恰相反！"

"不过……不过说起来你确实是待在**那里**呀……人家喊你**到那里去**的嘛……你怎么会到这儿来了？现在几点钟了？"

"十点半了！我的确去过那里……可是我说自己不舒服，就走了，这是我五天来第一次得到自由，能从他们那儿脱身到你这儿来，娜达莎。其实我以前也能来，可是我故意不来！为什么？你马上就会知道；我要解释一下；我来就是要向你解释；不过，真的，这一次我在你面前是毫无过错的，一点也没有！一点也没有！"

娜达莎抬起头来看着他……可是他回望的目光流露出那么真诚的

神采，他的表情是那么高兴，那么诚实，那么快乐，叫人不能不相信他。我以为他们会欢呼着投入对方的怀抱，过去有好几次他们在言归于好时就是这样。但娜达莎仿佛被幸福压倒了，把她的头垂到胸前，突然……轻轻地哭泣起来。这时阿辽沙已经激动得不能自持。他扑倒在她的脚下。他吻着她的手、她的脚；他似乎发狂了。我把圈椅移到她身边。她坐了下来。她两腿发软，站不稳了。

第二部

第一章

一会儿我们都发疯似的笑了。

"让我说，让我说呀，"阿辽沙清脆的嗓音淹没了我们的笑声。"他们以为，这一切还和过去一样……我去不过是讲讲废话……我告诉你们，我是有非常有趣的事情。你们到底能不能静一静呀！"

他迫不及待地想说。看他的样子，肯定有重要的消息。可是他由于带来这样的消息而自傲的天真的神气，立刻把娜达莎逗笑了。我不知不觉地跟着她笑了起来。他越生我们的气，我们就笑得越厉害。阿辽沙的气恼以及随后那绝望的样子终于使我们忍俊不禁，就像果戈理笔下的那个海军准尉①一样，只要有人用手指一点，马上就会笑得打滚。从厨房出来的玛芙拉站在门口，满面怒容地望着我们，她在生气，娜达莎没有把阿辽沙狠狠地训一顿，五天来她一直盼着这一天，可是相反，他们却都那么开心。

娜达莎总算不再笑了，因为她看到，我们的笑声使阿辽沙很不高兴。

"你想说什么呢？"她问。

"要把茶炊烧开吗？"玛芙拉对阿辽沙毫无礼貌地抢先问道。

"你去吧，玛芙拉，你去吧，"他回答道，一面向她挥着两只手，急于要把她赶走。"我要把过去、目前和以后的全部情况都告诉你们，因为我全知道。我明白，朋友们，你们想知道这五天我在哪里，——这也正是我想告诉你们的，而你们却不让我说。喏，首先，在这段时间里我一直在瞒着你，娜达莎，我早就在瞒着你了，而这正是最主要的一点。"

"你瞒着我。"

"是呀，我瞒着你，已经有整整一个月了；早在我父亲回来之前，我就开始瞒你；现在是开诚布公的时候了。一个月之前，我父亲还没有回来，我突然接到他的一封长信，我对你们两位隐瞒了这件事。他在信里直截了当地向我宣布，——而且请你们注意，他的语气是那么严峻，我简直大吃一惊，——我的亲事已经说定了，我的未婚妻是无可挑剔的好姑娘；还说我当然配不上她，但我还是一定得娶她，所以他要我作好准备，要我放弃一切胡思乱想，等等，等等，——唉，谁都明白，他所说的胡思乱想是指什么。我向你们隐瞒的就是这封信……"

"你才没有隐瞒呢！"娜达莎插嘴道，"瞧他在吹什么牛！其实他当时就告诉了我们。我还记得，你突然变得那么温顺，那么温存，

----

① 指果戈理的剧本《婚事》中的爱笑的热瓦金。

好像干了什么错事似的，而且把信从头至尾逐段讲给我们听。"

"不可能，主要的内容肯定没有讲。也许你们两位都猜到了什么，这是你们的事，并不是我说的。我当时瞒着你们，非常内疚。"

"我记得，阿辽沙，那时您常常同我商量，断断续续地把什么都告诉我了，当然，假装那都是您的猜测。"我补充道，一边望着娜达莎。

"你全都说了！你就别吹牛啦，行行好吧！"她附和道，"你说，你能隐瞒什么？你还会蒙人不成？连玛芙拉也都知道了。你知道吗，玛芙拉？"

"嘿，怎么不知道！"玛芙拉探出头来应声说道，"在头三天就全都说了。你哪会蒙人！"

"哼，和你们讲话真气人！你这么说都是因为心里有气呀，娜达莎！玛芙拉，你说的也不对。我记得，我那时就像个疯子。你还记得吗，玛芙拉？"

"怎么不记得。你呀，现在也像个疯子。"

"不，不，我不是这个意思。你记得的呀！就在那时我们没有钱了，你把我的银烟盒拿去典当；主要的是，我要提醒你，玛芙拉，你对我太放肆了。这都是娜达莎把你惯的。好吧，就算我那时真的把什么都说了，断断续续地（我现在想起来了）。不过信里的语气你们是不知道的，而在信里要紧的是语气。这才是我现在要说的。"

"好吧，是怎样的语气呢？"娜达莎问他。

"我说，娜达莎，你问的时候好像在开玩笑。千万别**开玩笑**。我告诉你，这件事很严重。那语气使我心都凉了。我父亲从来没有用这种语气同我说话。不妨说，他宁可让里斯本成为废墟，也决不让他的愿望落空；这就是他的语气！"

"好，好，那你说吧；为什么你要瞒着我呢？"

"唉，天哪！就为了不要吓着你嘛。我是希望由自己来应付。嗯，在我收到这封信之后，父亲一回来，我的麻烦就开始了。我准备坚决、明确、郑重地答复他，可是不知怎么，总是不大顺利。他甚至提也不提；好狡猾！相反，他装出一副样子，好像事情已经解决了，我们之间再也不可能有任何争执和误解。你听听，**不可能**；他是过于自信了！他对我变得那么和蔼可亲。我简直感到惊讶。但愿您知道，伊万·彼得罗维奇，他有多么聪明！他什么书都读，什么都懂；您只要看他一眼，他就知道您在想什么，就像知道他自己在想什么一样。人家把他叫作耶稣会教徒①，大概就是这个缘故。娜达莎不喜欢我夸他。你不要生气，娜达莎。嗯，事情就是这样……啊，还有！他起初不肯给我钱，现在给了，是昨天给的。娜达莎！我的天使！现在我们的穷日子过到头啦！你看！半年来他为了惩罚我而少给的钱，昨天都补给我了；你们看，有多少啊；我还没有数过。玛芙拉，你看，多少钱哪！现在再也不用典当汤匙和纽扣了！"

他从口袋里掏出厚厚一沓钞票，约有一千五百银卢布，都放在桌

---

① 指阴险、伪善，能干出任何背信弃义的卑鄙勾当的人。

上。玛芙拉高兴地看了看那一沓钞票，还夸奖阿辽沙呢。娜达莎使劲地催他说下去。

"嘿，我想，这可叫我怎么办呢？"阿辽沙接着说道，"怎能再违背他的意思呢？就是说，如果他对我凶，而不是对我这样好，我就不会有什么顾忌。我会干脆告诉他，我不愿意，我已经是个大人，这事就结了。请你们相信，我会坚持到底的。可现在，我怎么对他说呢？不过你们也不要责备我。我看你好像不高兴，娜达莎。你们为什么面面相觑呢？大概你们在想：他这是受了父亲的哄骗，一点也不坚定。我是坚定的，很坚定，比你们想象的还要坚定！证据就是，虽然我处境如此，我立刻便对自己说：这是我的义务；我应当把情况一五一十地对父亲说清楚，我就讲了起来，全都说了，他也听了。"

"那你到底说了些什么呢？"娜达莎焦急地问道。

"我说，我谁也不要，我有未婚妻，就是你。不过，我还没有直截了当地对他这样说过，但是我已经使他有了思想准备，明天就去对他说，我已经决定了。我首先对他说，为金钱结婚是可耻的，不是光明正大的行为，我们以大贵族自居，这简直荒唐（我对他直言不讳，就像在兄弟之间一样）。然后就向他说明，我是第三等级，而第三等级才是主要的[①]；我感到自豪的是，我和大家都一样，我不想与众不

---

① 原文为法文，以后不再注明，用仿宋体排印。引自法国资产阶级政治家，天主教神父西哀士（1748—1836）所著小册子《什么是第三等级》（1789 年出版）。他认为第三等级才能真正代表国家，而贵族是人民机体上的恶性肿瘤。

同……我讲得热情洋溢而又引人入胜。我自己也感到诧异。我还从他的角度来加以证明……我干脆对他说，我们算什么公爵？这只是出身，实际上我们哪里算得上公爵呢？首先，我们并不特别富有，而财产才是最要紧的。现在最重要的公爵是罗特希尔德①。其次，我们在真正的上流社会早就默默无闻了。最后一个公爵是叔叔谢苗·瓦尔科夫斯基，他只在莫斯科出名，而他之所以出名，是因为他连最后的三百名农奴也卖掉了，如果父亲不自己挣钱，也许子孙就要耕地为生，这样的公爵是有的。我们没有理由自以为了不起。总之，我把心里的话全都说了，——毫无保留，我的措辞又激烈又坦率，甚至还添油加醋。他甚至没有反驳我的话，只是责备我不到纳英斯基伯爵的家里去，又说我应当巴结我的教母，公爵夫人 K.，还说要是公爵夫人 K. 欢迎我，那么我就会到处受到欢迎，我的前途也就有了保证，于是他滔滔不绝，大加发挥！无非是暗示，我自从和你，娜达莎，走到一起之后，就和他们都疏远了，自然是受了你的影响。不过他至今没有直接谈到你，看来他还有意在回避。我们两个都在耍诡计，等机会，都在留神观察对方，你放心，我们会如愿以偿的。"

"那就好了；谈的结果怎样呢，他有什么决定吗？这才是最要紧的。你真会饶舌，阿辽沙……"

"谁知道他呀，简直闹不明白，他是怎样决定的；我并不是饶

---

① 罗特希尔德是当时的大银行家。

舌，我要谈的是正事：他甚至没有什么决定，只是对我的议论发笑，好像是在可怜我。我懂，这是对我的轻蔑，可我并不羞于承认。'我完全同意你的看法，'他说，'我们这就到纳英斯基伯爵的家里去吧，记住，这些话可不要在那里说。我能理解你，可他们是不会理解你的，他自己好像也并不怎么受欢迎；不知怎么，他们都对他有气。一般地说，上流社会都不大喜欢我父亲。起初伯爵对我非常傲慢，完全是高高在上的样子，甚至好像忘了我是在他家里长大的，假装慢慢地记起来了，真是！他不过是在生我的气，认为我忘恩负义。其实根本不能说我忘恩负义，我在他家里觉得乏味得很，所以才不去。他对我父亲也非常冷淡，那样冷淡，那样冷淡，我简直不懂，他为什么还要去。这使我很气愤。可怜的父亲在他面前几乎是低声下气；我明白，这都是为了我，可我并不有求于他啊。后来我本想把我的感受都告诉父亲，不过忍住了。何苦呢！我改变不了他的见解，只会使他生气；他本来就够难受的了。嗯，我想，我也要耍花招，要比他们更会耍花招，使伯爵不得不尊重我，——你猜怎么着？我很快就做到了，在一天之内情况完全变了！纳英斯基伯爵现在不知道怎样招待我才好。这些我都做到了，是我一个人，靠自己耍花招做到的，父亲无可奈何地把两手一摊！……"

"我说，阿辽沙，你最好还是讲讲正事吧！"不耐烦的娜达莎叫道，"可你只顾讲你在纳英斯基伯爵家里怎样出风头。你那个伯爵同我有什么关系！"

"有什么关系！您听到吗，伊万·彼得罗维奇，有什么关系？关系可大着呢！你自己会看到的；终究会真相大白。可是你们得让我说呀……最后（为什么不直言相告呢！），娜达莎，我想告诉你，还有您，伊万·彼得罗维奇，我有时也许真的非常、非常不明智；比方说吧（这种情形是有的），简直就是愚蠢。不过请你们相信，这一次我却表现得很有心眼……甚至可以说……很有智慧；所以我想，你们会高兴地看到，我并不总是……很笨。"

"唉呀，什么话，阿辽沙，得了吧！我亲爱的！……"

要是有人认为阿辽沙笨，娜达莎是不能容忍的。有多少次，娜达莎嘴上不说，心里对我有气，就因为我不大客气地向阿辽沙指出，他干了蠢事；这是她心里的一个碰不得的痛处。娜达莎不能容忍贬低阿辽沙，尤其是因为她自己也意识到，他有点傻气。但她从来不对他说出自己的看法，也不敢说，怕伤了他的自尊心。在这种情况下，他却特别敏感，总是能猜到她心里的感受。娜达莎看出来了，很难受，马上就奉承他，安慰他。所以现在他的话在她心里引起了沉痛的反响……

"得了吧，阿辽沙，你只是欠考虑，根本不是笨，"她又补充道，"为什么你要贬低自己呢？"

"好吧，那你们就让我把话说完。从伯爵家里出来以后，父亲甚至对我大发脾气。我想，你等着瞧吧！当时我们是在去公爵夫人家的路上；我早就听说，公爵夫人年老昏聩，又聋，不过非常喜欢狗。她有一大群狗，都是她的宝贝。尽管如此，她在上流社会却有很大的影响，甚至纳英斯基伯爵，这个倨傲的人，也对她阿谀奉承。于是我在路上就想好了下一步的行动计划。你们猜猜，我的计划的根据是什么？根据就是，所有的狗都喜欢我，真的！这一点我注意到了。我不知道，是因为我有某种催眠的魔力，还是因为我也喜欢所有的动物，狗就是喜欢我，真是这样！提起催眠，娜达莎，我还没有告诉过你，前两天我们扶箕来着，我在一个请神的术士家里，有趣极了，伊万·彼得罗维奇，甚至使我大吃一惊，我请到了尤利乌斯·恺撒①。”

“哎哟，我的天哪！你要尤利乌斯·恺撒干什么？”娜达莎叫道，大笑起来。“荒唐！”

“为什么……好像我是个……为什么我就不可以请尤利乌斯·恺撒？这对他有什么影响呢？瞧她笑的！”

“当然，对他什么影响也没有……唉，我亲爱的！那，尤利乌斯·恺撒对你说什么了？”

“什么也没说。我只是扶着铅笔，铅笔自动在纸上活动、书写。据说，这是尤利乌斯·恺撒在写。我不信。”

“写了些什么呢？”

“写了‘奥勃莫克尼’之类的东西②，就像果戈理所描写的那

---

① 尤利乌斯·恺撒（前100—前44），古罗马统帅，政治家。
② 意为胡乱涂鸦，莫名其妙。

样……你就别笑啦！"

"你讲讲公爵夫人嘛！"

"行，可是你们老是打岔。我们到了公爵夫人的家，我首先去讨好咪咪。这个咪咪是一条又老又讨厌的小狗，长得难看死了，而且又倔又爱咬人。公爵夫人把它当宝贝，呵护备至；她俩好像年纪相仿。我首先给咪咪喂糖果，在十分钟之内我就教会它和人握手，别人却老是教不会。公爵夫人简直高兴极了，欢喜得几乎掉泪，说：'咪咪！咪咪！咪咪会和人握手了！'逢人便说：'咪咪会和人握手了！是我这教子教的！'她一见纳英斯基伯爵进来，就对他说：'咪咪会和人握手了！'几乎是含着感动的泪水望着我。一个好心肠的老太太；叫人挺可怜她的。我的努力没有落空，这时我又恭维了她一下：她的鼻烟壶上有她的一幅小画像，那时她正当豆蔻年华，至今大约有六十年了。恰巧她把鼻烟壶失手掉在地上，我拾了起来，假装不知道那是她的画像，说：'多美的画呀！真是非凡的美貌！'嗬，这一下她真对我有了好感；同我闲谈起来，问我是在哪里读书的，和哪些人交往，又说我的头发漂亮，说个没完没了。我也凑趣，把她逗笑了，对她讲了一个社会上的丑闻。她很爱听，只是威吓地用手指点点我，却笑得很开心。临走时她吻我，为我祝福，要我每天都去给她解闷。伯爵紧握着我的手，他的眼睛湿润了。父亲虽然是一位最善良、最正直、最高尚的人，可是不管你们信还是不信，在我们一起回到家里时，他也高兴得几乎要哭了。他拥抱我，对我推心置腹，讲起了关于功名、社会关系、金钱、婚姻的高深莫测的悄悄话，以至我也听不大懂。就是这时他给了我钱。这是昨天的事。明天我又要到公爵夫人家里去了，不过我父亲毕竟是一位最高尚的人，你们不要有什么想法，虽然他要我和你疏远，娜达莎，但这是因为他一时糊涂，因为他想得到卡佳的几百万卢布，而这是你所没有的；而且他要这些钱，完全是为了我，只是因为不了解你才对你不公平。哪一个父亲不想自己的儿子幸福呢？认为有了几百万卢布就有了幸福，这并不是他的错。他们都是这样的人。必须用这个观点，而不能用别的观点去看他，这样你就会觉得他是对的了。我特意赶到你这儿来，娜达莎，就是要把这一点告诉你，因为我知道，你对他有成见，当然啦，这不是你的错。我并不怪你。"

"那你的全部作为就是在公爵夫人身边得宠？你的小聪明就表现在这里？"

"哪里！你说什么呀！这只是一个开端……你要明白，我讲起公爵夫人，是因为通过她我可以左右父亲。"

"那你就说呀！"

"今天我还遇到一件事，而且还是一件蹊跷事儿，直到现在我还感到惊讶，"阿辽沙说了下去，"应当告诉你们，虽然父亲和伯爵夫人把我们的亲事定了下来，可是至今没有正式宣布，所以我们哪怕马上分手，也不会成为社会上的丑闻；只有纳英斯基伯爵知道，可他是我们的亲戚和恩人。此外，虽然在这两个星期里我和卡佳非常接近，可是我们从来没有谈到过将来，就是说从来没有谈到过婚姻和……这个，和爱情。何况首先还必须求得 K 公爵夫人的同意，因为指望从她那里得到种种恩典和滚滚财源。她说什么，上流社会也会跟着说什么；她就有这样的影响……至于我，他们一定要我在上流社会出头露面。但特别热衷于这种安排的是伯爵夫人，卡佳的继母。情况是这样，公爵夫人由于她在国外的艳史，也许还是不肯接待她，而公爵夫人不肯接待，别人也就未必会接待；于是我和卡佳的亲事就成了她可以利用的好机会。所以过去反对这门亲事的伯爵夫人，今天因为我在公爵夫人那里受到欢迎而欢天喜地，这且不谈，主要的是：卡捷琳娜·费奥多罗夫娜我去年就认识了；不过那时我还小，不懂事，所以她的优点我一点也没有看出来……"

"你那时更爱我呀，"娜达莎打断了他的话，"所以才没有看出来，而现在……"

"一个字也别说啦，娜达莎，"阿辽沙厉声叫道，"你完全错了，你是在侮辱我啊！……我甚至不想反驳你的话；你只要听下去，就会全都明白了……噢，但愿你能认识卡佳！但愿你知道，她有一颗多么温柔、多么明白事理而又善解人意的心哪！不过你会知道的；只要你能把我的话听完！两个星期之前，他们回来了，父亲带我去见卡佳，这时我开始凝神注视她。我发觉，她也在注视着我。这引起了我极大的好奇心；我并不是说我有了一种强烈的愿望，想更亲近地了解她，因为这种愿望我早就有了，早在我看了父亲的那封使我大为震惊的信以后就有了。我什么也不想说，也不想赞美她，我只说一点：她是完全与众不同的。她的天性是如此独特，她的心地是如此坚强而正直，它之所以坚强，恰恰是由于它的纯洁和正直，而我在她面前简直就是个孩子，就是她的一个小弟弟，尽管她只有十七岁。我还注意到一点：她很忧伤，好像有什么难言之隐；她不爱说话，在家里几乎总是默然无语，仿佛心有余悸……她似乎在思索着什么。她好像怕我的父亲。她不爱继母——这是我猜想到的；伯爵夫人为了某种目的而故意散布流言，说什么她的继女非常爱她；这都是谎言：卡佳不过是无条件地服从她而已，这似乎是她们之间的一个协议；四天之前，我在作了认真的观察之后，决定实现自己的愿望。就是把一切都告诉卡佳，向她畅诉隐衷，把她争取到我们这边来，从而一劳永逸地把问题彻底解决……"

"怎么！告诉她什么，什么隐衷？"娜达莎不安地问道。

"全都告诉她，毫无保留，"阿辽沙回答说，"我感谢上帝让我有了这个想法；不过听我说，听我说！我在四天之前作出了一个决定：离开你们，独自把事情了结。如果我和你们在一起，我就会犹豫不决，就会听你们的话，永远也拿不定主意。独自面对一切，就是要时刻提醒自己事情必须了结，应当由我来了结，我鼓足勇气，于是就了结了！我曾决定，一定要在事成之后回来见你们，果然，我在事成之后回来见你们了！"

"怎么了，怎么了？是怎么回事？快说呀！"

"十分简单！我对她的态度是坦率、诚实而勇敢的……不过，首先我要告诉你们在此之前所发生的一件事情，这件事使我惊讶极了。在我们动身之前，父亲收到了一封信。这时我正要走进他的办公室，就在门口站住了。他没有看到我。这封信使他极为震惊，他在自言自语，发着感叹，忘乎所以地在房间里踱来踱去，最后，他突然哈哈大笑起来，信就拿在他的手里。我甚至不敢进去，等了一会儿才走了进去。父亲不知为什么非常高兴，非常高兴；有点儿异样地同我说起话来；然后突然打断话头，吩咐我马上准备动身，尽管还很早。她们家里没有别人，只有我们两个，你以为有一个晚会，这是你弄错了，娜达莎。你听到的消息是不对的……"

"唉，你不要扯远了，阿辽沙；告诉我，你对卡佳说了些什么呀！"

"幸而我和她有整整两个小时单独待在一起。我很干脆地告诉她，虽然他们想要我们成亲，但我们是不可能结婚的；我说，我对她满怀好感，只有她能拯救我。这时我把一切都坦白地告诉了她。你想想看，娜达莎，她对我们的事，对我和你，居然一无所知！但愿你能看到，她是怎样地深受感动啊；起初她甚至大吃一惊。她脸色变得煞白。我对她讲了我们的全部故事：你怎样为了我而抛弃了家庭，我们怎样生活在一起，现在我们怎样受尽折磨，担惊受怕，我们现在向她求助来了（我也代表你说的，娜达莎），希望她本人也站到我们一边，干脆对继母明说，不愿嫁给我，这是唯一能拯救我们的办法，我们再也没有别的指望了。她满怀同情，仔细地倾听着。那时她的眼睛是多么动人！好像她的全部心灵都反映在她的眼睛里。她有一双碧蓝的眼睛。她感谢我对她的信任，并且保证要竭力帮助我们。后来她问起了你的情况，她说，她很想认识你，请我向你转告，她像爱姐妹一样爱你，希望你也像爱姐妹一样爱她，她一听说我已经有五天没有见到你，马上就赶我到你这儿来……"

娜达莎很受感动。

"而你在此之前居然会大讲在一位耳聋的公爵夫人家里的种种功绩！唉，阿辽沙，阿辽沙！"她埋怨地看着他叫道，"卡佳怎么样？她送你走的时候高兴吗，快乐吗？"

"是的，她很高兴做了一件高尚的事情，不过她哭了。因为她也爱我啊，娜达莎！她承认，她已经开始爱上我了；她接触的人不多，对我早就有了好感；她对我另眼相看，是因为周围只有尔虞我诈，觉得我为人真诚正直。她站了起来，说：'愿上帝保佑您，阿列克谢·彼得罗维奇，我还以为……'她没有把话说完，哭了起来，就走了。我们决定，明天她就对继母说，她不愿嫁给我，我明天也要把一切都告诉父亲，而且要坚定、勇敢地讲清楚。她埋怨我为什么不早些对他说：'正直的人应当无所畏惧！'她是那么高尚。她也不喜欢我的父亲，说他狡猾、贪财。我为他辩护；她不相信我的话。万一明天我和父亲谈崩了（她认为我们肯定会谈崩），那么她也同意，我一定要去求得 K 公爵夫人的庇护。这样一来，他们就谁也不敢反对了。我和她约定彼此以兄妹相待。啊，但愿你也了解她的身世，她是多么不幸，多么厌恶她在继母身边的生活，厌恶自己所处的环境……她并没有明说，好像对我也有所顾忌，不过我根据她的言谈猜到了。娜达莎，我亲爱的！如果她见到你，她会多么赞赏你呀！她的心地是那么善良！和她在一起是那么轻松自在！你俩生来就应该是姐妹，而且相亲相爱。说真的，我但愿把你俩拉到一块儿，而我站在一旁欣赏你们。你不要有什么想法啊，娜达莎，允许我谈谈她吧。我就是想同你谈她，又想同她谈你。你知道，我爱你胜过所有的人，胜过爱她……你是我的一切！"

娜达莎默默地看着他，含情脉脉，却又有点儿伤感。他的话仿佛使她感到温馨，又仿佛使她感到苦涩。

"早在两个星期之前，我就看到了卡佳的优点，"他继续说道，"我每天晚上都到他们那里去嘛。回家以后，我往往老是在想，老是在想着你们两位，老是把你俩互相比较。"

"我俩谁更好呢？"

"有时是你，有时是她。不过终究还是觉得你更好。我在和她谈话的时候，总觉得自己变得更好、更聪明了，似乎也更高尚了。不过，明天，明天一切就要定下来了！"

"你舍得她吗？她是爱你的呀；你不是说，你自己也看出来了吗？"

"我是舍不得她的，娜达莎！不过我们三个要彼此相爱，那么……"

"那么分手的时候就到了！"娜达莎轻轻地说道，仿佛在自言自语。阿辽沙困惑地看了看她。

但我们的谈话突然被一个非常意外的情况打断了。从兼作过道的厨房里传来了轻微的脚步声，好像是有人走了进来。一会儿玛芙拉推开门，悄悄地向阿辽沙点头，招呼他出去。我们都回头望着她。

"有人找你呢，你来一下吧。"她用挺神秘的口气说道。

"这时候谁会来找我呢？"阿辽沙说，困惑不解地看着我们。"我就来。"

厨房里站着公爵的一名穿着制服的听差。原来公爵回家路过这里，把马车停在娜达莎的家旁边，派人来打听一下，阿辽沙在不在她这儿？听差说明来意后就出去了。

"奇怪！这种情况还没有过呢。"阿辽沙说，惊慌地看着我们，"这是怎么回事？"

娜达莎不安地看着他。玛芙拉突然又推开了我们的门。

"公爵本人来了！"她仓促地低声说道，立刻就躲开了。

娜达莎脸色发白，从座位上站了起来。突然她双目炯炯。她微微倚着桌子，激动地看着那位不速之客即将进来的那扇门。

"娜达莎，别怕，有我呢！我决不让人欺负你。"阿辽沙低声说，他觉得奇怪，但没有惊慌失措。

门开了，瓦尔科夫斯基公爵亲自在门口露面了。

第二章

　　他以专注的目光迅速地扫了我们一眼。单凭这种目光，还无法猜测，他此来是敌是友。不过我要详细地描写一下他的外表。这天晚上他让我特别吃惊。

　　过去我也见到过他。他大约四十五岁，不会更多，他五官端正，非常俊美，脸上的表情随情况而变化；不过那变化急剧、彻底而奇快，最愉快的表情一变而为极端的愠怒或不满，仿佛一根弹簧被陡地一扯。略显黝黑的端正的鸭蛋脸，一口漂亮的牙齿，轮廓优美的小而薄的双唇，挺直而略显椭圆形的鼻子，高高的前额上连一点细微的皱纹也看不到，大大的灰色的眼睛，——这一切可以说构成了一幅美男子的画像，可是他的脸却不能引起愉快的印象。这张脸之所以令人望而生厌，恰恰是因为它的表情不是它自己的，而永远是伪装的、做作的、临时借用的，于是在您的心里有一种想法会油然而生，觉得您永远也不可能看到它的真实表情。再仔细地观察一下，您会觉得，在这永远伪装的假面下掩盖的是恶毒、狡诈和极端的自私。特别引起您注意的是他的那双看上去很漂亮的灰色的直率的眼睛。似乎只有这双眼睛并不完全由他主宰。他很想以亲切柔和的目光看人，可是眼里的光芒仿佛分裂成了两个部分，于是在亲切柔和的光芒之间闪动着残忍、怀疑、探究、凶恶的光芒……他身材修长，优雅，略瘦，比起他的年龄来，他显得年轻好多。一头柔软的褐色头发还没有泛白。他的耳朵、手、脚都长得非常好看。这纯粹是一种贵族的美。他的衣着考究、优雅而不落俗套，但带点儿年轻人的派头，不过这与他倒也相称。看样子他像阿辽沙的哥哥。至少决不会有人认为他是这样一个成年儿子的父亲。

他直接来到娜达莎跟前，目光坚定地看着她说道：

"在这样的时候，我不经通报就来见您，这是奇特而不合规矩的；不过我希望，您会相信，我至少能承认我的行为是多么古怪。我也知道，我在和谁谈话；知道您聪慧而豁达大度。只要给我十分钟，我希望您就会理解我，并且予以谅解。"

他的谈吐彬彬有礼，但口气强硬而执着。

"您坐。"娜达莎说，还没有完全摆脱最初的腼腆和惊恐。

他微微鞠躬，坐了下来。

"请允许我先同他说两句，"他指着儿子说，"阿辽沙，你没有等我，也没有向我们告别就走了，你一走就有人来报告公爵夫人，卡捷琳娜·费奥多罗夫娜晕倒了。她正要去看她，但卡捷琳娜·费奥多罗夫娜突然自己走了进来，神情沮丧，情绪非常激动。她直截了当地告诉我们,她不能嫁给你。她还说,她要进修道院,说你曾请求她的帮助,并且亲自向她承认,你爱的是纳塔利娅·尼古拉耶夫娜……卡捷琳娜·费奥多罗夫娜的这种不可思议的表白,而且还发生在这样的时刻,不言而喻,是你对她所作的非常奇怪的解释所引起的。她几乎激动得忘乎所以。你明白,我是多么震惊。刚才我经过这儿,看到您的窗口有亮光,"他对娜达莎继续说道,"我早就想见一见您的想法,这时完全左右了我,于是一时冲动就走了进来。为什么?我马上就要讲到,不过我有言在先,请您不要因为我的话有些刺耳而觉得奇怪。情况太突然了……"

"我希望我可以理解,并能充分领会……您话里的含义,"娜达莎缓缓地说道。

公爵凝神端详着她,仿佛要在这片刻之间把她**透彻地研究一番**。

"我正是要倚重您的洞察力,"他继续说道,"我此刻之所以冒昧来访,恰恰是因为我知道,我在同怎样的人打交道。我早就知道您了,尽管过去我对您很不公平,这是我的错。请让我把话说完,您知道,我和令尊久已不和。我不想为自己辩解;也许我在他面前的罪过比我至今所认识到的还要大。果真如此的话,那么我本人是受了蒙蔽。我很多疑,这一点我承认。我倾向于往坏处想而不是往好处想——这是冷漠无情的人所固有的不幸的特点。不过,掩盖自己的缺点不是我的习惯。一切诽谤我都信了,所以您离开父母以后,我为阿辽沙担心极了。但那时我还不了解您。我所进行的调查,逐渐地使我极受鼓舞。我经过观察、研究，终于认识到，我的怀疑是毫无根据的。我了解到，您和家庭闹翻了，也知道，您父亲竭力反对您和我儿子的这门亲事。即使只说一点：您对阿辽沙很有影响，可以说，很有权威，但至今没有利用您的权威，迫使他同您结婚；仅此一点，就从一个绝佳的侧面表现了您的为人。尽管如此，我当时还是决定，要竭尽全力阻挠您和我儿子的婚事。我知道，我太直言不讳了，然而我的坦率在此时此刻是最要紧的；只要听我说完，您自己也会同意这一点。您离开家庭之后不久，我就离开了彼得堡，不过我在离开的时候已经不再为阿辽沙担心了。我把希望寄托于您的高贵的傲气。我知道，您本人不愿在两家和解之前结婚；不愿破坏阿辽沙和我之间的和睦，因为他要是同您结婚，我是决不会原谅他的；您也不愿给人以口实，说您想嫁给公爵，想高攀我们的家庭。恰恰相反，您对我们甚至满不在乎，也许您在等待，有一天我会亲自登门，为我的儿子向您求亲。但我仍然固执地对您抱着敌意。我不想为自己辩解，但我也不向您隐瞒其中的原因。原因就是：您既不属于显贵的家族，也不富有。我虽然有钱，但我们需要有更多的财产。我们的家族在渐渐衰落。伯爵夫人季娜伊达·费奥多罗夫娜的继女虽然没有上层关系，可是却非常富有。稍微慢一点，就会出现别的追求者，从我们手里把姑娘抢走；可是这样的机会是不能轻易放弃的，尽管阿辽沙还太年轻，我还是决定为他完婚。您看，我什么也不瞒您。您可以鄙视我这个做父亲的，这个父亲承认，他出于自私和偏见，诱使儿子去干犯罪的勾当；

因为抛弃善良的、为他牺牲一切的姑娘而以怨报德，——这就是犯罪。我的儿子和伯爵夫人季娜伊达·费奥多罗夫娜的继女联姻还有第二个原因，就是这位姑娘非常可敬可爱。她很美，受过良好的教育，脾气非常好，而且十分聪明，尽管她在许多方面还是个孩子。阿辽沙性格软弱，为人轻浮，很不懂事，二十二岁了，还那么幼稚，也许只有一个优点，就是心肠很好，——可是有了他的那些缺点，心肠太好甚至是很危险的。我早就发觉，我对他的影响开始减弱了：狂热和青年人的激情往往占了上风，甚至压倒了某些真正的责任。我也许是太爱他了，不过我深信，对他来说，只有我的引导已经不够了。他还必须经常处于别人的有益的影响之下才行。他天性软弱，有爱心，乐于服从，宁可爱别人，服从别人，而不愿对别人发号施令。他一辈子就是这么个人了。您可以想象得到，当我遇见卡捷琳娜·费奥多罗夫娜，发觉她就是我希望选为儿媳的理想的姑娘时，我是多么喜不自胜啊。但是我高兴得太晚了；已经有另一个人在对他发挥着不可动摇的影响——那就是您的影响。一个月之前回到彼得堡之后，我细心地观察他，并且很诧异地发觉，他有了很大的进步。轻浮、幼稚，几乎还是依然如故，但是他已经养成了一些高尚的情操；他不只是对孩子的玩具感兴趣了，而是开始关注崇高的、高尚的、有关荣誉的事情。他的思想很奇怪，不稳定，有时很荒唐；但他的向往、追求，他的心地都比过去更高尚了，而这是人生的基础；这一切高尚的东西，无疑都得益于您。您使他受到了再教育。我要向您承认，就在那时我的心里闪过了一个想法，认为您比其他任何人都更能缔造他的幸福。但是我抛弃了这个想法，我不愿有这个想法。无论如何，我一定要把他从您身边拉开；我开始行动，并且认为我已经达到了目的。就在一个钟头之前，我还以为，胜利是我的。可是在公爵夫人家里所发生的事，把我的所有估计都彻底推翻了，最使我吃惊的是一个出乎意料的事实：阿辽沙是那样认真地、忠实地依恋于您，他的依恋是那样执着而坚韧，这一切在他身上是令人奇怪的。我要对您再说一遍：您完成了对他的再教育。我突然看到，他还在发生着更大的变化，这是我始料不及的。今天他在我面前表现了我根本没有料到他会有的智慧，同时他还表现了感情的细腻和体贴入微。他为摆脱他所认为的困境，选择了一条最可靠的道路。他触动了、激起了人类最高尚的感情，即宽恕之心和以怨报德的雅量。他心甘情愿地听凭一位他所伤害的女性的支配，却又向她请求同情和帮助，他激发了一个爱上他的女性的自尊，坦然地向她承认，她有一个情敌，同时却在她心里唤起了对她的情敌的同情，对他本人的宽恕，还相约保持纯洁的兄妹般的情谊。作出这样的表白，而又不使对方感到屈辱和委屈，——这是连最机敏的智者有时也做不到的，而能做到这一点的，恰恰只有天真、纯洁而又受到良好引导的人，像他那样。我深信，您，纳塔利娅·尼古拉耶夫娜，并没有参与他今天的行动，没有说过什么，也没有对他提过什么建议。也许您刚才听他说了，才了解到这一切。我没有说错吧？是不是？"

"您没有说错，"娜达莎说道，她满面绯红，双眸仿佛灵感焕发，闪着异样的光辉。公爵的雄辩开始起作用了，"我五天没有和阿辽沙见面，"她补充道，"这都是他自己想出的主意，也就这样做了。"

　　"一定是这样，"公爵肯定地说，"不过，尽管如此，他的这种出人意料的远见卓识，这种当机立断，勇于负责，这种高尚的坚定不移的精神，都是受了您的影响的结果。这一切，我刚才在回家的路上已经彻底地考虑过了，而在考虑之后，我突然觉得，我能作出决定了。我们和伯爵夫人家的这门亲事已经破裂，也不可能再提了。即使再提，也是徒劳。也好，我本人确信，只有您才能使他幸福，您才是他的真正的领路人，您已经为他未来的幸福奠定了基础！我什么也不瞒您，现在也一样，我承认：我非常爱钻营，爱金钱，爱显要的地位甚至官衔；我明明知道，其中有很多都是庸俗的偏见，可是我喜欢这些偏见，根本就不想加以压制。不过在有些情况下，就必须另作考虑，不能用同一个尺度去衡量一切……何况我很爱我的儿子。总之，我得出了结论，阿辽沙不能和您分手，他离开您是不行的。说句心里话吗？也许一个月之前我就作出了这个决定，不过只是现在我才认识到，我的决定是对的。当然，为了对您说这些话，我本来可以等到明天再来，不必深夜来打搅您。不过我此时赶来，也许可以向您表明，我对这件事的态度是多么急切，主要的是多么真诚。我不是孩子了；在我这样的年纪，不可能冒冒失失地采取考虑欠周的步骤。在我走进这里的时候，一切都已经决定了，想好了。不过我明白，我还要等待很久，才能让您完全相信我的诚意……不过言归正传！要不要我现在就向您说明我此来的目的呢？我到这里来，就是要履行我对您的义务，——怀着对您的无上敬意，郑重地请求您为我儿子的幸福着想，俯允他的求婚。噢，您千万不要以为，我是以严父的身份到这里来宽恕我的一双小儿女，慈爱地同意他们幸福地结合。不！不是！如果您以为我有这样的想法，那您就把我看低了。您也不要以为，根据您为我儿子所作的牺牲，我就肯定您会同意；这也不对！我首先要公开地说，他是配不上您的，而且……（他是个善良而心胸坦白的人）他本人也会同意这一点。不过这样说还是不够的。仅仅为了求亲，还不足以使我深夜来访……我到这里来……（他恭敬而庄重地从座位上欠起身来）我到这里来是为了成为您的朋友！我知道，我没有提出这种要求的任何权利，完全没有！但是，请允许我以实际行动争取这个权利吧！请允许我抱有希望吧！"

他向娜达莎恭敬地鞠躬，等待着她的答复。在他讲话的时候，我一直在细心地观察他。他注意到了这一点。

他讲话很沉着，有点儿卖弄口才，有时甚至不大客气。他整个讲话的语气与他在这样不合适的时候对我们初次登门拜访（尤其是考虑到我们之间又是这样一种关系）的热情有时并不相符。他的某些措辞显然是费了心机的，而在这篇冗长而且冗长得出奇的讲话的一些地方，他似乎有意把自己装扮成一个在竭力用幽默、玩笑、不大客气的口吻来掩饰自己奔放的热情的怪人。但这一切我是后来才识破的；当时的情况完全不同。最后几句话他说得那么恳切，那么动情，他对娜达莎仿佛怀有最真挚的敬意的那种神气，终于把我们全都俘虏了。他的眼睫毛似乎还闪着泪光。娜达莎的高尚的心完全被征服了。她跟着他也从座位上欠身站了起来，很激动地向他默默地伸出了手。他握着她的手，动情地吻了吻。阿辽沙简直高兴得忘乎所以了。

"我对你说什么来着，娜达莎！"他叫道，"可你不信！你不相信他是世界上最高尚的人！看到了吧，你亲眼看到了吧！……"

他向父亲扑过去，热烈地拥抱他。他也同样地拥抱他，不过赶紧结束了这个感人的场面，似乎羞于流露自己的感情。

"行了，"他拿起帽子说，"我走了。我请您给我十分钟，却待了整整一个小时，"他又笑着加了一句，"可是现在我要走的时候，还是迫不及待地希望能尽快地与您再见。允许我尽可能常到您这儿来吗？"

"好呀，好呀！"娜达莎回答说，"尽可能常来！我希望我很快地……就能爱您……"她忸怩地说道。

"您是多么坦率，多么诚实呀！"公爵听了她的话笑着说，"您甚至不愿简单地说一句客气话应付过去。可是您的坦率比一切虚情假意的礼貌都更可贵。是呀！我明白，我还要经过好久、好久的努力，才能博得您的爱！"

"行了，您就别夸我了……够啦！"娜达莎腼腆地低声说道。这时她是多么美呀！

"就这样吧！"公爵说，"不过还有两句要紧的话要说。您简直无法想象，我是多么倒霉！明天我来不了啦，明天、后天都不行。今晚我收到了一封信，对我来说，这封信太重要了（要求我立刻去参加一个活动），实在不能置之不理。明天早上我就要离开彼得堡。您可不要以为，我这么晚来见您，只是因为明天没有时间，明后天都来不了。您当然不会这样想，不过，这正好是我爱多疑的一个小小的例证！为什么我会有这样的错觉，认为您一定会这样想呢？是的，这种多疑的毛病对我的生活有很大的妨害，我和府上的纷争也许不过是我这不幸的性格所造成的！……今天是星期二，星期三、星期四、星期五我不在彼得堡。星期六我希望一定能回来，当天就来看您。您说，我可以在您这儿待上一个晚上吗？"

"当然，当然！"娜达莎叫道，"星期六晚上我等您！我会盼着您的！"

"我多么幸运！我越来越了解您了！不过……我得走啦！可是我不能不和您握握手就走哇，"他突然向我转过身来，接着说道，"请原谅！我们的话讲得太杂乱无章……我有幸已经与您见过几次，有一次还有人为我们作了介绍。我不能就这么走了，而不向您表明，能与您重续旧交是多么愉快。"

"不错，我与您见过，"我握住他伸过来的手，回答道，"可是，对不起，我不记得曾与您结交的事了。"

“那是去年在 P 公爵家里。”

“对不起，我忘了。不过，请您相信，这一次我决不会忘。我觉得今宵特别难忘。”

“是的，您说得对，我也一样。我早就知道，您是纳塔利娅·尼古拉耶夫娜和我儿子的挚友、至交。我希望成为你们之间的第四个。我说得对吗？”

“对，他是我们的挚友，我们大家应当亲密无间！”娜达莎深情地回答道。可怜的娜达莎！她看到公爵没有忘记向我道别，竟高兴得神采飞扬。她多么爱我啊！

“我遇到过很多崇拜您的天才的人，”公爵继续说道，“而且我认识您的两位最热烈的崇拜者。她们若能与您结识，会非常愉快。这就是伯爵夫人，我最好的朋友，和她的继女，卡捷琳娜·费奥多罗夫娜·菲利蒙诺娃。希望您不会反对我把您介绍给这两位女士。”

“我很荣幸，不过我现在很少与人交往……”

“您还是把地址给我吧！您住哪儿？我一定……”

“我是不在家里接待客人的，公爵，至少目前如此。”

“可是我，虽然不值得您另眼相看……可是……”

“那就恭敬不如从命，我很乐意。我住在 ××胡同的克卢根公寓。”

“克卢根公寓！”他叫道，好像吃了一惊。“什么！您……在那里住了很久吗？”

"不，没有多久，"我回答说，不由得端详着他。"我的房间是四十四号。"

"四十四号？您是……一个人住？"

"就我一个。"

"真的！我这是因为……因为我好像是认识这个公寓的。那就更好了……我一定来拜访，一定！我有很多话要同您谈，对您抱有很大的期望。在很多方面我都有求于您。您看，我一开始就向您提请求了。不过再见吧！再握握手！"

他与我和阿辽沙握了握手，又吻了吻娜达莎的小手，就走了，让阿辽沙留了下来。

我们三个人都感到困惑莫解。这一切来得太突然，太意外。我们都觉得，一刹那间全都变了，我们面对的是一个新的、陌生的情况。阿辽沙默默地坐到娜达莎的身边，轻轻地吻着她的手。他时而瞅瞅她的脸，似乎想知道她会说些什么。

"阿辽沙，亲爱的，你明天就去看看卡捷琳娜·费奥多罗夫娜。"她终于说道。

"我也在这样想呢，"他回答说，"一定去。"

"她看到你也许会很难过，怎么办呢？"

"我也不知道啊，我的朋友。这一点我也想到过。我看着办吧……随机应变。怎么样，娜达莎，现在我们的情况完全变了，"阿辽沙还是忍不住讲了起来。

她莞尔而笑，含情脉脉地久久凝望着他。

"而且他是那么善解人意。他见到你的住处这么寒碜，却一字不提……"

"有什么可说的呢？"

"这……劝你搬家呀……或者说点儿别的什么。"他补了一句，脸涨得通红。

"得了吧，阿辽沙，这又何必呢！"

"所以我才说呀，他非常善解人意。他那么赞赏你！我对你说过嘛……我说过的！是的，他什么都了解，什么都明白！讲起我来却把我当个孩子；他们都这样看我！也好，事实上我就是这样的一个孩子。"

"你是孩子，却比我们都更有洞察力。你行，阿辽沙！"

"他说我的好心肠害了我。怎么会呢？我不明白。我说，娜达莎。我要不要快点儿到他那里去？明儿一早我再来。"

"你去吧，去吧，亲爱的。你的这个主意很好。你一定要去见他，听见吗？明天你要尽可能早点儿来。今后不会再一去就是五天了吧？"她撒娇地问道，温柔地看着他。我们都沉浸于一种静谧的、令人陶醉的欢乐之中。

"我们一起走吧，瓦尼亚？"阿辽沙在出门时叫道。

"不，他要留下来；我还要和你谈谈，瓦尼亚。记住，明天一早就要来呀！"

"一早就来！再见，玛芙拉！"

玛芙拉非常激动。公爵的话她都听见了，全都被她偷听到了，不过有很多话她没有听懂。她但愿能想一想，详细地问一问。但此刻她看上去是那样严肃，甚至自豪。她也懂得，情况有了很大的变化。

我们单独相对。娜达莎握着我的手，沉默了好一会儿，好像在寻思，要说些什么。

"我好累！"她终于用柔弱的声音说道，"我问你，你明天到我家去吗？"

"当然去。"

"对妈妈说吧，不要告诉**他**。"

"我从来不和他谈你的事。"

"这就对了；他不用你说也会知道。你要注意他说些什么？态度怎样？天哪，瓦尼亚！难道他真的会因为这门亲事而诅咒我吗？不，这不可能！"

"公爵会作出妥善的安排，"我急忙接口道，"他一定会同他和解，那么一切问题就迎刃而解了。"

"我的天！那该多好！那该多好！"她祈求似的叫道。

"你放心，娜达莎，问题会解决的。到时候看吧。"

她凝神注视着我。

"瓦尼亚！你对公爵有什么看法？"

"如果他讲的都是真心话，那么在我看来，他是一位十分高尚的人物。"

"如果他讲的是真心话？这是什么意思？莫非他说的可能不是真心话？"

"我也这样觉得，"我回答说。我暗自在想："这么说，她也有了什么怀疑。真奇怪！"

"你刚才一直在看着他……目光那么专注……"

"是的，他有点古怪；我这样觉得。"

"我也一样。他似乎老是在夸夸其谈……我累了，亲爱的。这样吧，你也回家去。明天尽可能早点儿离开他们，到我这里来。还有，我刚才对他说，我希望我很快地就能爱他，这样说他不会见怪吗？"

"不会……为什么见怪呢？"

"这……不是说得很蠢吗？这就是在明讲我现在还不爱他嘛。"

"相反，这样讲非常好，单纯、简洁。在那一刻你真美呀！以他的阅历，如果还不能理解这一点，那么蠢的就是他了。"

"你好像在生他的气吧，瓦尼亚？可我真坏，多疑而又爱虚荣！你别笑呀；在你面前我是无话不说的。啊，瓦尼亚，我亲爱的朋友！要是有一天我又遭到不幸，又陷入痛苦的深渊，你一定会在这里，守在我身边；那时也许只有你了！对这一切我何以为报呢！你永远不要背弃我呀，瓦尼亚！……"

回到家里，我立刻脱衣就寝。我的屋子又潮湿，又阴暗，就像地窖一样。许多奇怪的思绪和感受纷至沓来，我还好久也不能入睡。

可是，有一个人躺在舒适的床上渐入梦乡的此刻，该会怎样地嘲笑我们哪，——不过，要是他还认为我们值得嘲笑的话！大概他认为不值一哂！

第三章

　　翌晨十点左右，我走出家门，急于到瓦西里岛的伊赫缅涅夫家里去，想接着再尽快赶到娜达莎那里。就在我要走出家门的时候，在门口突然与昨天来过的小客人，斯米特的外孙女迎面相撞。她正好要进来找我。不知为什么，不过我记得，见到她我高兴极了。昨天我还没来得及看清她的模样，白天她使我更加吃惊。很难找到比她更古怪、更奇特的人了，至少外表是这样。小小的人儿，一双黑色的非俄罗斯人的眼睛闪着光芒，一头蓬松、浓密的黑发，还有那难以捉摸、不露声色的执拗的目光，在大街上简直可以吸引任何人的注意。特别令人吃惊的是她的目光。她的眼睛闪着智慧的光辉，同时又流露出宗教裁判官似的不信任甚至猜疑。破旧、肮脏的衣裙在白天的亮光里比昨天更显得褴褛不堪。我觉得，她好像患有慢性痼疾，这种病正在慢慢地，但不可遏止地摧毁她的健康。苍白、憔悴的小脸有一种病态的黑里泛黄的颜色和肝火很旺的样子。但总的说来，她虽然贫病交迫，非常狼狈，却生得相当漂亮。细细的、线条分明的眉毛很清秀；特别美的是她那宽阔而略低的前额和双唇，嘴唇的轮廓勾勒得非常美丽，带有一条骄傲、无畏的皱纹，不过嘴唇很苍白，只是微微有一点淡淡的血色。

"啊，又是你！"我叫道，"我想你一定会来的。进来呀！"

她进来了，就像昨天一样慢慢地跨过门槛，又警惕地环顾四周。她留神地打量着她的外祖父曾住过的这间屋子，仿佛要看出，新来的住户使这间屋子有了什么变化。"真是，有什么样的外祖父，就有什么样的外孙女，"我在想，"她该不是疯子吧？"她仍然默不作声；我就等着。

"我来拿书！"她终于低声地说道，两眼望着地下。

"啊，对！你的书；这就是，你拿去吧！我特意为你保留了下来。"

她好奇地看了看我，怪模怪样地撇着嘴，似乎想露出不信任的微笑。不过笑的欲望过去了，于是立刻换上了原来的那种严肃的、不可捉摸的表情。

"外祖父对您说到过我吗？"她问，讥诮地从头到脚打量着我。

"没有，他没有谈到过你，不过他……"

"那您怎么知道我会来呢？是谁告诉您的？"她问，匆忙地打断了我的话。

"因为我觉得，你的外祖父不可能是一个人过日子而没有人照顾。他已经年迈衰弱了；所以我想，一定有人常来看他。你拿去吧，这些书都是你的。你要拿去学习吗？"

"不是。"

"那你要它有什么用呢？"

"在我还常来看他的时候，外祖父曾教过我。"

"难道后来你不来了？"

"后来我不来了……我病了。"她补了一句，好像是在为自己辩解。

"你家里有谁，有妈妈、爸爸？"

突然她眉头紧皱，甚至惊慌地看了我一眼。然后她垂下眼睛，默默地转身，轻轻地向屋外走去，对我的问题不屑于回答，完全就像昨天那样。我惊讶地目送着她。不过她在门槛上站住了。

"他是怎么死的？"她微微地向我转身，生硬地问道，她的姿势和动作完全和昨天一样，那时她也是正要走到屋外，脸朝门站着，向我问起了阿佐尔卡。

我走到她跟前，匆忙地对她讲了起来。她默默地倾听，背对着我低头站着。我还告诉她，老人在临终前提到六道街。"于是我猜到了，"我补充道，"他大概有至亲好友住在那里，所以我一直盼望有人来探望他。他临终时还想到你，可见他是很爱你的。"

"不，"她仿佛情不自禁地低声说道，"他不爱我。"

她非常激动。我一边说一边凑近她，注视着她的脸。我注意到，她在用极大的努力压制自己的激动，似乎是要在我面前保持她的傲气。她的脸色越来越苍白，于是她紧紧地咬着下嘴唇。但使我特别吃惊的是她那奇异的心跳声。她的心脏跳得越来越厉害，以致最后心跳声在两三步之外就能听到，好像患有动脉瘤似的。我想，她会像昨天一样，突然泪如泉涌；不过她控制住了。

"篱笆是在哪里？"

"什么篱笆？"

"他是死在篱笆旁边的呀。"

"我指给你看……等我们出去以后。对了，你叫什么名字？"

"别问……"

"什么别问？"

"别问，什么也别问……人家是不叫我名字的。"她生硬地说道，仿佛心里有气，并且看样子要走。我拦住了她。

"等一等，你这个奇怪的小女孩！我是为你好呀；从昨天看到你在楼梯的拐角哭泣时起，我就为你难过。我一想起来就受不了……再说，你的外祖父是在我怀里死去的，而且他在提到六道街的时候，肯定是想起了你，这就意味着，他要把你托付在我的手上。他常在我的梦里出现……我还把书给你保存着，可你这么古怪，就好像怕我似的。你大概很穷，而且是个孤儿，也许在靠别人扶养；是不是？"

我热情地劝说她，自己也不知道，她怎么会那样吸引我。在我的感情里，除了恻隐之心，还有点儿别的。似乎有一种东西在不可抗拒地把我吸引到她的身边，是情况的神秘莫测，还是斯米特给我留下的

那离奇的感受，还是我自己的梦幻般的心境呢，——我不知道。我的
话好像打动了她；她有点儿奇怪地看着我，但不再那么严厉了，很和
善的样子，而且看了我好久；然后又低下了头，仿佛在沉思。

"叶列娜。"她突然意外地说，声音非常轻。

"这是你的名字吗？"

"是的……"

"怎么呢，你会常到我这儿来吗？"

"不行……我不知道……我要来的，"她低声地说着，仿佛在犹
豫，在考虑。这时传来了挂钟敲点的声音。她哆嗦了一下，以无法形
容的忧伤望着我，轻轻地问：这是几点了？

"大概十点半吧。"

她吓得尖叫了一声。

"天哪！"她说，突然撒腿就跑。不过我在过道里又拦住了她。

"我不能这样放你走，"我说，"你怕什么呀？回家太迟了？"

"对，对，我是偷偷溜出来的！快放手！她会打我的！"她叫
道，看来是说漏了嘴，一边想挣脱我的双手。

"你听我说，不要犟。你要去瓦西里岛，我也要去岛上的十三道
街。我也迟了，要雇出租马车。愿意和我一起走吗？我送你。这比步
行快……"

"去我那儿可不行，不行。"她更加恐惧地叫道。她一想到我可
能到她住的地方去，马上就吓得脸都变了形。

"我告诉你，我自己有事要去十三道街，不是到你那里去！我不会跟着你的。我们乘车很快就到了。走吧！"

我们急忙跑到楼下。我看到一辆嘎吱嘎吱响的出租马车，马上就雇了下来。看来叶列娜很着急，所以才跟着我上了车。最不可理解的是，我甚至不敢打听她的情况了。我曾问她，她在家里怕谁怕得这么厉害，她一听就猛摇着两只手，差点儿从车子上跳了下去。"怎么这样神秘莫测呢？"我想。

她坐在这车子里很不舒服。车子一颠簸，她就用左手，脏兮兮的皲裂的小手抓住我的大衣，稳住身子。另一只手紧紧地抱着她的书；看来她是很珍惜这些书的。她在整理衣服时，突然露出了一只脚，我惊讶极了，我看到她未穿袜子，光脚穿着有窟窿的鞋。虽然我已经下决心不再问她什么，可是这时我又忍不住了。

"你连袜子也没有吗？"我问，"在这样潮湿阴冷的天气，光着脚走路怎么行呢？"

"没有。"她生硬地回答道。

"哎呀，我的天，你家里总还有别人吧！既然你要出门，就该向他们要双袜子穿上。"

"我自己愿意。"

"你会生病，会死掉的。"

"让我去死吧。"

她看来是不愿回答，而且我的这些问题让她生气。

"他就是在这里死的。"我指着一栋房子对她说道，老人是在这栋房子旁边死去的。

　　她聚精会神地望着，突然她苦苦地哀求我道：

　　"您千万别跟着我。我会来的，一定来！只要一有机会，我就来！"

　　"行，我说过了，我不到你那里去。不过你何必害怕呢！想必你是个不幸的孩子。我看着你好心疼……"

　　"我谁也不怕。"她回答，声音里有一股怒气。

　　"可你刚才说，'她会毒打我的！'"

　　"让她打吧！"她回答说，眼里闪闪发光。"让她打吧！让她打吧！"她伤心地反复说道，她的上唇颤抖着，露出轻蔑的样子。

　　我们终于到了瓦西里岛，她让马车停在六道街的街头，跳下了马车，惊慌地向四面张望。

　　"您快走开；我会来的，一定来！"她极度惊慌地反复说道，恳求我不要跟着她。"您快走呀，快！"

　　我乘车走了。不过只沿着滨河大道走了几步路，我就把马车打发走，自己回到了六道街，迅速地跑到街道的另一边。我看到了她；她还没有走多远，不过她走得很快，不断地回头张望，有时还站了片刻，想看看清楚，我是不是在跟着她？但我在一户人家的大门里面躲了起来，她没有看见我。她继续赶路，我在街道的另一边跟着她。

　　我的好奇达到了顶点。虽然我决定不跟着她进屋，但我一定要认清她进去的那栋房子，以防万一。我有一种沉重而奇特的感受，这和阿佐尔卡死去的时候，她的外祖父在甜食店里在我心里引起的那种感受是相似的……

第四章

我们走了好久，一直走到小街。她几乎是连奔带跑；最后她进了一个小铺子。我停了下来等她。"她总不会住在小铺子里吧。"我想。

果然，她一会儿就出来了，但书不见了，手里拿的是一个陶碗。她走了不远，就进了一幢难看的屋子的大门。那是不大的两层楼的旧房，不过是砖房，涂着脏兮兮的黄色。下层有三个窗户，其中的一个窗口竖着一具小小的红棺材，——那是一家小棺材店的招牌。上层的几扇窗都非常小，全是正方形的，镶着不透明的有裂痕的绿色玻璃，玻璃后面挂着粉红色的细棉布窗帘。我穿过街道，走到屋子跟前，看到大门上方的一块铁皮上写着：女市民布勃诺娃寓所。

我刚读了铁皮上的那几个字，就听见布勃诺娃的院子里突然响起了女人的一声刺耳的尖叫和随后的责骂。我从便门望进去；木头台阶上站着一个胖婆娘，一身小市民的打扮，戴着头巾和绿披肩。她的脸是那种让人恶心的紫脸膛；浮肿、充血的小眼睛露着凶光。显而易见，她喝醉了，虽然还不到吃午饭的时候。她对着可怜的叶列娜大叫大嚷，叶列娜手里拿着碗站在她面前，好像已经麻木了。在紫脸膛的婆娘背后的楼梯上，有一个涂脂抹粉、衣衫凌乱的女人。一会儿地下室的楼梯通底层的门开了，楼梯上站着一位衣着寒酸、文雅端庄的中年女子，大概是被吵闹声引来的。还有一些人站在半开的门边张望，他们是底层的其他居民，一位年迈的老者和一个姑娘。一个身材魁梧的壮汉，大概是门卫，拿着一把扫帚站在院子中央，懒洋洋地看着这出闹剧。

"你这个该死的，吸血鬼，贱货！"那婆娘尖着嗓子叫道，把积在心里的脏话一股脑儿地骂了出来，往往骂得既没有逗点也没有句号，只是有点儿气喘吁吁，"你就是这样报答我的养育之恩吗，鬼东西！我只是叫她去买黄瓜，她却就溜了！我的心有预感，叫她出去，她一准会溜！我担心哪，担心！昨天晚上，就为这事儿还揪了她头发，可她今天又跑了！你干吗要乱跑啊，小娼妇，干吗呢！你找谁去了，你这该死的白痴，鼓眼睛的毒蛇，畜生，找谁去啦！说呀，你这个废物，要不，我就立刻把你掐死！"

于是气呼呼的婆娘向可怜的小女孩扑了过去，但她看到了站在台阶上的那个女人——底层的住户在望着这一切，马上就停了下来，向她诉起委屈来，声音更加尖锐刺耳了，一边还舞动双手，似乎要让她见证，那受虐待的小女孩犯了多么骇人听闻的罪行。

"她妈死了！你们都知道，我的好人哪，就留下了她一个，像个

孤魂野鬼似的。我看她成了你们这些穷人家的负担，可你们自己也没吃的；我就想，为了圣尼古拉，自己辛苦一点，把孤女收留下来吧。我收留了她。可你们想得到吗？我扶养她两个月了，——这两个月她喝我的血，吃我的肉！这个吸血鬼！响尾蛇！死不悔改的魔鬼！她一声不吭，打也没用，一天到晚就是一声不吭；她好像嘴里含了水，——死不开口！她让我操碎了心，——就是不吭声！你以为你是谁呀，你算什么东西？丑八怪！要不是我，你就饿死在大街上啦。你只配给我洗脚，喝我的洗脚水，你这个坏东西，法国小杂种。没有我你早已冻死了！"

"安娜·特里丰诺夫娜，您为什么这样苦恼呀？她怎么又惹您生气了？"那个女人听了怒气冲天的泼妇的抱怨，恭敬地问道。

"这还用问吗，我的好人哪，还用问吗？我不喜欢别人违背我的主意！好也罢，不好也罢，你得听我的，——我就是这样的人！今天她差点儿把我送进棺材！我叫她到小铺子去买黄瓜，她却过了三个钟头才回来！我叫她去买黄瓜的时候，心里就有预感；我担心哪，担心；好担心哪！她待在哪里？去了什么地方呢？给自己找了什么靠山哪？我就不是她的恩人？她那不要脸的妈还欠我十四卢布的债，我也不要了，自己花钱给她下葬，还收养了她的这个小鬼头，我亲爱的，你是知道的，你是知道的呀！就这样，我居然没有权支使她。她应该懂呀，可她不懂，老是拧着干！我是为她的幸福着想。我想让这个下流东西穿上漂亮的薄纱连衣裙，在商场给她买了皮鞋，把她打扮得像花孔雀一样，我心里好欢喜！可你们想得到吗，好心的人们！两天不到，她的连衣裙就破了，破成了碎片，她就穿着破烂到处走，到处走！可你们想得到吗，她是故意把它撕破的，——我一点都不瞎说，我是亲眼看见的；她说：我要穿家常的粗布衣服，不要穿薄纱的！好哇，我就让她尝尝厉害，狠狠地把她揍了一顿，后来我不得不给她请医生，付医药费。就是把你这个贱货勒死，也不过是一个星期不喝牛奶，——按规定就是这个处罚！我强迫她擦地板作为惩罚；您猜怎么着：她擦！擦，这个死丫头，她擦！她就是要惹我生气呀，——她擦！我想，嘿，看样子她要逃跑！我刚刚这么想，一看，她果然就在昨天跑掉了。你们听见了，好心的人们，为这件事我昨天打了她，打得我的手生疼，我还扒了她的袜子和鞋，我想，她总不能赤着脚往外跑吧！可她今天又跑了！你去了哪儿？说！向谁诉苦去了，小贱人，向谁告我的状了？说，你这个吉卜赛女人，外国小丑，你说！”

于是她暴跳如雷地扑向吓得发呆的小女孩，揪住她的头发，猛地把她摔倒在地。盛着黄瓜的小碗飞往一边，跌碎了；这就使那个醉醺醺的泼妇更加疯狂了。她劈头盖脸地打着可怜的孩子；但叶列娜顽强地沉默着，她一声不吭，不哭不叫，即使在挨打的时候也决不求饶。我冲进院子，愤怒得忘乎所以，一直冲到了那个醉婆娘跟前。

“您在干什么！您怎敢这样对待一个孤儿！”我抓住这个恶婆娘的手叫道。

“你干吗！你是什么人？”她撇下叶列娜，两手叉腰尖叫道，

"您在我家里要干什么？"

"我来告诉您，您是个没有心肝的女人！"我叫道，"您怎敢这样折磨一个可怜的孩子？她不是您亲生的；我亲耳听到，她只是您的养女，一个可怜的孤儿……"

"我主耶稣啊！"恶婆娘号叫起来，"你是什么人，敢来找麻烦！你是同她一起来的，是吗？我马上去见警察署长！安德隆·季莫菲伊奇本人把我当贵族一样尊重！她是常到你那里去，是吗？你是什么人？到别人家里来胡闹。来人哪！"

于是她挥舞着两只拳头向我扑了过来。但这时突然响起了一声刺耳的惨叫。我抬头一看，——是叶列娜，她本来神情麻木地站在那里，却突然发出一声吓人的怪叫倒在地上，全身可怕地抽搐着。她的脸变了形。这是癫痫发作。那个衣衫凌乱的娘们和从地下室上来的女子跑了过来，抬起她急忙往台阶上走。

"你去死吧，该死的东西！"那婆娘跟着她也尖叫起来，"这病一个月就发了三次……滚，收破烂的！"她又向我扑了过来。

"门卫，你怎么站着不动？你拿钱是干什么的？"

"走吧！走吧！你这是讨打。"门卫用他那男低音懒懒地说道，看来纯粹是为了应付差事。"别多管闲事啦。出去！"

毫无办法，我走出了院子，我深信，我的干预是徒劳无益的。但我气愤极了。我站在大门口的人行道上，从便门往里看。我出来以后，那婆娘立刻就往台阶上跑去，门卫在干了自己的事之后，也躲得没影儿了。一会儿，帮着把叶列娜抬走的那位女子，从台阶上走了下来，匆匆地回地下室去。她看到我以后，就停了下来，好奇地打量着我。她那善良温和的面容使我有了勇气。我又走进院子，来到她跟前。

"请问，"我说，"这个女孩是什么人，这个坏女人和她是什么关系？请您不要以为，我只是出于好奇才这样问的。这个女孩我见到过，由于某种原因我对她十分关切。"

"倘若您关切她，那您最好把她领走，或者给她找个栖身之处，免得她在这里死无葬身之地。"她仿佛不由自主地说道，马上就想离开我。

"可是如果您不肯指点我，那我能做些什么呢？告诉您，我对情况一点也不了解。大概那就是布勃诺娃——房子的主人吧？"

"对，她就是主人。"

"小姑娘怎么会落到了她的手里呢？她母亲是在这儿死的吗？"

"是呀，她也就落到了……这不关咱们的事。"于是她又想走开。

"请您做做好事；我对您说，这件事使我很感兴趣。我也许能做点儿什么。这个小姑娘是谁？谁是她的母亲，——您知道吗？"

"她好像是个外国人，是从国外来的；就住在我们地下室，病得很厉害；死于肺痨。"

"这就是说，她很穷，否则她不会住在地下室呀？"

"嗨，穷啊！叫人看了好揪心。我们也只能勉强糊口，可她还是欠了我们六个卢布，这些钱有的是她和我们一起生活的开销，有的是她向我们借的。我们还安葬了她；我丈夫又给她打了一副棺材。"

"布勃诺娃怎么说是她安葬的呢？"

"哪里是她哟。"

"她是姓什么的？"

"我可说不上来，老爷；很拗口；是德国姓吧，大概是。"

"斯米特？"

"不，好像不是。安娜·特里丰诺夫娜就把孤儿领了去，说是要抚养她。情况很不妙哇。"

"想必她是别有用心吧？"

"她是不干好事的，"她回答说，好像在考虑，在犹豫：要不要说呢？"与我们何干，我们是局外人……"

"你能不能管住你的舌头啊？"我们身后传来了一个男人的声音。他已过中年，穿一件长袍，外面罩一件束腰的长上衣，样子像个做手艺的小市民，他是同我谈话的女子的丈夫。

"真的，老爷，和您没什么好说的呀；这和咱们无关……"他说，一面用眼瞟着我。"你还不回到地下室去！再见，先生；我们是棺材匠。要是在这门手艺上有什么需要，欢迎光临……除此之外，咱们和您是没有什么交道可打的……"

我离开了这栋屋子，心事重重，非常着急。我毫无办法，但就这样放手不管，我会非常难受。棺材匠老婆的几句话特别使我愤怒。这里隐藏着某种不怀好意的勾当，对这一点我有预感。

我低着头，一边走一边想心事，突然，有一个尖厉的声音在呼唤我的名字。我一看，一个醉汉站在我面前，几乎站也站不稳，他的衣着相当整洁，不过大衣的质地很差，帽子有油渍。他的脸似曾相识。我仔细打量着他。他朝我眨眨眼，讥诮地一笑。"不认识啦？"

第五章

"啊！是你，马斯洛鲍耶夫！"我叫道，蓦地认出他是我过去的同窗，曾一起在省立中学读书，"真是巧遇！"

"是呀，巧遇！六年不见。其实我们见过，不过阁下对我不屑一顾啊。您现在是将军嘛，确切地说，是文学界的将军！"他揶揄地笑着说道。

"嘿，马斯洛鲍耶夫老弟，你这话可不对，"我打断了他的话，"首先，将军，哪怕是文学界的将军，也不是我这种样子，其次，让我告诉你吧，我确实有两次在大街上遇见了你，不过你好像不愿理我，既然我看到人家不愿理我，我又何必凑上去呢。你猜我在怎么想？你要不是喝醉了，现在也不会招呼我。是不是？得，你好啊！老兄，遇到你，我非常、非常高兴。"

"真的？我这副……**不雅的样子**不会让你丢脸吧？不过，这就不必问了；这并不重要；我嘛，瓦尼亚老兄，永远记得，你是多好的小伙子。记得吗，你曾为我挨了一顿鞭子？你就是一声不吭，不肯出卖我，可我不但不感谢你，反而取笑了你一个星期。你的心眼真好！你好！亲爱的，你好！（我们互相亲吻。）多少年了，我独自飘零，混一天算一天，却忘不了过去。往事难忘啊！而你呢，你呢？"

"我怎么，也是独自飘零呀……"

他以醉汉的软绵绵的神态，深情地久久注视着我。不过，他本来就是个非常善良的人。

"不，瓦尼亚，你和我不同！"他终于以悲凉的口气说道，"我读过你的书；读过，瓦尼亚，读过！……听我说，瓦尼亚，我们谈谈心吧！你有事吗？"

"有事；说实话，有一件事使我的心情坏极了。最好是这样：你住在哪里？"

"我会告诉你的。但这算不上最好；要我说吗，怎么办最好？"

"行，你说。"

"这样吧！你看见吗？"他指着离我们站的地方十步开外的一块招牌，"你看，果点铺兼餐馆，简单说就是个小饭店，不过地方不错。告诉你，里面很像样，伏特加更是没说的！是直接从基辅进的货！我喝过，喝过好多次了，所以我知道；在这个地方，蹩脚的东西人家也不敢拿给我。谁不知道菲利普·菲利佩奇呢。而我就是菲利普·菲利佩奇呀。怎么？干吗扮鬼脸儿？别，你让我说下去。现在是十一点一刻，刚才我看了；这样，十一点三十五分我准让你走。我们喝上两杯。老朋友相聚二十分钟，行不？"

“只是二十分钟的话，那行；因为，亲爱的，我是真的有事……”

“行就好。不过你首先还得听我说两句：你脸色不大好，有人惹你不痛快了，是吗？”

“是的。”

“我就猜到了嘛。老兄，我现在开始研究相面学了，也是一种消遣哪！走吧，我们去谈谈。在二十分钟里，我可以痛饮开胃酒，灌几杯白桦酒①，接着喝当归酒，然后是酸橙露酒，然后是完满的爱情②，然后想起什么再喝什么。我狂饮无度，老兄！只有在节日做日祷之前我才是清醒的。你哪怕滴酒不沾也行。我只要你陪我坐坐。要是你也喝点儿，那就说明你的心灵特别高尚。我们走吧！让我们聊一会儿，然后又是一别十年。老兄，我和你，瓦尼亚，是不能比的！”

“你别瞎说了，快走吧！我只给你二十分钟，到时候你得让我走。”

要进入小饭店，还得走一道木头楼梯，它拐一个弯，有一个通二楼的小台阶。可是我们在楼梯上突然碰到两位喝得过量的先生。他们看到我们，就摇摇晃晃地避在一边。

其中一位是非常年轻而嫩生的小伙子，还没有胡子，刚刚露出毛茸茸的唇髭，脸上的表情更显得傻呵呵的。他打扮得像个花花公子，

---

① 用桦树嫩芽制的酒。
② 这是一种酒的牌子。

但很可笑，好像他穿的是别人的衣服，他手上戴着几枚贵重的宝石戒指，领结上别着贵重的别针，头发梳得非常可笑，留着一种鸡冠式。他老是嬉皮笑脸的。他的同伴已经有五十来岁，很胖，挺着大肚子，衣着相当随便，领结上也别着一枚大别针，秃顶，一张酒醉糊涂的虚胖的麻脸，纽扣似的鼻子上架着一副眼镜。一脸凶恶、淫荡的表情。他那双下流、恶毒、多疑的眼睛，周围长满了脂肪，好像是从两条缝隙里往外看。显然，他们都认识马斯洛鲍耶夫，不过胖子在遇到我们的时候，做了个懊丧的、尽管转瞬即逝的鬼脸，而年轻人却露出了甜甜的谄笑。他甚至还摘下了帽子。他是戴着帽子的。

"对不起，菲利普·菲利佩奇。"他谄媚地望着他，喃喃地说。

"什么事？"

"是我错了……那个……（他弹了一下衣领）。米特罗什卡在那里呢，先生。他呀，菲利普·菲利佩奇，原来是个下流东西。"

"怎么回事？"

"是这样的，先生……上星期他（他朝同伴抬抬下巴）就是由于这个米特罗什卡的缘故，在有伤风化的地方被人抹了一脸的酸奶油……嘻！"

同伴气恼地用臂肘捅了捅他。

"菲利普·菲利佩奇，您和我们到迪索餐厅去喝几杯吧，我们可以对此抱有希望吗，先生？"

"不，老弟，现在不行。"马斯洛鲍耶夫回答说，"我有事。"

"嘻！我也有件小事，与您有关，先生……"同伴又用臂肘捅了捅他。

"以后再说，以后再说！"

显然，马斯洛鲍耶夫竭力不朝他们看。可是我们一走进第一个房间——房间里放着一长溜柜台，上面摆满了各种冷盘、馅饼、果馅点心和盛着各色露酒的长颈玻璃瓶，——马斯洛鲍耶夫就把我迅速拉到一个角落，对我说：

"那个年轻人是商人子弟西佐布留霍夫，他的父亲是著名的粮商，在父亲死后他得到了五十万卢布，现在正过着花天酒地的生活。他去了一趟巴黎，在那里挥金如土，也许在那里把家产都败光了，不过他在叔父死后又得到了一笔遗产，于是他从巴黎回来，又在这里挥霍他剩下的钱。不用说，一年之后他就会沦为乞丐。他呆头呆脑的，像只公鹅，——既光顾上等餐厅，也涉足地下室和小酒店，既和女演员鬼混，也想加入骠骑兵，——不久前已经递交了申请书。那个上了年纪的叫阿尔希波夫，也是商贾之流，还从事承包商的业务；是个无赖、恶棍，西佐布留霍夫目前的伙伴。他是犹大①和福斯塔夫②，集二人于一身，他破产了两次，是丑恶的好色之徒，诡计多端。在这方面，我知道他受到一个刑事案件的牵连；不过被他逃脱了。由于某种

---

① 出卖耶稣的使徒，参阅《圣经·新约·马太福音》。
② 莎士比亚的《亨利四世》和《温莎的风流娘儿们》中的人物。

原因，我很高兴能在这里碰到他；我料到他会在这里……不用说，阿尔希波夫在诈骗西佐布留霍夫的钱财。他知道各种隐秘的去处，那些到处乱钻的年轻人都把他当宝贝。老兄，我对他已经恨得咬牙切齿。米特罗什卡也恨极了他，就是那个穿着漂亮的紧腰长外衣的矫健的小伙子，——在那里，站在窗子旁边，有一张吉卜赛人的脸。他干贩马的营生，这里的骠骑兵他全都认识。我告诉你，他是大骗子，他可以当着你的面制造假钞票，你尽管亲眼看到了，还是会上当，把钱换给他。他穿上丝绒的紧腰长上衣，就像斯拉夫主义者（我看这对他倒挺合适），可要是你现在要他穿上考究的燕尾服等等，把他带到英国俱乐部去，并且告诉大家，这位是世袭伯爵巴拉巴诺夫，那么他在那里的两个小时里就会被尊为伯爵，——他既会打惠斯特，也会用伯爵的派头讲话，叫人猜不透；很会骗人。他是不会有好下场的。就是这个米特罗什卡对大胖子恨得咬牙切齿，因为米特罗什卡现在手头很紧，而大胖子却从他身边抢走了西佐布留霍夫，后者本来是他的朋友，可他还没有来得及把他的油水榨干。既然他们现在在小饭店里碰头，那么其中必定有不可告人的勾当。我甚至知道是什么勾当，也能猜到，正是米特罗什卡，而不是别人，通知了我，说阿尔希波夫和西佐布留霍夫要到这里来，他们为了一个恶劣的勾当而在这些地方转来转去。我想利用一下米特罗什卡对阿尔希波夫的仇恨，因为我还另有原因；而且我在这里露面，可以说就是由于这个原因。在米特罗什卡面前，我想不动声色，你也不要老看他。等到我们离开这里的时候，他一定会来到我跟前，把我需要知道的事情告诉我……现在，瓦尼亚，我们就到那个房间去，看见了吧？喂，斯捷潘，"他转身对伙计接着说道。

"你明白，我有什么需要吗？"

"明白，先生。"

"你能办到吗？"

"能办到，先生。"

"去办吧。你坐，瓦尼亚。你为什么这样看着我？我发觉，你在看我呢。你感到惊讶？不要惊讶。人什么事都可能发生，甚至他在任何时候做梦也不曾想到的事，特别是在……嗯，哪怕是在我们背诵科尔内留斯·内波斯①的著作的时候！请注意，瓦尼亚，你要相信一点：马斯洛鲍耶夫虽然误入歧途，但他的心依然如故，只是环境变了。我虽然满身烟臭，但不比别人肮脏。我当过医生；我还进修过，想成为本国语言文学的教师；我写了一篇关于果戈理的论文；我想去开金矿；还曾打算结婚，——人总想过好日子呀，而且**她**也同意了，尽管家里穷得连喂猫的东西也没有。我为了准备婚礼本想借一双结实的靴子，因为我的靴子一年半之前就有了窟窿……婚没有结成。她嫁了老师，而我开始在办事处当差，那不是商业办事处，总之是个办事

---

① 科尔内留斯·内波斯（约前100—约前25），古罗马历史学家。中学里根据他的著作学拉丁文。

处。这一来音乐就变调了。几年过去了，我现在虽然不在当差，钱却来得很容易：我接受贿赂而又维护真理；在绵羊面前我是好汉，在好汉面前我就是绵羊。我有办事的规矩：比方说，我懂得孤掌难鸣，于是——事就好办了。我的事多半是了解人家的底细……懂了吧？"

"你不是侦探吧？"

"不，并不是侦探，而是办某些案子，部分是官方的，部分是出于个人的意愿。你瞧，瓦尼亚：我在喝伏特加。不过我从来没有把自己喝糊涂了，所以我很了解自己的未来。我的时光已经过去，黑马洗不成白马了。我只说一点：如果我心里不是还有人性的呼声，今天我就不会出现在你面前，瓦尼亚。你的话没错，我遇到过你，看见过你，过去也有很多次想走到你跟前，但总是没有勇气，一次又一次地放弃机会。我不配做你的朋友。你说得对，瓦尼亚，如果我走到你跟前，那也只是因为我喝醉了。不过这一切都完全不值一提，不要再讲我了。我们还是来谈谈你的事吧。嘿，亲爱的，我读过！读过，而且我还从头读到了尾！朋友，我说的是你的处女作。我读完以后，——差点儿成了正人君子！只差了那么一点儿；不过又一想，我觉得还是做我的坏人好。就是这样……"

他还同我谈了很多。他醉得越来越厉害，非常伤感，几乎要流下泪来。马斯洛鲍耶夫从来就是十分出色的小伙子，但城府颇深，似乎有点儿早熟；他狡狯、刁钻，善于钻营，诡计多端，从中学时代起就是如此，但本质上并不是良心泯灭的坏人；他已经沉沦了。在俄罗斯人当中这样的人很多。他们往往有卓越的才干；但这一切在他们身上似乎都乱糟糟地纠缠在一起，而不能发挥作用，不仅如此，由于某些方面的弱点，他们能有意识地干出违背良心的事，他们不但总是在堕落下去，而且自己早就明白，他们正在走向毁灭。顺便说一下，马斯洛鲍耶夫还沉溺于杯中之物。

"我还有句话要说，朋友，"他继续说道，"我曾听到，起初你怎样声誉鹊起；后来读到对你的各种批评（真的，读了；你以为我什么也不读吗）；以后遇见你穿着破靴子，不穿套鞋就在泥泞的路上走，戴着破帽子，于是我明白了。现在是靠卖文为生吧？"

"不错，马斯洛鲍耶夫。"

"成了任人摆布的驿马了吧？"

"似乎是。"

"那，老兄，我要说，与其如此，还不如喝酒！我喝饱了酒，在沙发上一躺（我有一张带弹簧的好沙发），比方说，我就想，我是荷马，是但丁，或者是腓特烈一世[①]，——爱怎么想就可以怎么想。可是你不行，你不能想象你是但丁或腓特烈一世，首先，因为你希望你就是你，其次，因为你不可以有任何愿望，你是驿马啊。我可以幻想，而你要面对现实。听着，像在兄弟之间一样，说句知心话吧（否则你会使我生气、委屈，十年也忘不了），你要钱吗？我有。你别扮

[①] 腓特烈一世（红胡子）（约1123—1190），神圣罗马帝国皇帝。

鬼脸。你把钱拿去，还清欠出版家的债，摆脱枷锁，然后准备好一年的开销，就坐下写你心爱的构思，写你的伟大作品吧！啊？你说呢？"

"听我说，马斯洛鲍耶夫！你的兄弟般的建议，我认为很有价值，不过我现在无法答复你，为什么——那就说来话长了。有些隐情。但我答应你：以后我一定全都告诉你，像对兄弟一样坦诚相待。为了感谢你的建议，我还答应一定来看你，而且要来好多次。问题是这样，既然你对我肝胆相照，我也就决定向你求教，何况在这些问题上你是行家。"

于是我对他讲了斯米特和他的外孙女的全部故事，从那家糖果店讲起。很奇怪：在我讲的时候，从他的眼神来看，好像他对这个故事是知道一些的。我问他是不是这样。

"不，不是，"他回答说，"不过关于斯米特我听到过一些，说是有一个老头子死在糖果店里。至于布勃诺娃夫人，我确实知道一些。两个月之前，我已经从这位夫人手里拿到一笔贿赂。我在哪里发现自己的财产，就从哪里把它拿走，①我只是在这方面很像莫里哀。不过我虽然从她那里搞到了一百卢布，却在当时就暗暗发誓，一定要再敲她一笔，不是一百卢布，而是五百卢布。一个坏婆娘！干的都是见不得人的勾当。这倒不算什么，可有时实在太不像话。你可不要认

---

① 这是法国剧作家莫里哀所喜爱的一句俗语。

为我是个堂吉诃德①。问题在于，我可以大捞一笔，所以半小时前遇到西佐布留霍夫的时候，我高兴极了。西佐布留霍夫，显然是有人把他带来的，而带他来的就是大胖子，我很了解，大胖子所特别热衷的是什么苟且勾当，因而我可以断定……哼，我会让他落网的！我很高兴听你谈起那个小姑娘；现在我又抓到了一条线索。要知道，老兄，我干的是私人委托的形形色色的案子，而且我还认识了一些怎样的人物啊！不久前我为一位公爵侦察一件小事，我告诉你，你决不会料到，这位公爵能干出这种事来。要不，我再对你讲一个有夫之妇的故事？老兄，你到我家里来吧，我给你搜集的那些题材呀，写了都没有人肯信……"

"那位公爵叫什么名字？"我心里有所触动，打断了他的话头。

"你何必要知道呢？好吧，告诉你：瓦尔科夫斯基。"

"彼得？"

"对。你认识？"

"认识，不过不大熟悉。好，马斯洛鲍耶夫，我会时常来向你打听这位先生的情况，"我边说边站了起来，"你引起了我的极大兴趣。"

"你看到了吧，老朋友，你来找我吧，想来就来，我会对你讲故

---

① 意思是说，他不是那种疾恶如仇，对现实充满幻想的人。堂吉诃德是西班牙伟大作家塞万提斯的名著《堂吉诃德》中的主人公。

事，但有一定的限度，——明白吗？否则就会失去声望和信誉，我说的是职业上的信誉，还有其他等等。"

"好吧，在人格所允许的限度之内。"

我简直很焦急。他看出来了。

"关于我刚才对你讲的那个故事，你现在能对我说点什么吗？想起了什么没有？"

"关于你的故事？你等我一会儿；我去结账。"

他到柜台去结账了，在那里他似乎无意中突然同那个穿紧腰长上衣的小伙子待在一起，大家都不客气地叫他米特罗什卡。我觉得马斯洛鲍耶夫和这个青年的关系，比他本人对我所承认的更近乎一些。至少他们现在显然不是第一次碰头。从外表看，米特罗什卡是个相当奇特的小伙子。他穿着他那紧腰长上衣和红色绸衬衫，面容轮廓分明，但很优雅，还显得十分年轻，肤色黝黑，眼睛闪着勇敢的光彩，他给人留下的是既怪异又并不令人生厌的印象。他的姿态有点儿故作剽悍，不过此刻他显然在约束自己，最想表现出非常务实而持重的风度。

"这样，瓦尼亚，"马斯洛鲍耶夫回到我身边说，"你今晚七点钟到我家里来，我也许能对你说点儿什么。你要明白，我一个人什么也干不成；过去我行，可现在我只是个酒鬼，而且不问事了。但我的老关系还在；我可以打听一些消息，和各种精明乖巧的人物暗中勾结；这是我的优势；不错，在我有空的时候，也就是在我清醒的时候，我自己也能干点儿什么，不过也要通过熟人……主要是那些搞侦察的……嗳，说这些干什么！够了……这是我的地址：六铺街。现在，老兄，我是太累了。我再喝五卢布的酒，就回家。睡上一觉。等你来了，我介绍你认识亚历山德拉·谢苗诺夫娜，要是有时间，我们还可以谈谈诗歌。"

"嗯，那件事呢？"

"嗯，也谈，很可能。"

"行，我来，一定来……"

第六章

安娜·安德烈耶夫娜早就在等着我了。昨天我对她说的关于娜达莎的字条的话，激起了她的强烈的好奇心，她起码在上午十点就早早地在等着我。我是中午一点之后到她那儿的，这时可怜的老太太已经等得苦不堪言。此外，她很想向我表白从昨天起她心里所萌发的新的希望，想同我谈谈尼古拉·谢尔盖伊奇，他从昨天起就病了，心情忧郁，同时却又对她特别温存。我到的时候，她脸上露出了不满和冷淡的样子，几乎是透过牙缝说话，显得无动于衷，仿佛要说："你干吗来了？你何苦天天往这儿跑。"她是因为我来迟了在生气呢。但我还有事，所以就毫不耽搁地对她讲了头天在娜达莎那里的一幕。老太太一听说老公爵去过，而且郑重其事地提了亲，她那假装的忧郁的神情便一扫而光了。我无法用语言来形容，她是多么高兴，她简直有点儿不知所措，她画着十字，哭着，在圣像前深深地鞠躬，又拥抱我，还想马上去向尼古拉·谢尔盖伊奇倾诉她的喜悦之情。

"得了吧，我的爷，他是因为受到了太多的诋毁和侮辱才会这样闷闷不乐，如今他知道娜达莎已经如愿以偿，立刻就会什么也不计较了。"

我好不容易才劝阻了她。善良的老太太虽然和尼古拉·谢尔盖伊奇共同生活了二十五年，却不大了解他。她也非常想马上就和我去见娜达莎。我告诉她，不但尼古拉·谢尔盖伊奇很可能不赞成她这样做，而且我们还会因此而把事情搞糟了。她总算改变了主意，但还是把我多留了半小时，而且只有她在说个不停。"现在有谁陪我呢，"她说，"我心里这样高兴，却叫我一个人坐在空荡荡的屋子里？"她终于听我的劝，放我走了，因为我说，娜达莎正迫不及待地等着我呢。老太太临别时一再给我画十字，又特别祝福娜达莎；她几乎哭了，因为我告诉她，当天晚上我不能再来了，除非娜达莎发生了什么特殊的情况。这一次我没有见到尼古拉·谢尔盖伊奇：他昨夜通宵未眠，抱怨头痛，身上发冷，正在他的书房里睡着呢。

娜达莎也等了我整整一个上午。我进去的时候，她照例抄着手在房间里踱步，一边在考虑着什么。甚至现在只要我一想起她，在我的想象中总是她独自在那个可怜的小房间里，满腹心事，为亲人所遗弃，在等待着，一双手抄在胸前，眼睛低垂，漫无目的地走来走去。

她继续踱着步，轻轻地问我，为什么来得这么晚？我简短地讲了讲我的活动，可是她几乎没有听我说。显然，她心事重重。"有什么新的情况吗？"我问，"没有什么新情况，"她回答说，但我一看她说话的样子就猜到了，她有了新的情况，而且她等我来，就是要把这些新的情况告诉我，不过按照她的习惯，她并不马上就告诉我，而是要等到我要走的时候。我们总是这样。我对她已经习惯了，我等着。

当然，我们谈起了昨天的事，我感到特别吃惊的是，我们对老公爵的印象竟完全吻合：她根本不喜欢他，比昨天更不喜欢。在我们对他昨天来访的情况作了过细的分析之后，娜达莎突然说道：

"我说，瓦尼亚，往往有这样的情形，如果你最初不喜欢一个人，那么这几乎就是一个预兆，说明你以后一定会喜欢他。至少我的情况总是这样。"

"但愿如此，娜达莎。而且我有一个看法，一个最后的看法。我经过周密的考虑，得出结论：即使公爵在耍弄诡计（这是可能的），但他同意你们的婚姻，毕竟是严肃的，认真的。"

娜达莎在屋子中间停住脚步，严厉地看着我。她脸上变色，甚至嘴唇也微微哆嗦了一下。

"可是他在这种情况下怎能口是心非……说假话呢？"她傲然而困惑不解地问道。

"可不是吗，可不是吗！"我连忙随声附和。

"他当然没有说假话。我觉得，这样想是毫无道理的。他简直没有理由要口是心非。再说，他把我看成什么人了，竟如此丧心病狂地戏弄我？难道一个人能这样糟蹋别人吗？"

"那当然，那当然！"我表示同意，不过心里在想："可怜的姑娘，你现在踱来踱去，心里想的大概就是这件事吧，你的怀疑也许比我更重呢。"

"唉，我多么希望他快些回来！"她说，"他想在我这儿度过整整一个晚上，那就……他大概是有要紧的事情，否则不会扔下一切就走了。什么事呢，你知道吗，瓦尼亚？你听说过没有？"

"谁知道他呢。他总是在攒钱。我听说他在彼得堡这里的一项承包工程中入了股。我们对商业却一窍不通，娜达莎。"

"当然，我们不懂商业。昨天阿辽沙谈起过一封信。"

"有了什么消息吧。阿辽沙来过吗？"

"来过。"

"很早就来了？"

"十二点来的，他爱睡懒觉。坐了一会儿就走了。我催他去见卡捷琳娜·费奥多罗夫娜；不能不去嘛，瓦尼亚。"

"难道他自己不想去？"

"不，想去……"

她还想说点什么，却没有说。我看着她，等着。她的神情很忧伤。我本来可以问问她，可她有时很不喜欢追根究底的问题。

"这个孩子真奇怪。"她终于撇着嘴说，好像竭力在避开我的视线。

"怎么了！你们有了口角吧？"

"不，没什么；没啥……其实他倒是很温柔……不过……"

"现在他的悲哀和烦恼全都过去了。"我说。

娜达莎猜疑地注视着我。也许她自己就想回答我说"他本来就没有什么悲哀和烦恼";可是她觉得,我的话里含有这同样的意思,于是就撅着嘴生气了。

不过,她立刻就变得和蔼可亲了。这一次她显得非常温顺。我在她那里坐了一个多小时。她很不安。公爵使她害怕。她的一些问题使我注意到,她很想知道,昨天她究竟给他留下了怎样的印象?她的态度得体吗?她在他面前是不是过分流露了她的快乐?她是不是太缺乏气量?或者相反,太委曲求全?他会不会有什么想法?会不会笑话她?会不会轻视她?……这样一想,她的脸红了,红得像火。

"怎么这样忐忑不安呢,就因为某个坏人可能对你有什么想法!你让他去想吧!"我说。

"为什么说他是坏人呢?"

娜达莎爱多疑,但心地纯洁、坦率。她的多疑是出自内心的纯洁。她骄傲,那是高尚的骄傲,她不能容忍她所推崇的东西在她的眼里成为笑柄。当然,对于来自卑鄙小人的蔑视,她会同样还以蔑视,但她奉为神圣的东西受到嘲笑还是使她痛心,不论嘲笑者是谁。这不是因为她不够坚强。多少是因为她阅世不深,不懂人情世故,长期蛰居于自己的小天地。她在自己的小天地里生活了一辈子,几乎从来不曾离开过。最后,心地最善良的人们有一个共同的特点,这个特点她也许是得自父亲的遗传,而且在她身上表现得很显著,那就是——过分赞扬别人,固执地把他看得比实际上更好,凭一时的热情夸大他的优点。这样的人以后会因为失望而感到心情沉重；如果觉得自己也负有责任，那就更加沉重。为什么要对别人寄予过高的期望呢？这种失望随时都在等着这样的人。他们最好安静地待在自己的角落里，而不要踏入社会；我甚至注意到，他们是那么喜欢自己的角落，以至离群索居变得孤僻了。不过，娜达莎遭受过很多不幸，很多侮辱。她已经是一个病态的人了，因而她是不应受指责的，如果我的话里含有指责的意思，那也绝不是针对她的。

不过我有事，站起来要走了。她吃了一惊，几乎因为惜别而哭了起来，尽管我坐在那里的时候，她丝毫没有对我流露什么特别的温情，恰恰相反，仿佛比平时还冷淡些。她热情地吻了吻我，久久地凝视着我的眼睛。

"听着，"她说，"阿辽沙今天好笑极了，我简直觉得奇怪。他看上去很可爱，很幸福，但他飘然而来的时候，就像一只蝴蝶，一个纨绔子弟，老是对着镜子顾影自怜。不知怎么，他现在太不顾礼貌了……而且待的时间也不长。你想想看：他给我带来了糖果。"

"糖果？好哇，显得又可爱又天真。啊，你俩真行！现在已经在彼此观察，互相刺探，研究对方的表情，在人家的脸上捉摸秘密的想法了（其实你们对此一窍不通！），他还没什么。他依旧很快乐，依旧是个幼稚的中学生。可是你呀，你呀！"

每当娜达莎改变讲话的口气，来到我面前，或者要向我抱怨阿辽沙，或者要我帮她解决一些微妙的难题，或者想透露什么秘密而又希望我能一点就透的时候，我记得，她总是露着小小的牙齿看着我，仿佛在引诱我一定要想个什么办法，能使她的心情马上就好起来。不过我也记得，在这种情况下，我讲话的口气总是严厉而生硬，好像在训人似的，而我完全不是故意的，但效果总是**不错**。我的严厉和傲慢往往来得正是时候，显得更有权威，有时人就是渴望能挨一顿训，那样他才舒服。至少娜达莎在从我身边走开的时候，往往是欣然色喜。

　　"不，你要知道，瓦尼亚，"她接着说道，一只手搭在我肩上，另一只手握着我的手，一双小眼睛讨好地看着我的眼睛，"我觉得他似乎缺少激情……我觉得他已经像这样的一个丈夫，——你知道吧，像一个已经结婚十年，不过还对妻子客客气气的人一样。这种情况不是来得太早了吗？……他笑，他顾影自怜，但这一切仿佛和我关系不大了，与过去不一样了……他急巴巴地要到卡捷琳娜·费奥多罗夫娜那里去……我和他讲话，他也听而不闻，或者谈起别的话题，你知道，这种上流社会的恶劣习气，我们曾竭力帮他克服。总之，他就是这样……简直好像冷漠得很……不过我在说什么呀！这么没完没了！唉，我们对人多么苛求啊，瓦尼亚，我们是多么任性的暴君！我到现在才看清楚了！人家脸色的一点无谓的变化，我们也不能原谅，而且天知道他的脸色为什么发生了变化！瓦尼亚，你刚才责备我是对的！全是我的错！我是自寻烦恼，还要怨天尤人……谢谢你，瓦尼亚，你的话完全解开了我心里的疙瘩。唉，他今天能来就好了！可不是！说不定他还在为不久前的事生气呢。"

"莫非你们吵过嘴了!"我吃惊地叫道。

"我根本就不露声色!我只是有点伤心,而本来高高兴兴的他突然变得若有所思,我觉得他和我分手时很冷淡。我一定要派人去请他来⋯⋯你今天也来吧,瓦尼亚。"

"一定来,如果不被什么事绊住的话。"

"又有什么事啦?"

"是我自找的!不过,看样子我一定能来。"

第七章

我七点整到了马斯洛鲍耶夫那里。他住在六铺街的一幢不大的房子里，住的是厢房，是一套三居室的，不大整洁，不过陈设还不错。很有一点富裕的气象，却非常凌乱。给我开门的是一位非常漂亮的十八九岁的姑娘，衣着很朴素，却很好看，一尘不染，有一双极其善良、活泼的小眼睛。我立刻就猜到了，她就是那位亚历山德拉·谢苗诺夫娜，不久前他曾顺便提到过，还说要介绍我和她认识。她问我是谁，一听到我的名字就说，他在等我，不过正在屋里睡觉，她把我领进了那间屋子。马斯洛鲍耶夫睡在一张漂亮、柔软的沙发上，身上盖着他那件脏大衣，头枕着一个旧的皮枕头。他睡得不很沉；我们一进去，就听到他在叫我的名字。

"啊！是你？我在等你呢。我刚才梦见你来了，正想叫醒我。这么说，是时候了。我们走吧。"

"去哪里呀？"

"去见一位夫人。"

"哪位夫人？为什么要去见她？"

"去见布勃诺娃夫人，为的是好好地教训她一下。多迷人的美人儿啊！"他转身对着亚历山德拉·谢苗诺夫娜，拖长声音说，在提到布勃诺娃夫人时还吻了吻自己的手指尖。

"又来了，瞎扯！"亚历山德拉·谢苗诺夫娜说道，觉得发点儿小脾气是她应尽的义务。

"你不认识她吧？认识一下吧，老兄。喂，亚历山德拉·谢苗诺夫娜，我给你介绍，这是文学界的将军；一年只能免费看他一次，其余的时间看他是要付钱的。"

"哼，你把我当呆子。您别听他的，他老是戏弄我。他怎么会是将军呢？"

"我就是要告诉您嘛，他是一个特别的将军。你呀，大人，可别以为我们蠢，我们比乍一看聪明得多呢。"

"您别听他的！他老是在好人面前耻笑我，不害臊。还不如哪天带我去看戏呢。"

"亚历山德拉·谢苗诺夫娜，您要爱自己的……您没忘吧，要爱什么？那个字眼忘了没有？就是我教过您的那个？"

"当然没忘。它表示一个荒唐的意思。"

"说呀，究竟是什么字眼呢？"

"我才不当着客人的面出丑呢。它可能是什么不雅的意思。割我的舌头也不说。"

"这么说，您是忘了吧，小姐？"

"我才没有忘呢；家神！要爱自己的家神①……瞧他多么异想天开！也许根本就没有过什么家神；而且为什么要爱他们呢？老是胡说八道！"

"可是布勃诺娃夫人那里就有……"

"呸，你和你的布勃诺娃滚吧！"亚历山德拉·谢苗诺夫娜气得跑了出去。

"时候到了！我们走吧！再见，亚历山德拉·谢苗诺夫娜！"

我们走了。

"这样，瓦尼亚，首先，我们要坐上这辆出租马车。好。其次，我不久前和你分手以后，又了解了一些情况，不是凭猜测，而是确有其事。我还在瓦西里岛逗留了一个钟头。那个大肚子是个坏透了的无赖，卑鄙龌龊，诡计多端，有种种下流的嗜好。这个布勃诺娃早就因为干这种勾当而臭名远扬。最近她带着一个好人家的姑娘差点儿被抓住。她用来打扮孤女的那条细纱连衣裙（就是你不久前讲过的），让我非常不安；因为我在此之前已经有些耳闻。刚才我又了解到不少情况，不错，完全是偶然了解到的，但看来很可靠。小女孩几岁？"

"她的脸看上去大约十三岁。"

---

① 这句话的意思很简单，就是"要爱你的家庭"。但马斯洛鲍耶夫故弄玄虚，教了她一个很生僻的词：пенаты（家神），这个俄语词来自拉丁文，在古罗马表示家庭的保护神，在俄语中只保留它的象征意义，即以这个词象征家、家庭、家园。

"看个头还不到。不错，她就是这么干的。必要时说她只有十一岁，否则就说她十五岁。因为小姑娘既没有保护人，也没有家庭，所以……"

"是这样？"

"你是怎么想的呢？布勃诺娃夫人是不会仅仅出于同情而收养孤儿的呀。既然大肚子也卷了进去，那就是了。他和她上午已经碰过头了。他们答应今天给那个呆子西佐布留霍夫找一个美人儿，官太太，女校官。娱乐场所的商人子弟很讲究这些；他们总是热衷于官衔。这就像拉丁语语法，你还记得吗：词义比词尾重要。不过，我好像还醉着呢。哼，布勃诺娃就别想干这种事。她还想蒙骗警察呢；办不到！所以我要吓她一吓，因为她根据过去的印象，以为我还是以前那样的人呢……还有些别的事要做——懂吧？"

我大为震惊。这些消息使我惶惶不安。我怕我们会到得太晚，不断催促车夫快走。

"你放心，已经采取了措施，"马斯洛鲍耶夫说，"米特罗什卡在那里。西佐布留霍夫得给他掏腰包，下流的大肚子免不了皮肉受苦。这是不久前决定的。还有，布勃诺娃由我处理……只要她胆敢……"

我们到了，马车停在小饭店旁边；但名叫米特罗什卡的人不在那里。我们吩咐马车夫在台阶那里等我们，便步行到布勃诺娃家里去。米特罗什卡在她家的大门口等着我们。几扇窗子里灯火辉煌，可以听得见西佐布留霍夫醉醺醺地大笑的声浪。

"他们都在那里，已经来了一刻钟了，"米特罗什卡通知我们。
"现在正是时候。"

"我们怎样进去呢？"我问。

"作为客人进去，"马斯洛鲍耶夫回答道，"她认识我，也认识米特罗什卡。诚然，门都锁着，不过这不是为了对付我们。"

他轻轻地敲敲大门，门马上就开了。开门的是门卫，他和米特罗什卡互相使了个眼色。我们悄悄地进去；屋子里的人没有听见。门卫领我们走过一道小楼梯，敲了敲门。里面喊了他一声，他回答说，有一个人来有事。门开了，于是我们一拥而入。门卫溜走了。

"喂，谁呀？"布勃诺娃叫道，她醉眼蒙眬，衣衫不整，手里拿着一支蜡烛站在小小的前厅里。

"谁？"马斯洛鲍耶夫应声说道，"您这是怎么了，安娜·特里丰诺夫娜，连贵客也不认得了？除了我们还有谁呀？……菲利普·菲利佩奇。"

"哦，菲利普·菲利佩奇！是你们来了……贵客来了……可你们怎么……我……没有关系……请这边走。"

她完全慌了手脚。

"怎么来这儿呢？还有一扇隔板……不行，您要好好地招待我们哪。我们要在您这儿喝喝冷饮，没有漂亮的妞儿吗？"

女主人马上就来了精神。

“为了这样的贵客，就是在地底下也要把她们找出来呀；我要写信到中国去请呢。”

“我想问问，亲爱的安娜·特里丰诺夫娜，西佐布留霍夫在这里吗？”

“他……在这里。”

“我就是要找他。混蛋，他怎敢不招呼我就跑来寻欢作乐？”

“他大概并没有忘了您。他一直在等人，想必就是在等您吧。”

马斯洛鲍耶夫推开一扇门，我们走进了一个有两扇窗户的不大的房间，房间里放着几株天竺葵，几把藤椅和一架蹩脚的钢琴；该有的都有。不过，在我们进来之前，还在我们在前厅谈话的时候，米特罗什卡就不见了。我后来才知道，他根本就没有进来，而是躲在门外。以后会有人给他开门的。早晨在布勃诺娃背后窥探的那个衣衫不整、涂脂抹粉的女人，是他的干亲家。

西佐布留霍夫坐在精巧的红木小沙发上，面前是一张铺着桌布的圆桌。桌上放着两瓶香气扑鼻的香槟酒，一瓶劣质的朗姆酒，还有几碟买来的糖果、蜜糖饼干和胡桃、花生、榛子。在桌子上与他相对而坐的是一个讨厌的年约四十的麻子，穿一身黑色塔夫绸的衣裙，戴着铜胸针和镯子。那是一位女校官，显然是假冒的。西佐布留霍夫喝得醉醺醺的，一副心满意足的样子。他的大肚子伙伴没有和他在一起。

“有这么办事的吗！”马斯洛鲍耶夫可着嗓门吼道，“还说要请我们上迪索餐厅呢！”

"菲利普·菲利佩奇，太荣幸了，先生！"西佐布留霍夫喃喃说道，傻乎乎地站起来表示欢迎。

"你是在喝酒？"

"对不起，先生。"

"你就别道歉啦，请客吧。我们来是找你饮酒作乐的。瞧，还带来了一位客人，是我的朋友！"马斯洛鲍耶夫指着我说。

"很高兴，先生，简直是太荣幸了，先生……嘻嘻！"

"嘿，这也叫香槟酒！就像酸菜汤。"

"看来你根本就不敢进迪索餐厅，还说要在那里请客呢！"

"他刚才说，他到过巴黎，一定是吹牛！"

"费多西娅·季季什娜，别小看我啊，太太。我到过的，太太。到过一趟，太太。"

"真的吗，这样的土包子也到过巴黎？"

"到过，太太。总算到过，太太。我和卡尔普·瓦西里耶维奇在那里可出风头啦。您认识卡尔普·瓦西里耶维奇吗，太太？"

"我干吗要认识你的卡尔普·瓦西里耶维奇呢？"

"我随便问问，太太……这是出于礼貌，太太。我和他在那里，在那个小城市巴黎，打碎了朱贝尔夫人家里的一面英国式的立镜。"

"打碎了什么？"

"一面立镜，太太。那镜子有一面墙那么大，有天花板那么高；卡尔普·瓦西里耶维奇醉得一塌糊涂，居然和朱贝尔夫人讲起了俄语。他站在镜子旁边，靠在上面。朱贝尔太太对他嚷起来，她说的是本国话：'这镜子值七百法郎（一法郎合我们的二十五戈比），别打碎了！'得意地笑着，看着我；我坐在对面的长沙发上，一个美人儿陪着我，她可不是那种丑八怪，一句话，很刺激，太太。只听他在叫：'斯捷潘·捷连季伊奇，喂，斯捷潘·捷连季伊奇！各出一半，行吗？'我说：'行哪！'他就一拳头砸在镜子上，哗啦！只见碎片纷飞。朱贝尔尖叫起来，直往他脸前凑：'你干吗，强盗，这是什么意思？'（说的是他们的话）。他却说：'朱贝尔太太，钱你拿去，可是别碍我的事。'马上就给了她六百五十法郎，我们还价少付了五十法郎。"

这时，与我们所在的房间隔着几道门，隔着两三个房间的地方，突然传来一声可怕的尖叫。我浑身一颤，也叫了起来。我听出来了：这是叶列娜的声音。随着这声哀叫，立刻响起了别的呵斥声、叫骂声和嘈杂声，最后传来了打耳光的响亮的噼啪声。这大概是米特罗什卡在大打出手。门突然被猛地撞开，面色惨白，泪眼模糊的叶列娜冲了进来，她身上的薄纱衣裙揉皱了、撕破了，梳好的头发似乎在挣扎中弄乱了。我面对着门站着，叶列娜径直向我扑来，双手搂着我。所有的人都跳了起来，所有的人都惊慌失措。她的出现引起了一片惊呼。在她之后，米特罗什卡在门口出现了，他抓住他那狼狈不堪的仇人大肚子的头发，把他拖来，一到门口，就将他搡进了我们的房间。

"就是他！把他抓走吧！"米特罗什卡得意扬扬地说道。

"你听我说，"马斯洛鲍耶夫镇静地走到我跟前，在我的肩膀上捅了一下，说："带着小姑娘乘我们的马车回去吧，这里没有你的事了。其余的事我们明天处理。"

我不用他说第二遍。我抓起叶列娜的手，带她走出了这个淫窟。我不知道他们那里是怎样收场的。我们没有受到阻拦，因为女主人被可怕的局面镇住了。一切都进行得迅雷不及掩耳，使她束手无策。马车在等着我们，二十分钟以后我们已经在自己的家里了。

叶列娜是半死不活的样子。我解开她衣服上的搭扣，给她喷了一些水，然后把她放在长沙发上。她开始发烧，说胡话。我看着她苍白的小脸，没有血色的嘴唇，看着那梳得一丝不乱、抹上发油，却披散在一边的一头黑发，看着她那一身打扮，那残留在衣裙上的一些粉红色蝴蝶结，我才完全明白了这可恶的不幸事件。可怜的孩子！她的病越来越厉害。我一步不离地守在她身边，决定当天晚上不到娜达莎那里去了。有时叶列娜抬起长长的眼睫毛看着我，久久地凝眸注视，仿佛在重新认识我。已经很晚了，深夜十二点多她才入睡。我睡在她身边的地板上。

第八章

我起床很早。这一夜我几乎每隔半小时就会醒过来，走到我可怜的小客人身边，仔细地看看她。她在发烧，有轻度的谵妄。不过早晨她睡得很沉。我想，这是个好兆头，但我在早晨醒来以后，决定趁可怜的孩子还在睡觉的时候，赶快去请医生。我认识一位医生，他是好心的单身小老头，很久以来就和自己的德国女管家住在弗拉基米尔街。我去找的就是他。他答应十点钟来。我到他那儿的时候是八点。我非常想顺路去看马斯洛鲍耶夫，不过我打消了这个主意：经过昨天的那番折腾，他大概还在睡觉，而且叶列娜可能要醒了，她发现自己睡在我家里，没有我她会害怕的。她有病，在这种情况下她可能已经忘了，她在什么时候，怎样来到了我这里。

她醒的时候我刚好进屋。我来到她跟前，关切地问她觉得怎样？她没有回答，她那富于表情的黑眼睛久久地凝视着我。我从她的目光里看出，她全都明白，神志完全清醒。她不回答我，可能是由于向来的习惯。她昨天和前天到我这里来，对我的一些问题一声不吭，只是突然目不转睛地看了我好久，在她的目光里既有困惑和强烈的好奇，还有一种奇怪的傲气。而现在我发觉她的目光很严厉，仿佛还流露出不信任的神气。我伸手摸摸她的前额，想试试她有没有热度，可是她用她的小手默默地把我的手轻轻推开，并且转头把脸对着墙壁。我走开了，免得打扰她。

我有一把很大的铜茶壶。我早就在用它代替茶炊烧开水了。木柴我有，门卫每次都给我送来够用五天的木柴。我生炉子，取水，把茶壶坐上。在桌子上摆好了我的茶具。叶列娜向我转过头来，好奇地打量着一切。我问她要什么？可她又把头转了过去，什么也没有回答。

"为什么她会生我的气呢？"我想，"古怪的小丫头！"

我的那位老医生在十点钟准时来了。他以德国人的细心检查了病人，他说，虽然有热病的症状，但没有什么大的危险，这使我放心多了。他又说，她可能有别的慢性病，如心动过速之类，"不过这需要进行特别的观察，她目前没有危险。"他给她开了一剂药水和一种药粉，与其说是由于需要，还不如说是出于习惯。于是他立刻开始向我打听：她怎么会在我家里？同时他诧异地到处参观我的住处。这个小老头儿特爱唠叨。

叶列娜使他大为吃惊；他为她号脉，她却把手缩了回去，也不肯把舌头伸给他看。对他的所有问题都一句话也不回答，老是盯着看他脖子上摆来摆去的巨大的斯坦尼斯拉夫勋章。"她大概头痛得厉害，"小老头指出道，"不过您看她那目光！"我觉得没有必要同他谈叶列娜，只说这是一个很长的故事。

"有事就通知我，"他临走时说，"现在没有危险。"

我决定整天陪着叶列娜，在她完全康复之前尽可能不把她一个人丢在家里。但是我知道，娜达莎和安娜·安德烈耶夫娜老是等不到我，会非常焦急，所以我决定，至少要给娜达莎寄一封信，告诉她今天我不能去她那儿。可是却不能给安娜·安德烈耶夫娜写信。她曾亲口请我永远不要寄信给她。有一次在娜达莎生病期间，我写了个通知寄给她，后来她说："看到你的信，老头子会绷着脸，他非常想知道，信里写的是什么，可就是不好意思问，鼓不起勇气。于是整天闷闷不乐。而且，我的爷，你写信给我，只是吊我的胃口。请问，写十行八行有什么用！想详细问问清楚，你却不在。"所以我只给娜达莎写，在到药房去送处方时，顺便把信也寄了。

这时叶列娜又睡着了。她在睡梦中微微呻吟、颤抖。医生说得对，她头痛得厉害。偶尔她会轻轻地叫喊，醒了过来。她甚至悻悻地看着我，好像我的关心使她特别难受。说实话，这使我很伤心。

十一点马斯洛鲍耶夫来了。他心事重重，好像六神无主；他只能来一会儿，急着要到什么地方去。

"嗯，老兄，我知道你的生活不怎么样，"他四面看看说，"可是，真的，没想到你会住在这样的一个箱子里。这是箱子啊，哪里是什么住房。不过，这倒没啥，问题是这些不相干的琐事让你不能专心工作。昨天在我们去找布勃诺娃的路上，我就在想这件事了。我嘛，老兄，就我的天性和我的社会地位而言，是这样一种人，他们自己干不出什么正经事，却教训别人去干。现在你听着：我明天或后天也许到你这儿来，而你一定要在星期天上午到我家里去一趟。到那时，我希望这个小姑娘的事能彻底了结；也就是在那时，我要和你严肃地谈一谈，因为必须认真地考虑你的问题了。昨天我只是对你暗示了一下，现在我要提出一个合理的建议。最后，你告诉我：你认为暂时在我这里拿点钱用，就不光彩了吗？……"

"别和我吵啦！"我打断了他的话，"你最好说说，昨天你们那里是怎样收场的？"

"没说的，结果好极了，目的已经达到，懂吗？现在我没有时间。我来这儿，只是要告诉你，我没有时间，顾不上和你谈谈；再顺便问一下：你把她安排到别的地方去，还是你想自己收留她？因为这件事该考虑，该决定了。"

"这一点我还不能肯定，老实说，我在等你，想同你商量一下。比如说，我以什么理由收留她呢？"

"嗳，那有什么，就说是女佣也行嘛……"

"不过，请你把声音放低一点。她虽然有病，但神志十分清醒，我发觉，她看见你时好像抖了一下。想必她是想起了昨天的情形……"

这时我对他讲了她的性格，以及我在她身上所发觉的种种情况。马斯洛鲍耶夫对我的话很感兴趣。我又补充道，也许我会把她安排到一户人家去，于是对他稍微谈了谈我的那两位老人家。使我感到惊奇的是，他已经多少知道了娜达莎的故事，我问他怎么会知道呢？

"没啥；好久以前了，无意中听人说起，和一个案子有关。我不是告诉过你吗，我是认识瓦尔科夫斯基公爵的。你想把她送到那两位老人家里，这很好。要不，她只会使你受到干扰。还有，她需要一张身份证。这不用你操心，由我来办。再见，你要常来啊。她怎么，睡着了？"

"好像是。"我回答说。

可是他刚一走，叶列娜马上就叫我了。

"这是谁？"她问。她的声音在发抖，不过她还是用那种专注而又似乎傲慢的目光看着我。我对她的目光不能有别的形容。

我说，他叫马斯洛鲍耶夫，又告诉她，我正是通过他才从布勃诺娃的手里把她夺了过来，布勃诺娃很怕他。她蓦地满脸泛起红晕，想必是由回忆引起的。

"现在她永远不会到这里来了吗？"叶列娜问，不放心地看着我。

我连忙安慰她，叫她放心。她沉默了，用她那热乎乎的手指拿起我的一只手，但马上又把它丢开，仿佛醒悟过来似的。"她不可能真的这样讨厌我啊，"我想，这是她的习惯，或者……或者可怜的孩子经历了太多的痛苦，以至她对世界上的任何人也信不过了。

到了规定的时间，我去取药，同时到一家熟悉的饭店去了一趟，我有时在那里吃饭，可以赊账。这一次我从家里出来时，带了一个手提饭盒，在饭店里给叶列娜要了一份鸡汤。但她不想喝，只好暂时放在炉子里。

给她服了药，我坐下来工作。我以为她睡着了，无意中看看她，却突然发现她抬起头，在专心地看我写字。我假装没有注意到她。

后来她真的睡着了，我非常高兴，因为她睡得很平静，没有说胡话也没有呻吟。我想起心事来；娜达莎因为不了解情况，不仅会因为我今天不去见她而大为生气，而且，我想，还会因为在她也许最需要我的时候，我却漠不关心而伤心。现在她甚至可能会遇到麻烦，可能有什么事要委托我去办，而我却偏偏不在。

至于安娜·安德烈耶夫娜，我根本不知道，明天在她面前我该怎样为自己辩解。我想呀想，突然决定她们那里我都要跑一趟。我顶多离开两个钟头。叶列娜睡着，不会听见我离去的声音。我跳了起来，披上大衣，拿起帽子，可是我刚要走，叶列娜突然喊了我一声。我觉得很奇怪：莫非她刚才是装睡？

顺便说说：虽然叶列娜装出一副样子，好像不愿和我说话，但这频频呼唤，这种向我倾诉困惑的渴望，说明情况恰恰相反，我承认，这甚至使我很高兴。

"您想把我往哪里送啊？"我走到她跟前时，她问。她提出问题时总是很突兀，完全出乎我的意料。这一次我甚至未能马上就明白她的意思。

"不久前您对您的朋友说过，您要把我送给一户人家。我哪里也不去。"

我向她弯下了腰,她又浑身发热,热病的症状又恶化了。我开始安慰她,要她放心,我向她保证,如果她愿意留在我身边,我绝不会把她送走。我一边说,一边脱了大衣和帽子。在这种情况下,我不敢把她一个人留下。

"不,您走吧!"她说,她马上就看出我想留在家里。"我要睡了;我一会儿就能睡着。"

"你一个人在家怎么行呢?……"我吃惊地说,"不过,两个钟头之后我一定回来……"

"那您就走吧。要是我卧病一年,您就一年不出门吗,"这时她想笑笑,而且有点儿古怪地望着我,仿佛在努力克制心里激起的一种善良的感情。可怜的孩子!她的一颗善良温柔的心显露出来了,尽管她那么落落寡合,尽管她表面上那么冷酷无情。

我先去见安娜·安德烈耶夫娜。她非常着急地等着我,一见面就埋怨起来;她自己有极其烦心的事:尼古拉·谢尔盖伊奇午饭后就出去了,去了哪儿,——不知道。我有一个预感,一定是老太太忍不住了,把什么都告诉了他,按她的习惯,是用**暗示**告诉他的。不过,她几乎是亲自向我承认了这一点,她是这样说的:不能同他分享这样的快乐,叫她忍受不了,可是,用她的话来说,尼古拉·谢尔盖伊奇的脸色变得比乌云还要阴沉,什么也没说,"老是一声不吭,甚至我问他话,他也不回答,"午饭后他准备了一下,突然就不见了。安娜·

安德烈耶夫娜在叙述的时候，简直害怕得发抖，并且央求我和她一起等尼古拉·谢尔盖伊奇回来。我推托了，还几乎是断然地告诉她，我明天也不能去，而且我现在跑来其实就是为了通知她。这一下我们差点儿吵了起来。她哭了；她激烈而又伤心地责备我，不过在我已经要走出门外的时候，她突然扑到我胸前，双手紧紧地搂着我，叫我不要生她这个"可怜人"的气，也不要对她的话见怪。

娜达莎的情况和我的预期不同，我又看到她独自在家，而且奇怪，这一次她见到我，根本不像昨天或以往那样高兴。似乎我有什么事得罪了或干扰了她。我问："阿辽沙今天来过吗？"她回答说："当然来过，不过待的时间不长。他答应今晚再来，"她若有所思地又补了一句。

"昨晚来过没有？"

"没——有。他走不了，"她急速地补充道，"你呢，瓦尼亚，你的情况怎样？"

我看得出，她想岔开我们的话题，谈别的。我更仔细地看了看她，她显然心绪不宁。不过，她发觉我在仔细地观察她，端详她，就突然对我投以迅速的、愤怒的一瞥，而且那么炽烈，仿佛要用目光灼痛我。"她又有伤心事了，"我想，"不过她不愿对我说。"

因为她问起我的情况，我就把叶列娜的不幸遭遇详详细细地告诉了她。我的故事使她非常感兴趣，甚至感到震惊。

"我的天！你居然把她一个人丢下了，而且还有病！"她叫道。

我解释说，我本想今天不来看她了，可是我想，她会非常生气，而且也可能有什么事需要我。

"说到需要嘛，"她若有所思地喃喃自语，"我可能是需要你的，瓦尼亚，不过下次再说吧。见过两位老人家了？"

我告诉了她。

"是呀；天知道，父亲现在会怎样看待这些消息呢。其实还有什么好说的……"

"有什么好说的？"我问，"有这样大的变化！"

"没啥……他又到哪里去了呢？上次你以为他是到我这儿来了。这样，瓦尼亚，要是可能的话，你明天到我这儿来一下。我也许有话对你说……不过我实在不好意思麻烦你；现在你回去看看你的小客人吧。你离开家里大概已有两个小时了吧？"

"有了。再见，娜达莎。噢，阿辽沙今天对你怎样？"

"阿辽沙嘛，没什么……你这样好奇，我简直很惊讶。"

"再见吧，我的朋友。"

"再见。"她似乎漫不经心地把手伸给我，并且避开了我告别的目光。我走了，她的态度使我有点奇怪。"不过，"我想，"她的确有操心的事。问题很严重。明天她会主动地把一切都告诉我的。"

我怀着忧伤的心情回家了，一进门就大吃一惊。天已经黑了。我仔细一看，叶列娜坐在沙发上，头垂在胸前，仿佛深深地陷入了沉思。她看也不看我一眼，好像在出神。我走到她跟前；只听她在喃喃自语。"该不是说胡话吧？"我想。

"叶列娜，我的朋友，你怎么了？"我问，我坐到她身边，一只手搂着她。

"我想离开这里……我想还是去她那里好。"她头也不抬地说。

"去哪儿？去谁那里？"我奇怪地问道。

"去她那儿，去布勃诺娃那里。她老说我欠她很多钱，说是她花钱安葬了我的妈妈……我不要她骂我的妈妈，我想在她那儿做工，打工抵债……然后我就离开她。而现在我要再去她那里。"

"不要激动，叶列娜，你不能去她那里，"我说，"她会折磨你；她会毁了你的……"

"让她毁了我吧，让她折磨吧，"她激动地接过我的话说道，"我不是第一个，那些比我更好的人也在受折磨。这是街上的一个女乞丐对我说的。我是穷人，我也愿意做个穷人。我要一辈子做穷人；这是妈妈临终时对我的嘱咐。我要做工……我不愿穿这条连衣裙……"

"我明天就给你另外买一条。把你的那些书也带来。你就住在我这里。如果你不愿意，我决不把你交给任何人，你放心……"

"我要去当女仆。"

"行，行！不过你要休息了，躺下睡吧！"

但可怜的小姑娘泪流满面。渐渐地她的饮泣变成了号啕大哭。我不知如何是好，我给她端来了水，用湿布擦太阳穴和头部。最后，她精疲力竭地倒在沙发上，热病又使她发起了寒战。我随手拿东西把她裹了起来，她睡着了，但睡得很不安稳，时常打战，惊醒过来。虽然这一天我并没有走多少路，可是我累极了，自己也想尽早睡觉。我满脑子都是折磨人的焦虑。我预感到，这个小女孩会给我招来许多麻烦。但最使我忧虑的还是娜达莎和她的处境。现在回想起来，我很少像这倒霉的夜晚那样，怀着如此沉重的心情入睡。

第九章

　　我醒来的时候已经很晚，是上午十点，我病了。头晕头痛。我看看叶列娜的床，床上是空的。同时我听到，在我右边的小房间里，好像有人在扫地的声音。我进去看了看。叶列娜一只手拿着扫帚在扫地，另一只手提着她的那条漂亮的小连衣裙，从那个晚上起，这条连衣裙她就不曾脱下过。准备生炉子的木柴堆在角落里；桌子抹过了，茶壶擦得干干净净；总之，叶列娜在做家务。

　　"喂，叶列娜，"我叫道，"谁叫你扫地的？我不要你这样，你有病。难道你是到我这儿来当女工的？"

　　"那么谁来扫地呢？"她挺起身来，直视着我问道，"现在我没有病。"

　　"可我不是要你来做工的，叶列娜。你好像怕我也会像布勃诺娃那样，责备你吃闲饭？你从哪里弄来了这把破扫帚？我家里没有扫帚啊。"我补充了一句，惊讶地看着她。

　　"这是我的扫帚。是我自己把它带来的。我在这里也替外祖父扫过地。扫帚就在这里，从那时起，它就一直放在炉子底下。"

我回到房间里，心里在寻思着。也许是我看错了，可我就是觉得，我的款待好像使她很难受，她千方百计要向我证明，她在我这儿绝不是吃闲饭的。"果真如此的话，她是多么愤世嫉俗的人哪？"我想。一两分钟以后她也进来了，在沙发上她昨天坐过的地方默默地坐了下来。这时我把茶壶烧开了，沏了茶，给她倒了一杯，又拿一块白面包给她。她一声不响，顺从地接了。这一昼夜她几乎什么也没有吃过。

"瞧，挺漂亮的一条连衣裙被你用扫帚弄脏啦。"我说，我发觉在她裙子的下摆上有一大块污渍。

她低头看看，突然，使我大吃一惊的是，她放下茶杯，不露声色地、慢慢地用双手拧住薄纱裙的裙幅，把它从上到下一下子撕成两半。然后她向我抬起她那执拗的、闪亮的目光。她的脸色是苍白的。

"你干什么呀，叶列娜？"我叫了起来，我相信这孩子疯了。

"这是一条丑恶的连衣裙，"她说，气愤得几乎喘不过气来。"为什么您要说这是一条漂亮的连衣裙呢？我不愿穿它，"她突然从座位上跳起来叫道，"我要把它撕掉。我没有请她打扮我。她自己要把我打扮起来，是她强迫我的。我已经撕掉一条了，这一条我也要撕掉，撕掉它！撕掉！撕掉！"

于是她发狂似的抓起倒霉的连衣裙，转瞬间就把它几乎撕成了碎片。等到她住手的时候，她脸色惨白，几乎站不稳了。我惊讶地看着她那气急败坏的样子。她却以一种挑战的眼神望着我，好像我在她面前也有什么过错似的。不过我已经知道该做些什么了。

我决定毫不拖延，就在当天上午给她买一条新的连衣裙。对这个孤僻而又倔强的孩子，要以善心来打动她才行。看她那样子，好像她从来就没有遇见过好人。既然她曾不顾残酷的惩罚，把她的第一条同样的连衣裙撕成碎片，那么现在看到这件衣服，她会多么怒不可遏啊，因为它会使她想起自己在不久前所经历的那可怕的时刻。

在旧货市场可以很便宜地买到又好看又朴素的连衣裙。倒霉的是，那时我手里几乎没有什么钱。不过我在昨夜就寝的时候，就决定今天要到一个地方去，我在那里能拿到钱，而且正好与旧货市场顺路。我拿起了帽子。叶列娜注视着我的一举一动，仿佛在期待着什么。

"您又要把我锁在屋子里吗？"她问，因为她看到我拿了一把钥匙，要在出去后把门锁起来，就像昨天和前天那样。

"我的朋友，"我走到她跟前说，"你别生气。我锁门是怕有人来。你有病，可能会受到惊吓。而且天知道谁会来呢，说不定布勃诺娃就会跑来……"

我故意这样说。我把她锁在家里，是因为我信不过她。我觉得，她会突发奇想，从我这里跑掉。我决定暂时要小心一些。叶列娜不作声了，这一次我还是把她锁了起来。

我认识一位出版商，三年来他一直在出版一部多卷集的作品。在我需要赶快弄点钱的时候，我往往就去向他要点工作。他按规矩付钱。我去找了他，他给我预付了二十五卢布，而我必须在一周之后给他编写一篇文章。但我希望挤出时间来写我的长篇小说。在我急需钱用时，我常这么干。

拿了钱我就去了旧货市场。我在那里很快就找到了我所认识的一个卖旧衣的年老的女商人。我把叶列娜的身材大致告诉了她，她马上就给我挑了一条浅色的花布连衣裙，很结实，顶多只洗过一次，价钱又非常便宜。我还顺手拿了一条围巾。我付钱时想到，叶列娜还需要一件短皮大衣、短斗篷什么的。天冷了，而她简直什么也没有。但我想还是等下次再买吧。叶列娜爱生气，又那么傲气。这条连衣裙也不知她愿不愿接受呢，尽管我特意挑了一条朴素的、不惹眼的，那是当时所能找到的最平常的了。不过我还是买了两双线袜和一双羊毛袜。我可以借口她有病、房间里很冷而把这些东西交给她。她也需要内衣。不过我想还是等到我和她互相更为了解的时候再说。但我买了一床旧帐子，这是少不了的东西，叶列娜会很高兴的。

我中午一点才带着这些东西回到家里。我的锁开起来几乎没有声音，所以叶列娜当时没有听到我回来了。我看到她站在桌边翻阅我的书籍和稿纸。听到我的声音，她连忙合上她正在读的那本书，满脸通红地从桌旁走开了。我瞅了瞅那本书：这是我的第一部长篇小说的单行本，扉页上印有我的名字。

"您不在家的时候，有人来敲过门。"她说，那口气仿佛在逗弄我：谁叫你把门锁上的呀？

"该不是医生吧？"我说，"你没有招呼他吗，叶列娜？"

"没有。"

我没有作声，我拿来小包裹，把它解开，取出了买来的连衣裙。

"瞧，我的朋友叶列娜，"我向她走过去说道，"你身上的这些破烂不能再穿了。我给你买了一条家常穿的连衣裙，这是最便宜的，所以你不用过意不去；它只值一卢布二十戈比。你随便穿吧，不要客气。"

我把连衣裙放在她身边。她满脸绯红，睁大眼睛看了我好一会儿。

她非常惊讶，同时我觉得，不知为什么她非常羞愧。但她的眼里闪着一种柔和的、温柔的光彩。我看她没有说话，就回到了我的桌子那里。我的行动看来使她深受感动。但她努力克制自己，坐在那里，低头望着地下。

我头痛，晕得越来越厉害。新鲜空气没有给我带来任何好处。可是我必须去见娜达莎。从昨天起，我对她的忧虑丝毫没有减弱，相反，却有增无减。突然，我觉得叶列娜好像喊了我一声。我转身看着她。

"您走的时候，不要把我锁在家里，"她说，眼睛望着一旁，一根手指抠着沙发的布边，似乎正全神贯注地干着这件事。"我不会离开您到任何地方去的。"

"好的，叶列娜，我同意。可是如果有外人来呢？而且天知道什么人会来啊？"

"那您就把钥匙留给我，我从里面把门锁上；有人敲门的话，我就说：家里没人。"她调皮地瞅瞅我，仿佛在说："您瞧，这件事做起来多么简单哪！"

"您的衣服谁洗？"她突然抢在我答复她之前问道。

"这里的一位妇女，就住在这栋楼里。"

"我会洗衣服。昨天您的饭菜是从哪里拿来的？"

"一个小饭馆。"

"烹调我也会。我为您烧饭吧。"

"得了吧，叶列娜；你哪里会烹调？你讲的都不切实际……"

叶列娜沉默了，低着头。看来我的话使她挺伤心。至少过了有十分钟；我们俩谁也不说话。

"汤。"她突然头也不抬地说道。

"汤怎么？什么汤？"我惊奇地问她。

"我会做汤。妈妈生病的时候，我给她做过汤。我还上菜场买菜。"

"你看看，叶列娜，你看你有多么高傲，"我说，一边走过去，和她坐在沙发上。"我这样对你，是听从我的良心的召唤。你现在一个人，举目无亲，是很不幸的。我想帮助你。如果我有困难，你一定也会帮助我。可是你不愿这样看问题，接受我一点小小的礼物，就觉得心里不安。好像我是布勃诺娃，会刁难你似的。我如果这样的话，那是可耻的，叶列娜。"

她没有回答我的话，她的嘴唇在颤抖。她似乎有什么话要对我说；但她忍住了，没有作声。我站起来，想到娜达莎那里去。这一次我把钥匙留给了叶列娜，要求她在有人来敲门时答应一声，并且问问他是谁。我完全相信，娜达莎一定有什么很糟糕的事，她暂时还瞒着我，这种情况过去也时有发生。无论如何，我决定到她那儿只待一会儿，否则我就会惹她厌烦。

果然不出所料。她又以不满的冷淡的目光迎接我。我必须马上就走；可是两条腿不大听话。

"我来只待一会儿，娜达莎，"我开始说，"想同你商量一下，我对我的小客人该怎么办？"于是我连忙把叶列娜的情况全盘托出。娜达莎静静地听着。

"我不知道，该给你出个什么主意，瓦尼亚，"她回答说，"看来这是个非常古怪的孩子。也许她受到了太多的委屈，太多的惊吓。你至少要让她恢复健康。你想将她托付给两位老人？"

"她老是说，她不愿离开我到别的地方去。而且谁也不知道，他们会怎样对待她，所以我也拿不定主意。告诉我，我的朋友，你怎样？昨天你好像不大舒服呢！"我胆怯地问道。

"是呀……今天还有点头痛。"她心不在焉地回答说，"你见到我家的哪位老人了吗？"

"没有。我明天去一趟。明天是星期六呀……"

"怎么呢？"

"公爵晚上要来嘛……"

"怎么呢？我没忘记。"

"不，我只是随便说说……"

她站在我面前，久久地凝视着我的眼睛。她的目光流露出一种决心，一种执着；她似乎十分激动。

"这样，瓦尼亚，"她说，"行行好，你走吧，你在这儿我很烦……"

我从椅子上站了起来，看着她，我的惊讶是无法形容的。

"我的朋友，娜达莎！你怎么了？发生了什么事？"我惊恐地叫了起来。

"什么也没有发生！明天你就全都知道了，现在我想一个人待着。听见吗，瓦尼亚：你马上就走。我看着你好烦，好烦！……"

"可是至少你要告诉我……"

"明天你就全都知道了！我的天哪！你到底走还是不走？"

我走了。我是那样震惊，简直失魂落魄。玛芙拉在过道里赶上了我。

"怎么，她生气了？"她问我，"我简直怕走近她。"

"她这是怎么了？"

"我们的**那一位**三天没有露面啦！"

"什么三天？"我吃惊地问道，"昨天她亲自对我说，昨天早上他来过，而且昨天晚上还要来……"

"还晚上呢！他早上就没有来过！告诉你吧，从前天起一直没有露面。难道她昨天告诉你，说他早晨来过？"

"是她说的呀。"

"嗯，"玛芙拉若有所思地说道，"这说明她是伤透了心，对你也不愿承认，他没有来过。哼，这个坏小子！"

"这是怎么回事呢！"

"反正我不知道拿她怎么办，"玛芙拉摊开两手接着说，"昨天她还叫我去找他，但又两次把我喊了回来。今天简直和我也不愿讲话啦。"

我发狂似的冲下了楼梯。

"傍晚你来吗？"玛芙拉跟在我后面叫道。

"到时候看，"我边跑边回答说，"我也许只是来向你问问情况，如果我还活着的话。"

我确实觉得，仿佛我的心挨了重重的一击。

第十章

我直接去找了阿辽沙。他住在小海滨街他父亲的家里。公爵有一套相当大的住宅，虽然他是独居。阿辽沙在这套住宅里占有两个漂亮的房间。我很少到他这儿来，在此之前好像只来过一次。他到我那里去的次数比较多，尤其是在他和娜达莎同居的初期。

他不在家。我直接来到他的住处，给他写了一封信：

阿辽沙，您好像是疯了。星期二晚上，令尊亲自请求娜达莎让您有幸娶她为妻，而您欣然同意，这是我亲眼所见，既然如此，您不能否认，您在这件事上的行为就不免奇怪了。您知道这对娜达莎有什么影响吗？反正我的信是要提醒您，您对您未来的妻子的行为是极其卑劣而轻佻的。我十分清楚，我没有任何权利来教训您，但我顾不上这些了。

又及①，关于这封信她一无所知，而且将您的情况告诉我的也不是她。

我把信封好，放在他的桌子上。仆人对我的一个问题回答说，阿列克谢·彼得罗维奇几乎从来不待在家里，现在即使回来也是在深夜，在拂晓之前。

我总算到家了。我头晕，两腿发软，打战。我家的门开着。尼古拉·谢尔盖伊奇坐在那里等我。他坐在桌旁，惊奇地默默看着叶列娜，她也以不亚于他的惊奇的目光打量着他，却执拗地沉默着。"怎么这样，"我想，"大概他觉得她很古怪。"

"老弟，我等了你整整一个钟头，而且说实话，怎么也没有料到……你是这样，"他接着说，一面打量着房间，并指着叶列娜对我悄悄地使着眼色，眼睛里满是惊讶的神气。不过，我更切近地看看他，才发觉他是那样焦急而忧伤。他的脸色比平时更加苍白。

"坐呀，你坐，"他以关切而急迫的样子继续说道，"我赶到你这儿来，是有事找你；你怎么了？你的脸色很难看。"

"不大舒服。从清早起就头晕。"

"你要当心哪，不能大意。是感冒了吧？"

"不是；只不过是神经受了点刺激。我偶尔会有这种情况。可您呢，身体好吗？"

"还行，还行！只是一时激动罢了。我有事。坐呀。"

我把椅子往前挪挪，在桌旁与他对面而坐。老人凑近我，低

---

① 原文为英文，postscript 的缩写 P. S. 。

声说道：

"留神不要望她，假装我们在谈别的事。坐在你这里的小客人是谁？"

"我以后向您解释，尼古拉·谢尔盖伊奇。这可怜的小姑娘完全是个孤儿，就是那个住在这里，后来死在糖果店的斯米特的外孙女。"

"原来他还有个外孙女！哦，老弟，这孩子是个怪物！瞧她的眼神，瞧她的眼神！干脆地说吧：要是你再有五分钟不来，我在这里就待不下去了。她总算把门开了，可到现在就是一声不吭，和她在一起真可怕，不像是个人。她怎么会在这里呢？哦，我明白了，她大概是来看外公的，不知道他已经死了。"

"是的。她非常不幸。老人临死时才想起了她。"

"哼！有怎样的外公，就有怎样的外孙女。以后你要把一切都告诉我。也许能给她一点帮助，量力而行吧，既然她是这样不幸的孩子……现在嘛，老弟，你能不能叫她走开，因为我必须和你认真地谈一谈。"

"可她无处可去啊。她就住在这里。"

我对老人尽可能简单地解释了一下，还表示有话不妨当着她的面说，因为她是个孩子呀。

"话是不错……当然，还是个孩子。不过你呀，老弟，真使我非常吃惊。和你住在一起，我的天哪！"

于是老人又惊讶地看了她一眼。叶列娜知道我们在说她，默默地低头坐着，用手指扯着沙发的布边。她已经穿上了新连衣裙，非常合身。头发也比平常更细心地梳过了，也许是因为穿上了新衣服的缘故吧。总之，要不是她那奇怪、孤傲的眼神，她真是一个惹人喜爱的女孩子。

"简单明确地说，老弟，情况是这样的，"老人又开始说道，"这是一件重要的事情，说来话长……"

他低头坐着，神态凝重，若有所思，尽管他急于"简单明确地说"，却不知从何说起。"是什么事呢？"我想。

"是这样，瓦尼亚，我来找你，有一个极重要的要求。不过首先……现在我自己也明白，有些情况必须向你解释一下……情况是非常微妙的……"

他清清喉咙，偷偷地看了我一眼；这一看，他脸红了；脸一红，他生起气来，怪自己太笨拙；这一气，他下了决心：

"嗨，还有什么好解释！你是知道的。干脆地说，我要同公爵决斗，请你安排一下，并且当我的副手。"

我往椅背上一仰，望着他，惊讶得不知所措。

"你看什么！我可没疯！"

"可是请问，尼古拉·谢尔盖伊奇！拿什么做借口，目的何在呢？还有，这怎么可能呢……"

"借口！目的！"老人叫道，"真妙！……"

"好了，好了，我知道你要说什么；但您这样做有什么好处呀！决斗会有什么结果？老实说，我一点也不明白。"

"我就知道，你不会明白。你听着：我们的官司了结了（就是说这几天就要了结，只剩下一些无关紧要的手续要办）；我败诉。我应支付一万卢布，这是法庭的判决。这笔钱要以伊赫缅涅夫卡作抵押。这样一来，那个卑鄙的家伙就不愁拿不到钱了，而我交出伊赫缅涅夫卡，以付清赔款，就与案件无关了。从此我就可以抬起头来。最尊敬的公爵，您两年来如此这般地侮辱我；您玷污了我的名声和我家族的荣誉，而这一切我不得不忍受！那时我不能向您提出决斗的要求。那时您可以干脆对我说：'啊，狡猾的家伙，你想把我打死，以免向我支付赔款，你知道，法庭迟早会判你支付这笔钱！不，我们先看看官司的结果如何吧，然后再谈决斗。'现在，尊敬的公爵，诉讼已经结束，您的利益有了保障，因而已没有任何障碍，那么可以在决斗场上恭候大驾了吧。情况就是这样。怎么，在你看来，我没有权利为自己，为一切、一切复仇吗！"

他双目炯炯。我默默地看了他好久。很想了解他内心深处的隐秘的想法。

"听我说，尼古拉·谢尔盖伊奇，"我终于回答道，决心说出我的主要意见，否则我们是不可能相互理解的。"您可以对我坦诚相待吗？"

"可以。"他坚定地回答。

"那么坦率地告诉我：您要来决斗仅仅是出于复仇的欲望，还是另有其他目的？"

"瓦尼亚，"他回答说，"你知道，有些问题我绝不允许任何人在同我谈话时涉及；但这一次是例外，因为你以明澈的智慧立刻意识到，要回避这个问题是不可能的。对，我还有另一个目的。这个目的就是要拯救我失足的女儿，并使她摆脱最近的情况诱使她走上的毁灭的道路。"

"可是您怎么能用决斗来拯救她呢？这就是问题！"

"打乱他们正在酝酿的所有图谋，从而拯救她。听着，你不要以为，我怀有父爱或类似的软弱的感情。这些都是胡说！我从来不向任何人表露我内心的感受。连你也并不了解我。女儿离开我，跟着情人私奔，我就把她从我的心里抹掉，永远地抹掉，就在那天晚上——你记得吗？你曾看见我对着她的画像痛哭，但这并不意味着我愿意宽恕她。那时我并没有宽恕她。我哭的是一去不复返的幸福时光，为破灭的梦想，而不是为现在这样的她而痛哭。我也许时常哭泣；我并不羞于承认，正如我并不羞于承认我曾爱我的孩子胜过世上的一切。所有这一切似乎都与我眼前的行动不一致。你会对我说：既然是这样，既然您已经不承认这个女儿，对她的命运漠然视之，为什么您要干预他们眼下的如意算盘呢？我来回答：因为我不愿让那个阴险卑鄙的家伙阴谋得逞，其次，是出于最普通的博爱的情感。虽然她已不再是我的女儿，但她毕竟是无力自卫的被欺骗的弱者，他们还会进一步欺骗她，以至彻底地毁灭她。我不能直接介入此事，但通过决斗间接地介入，我是办得到的。如果我被击毙或负伤流血，难道她能跨过我们的决斗场，甚至跨过我的尸体，和杀害我的凶手的儿子走向婚礼的圣坛吗？难道她能像那个公主（记得吗，我家有一本小书，你曾用它学习读书认字），乘着四轮马车辗过自己父王的尸体？[①]再说，如果他来决斗，那么我们的这两位公爵自己也就不愿结这门亲事了。总之，我反对这门亲事，并且要竭尽全力加以阻止。现在你明白了吗？”

“不明白。如果您为娜达莎着想，那么您怎能阻碍她的婚姻呢，恰恰是婚姻才能恢复她的名誉呀。要知道，她来日方长，是需要有良好的名声的。”

“蔑视上流社会的舆论，这才是她应有的态度！她应该认识到，她的奇耻大辱就是这种婚姻，就是同这些卑劣的家伙，同可鄙的上流社会保持关系。高尚的傲气——这才是她对上流社会应有的回答。那时我也许会向她伸出我的手，那时让我们看看吧，谁敢污辱我的孩子！”

如此极端的理想主义使我大为吃惊。不过我立刻就意识到，他心情恶劣，是一时冲动才说的。

“这样说太理想主义了，”我回答他道，“因而是残酷的。您要

---

① 古罗马历史学家李维（前59—后17）的《罗马史》记载：罗马皇帝塞尔维·图利被塔尔克维利杀害，抛尸街头，图利的女儿被塔尔克维利宣布为皇后，在回家途中，她所乘的马车从她父亲的尸体上碾过，留下一路血迹。

求她具有的坚强，也许您在她出生时就不曾给她。她同意结婚，难道是要成为公爵夫人？要知道，她是在恋爱；这是爱情，这是天意。再说，您要求她蔑视上流社会的舆论，而自己却屈服于这种舆论。公爵侮辱您，公开地怀疑您想以卑鄙的欺骗手段与他的公爵家庭联姻，于是您现在就说：在他们正式提出求婚以后，她自己却加以拒绝，那么这就是对以往的诽谤的最彻底、最有力的驳斥。这就是您的目的，您屈服于公爵本人所制造的舆论，竭力要让他自己认识到自己的错误。您想要嘲笑他，报复他，而为了这一点您在牺牲女儿的幸福。难道这不是自私？"

老人闷闷不乐，愁眉蹙额地坐着，好久一句话也不说。

"你对我不公平，瓦尼亚，"他终于说，睫毛上闪着泪光，"我向你发誓，不公平，不过不谈它了！我无法把自己的心掏出来给你看，"他接着说，一边站起来，拿起了帽子，"我只说一点，你刚才谈到了我女儿的幸福。对这种幸福我是断然不信的，而且即使没有我的干预，这个婚姻也绝不会成功。"

"怎么会呢！为什么您这样想？也许您知道了什么？"我好奇地叫道。

"不，我并不知道有什么特别的情况。但这个该死的老狐狸是绝不会这么干的。这都是废话，都是阴谋诡计。我确信是这样，你记住我的话吧，一定会应验。其次，如果这个婚姻成功了，那只能是一种情况，即那个无赖有其特殊的、秘密的、不为人知的打算，而这个婚姻对他的打算是有利的（我对他的打算一无所知），那么你说吧，问问你自己的良心吧，这个婚姻能带给她幸福吗？埋怨，欺凌，成为一个顽童的妻子，这个顽童现在就已经厌倦她的爱情了，而一旦结婚，他就会不再尊重她，使她受尽委屈和凌辱；与此同时，她的热烈的感情遇到的是对方的日渐冷淡；忌妒、痛苦、地狱般的生活、离婚，也许还会发生真正的罪行……不，瓦尼亚！如果他们在安排这件事，而你还要促成，那么我要警告你，你是要对上帝负责的，不过那就为时晚矣！再见吧！"

我拦住了他。

"听我说，尼古拉·谢尔盖伊奇，这样吧：我们再等等看。请您相信，并不是只有一双眼睛在注视着这件事情，也许它会自然而然地得到最圆满的解决，不需要任何人为的强制性的解决办法，比如决斗。最好是让时间来解决！最后，请允许我说，您的方案是完全行不通的。难道您有过一分钟会设想，公爵会接受您的挑战？"

"为什么不接受？什么话呀，你醒醒吧！"

"我发誓，他不会接受，请您相信，他会找出最充足的理由；会摆出道貌岸然的不屑的架子，结果您会完全成为笑柄……"

"得了吧，瓦尼亚，你得了吧！你简直让我大为震惊！他为什么不接受？不，瓦尼亚，你是个道地的幻想家；真的，太不切实际！怎么，在你看来，他同我决斗有失体面？我不比他差呀。我是长者，是受到侮辱的父亲；你是俄罗斯作家，因而也是一位有身份的人物，可以当我的副手，并且……并且……我简直不明白，你还要怎样……"

"您就等着瞧吧。他会提出这样一些借口，让您自己首先觉得，同他决斗是完全不可能的。"

"嗯……好吧，我的朋友，就算你是对的！我就等一等，当然，只能等到一定的时候为止。让我们看看，时间会导致怎样的结果。不过，我的朋友，你要保证，无论是在哪里，还是对安娜·安德烈耶夫娜都绝口不提我们今天的谈话。"

"我保证。"

"其次，瓦尼亚，你行行好，永远不要再和我谈起这个话题了。"

"好的，我保证。"

"最后，我还有个要求：我知道，亲爱的，你在我们家里也许会觉得无聊，不过你还是要常来，如果你办得到的话。我那可怜的安娜·安德烈耶夫娜那么喜欢你，而且……而且……你不来她是那么惦记你……懂吧，瓦尼亚？"

他紧紧地握着我的手。我诚心诚意地答应了他。

"瓦尼亚，现在是最后一个难以启齿的问题：你有钱吗？"

"钱！"我吃惊地跟着说道。

"是的（老人脸红了，低下了眼睛）；老弟，我看着你的住处，看着你这环境……一想起你可能会有其他额外的开支，我就……老弟，这是一百五十卢布，先拿着用……"

"一百五十卢布，还**先拿着用**，而且您自己刚输了官司！"

"瓦尼亚，我看，你一点也不懂得我的用意！你要明白，可能会有**额外的**用处。在有些情况下，钱可以让人保持独立的地位，独立地作出决定。也许你现在不需要，可是将来会不会有什么用得着的地方呢？反正我把钱放在你这里。我所能凑到的钱都在这里了。用不掉就还我。现在我要告辞了！我的天，你的脸色多么苍白！你简直满面病容……"

我没有表示反对，把钱拿了。他为什么要把钱放在我这里，这是太清楚不过了。

"我几乎站不住了。"我回答他说。

"不能大意，瓦尼亚，亲爱的，你可不能大意啊！今天哪里也别去了。我会把你的情况告诉安娜·安德烈耶夫娜的。要不要喊医生？明天我来看你；尽量来，只要我还走得动。现在你躺下吧……好了，再见。再见了，小姑娘；她把头扭过去，不睬我！听着，我的朋友！这儿还有五卢布；这是给孩子的。不过，你别告诉她是我给的，用在她身上就行了，买双鞋呀内衣什么的……要买的东西还少吗！再见，我的朋友……"

我把他送到大门口。我还要叫门卫去买吃的。叶列娜到现在还没有吃午饭呢……

第十一章

可是我刚回到家里，头就晕了起来，随即跌倒在屋子中间。我只记得叶列娜叫了一声：她两手一拍，就冲过来扶我。这是保留在我记忆中的最后一瞬。

我醒来时已经躺在床上了。后来叶列娜告诉我，她和当时给我们送饭来的门卫一起把我抬上了沙发。我曾醒了几次，每次都看到俯视着我的叶列娜那满怀关切和忧虑的小脸。不过这一切我只是朦胧地记得，仿佛在梦里，在雾里，而在我昏迷时，可怜的小女孩那可爱的模样隐约显现在我的眼前，仿佛一个幻影，一幅画儿；她为我端茶送水，整理衣被，或者忧心忡忡地坐在我跟前，用手指抚平我的头发。有一次我感觉到她在我脸上的一个轻轻的吻。还有一次，深夜我突然醒来，一支结了烛花的蜡烛放在我面前一张移在沙发跟前的小桌子上，在烛光下我看到，叶列娜的脸靠在我的枕头上，胆怯地睡着，没有血色的嘴唇微微张开，一只手托着暖呼呼的腮。不过我完全清醒过来已是早晨。蜡烛已经点完；墙壁上已闪烁着晨曦那玫瑰色的灿烂光芒。叶列娜坐在桌旁的椅子上，把左臂放在桌上，小脑袋疲倦地倚着左臂，睡得很沉，记得我曾注视她的稚气的小脸。在睡梦中也满脸是决非孩子气的忧伤，有一种异样的病态美；苍白的小脸，瘦削的双颊，长长的睫毛，围在漆黑的头发中间，浓密的黑发随便地挽了个发髻，沉甸甸地坠在一侧。她的另一只手臂放在我的枕头上。我轻轻地、轻轻地吻了吻这只瘦弱的手臂，但可怜的孩子没有惊醒，只是在她那苍白的唇边仿佛掠过一抹笑意。我对她看着看着，便悄然进入宁静而舒适的梦乡。这一觉我几乎睡到了中午。醒来以后，我几乎觉得自己已经复原。只有四肢的软弱和沉重感才表明我是大病初愈。这种神经性疾病的急性发作过去也有过；我很了解这种病情。它几乎在一昼夜之间就会完全过去；然而它在这一昼夜的影响是严重而凶险的。

几乎已是中午了。我首先看到的是，在房间的一角用绳子拉起的帐子，那是我昨天买来的。叶列娜收拾过了，为自己隔了一个单独的角落。她坐在炉子旁边烧开水。她发觉我醒了，愉快地一笑，立刻来到我身边。

"我的朋友，"我拉着她的手说，"你在整夜服侍我啊。我不知道，你心肠这样好。"

"您怎么知道我服侍了您；也许我整夜都在睡觉呢？"她问，带着温和、羞怯的调皮劲儿望着我，说着又羞得满面绯红。

"我醒过来的时候都看见了。你只是在天亮前才睡着了……"

"您要喝茶吗？"她打断了我的话，她似乎觉得挺难继续这样的交谈，所有纯洁而正直的人在当面受到称赞的时候往往如此。

"要，"我回答，"不过你昨天吃了午饭没有？"

"没吃，晚饭吃了。是门卫送来的。不过您别讲话，安静地躺着吧：您身体还没有全好。"她说，一边把茶给我端来，坐在我的床上。

"什么躺着！不过我可以躺到傍晚，那时我就要出去了。非去不可，列诺奇卡①。"

"嘿，非去不可！您去找谁呢？该不是去找昨天的那个客人吧？"

"不，不是找他。"

"不去找他就好。昨天他惹得您那么心烦。那么是去看他的女儿？"

"你怎么知道他有个女儿？"

"昨天你们的谈话我都听到了。"她低着头回答道。

她脸色阴沉，愁眉不展。

"他是个坏老头。"她接着又补了一句。

"莫非你认识他？相反，他这个人很好。"

"不，不；他坏；我听到了。"她激动地回答说。

"你听到什么了？"

"他不愿宽恕自己的女儿……"

──────────────

① 叶列娜的爱称。

"但他是爱她的。她在父亲面前有过错，他还是为她操心，为她痛苦。"

"可为什么不肯宽恕她呢？现在即使宽恕，女儿也不会到他身边来了。"

"怎么会呢？为什么？"

"因为他不配得到女儿的爱，"她激昂地回答道，"让她永远离开他吧，她还不如去沿街乞讨，而他，就让他看看，女儿在乞讨为生，在受苦受难。"

她的眼睛在闪光，气得满脸通红。"她这样说，想必是有缘故的。"我暗自在想。

"您当初就是要把我送到他的家里去吧？"她沉默了一会儿，问道。

"对，叶列娜。"

"不，我还不如给人家去做女仆。"

"唉，你这样说多不好啊，列诺奇卡。而且多么荒唐：你能给谁当女仆呢？"

"随便哪个粗人。"她不耐烦地回答道，头垂得越来越低。她显得很暴躁。

"粗人可不要这样的女工。"我笑着说。

"老爷也行。"

"你这样的脾气能伺候老爷？"

"能。"她火气越大，回答也就越短促，越生硬。

"你是受不了的。"

"受得了。人家骂我，我就故意沉默。人家打我，我就总是沉默，总是沉默，让他们打，我就是不哭。我不哭，他们会气得更难受。"

"你说什么呀，叶列娜！你有多少怨恨哪；你又多么高傲！你大概受过很多苦哇……"

我站起来，走到我的大桌子跟前。叶列娜仍然坐在沙发上，若有所思地瞅着地下，用手指扯着沙发的布边。她一声不吭。"我的话让她生气了？"我在想。

我站在桌旁，机械地翻阅着我昨天拿来供参考的几本书，渐渐地我看得入迷了。我常常这样，走去拿起一本书想查阅一下，结果却看得入迷，把一切都忘了。

"您老是在写什么呀？"叶列娜悄悄地走到桌边，羞涩地笑着问。

"没什么，列诺奇卡，随便写写。我靠这个挣钱呢。"

"写呈文？"

"不，不是呈文。"接着我尽量向她说明，我写的是各种人物的形形色色的故事，然后印成书发行，这就是所谓的中篇小说和长篇小说。她兴趣盎然地听着。

"怎么，您这里写的都是真实的故事吗？"

"不，是我虚构的。"

"为什么您要写不真实的东西呢？"

"读一读这本书，你就明白了；你已经看过一次了。你是会读书的吧？"

"我会。"

"那你读读看。这本书是我写的。"

"您？我一定读……"

她好像有话很想对我说，不过看来她难于启齿，而且非常激动。她的问题似乎隐藏着什么。

"您挣的钱多吗？"她终于问道。

"这要看情况。有时很多，有时一分钱也没有，因为写不出来。这是很困难的工作，列诺奇卡。"

"那您不是有钱人？"

"不，不是有钱人。"

"那我要做工，来帮助您……"

她迅速地瞥了我一眼，脸红了，她低下头，向我走了两步，蓦地双手搂着我，把小脸紧紧地贴在我的胸前。我惊讶地看着她。

"我爱您……我并不高傲，"她说。"您昨天说我高傲。不，不……我不是那样的……我爱您。只有您一个人爱我啊……"

但泪水已使她窒息。一会儿泪水从她的胸膛那么猛烈地汹涌而出，就像昨天在她热病发作时一样。她跪倒在我的面前，吻着我的手，我的脚……

"您是爱我的……"她反复说，"只有您，只有您！"

她两手痉挛地搂着我的双膝。她那被长期压抑的感情，猛然以不可遏止的力量喷发而出，于是我明白了，她有一颗异常坚韧的心，执着地隐蔽着自己，而隐蔽得越顽强、越坚决，流露内心感情的欲望便越强烈，终于引起不可避免的大爆发而突然忘我地、全身心地沉湎于爱，沉湎于感激、温情和眼泪……

她哀哀怆哭，竟至发了歇斯底里。我使劲松开她搂着我的手臂，把她抱到了沙发上。她还哭了好久，把头埋在枕头里，好像羞于看我，但把我的手紧紧地攥在她的小手里，贴着她的心。

她渐渐地平静了，但还是没有抬头看我。有两次她的目光在我脸上匆匆掠过，脉脉含情，流露了一种怯生生的、重又躲躲闪闪的情意。她终于满面绯红地微微一笑。

"你好些了吗？"我问她，"我的多愁善感的列诺奇卡，我的多病多灾的孩子。"

"不是列诺奇卡，不是……"她低声说，她还是躲着我，不让我看到她的脸。

"不是列诺奇卡？怎么会呢？"

"是涅莉。"

"涅莉？为什么一定要叫涅莉呢？也行，这个名字很好听。既然你自己喜欢，我以后就这样叫你。"

"妈妈是这样叫我的……除了她，从来没有人这样叫过我……我自己也不要别人这样叫我，除了妈妈……您就这样叫吧；我愿意……我要永远爱您，永远爱您……"

"好一颗多情而高傲的心哪，"我在想，"要经过多么漫长的争取，你才成了我的……涅莉呀。"但现在我已经知道，她的心将永远地忠诚于我。

"我说，涅莉，"我看她平静下来了，就问她，"你说，只有妈妈爱你，此外再没有别人了。难道你的外祖父真的不爱你？"

"不爱……"

"可你在这里曾经为他而伤心哭泣，记得吗，在楼梯上？"

她默默地想了一会儿。

"不，他不爱我……他很凶。"她的脸上流露了一丝痛苦的表情。

"不过对他是不能苛求的，涅莉。看上去，他已经完全老糊涂了，死的时候似乎已经失去理智。当时的情况我是对你讲过的。"

"是的；不过他只是在最后一个月才变得神志不清。他往往整天坐在那里，如果我不来看他，他就会那样坐上两天三天，不吃不喝。从前他的情况好得多。"

"从前是指什么时候？"

"那时妈妈还没有死。"

"这么说来，是你给他送来吃的喝的吗，涅莉？"

"是的，是我。"

"你能在哪里拿到食物呢，在布勃诺娃那里？"

"不，我从来不拿布勃诺娃的任何东西，"她用微微发抖的声音倔强地说道。

"那你能在哪里拿到呢？你是一无所有的呀。"

涅莉沉默了一会儿，脸色惨白；然后又久久地凝视着我。

"我在街上求乞……讨到五戈比我就给他买面包和鼻烟……"

"他居然会让你去求乞！涅莉！涅莉！"

"开头是我自己要去的，也没有告诉他。他知道以后，就亲自逼着我去乞讨。我站在桥上向路人求乞，他在桥的附近走来走去，等着；一看见有人给我，他就向我冲过来，把钱拿走，好像我会把钱藏起来，不是为他求乞似的。"

说着她微微一笑，那是辛辣的、苦涩的笑。

"妈妈一死，情况就不同了，"她又说道，"这时他完全像是疯了。"

"这么说，他很爱你的妈妈？为什么没有和她住在一起呢？"

"不，他不爱我妈妈……他很凶，不肯宽恕她……和昨天那个狠心的老头一样，"她轻轻地说，几乎就像耳语似的，脸色变得越来越苍白。

我浑身一震。我的脑海里顿时闪过一部长篇小说的开端。"那个死在地下室棺材匠家里的可怜的妇人，她的孤苦无依的女儿，这个小女孩时常去看望她那诅咒她母亲的外公；精神失常的怪老头在自己的狗死去后也在糖果店里奄奄一息！……"

"阿佐尔卡原来是妈妈的，"涅莉突然笑着说道，好像沉浸于回忆之中。"从前外公非常爱我妈妈，后来妈妈离开他出走了，妈妈的阿佐尔卡就留在了他那里。所以他才那么喜欢阿佐尔卡……他不肯宽恕妈妈，可是狗一死，他也就死了，"涅莉苍凉地说道，笑容从她的脸上消失了。

"涅莉，从前他是干什么的？"过了一会儿，我问道。

"从前他是一位富翁……我不知道他是干什么的，"她回答说，"他有过一座工厂……这是妈妈对我说的。起初她觉得我还小，没有全都告诉我。她常常不断地吻我，自己却在说：你都会知道的，到时候你就知道了，可怜的孩子，不幸的孩子！她老是叫我可怜的孩子，不幸的孩子。夜里，有时她以为我睡着了（而我故意不睡装睡），就在我身边哭泣，吻我，叫着：可怜的孩子，不幸的孩子！"

"你妈妈是怎么死的？"

"害痨病死的；有六个星期了。"

"外公是富翁时的情形，你记得吗？"

"那时我还没有出世呢。妈妈在我出世之前就离开了外公。"

"她是跟谁走的？"

"不知道，"涅莉回答说，声音很轻，若有所思。"她到国外去了，我就是在国外出世的。"

"在国外？哪里？"

"在瑞士。我去过很多地方，意大利我也到过，巴黎我也
到过。"

我很吃惊。

"你都记得吗？"

"许多事我都记得。"

"俄语你怎么会说得这样好呢，涅莉？"

"妈妈早在那时就教我俄语了。她是俄罗斯人，因为她的母亲是
俄罗斯人，外公是英国人，但也像俄罗斯人一样。等到一年半之前我
和妈妈回到这里时，我已经学会了俄语。妈妈那时就有病了。在这里
我们越来越穷。妈妈老是哭。起初她在彼得堡这里找外公，找了好
久，总是说对不起他，老是哭……她哭得好凶，哭得好凶啊！后来听
说外公穷了，她就哭得更凶了。她还常常给他写信，他一直没有
回信。"

"妈妈为什么要回来呢？只是为了要找她父亲？"

"不知道。在国外我们的生活多么好啊，"涅莉的眼睛放出了光
彩，"妈妈一个人生活，和我在一起。那时她有一个朋友，像您一样善
良……他在国内就认识她了。但他死在了国外，妈妈就回来了……"

"你妈妈就是跟他出走的吗？"

"不，不是跟他。妈妈是跟别人出走的，可是这个人抛弃了
她……"

"这个人是谁呢，涅莉？"

涅莉望着我，什么也没有回答。显然，她知道她的妈妈是跟谁私奔的，这个人大概就是她的父亲。即使向我提起他的名字，她也会痛苦不堪。

我不愿再问长问短，使她难受。她脾气古怪、急躁，性格很不稳定，却又把自己的激情压抑在心里；她惹人疼爱，但近乎高傲，不易接近。在我认识她的这段时间里，她以纯洁而高尚的爱真心实意地爱着我，她爱我几乎就像爱她那一想起来便不免叫她伤心的亡故的母亲一样，——尽管如此，她在与我相处的时候，性格也很少外露，除了这一天，她也很少想到与我谈谈她的过去；甚至相反，似乎深藏不露。可是在这一天，在好几个钟头里，在痛苦和时时打断她的叙述的哀哀恸哭之中，她向我讲了在她的记忆中最使她激动，最使她痛苦的所有往事，我永远也忘不了这样可怕的经历。不过，她的主要故事还在后面……

这是可怕的故事；这是曾经有过幸福的弃妇的故事；她有病，受尽折磨，被所有的人所遗弃；她能寄予希望的最后一个人，她的亲生父亲也抛弃了她，她曾使父亲蒙受耻辱，这位父亲也在难以忍受的痛苦和屈辱中神志失常。这是一个陷于绝境的女人的故事：她带着还被她看作孩子的小姑娘在彼得堡阴冷潮湿的街头流浪，乞讨为生；后来有好几个月奄奄一息地在地下室苟延残喘，而她的父亲直到她生命的最后一刻也不肯宽恕她，只是在最后一刻他才醒悟过来，连忙跑去表示宽恕，但他所见到的只是他的爱女的一具冰冷的尸体。这是一个离奇的故事，讲的是一位老者和他的小外孙女的隐秘的，甚至是很难理解的关系，老者已经年迈昏聩，小女孩却能理解他，她虽然年幼，可是非常懂事，是有些在富裕、平静的生活中度过漫长岁月的人们所不及的。这是一个阴暗的故事，是那些阴暗的、令人痛心的故事之一，这些故事在彼得堡的阴沉的天空下，在这座大城市的那些黑暗隐蔽的小胡同里，经常地、不易觉察地、几乎是隐秘地一一发生，这里在乱纷纷的生活中沸腾着麻木不仁的利己主义，互相冲突的利害之争，触目惊心的腐化堕落，暗中肆虐的犯罪行为，这里是无聊而反常的生活的暗无天日的地狱……

不过，这个故事还在后面……

第三部

第一章

天色早就暗下来了，已是傍晚，这时我才从阴暗的噩梦中醒来，回到了现实。

"涅莉，"我说，"你现在有病，心情沮丧，而我又不得不把你一个人留下，虽然你在伤心流泪。我的朋友！原谅我吧，你要知道，这时还有一个被爱而没有被宽恕的人，这个不幸的人忍辱含垢，被人遗弃。她正在等着我。听了你的故事，我自己也急于去看她，我觉得，现在要是不能立刻见到她，我简直受不了……"

我不知道，我对她说的话，她是否全都明白。我心神不宁，由于她的故事，也由于不久前的这场病；但我赶到了娜达莎那里。我到的时候很晚了，已经八点多。

在街上我就看到，在娜达莎所住的那栋楼的大门旁有一辆带弹簧的四轮马车，我觉得那好像是公爵的马车。娜达莎家的入口通院子。我刚踏上楼梯，就听见在我前面高一段楼梯的地方，有人在小心翼翼地摸索着上楼，显然对这个地方不熟悉。我想这一定是公爵；但很快我就怀疑起来。陌生人一边往上走，一边抱怨，骂楼梯难走，而且越到上面骂得越凶，越起劲。当然，楼梯又狭又脏又陡，而且从来没有照明；但是在三楼开始的那些骂人的粗话，我认为绝不会出自公爵之口：那位陌生的先生骂起来就像个马车夫。不过三楼有了亮光；娜达莎的门旁亮着一盏小灯。我在门口赶上了那个陌生人，当我认出那就是公爵时，我是多么吃惊啊。这样意外地碰到我，他好像非常尴尬。在最初的一刹那他没有认出我来；但他的脸色突然变了。最初他看着我的凶狠、憎恶的目光突然变得亲切而愉快，他非常高兴地向我伸出了两只手。

"啊，原来是您！我刚想跪下来求上帝救命呢。我骂人，您听见了吗？"

于是他挺忠厚似的哈哈大笑起来。不过他的脸上突然装出了严肃而关切的神气。

"阿辽沙居然让纳塔利娅·尼古拉耶夫娜住这样的房子！"他摇头说道，"正是这些所谓的**小事**，表现了一个人的为人。我真为他担心。他很善良，有一颗高尚的心，可是眼前就是一个例子：他爱得神魂颠倒，却让自己所爱的人住在这样的陋室里。我甚至听说，有时连面包也没有，"他低声地补充说，一边在用手摸门铃。"想起他的未来，特别是想起**安娜**·尼古拉耶夫娜将来要成为他的妻子，我就头痛……"

他说错了名字也没有注意到，他没有摸到门铃显然很恼火。其实没有门铃。我拉了拉门把手，玛芙拉马上就为我们开了门，急忙把我们迎了进去。厨房是用木板从小小的外间隔出来的，从开着的门里可以看到厨房里作了一些准备：一切都和平时不大一样，都擦洗得干干净净；炉子里生了火；桌子上放着新餐具。看得出，他们在等我们。玛芙拉忙着给我们脱大衣。

"阿辽沙在吗？"我问她。

"他没来过。"她有点儿神秘地对我低声说道。

我们走进了娜达莎的房间。她的房间里没有作过任何准备；一切照旧。不过她这里总是一尘不染，赏心悦目，用不着再收拾。娜达莎站在门前迎接我们。她那惨白憔悴的病容使我大吃一惊，虽然在她那毫无生气的面颊上曾闪过转瞬即逝的一丝红晕。她的眼睛露出激昂的神情。她默然无语，匆忙地向公爵伸出了手，显得惊慌而不知所措。她对我看也不看。我默默地站在那里等着。

"我来了！"公爵友好而愉快地说道，"我回来只有几个小时。这些日子里，我一直惦记着你（他温柔地吻了她的手），——我一遍又一遍地想到您，有多少话想告诉您，想对您说……好了，我们要谈个畅快！首先，我的那个轻浮的孩子，我看，他还没有来……"

"对不起，公爵。"娜达莎红着脸，局促不安地打断了他的话，"我有两句话要对伊万·彼得罗维奇说。瓦尼亚，你来一下……就两句话……"

她拉着我的手，把我带到屏风后面。

"瓦尼亚，"她把我带到一个最暗的角落，说："你还能原谅我吗？"

"娜达莎，行啦，你说的什么话！"

"不，不，瓦尼亚，你常常原谅我，原谅我的次数太多了，可是任何忍耐都是有限度的呀。你永远不会不爱我，这我知道，但你会说我忘恩负义，而昨天和前天我对你就是忘恩负义，就是自私、残忍……"

突然她泪下如雨，把脸埋在我的肩头。

"行啦，娜达莎，"我急忙向她解释，"昨天整整一夜我病得好厉害，现在还勉强才站得住，所以昨晚和今天都没有来，你就以为我生气了……我亲爱的朋友，难道我不了解你现在的心情吗？"

"太好了……原来你像往常一样，又原谅了我，"她说，含泪笑了，把我的手握得生疼。"别的话以后再说。我有很多话要告诉你，瓦尼亚。现在去见他吧……"

"快点吧，娜达莎；我们突然把他丢下……"

"你马上就能看到，马上就能看到有什么事会发生，"她匆忙地悄悄对我说道，"我现在全都知道；全都明白了。都是他在捣鬼。今晚有许多事会有个了断。走吧！"

我不大明白，但没有时间问她了。娜达莎神情开朗地出来见公爵。他还站在那里，手里拿着帽子。她愉快地向他表示抱歉，接过他的帽子，亲自为他拿了一把椅子，于是我们三个人就围着她的小桌子坐了下来。

"我一开始就提到了我那轻浮的孩子，"公爵接着说，"我只见了他一会儿，而且还是在街上，当时他坐上马车正要到伯爵夫人季娜伊达·费奥多罗夫娜那里去。他走得很急，请想想看，在分别四天之后，他甚至不愿站起来，陪我走进屋子。至于他现在还不在这里，我们来得比他还早，这一点，纳塔利娅·尼古拉耶夫娜，看来要怪我；因为我今天不能去见伯爵夫人，所以就利用这个机会，托他去办点事。不过他马上就会来的。"

"大概他答应过您，今天一定来吧？"娜达莎问，用极天真的样子看着公爵。

"哎呀，天哪，他能不来吗；您怎么会这样问呢！"他注视着她，吃惊地叫道，"不过，我理解，您在生他的气。的确，他来得比谁都迟，好像是他不对。可是我要再说一遍，这要怪我。他浅薄、轻浮；我不想为他辩护，可是有些特殊情况，要求他现在不但不能离开伯爵夫人的家和其他几个朋友，而且相反，要尽可能常去走动。嗯，他现在与您想必是形影不离，把世界上的一切都置诸脑后了，如果我有时要他离开一两个钟头，不会更多，为我办点事，那么请您不要见怪。我相信，从那天晚上起，他还一次也没有拜访过 K·公爵夫人，我真懊悔，刚才没来得及问他！……"

我看看娜达莎。她带着轻松的含讥带讽的微笑听着公爵的话。不过，他的话说得那么直率，那么自然，似乎对他是不可能有什么怀疑的。

"您真的不知道，这几天他一次也没有来过我这里吗？"娜达莎以温和平静的声音问道，仿佛在谈她视为最平常的事情一样。

"什么！一次也没来过？对不起，您在说什么啊！"公爵说，看来他非常惊讶。

"您星期二夜晚在我这里；第二天早晨他到我这儿来了半小时，从那时起我一次也没有见到过他。"

"不过这是难以置信的！（他越来越吃惊。）我还以为他和您形影不离呢。对不起，这太奇怪了……简直难以置信……"

"不过，这是事实，而且非常遗憾：我特意在这儿等您，想问问您，他在哪里？"

"我的天哪！他马上就要来了嘛！可是您对我说的话，太让我吃惊了，以致……老实说，他干什么我都不奇怪，可是这件事……这件事！"

"您是多么吃惊哪！可我却认为，您不但不会吃惊，而且事先就知道一定会这样。"

"知道！我？可是我要对您说，纳塔利娅·尼古拉耶夫娜，我今天只见到他一会儿，而且也没有向谁问过他的情况；我很奇怪，您好像不相信我。"他望着我们两个继续说道。

"哪里，"娜达莎接着他的话说道，"我完全相信，您说的都是实情。"

于是她又笑了，直视着公爵的眼睛，好像使他气得脸也变形了。

"请解释一下。"他慌张地说道。

"没有什么好解释的。我的话很简单。您知道他多么轻浮、健忘。这不，他现在得到了充分的自由，自然就爱恋起别的姑娘了。"

"但这样迷恋是不可能的，其中必定还有别的原因，他一到我就要他对这件事作出解释。但最使我惊奇的是，您对我好像也有所指责，而我根本不在这里。不过，纳塔利娅·尼古拉耶夫娜，我看，您是很生他的气，这是可以理解的！您完全有这个权利，而且……而且……不言而喻，首先要怪我，哪怕就因为我首先撞在了枪口上；不是吗？"他转身对我说道，脸上带着气愤的讪笑。

娜达莎唰地脸红了。

"对不起，纳塔利娅·尼古拉耶夫娜，"他庄重地继续说道，"我承认，我有过错，但我的过错仅仅在于，在我们认识的第二天我就离开了这里，再加上您有些多疑，——我发觉您的性格里有这个特点，于是您改变了对我的看法，尤其是因为环境也有影响。如果我没有离开这里，您就能更好地了解我了，而且有我的管教，阿辽沙也不会那么轻佻。今天您会听到我要怎样教训他。"

"您这是要使他觉得我是个累赘。以您的聪明，您不会真的以为，这种方法能帮助我。"

"您是不是想暗示，我的做法是故意要使他觉得您是累赘？您对我不公平，纳塔利娅·尼古拉耶夫娜。"

"我不管同谁谈话，都尽量少用暗示，"娜达莎回答说，"恰恰相反，总是尽可能直言不讳，这一点也许您今天就会确信不疑。我不愿冒犯您，何况也没有这个必要，哪怕仅仅是因为，不论我对您说什么，您也绝不会见怪。我对此深信不疑，因为我完全了解我们之间的关系：您是不可能认真地看待我的话的，不是吗？不过，假如我真的冒犯了您，那么我愿意请求您的原谅，以尽到……待客的义务。"

尽管娜达莎在说这句话的时候，用的是轻松甚至玩笑的口吻，脸上还带着笑容，但是我还从来没有看到她那样恼火。我现在才明白，这三天来她心里承受了多少痛苦。她曾说，她全都知道了，全都明白了，这些费解的话使我忐忑不安，这些话都是冲着公爵的。她改变了对他的看法，把他看成了自己的敌人，——这是显而易见的。看来她把她和阿辽沙之间的一切不和都归咎于他的影响，也许在这方面还掌握了一些证据。我担心他们会突然闹得不可开交。她的戏谑的口吻太明显，太不加掩饰了。她最后对公爵所说的话，比如说他不可能认真看待他们的关系，还有她在待客的义务方面请求原谅的那一句，她今晚就要向他证明，她讲话直言不讳的那近乎威胁的表白，——这一切都说得那么刻薄，那么痛快淋漓，公爵不可能不洞悉其中的含义。我看到他的脸色都变了，但他善于自控。他立即装出一副样子，好像他没有注意到这些话，没有听懂其中的真正意思，不用说，他是用玩笑话应付了过去。

"我才不要你道歉呢！"他笑着说，"我不需要这样，而且要求女性道歉也不是我的习惯。我们第一次见面的时候，我就对您多少谈到过我的脾气，所以您大概不会因为我的一个看法而大动肝火吧，何况这是一般的关于所有女性的看法；这个看法想必您也会同意，"他亲切地对我说道。"确切地说，我注意到，女性有这样一个特点，假如一个女子有了什么过错，那么她宁可在以后用千种风情来弥补过失，也决不在证据确凿的时候，当场认错并请求原谅。总之，姑且假定您冒犯了我，现在我故意不要您当场道歉；等待对我更为有利的时候，我愿等到您认识到自己的错误而想以……千种风情作为补偿的时候。您这样善良，这样纯洁、娇嫩，这样感情外露，那么我可以感觉得到，在您悔过的时候，那将是令人迷醉的时刻。现在您不必向我道歉，最好告诉我，今天我怎样才能向您证明，我对您比您所想象的要真诚直率得多？"

娜达莎的脸上泛起了红晕。我也觉得，公爵的回答有一种过于随便甚至轻薄的腔调，一种恬不知耻的戏谑。

"您想向我证明，您对我是忠厚而诚实的吗？"娜达莎问，以一种挑战的姿态望着他。

"不错。"

"那么请接受我的一个要求。"

"我预先就答应您。"

"我的要求是：无论今天还是明天，在涉及我的时候，不要有一句话，不要有一个暗示使阿辽沙感到不安。不要抱怨他忘了我；不要规劝他。我要像平时一样欢迎他，仿佛我们之间什么也不曾发生，使他什么也看不出来。我需要这样。您能答应我吗？"

"非常高兴，"公爵回答道，"请允许我真挚地补充一句，在这样的问题上，比这更明智而合理的态度是罕见的……不过，这好像是阿辽沙来了。"

的确，前厅里响起了有人进来的声音。娜达莎颤了一下，仿佛对什么事作好了准备。公爵神情严肃地坐在那里，等着看会发生什么事；他注视着娜达莎的一举一动。不过门开了，阿辽沙向我们飞了进来。

第二章

他的确是容光焕发地飞了进来，又快乐又活泼，看得出，这四天他过得愉快而幸福。他的样子仿佛在告诉我们，他有话要对我们说。

"我来了！"他冲着整个房间说道，"我本来应当到得最早。不过你们马上就能了解一切、一切、一切！不久前，爸爸，我们两句话也来不及讲，可我有很多话要对你说啊。他只有在心情好的时候才允许我以**你**相称，"他打住话头，转身对我说道，"真的，在别的时候这是不允许的！他会耍心眼，把我称为您。但从今天起，我要让他永远有好心情，我说到做到！总的说来，在这四天里我整个儿的变了，完全、完全变了，我会全都告诉你们的。不过以后再说。而现在最要紧的是她！她！又见面啦！娜达莎，亲爱的，你好啊，我的天使！"他坐到她身边说道，一边热烈地吻着她的手，"这几天我多么想念你呀！可就是来不了！应付不过来。我亲爱的！你好像瘦些了，脸色挺苍白的……"

他欣喜若狂地吻遍了她的双手，用他那美丽的眼睛贪婪地望着她，仿佛看不够似的。我看看娜达莎，我从她的脸色看出来了，她和我是有同感的：他完全没有什么过错。而且他这个**天真无邪**的人什么时候，又怎么会有过错呢？娜达莎苍白的双颊蓦地泛起了鲜艳的红晕，似乎她心里的血一下子全都涌上了脑袋。她的双眼炯炯有神，她骄傲地看了看公爵。

"可是你……这些日子……在哪里呢？"她慢慢地、断断续续地说道。她沉重而急促地喘息着。我的上帝，她多么爱他啊！

"是呀，问题就在于，我好像真的对不起你；说什么**好像**！我当然对不起你，我自己也知道，我来就是要把我知道的情况告诉你们。昨天和今天卡佳对我说，女人是不会原谅这种冷落的（星期二我们这里所发生的事，她全都知道；我在第二天就告诉了她）。我同她争，向她证明，对她说，这个女人名叫**娜达莎**，世界上也许只有一个人可以和她媲美，那就是卡佳；所以我到这儿来，不用说，事先就知道，在这场争论中我赢了。难道像你这样的天使，会不原谅我吗？'他没有来，一定是有什么事耽搁了，并不是他不爱我了'，——这才是我的娜达莎的想法！又怎么会不爱你呢？难道这是可能的吗？我对你朝思暮想。但我还是对不起你！可是你一旦了解了情况，你就会第一个为我辩解！我现在就来讲，我必须向你们大家说说心里话；我就是为这事来的。今天我本来想（我有半分钟的空闲）飞到你这儿来，给你一个匆匆的吻，却又没有来成：卡佳有要紧事要求我立刻去见她。爸爸，这还是在你看见我坐在马车上的时候之前；你看见我时，我是接到了第二张便笺，正要再去见卡佳。现在我们整天有信差在两家跑来跑去送信。伊万·彼得罗维奇，您的信我昨天夜里才看到，您信里的话完全正确。可是有什么办法呢，我真是分身乏术！我当时就想：明天晚上我要把一切都讲清楚；因为今晚，娜达莎，我是不能不到你这儿来的。"

"什么信？"娜达莎问。

"他来过我家，没有碰到我，自然就在留给我的信里把我痛骂了一顿，怪我不来看你。他完全正确。这是昨天的事。"

娜达莎看了看我。

"可是，既然你从早到晚都有时间待在卡捷琳娜·费奥多罗夫娜的家里……"公爵说了起来。

"我知道，知道你要说什么，"阿辽沙打断了他的话，"'你既然能到卡佳那里去，那么你就有双倍的理由到这里来'。完全同意你的话，我甚至要说：不是双倍的理由，而是有一百万倍的理由！不过，首先，生活里往往会有一些奇怪的、意料不到的事情，把一切都搞乱了，搞得颠三倒四。我也碰到了这样的事情。我不是说过吗，这几天我完全变了，整个儿连指甲尖都变了；可见是发生了特殊的情况！"

"唉，我的天，你到底碰到什么事了？你就别让人着急了吧！"娜达莎叫道，看着阿辽沙激动的样子笑了。

他实在有点好笑：他慌乱得很，话说得又快又急，杂乱无章，像连珠炮似的。他老是想讲下去，讲下去，而在讲的时候，还是不肯放下娜达莎的手，不断地把它送到唇边，好像吻不够似的。

"我要说的就是我所碰到的那些事，"阿辽沙接着说，"唉，我的朋友们！我的所见所闻，我所做的事，我所认识的那些人哪！首先就是卡佳。她是那么完美！在此之前我完全，完全不了解她！星期二，就在我对你谈到她的时候，娜达莎，——而且，记得吗，我还谈得那么兴高采烈，就在那时我也几乎完全不了解她。直到最近她在我面前始终不显露她自己。不过现在我们已经完全了解了对方，彼此以**你**相称。不过我要从头说起。首先，娜达莎，当我第二天，就是在星期三，把我俩的关系告诉卡佳的时候，但愿你能听到卡佳是怎样谈到你的啊……我想顺便提一提，我在星期三早晨来看你时，我在你面前显得多么蠢啊！你欢天喜地地迎接我，陶醉于我们之间的新的境遇，想同我谈谈这一切；你有忧愁，同时却又与我淘气嬉戏，可我——装得一本正经！啊，蠢人！蠢人！说真的，我是想卖弄卖弄，显摆显摆，我就要为人夫了，成为有身份的人了，而我居然在你面前显摆，——在你面前呀！唉，那时你该是在怎样笑话我啊，我也活该被你嘲笑！"

公爵默默地坐着，带着得意的嘲讽的微笑看着阿辽沙。他看到儿子那样轻浮甚至可笑，似乎很高兴。这天晚上我一直在细心地观察他，终于确信，他根本就不爱他的儿子，尽管人们都说他对儿子怀有十分热烈的父爱。

"我看了你就去找卡佳了，"阿辽沙的话滔滔不绝，"我已经说过，我们只是在这天早晨才完全了解了对方，真奇怪，怎么会这样的呢……我甚至不记得了……几句热情的话语，坦然表达的一些思想感情，于是我们成了永久的知己。你一定，一定要认识她，娜达莎！她怎样谈到你，怎样对我评论你啊！她向我解释，你是我弥足珍贵的爱人！渐渐地她向我谈起她的思想，她对人生的看法；这是一位十分严肃、十分热情的姑娘！她谈到我们的责任和使命，她说我们大家都应该为人类服务，我们在五六个小时的交谈中完全成了知己，于是我们起誓，要永远保持我们的友谊，并且终生要共同活动！"

"什么活动？"公爵惊讶地问道。

"我的变化太大了，爸爸，这一切当然会让你感到吃惊；我甚至预先就能猜到你的一切反对意见，"阿辽沙得意地回答道，"你们都是讲实际的人，有一套不可逾越的陈规旧俗，对于一切新事物，一切年轻人的新见解都抱着怀疑、敌视、嘲笑的态度。可是现在我已经不是你几天前所了解的那个人了。我已经和过去完全不同！我勇敢地面对一切人和事。如果我知道我的信念是对的，我就会坚持到底；如果我不偏离自己的道路，我就是一个正直的人。我要说的都说了。今后你们爱怎么说就怎么说吧，我决不会失去自信。"

"嗨！"公爵在嘲笑他。

娜达莎不安地环顾我们。她为阿辽沙担心。他常常在谈话中扯得太远，这对他很不利，这一点她是了解的。她不愿阿辽沙在我们面前，尤其是在公爵面前暴露其可笑的一面。

"你在说什么，阿辽沙！这可是一种哲理呀，"她说，"想必是什么人教你的……你还是讲你的故事吧。"

"我这不是正在讲吗！"阿辽沙叫道，"是这样，卡佳有两个远亲，是什么表兄弟，列文卡和鲍林卡，一个是大学生，一个只不过是个年轻人。她和他们有来往，而这两个简直是非凡的人物！他们几乎不去见公爵夫人，他们是有原则的。我和卡佳谈到人的天职、使命等等的时候，她提到了这两个人，并且立刻给我写了一张便笺，介绍我去见他们；我立即赶去和他们结交。当天晚上我们就成了志同道合的朋友。那里有十二个人左右，各种人都有——大学生，军官，画家；还有一个是作家……他们都知道您，伊万·彼得罗维奇，就是说他们都读过您的作品，对您的未来寄予很高的期望。这是他们自己对我说的。我告诉他们，我认识您，还答应介绍您和他们认识。他们对我就像亲兄弟一样，满怀热情地欢迎我。我一见面就告诉他们，我很快就要结婚了；所以他们把我看作有家室的人。他们住在最上面的五楼；这些人尽可能经常在列文卡和鲍林卡那里聚会，多半是在星期三。这是一些朝气蓬勃的年轻人，都对人类怀有热爱之情。我们大家谈着我们的今天和未来，谈着科学、文学，而且谈得那么好，那么真诚而质朴……一个中学生也常到那里去。他们之间的那种关系哟，他们都是那么高尚！这样的人我还不曾见到过！我到过什么地方？有过哪些见闻？我是怎样成长起来的？只有你，娜达莎，对我谈过这样的一些话题。噢，娜达莎，你一定要和他们结识。卡佳已经认识他们了。他们谈到她时几乎是怀着崇敬的心情，卡佳已经对列文卡和鲍林卡说了，她一旦有权支配自己的财产，一定马上捐献一百万卢布，资助公益事业。"

"而这百万卢布的支配者大概就是列文卡和鲍林卡以及他们那一伙吧？"公爵问道。

"不对，不对。这么说可耻啊，爸爸！"阿辽沙激烈地叫道，"我怀疑你别有用心！我们确实谈到过这一百万卢布，关于怎样使用这笔钱，讨论了很久。最后决定，首先要用于社会教育……"

"是呀，我至今对卡捷琳娜·费奥多罗夫娜确实还不大了解，"公爵仿佛在自言自语，仍然带着嘲讽的微笑。"不过，我对她抱有很大期望，没想到……"

"什么没想到！"阿辽沙插嘴说，"为什么你要大惊小怪？就因为不符合你们的常规？就因为从来没人捐献过一百万卢布，而她捐献了？是不是啊！可要是她不愿靠别人过日子呢，因为靠这几百万卢布生活，就是靠别人过日子（我只是现在才认识到这一点）。她想做一个有益于祖国和他人的人，为全体人民的利益作点儿贡献。我们在识字课本里就读到过捐献的故事，而当捐献达到百万之巨时，那就有什么不对了？而我一直信仰的所谓美德善行拿什么做支撑呢！爸爸，你为什么要这样看着我？你好像在看一个小丑，一个傻子！真的，是傻子又怎样！娜达莎，但愿你听到卡佳是怎么说的：'主要的不是智慧，而是指引智慧的天性、良心、高尚的人品和教养'。但要紧的是，别兹梅金对这个问题有一个天才的说法。别兹梅金是列文卡和鲍林卡的朋友，我们私下说说，他也是头儿，而且的确是天才的头儿！就在昨天他顺口说了一句：认识到自己是傻子的傻子，已经不是傻子了！这是真理！这样的格言，他张口就来，可以说妙语如珠。"

"果然是天才！"公爵说。

"你老是笑话我。可是我从来没有听到你说过这样的话，也没有听到你的朋友中有谁说过。相反，你们似乎不想让人们知道这些道理，把所有的人都变成侏儒，使所有人的身材、鼻子都符合某种尺寸，某种准则，——好像这一切真能办得到似的！好像这不是比我们所谈所想的更一千倍地不可能！还说我们是乌托邦主义者！但愿你能听听，他们昨天对我说了些什么……"

"可是你们在谈些什么，想些什么呢？你讲讲吧，阿辽沙，我到现在还不大明白。"娜达莎说。

"总而言之，我们谈的都是如何走向进步、人道和博爱；都是联系当代的问题来谈的。我们谈论公开性，正在开始的改革，对人类的爱，也谈论当代的活动家；我们研究他们，阅读他们的著作。但主要的是，我们相互保证，彼此之间开诚布公，并且直率地谈自己的一切而毫不隐讳。只有坦诚相待才能达到我们的目的。特别关心这些问题的是别兹梅金。我把这些情况告诉了卡佳，她完全支持别兹梅金。所以我们都在别兹梅金的领导下，决心一辈子忠诚而坚定地投入活动，不论人们怎样谈论我们，评判我们，我们决不动摇，不以我们的激情、追求和错误为耻，勇往直前。假如你要别人尊重你，首先你要自己尊重自己，这是主要的；只有这样，只有自尊自重才能得到别人的尊重。这是别兹梅金说的，卡佳也完全赞同。总之，我们现在有了共同的信念，并且决定要各自反省自己，然后大家在一起彼此交流，互相讨论……"

"一派胡言！"公爵惊慌地叫道，"这个别兹梅金是什么人？不行，不能置之不理……"

"不能置之不理？"阿辽沙接口道，"听我说，爸爸，为什么我现在要当着你的面说这些呢？因为我想而且希望把你也带进我们的团体。我在那里已经替你也作了保证。你又笑我了，真的，我就知道你会笑我！不过听我把话说完吧！你善良、高尚，你是能理解的。你并不了解这些人，从来没有见到过他们，没有听过他们本人讲话。假定说，你对这一切都听说过，研究过，非常博学；可是你没有见过他们本人，没有到他们那里，那么你怎么能正确地评判他们呢！你自以为了解他们。不，你到他们那里去一下，听听他们的谈话，那么——那么我敢担保，你会成为我们的一员！主要的是，我要千方百计地挽救你，不让你在你所依恋的那一伙人当中遭到毁灭，使你放弃你的偏见。"

公爵带着极恶毒的嘲笑，默默地听了这番狂妄的独白，一脸愤恨的神气。娜达莎带着毫不掩饰的厌恶注视着他。他看到了，但假装没有留意。可是阿辽沙的话一说完，公爵就突然爆发了一阵大笑。他甚至倒在椅背上，仿佛失去了自控的能力。但这笑声完全是装出来的。太明显了，他的笑只是为了尽可能地嘲弄、羞辱自己的儿子。阿辽沙真的很伤心，他的脸上满是悲痛的神情。但他耐心地等待着父亲停止他的嘲笑。

"爸爸，"他忧伤地说道，"为什么你要笑话我呢？我对你是坦白而诚恳的。如果你认为我在讲蠢话，你就教导我，而不要嘲笑我。不过你在嘲笑什么呢？嘲笑现在被我视为神圣而高尚的一切？好吧，就算我已经误入歧途，就算这一切都不对，都错了，就算我像你好几次说过的那样，是个傻子，可是即使我真的已经误入歧途，我也是真挚的，诚实的；我没有丧失光明磊落的高尚品格。崇高的思想使我热情洋溢。即使这些思想错了，但它们的出发点是神圣的。我对你说过，你和你的那伙人还从来没有说过什么足以引导我，足以吸引我追随你们的有意义的话。你可以驳倒他们，发表比他们更高明的见解，那我就跟你走，不过你不要嘲笑我啊，因为这使我很伤心。"

阿辽沙的这番话说得光明正大，态度严正。娜达莎同情地注视着他。公爵听了儿子的话，甚至感到惊讶，立刻改变了口气。

"我完全不想羞辱你，我的朋友，"他回答说，"相反，我是为你惋惜。你正在准备结婚，在人生的这个时期，你不该再是这样一个轻浮的不懂事的孩子啦。这就是我的想法。我不由地笑了起来，根本不是想羞辱你。"

"为什么我会有这样的感受呢？"阿辽沙苦涩地说道，"为什么我早就觉得，你敌视我，带着嘲讽的冷笑看着我，而不像是父亲看着儿子呢？为什么我觉得，如果我处于你的地位，我决不会嘲笑、羞辱自己的儿子，像你现在对我那样。你听我说，我们现在就坦白地、彻底地解释清楚，不要再留下任何误解。所以……我想畅所欲言：在我走进这间屋子的时候，我就觉得，这里也发生了某种令人不解的情况。我在这里看到，你们在一起的情形似乎不大对头。是不是呢？如果我说对了，那么我们每个人都把自己的感受说出来不好吗？开诚布公可以避免多少敌意呀！"

"说下去，说下去，阿辽沙！"公爵说，"你向我们提出的是一个很聪明的建议。也许就应当从这里开始，"他看了看娜达莎，补充道。

"那么你就不要因为我开诚布公而生气，"阿辽沙说，"是你自己在要求，在促使我开诚布公。你听我说。你表示同意我和娜达莎结婚；是你给了我们这样的幸福，为此你违背了自己的初衷。你豁达大度，我们都赞赏你高尚的行为。可是你现在为什么幸灾乐祸地不断向我暗示，我还是个可笑的不懂事的孩子，根本不配做丈夫；不仅如此，你好像还要嘲笑我，贬低我，甚至要在娜达莎的眼里把我抹黑。只要能用什么法子让我显得可笑，你总是很开心；这一点我不是现在才注意到，而是早就注意到了。好像恰恰是你，为了某种目的竭力要向我们证明，我们的婚姻是可笑的，荒谬的，我们不是合适的配偶。

老实说，对于你为我们议定的婚事，你本人好像并不信以为真；好像你把这一切都看作笑谈，看作一个滑稽的幻想，一出可笑的轻松喜剧……我并不是根据你今天的谈话才得出这个结论。就在星期二那天晚上，我们从这儿回到你那里以后，你说了几句使我大为惊讶，甚至感到伤心的非常奇怪的话。星期三你在离开的时候，也对我们目前的处境作了某些暗示，还说到她，——没有侮辱的意思，没有，但也不是我想从你嘴里听到的话，你似乎讲得太不当回事，似乎缺乏对她应有的尊重和爱……这很难说得清楚，但你的口气是明摆着的；我心里能感觉得到。但愿你能说我错了，打消我的这个念头吧，使我……也使她受到鼓舞吧，因为你也伤了她的心。我刚才一进来就看出来了……"

阿辽沙讲话的时候情绪热烈，态度坚定。娜达莎得意地听着，她非常激动，脸涨得通红，一再顺着他的话自言自语道："对，对，是这样！"公爵显得很窘。

"我的朋友，"他回答道，"我对你说过的话，我当然不可能全都记得；可是如果你这样理解我的话，那就太奇怪了。我愿意竭尽所能来改变你的看法。如果说我刚才笑了，那也是可以理解的。告诉你吧，我是想以笑声来掩饰心里的苦涩。现在我一想起你很快就要准备做丈夫了，就会觉得这是完全不现实的，是荒唐的，对不起，甚至是可笑的。你责备我不该笑，可我要说这都是因你而起。我认为我也有错：也许最近我对你关心不够，所以到现在，在今晚我才意识到，你居然会这样行事。现在我一想起你和纳塔利娅·尼古拉耶夫娜的未来，就不寒而栗，我当初是操之过急；现在我看到，你们之间的差异太大。爱情是要过去的，而差异总是会保存下来。我姑且不谈你的命运，但是，如果你心地正直，你就要想到，你在毁掉你自己的同时，也会毁掉纳塔利娅·尼古拉耶夫娜，这是肯定的！刚才你有整整一个小时在谈论对人类的爱，谈论高尚的信念和你所认识的那些高尚的人们；可你问问伊万·彼得罗维奇，刚才我对他说了些什么，当时我们沿着讨厌的楼梯走到了四楼，站在门口感谢上帝保佑，没有跌死，也没有跌断了腿。你知道我当时不由自主地产生了怎样的想法吗？我感到奇怪，你那么爱纳塔利娅·尼古拉耶夫娜，怎能让她住在这样的屋子里呢？你怎会没有想到，如果你没有钱，如果你没有能力履行自己的义务，那么你也就没有权利做丈夫，你就没有理由承担任何责任。只有爱是不够的，爱要通过实际行动来表现；可你的想法是：'虽然你跟我会受罪，但是你得跟我一起过日子'，——要知道，这是不人道的，这不是高尚的态度！高谈博爱，热衷于全人类的问题，却又对爱情犯罪，这是不可理解的！不要打断我，纳塔利娅·尼古拉耶夫娜，让我把话说完。我太痛苦了，我要一吐为快。阿辽沙，你说这些日子你在追求高尚、美好、符合正义的东西，并且指责我说，我们这些人没有这样的追求，只有干巴巴的盘算。你看看吧，一方面在追求崇高和美，另一方面呢，在那个星期二之后，却一连四天冷落了这位你本该最珍爱的姑娘！你甚至承认，你曾和卡捷琳娜·费奥多罗夫娜争论，说纳塔利娅·尼古拉耶夫娜非常爱你，而且胸襟豁达，一定会原谅你的过失。但你有什么权利期望得到她的原谅，还拿它打赌呢？难道你一次也没有想到过，这几天你给纳塔利娅·尼古拉耶夫娜带来了多少苦涩的思绪，多少猜疑和担心吗？难道就因为你在那里追求什么新思想，你就有理由忽略你的首要的责任吗？请原谅，纳塔利娅·尼古拉耶夫娜，我违背了我的诺言。但现在的问题比这个诺言更重要，您会明白的……你知道吗，阿辽沙，我看到纳塔利娅·尼古拉耶夫娜时，她是那么痛苦，可想而知，你把这四天变成了她的地狱般的生活，而这四天本来应当是她一生中最美好的日子。一方面是这样的行为，另一方面是废话连篇……难道我说的不对吗！你一无是处，还敢来责备我？"

公爵讲完了。他甚至陶醉于自己的能言善辩，无法掩饰自己的得意。阿辽沙听他谈到娜达莎非常痛苦时，满腹忧愁地抬头望着她，但娜达莎已经拿定了主意。

"得了，阿辽沙，你不要发愁，"她说，"有的人比你更有过错。你坐下，听听我要对你父亲说些什么。该是了结的时候了！"

"您就讲讲吧，纳塔利娅·尼古拉耶夫娜，"公爵接过了话茬，"我是恳切地求您！这种莫名其妙的话，我已经听了两个钟头。这简直无法忍受了，老实说，我没有想到，这里会这样迎接我。"

"也许吧；因为您以为，我们会被您的花言巧语所迷惑，不会识破您的隐秘的用心。对您有什么可说的！您自己都知道，都明白。阿辽沙说得对。您的最迫切的愿望就是拆散我们。在经过星期二的那个晚上以后，这里会发生什么，早就在您的意料之中，早就在您一步步的计算之中。我已经对您说过，您对我和您所提的这门亲事都并不当真。您拿我们当儿戏；您玩弄我们是有不可告人的目的。您的花招得逞了。阿辽沙在指责您时说得对，您把这一切看作一出轻松喜剧。您应该高兴，而不是埋怨阿辽沙，因为他虽然被蒙在鼓里，但他的表现却步步如您所愿，也许还让您喜出望外呢。"

我惊讶得目瞪口呆。我本来就料到，今晚要出事。但是娜达莎那样尖锐地直言不讳，她说话时那毫不掩饰的蔑视的口气，使我惊讶到了极点。我想，她大概真的了解到了什么情况，决心立刻和他决裂。也许她早就在迫不及待地等着公爵了，好当面同他摊牌。公爵的脸色微微发白。阿辽沙的脸上满是孩子气的恐惧和茫然的等待。

"想想吧，您在说些什么，"公爵叫道，"哪怕多少考虑一下您的话吧……我什么也不明白。"

"啊！您不愿听懂我的这几句话，"娜达莎说，"就连阿辽沙，他对您的看法也和我完全一样，而我们并没有商量过，甚至不曾见过面！他也觉得，您在和我们玩可鄙的、带侮辱性的花招，而他是爱您的，像信任上帝一样信任您。您认为对他不必太小心，太圆滑，指望他不会识破您。但是他有一颗温柔、细腻、敏感的心，您的话语，如他所说，您的口气都留在了他的心里……"

"我简直什么也不明白！"公爵带着大惑不解的神气，转身对我又说了一遍，仿佛要拿我作个见证。他被激怒了，气急败坏。"您多疑，您忧心忡忡，"他接着对她说道，"您只不过是在忌妒卡捷琳娜·费奥多罗夫娜，因而怨天尤人，我是首当其冲……请允许我直言相告：您的性格让人有一种奇怪的看法……我不习惯于这种场面；如果不是考虑到我儿子的利益，我在这里一分钟也待不下去了……我还在等待，您能否讲讲清楚呢？"

"您还是固执地不愿听懂我的这些话吗，尽管您对这一切都了如指掌？您一定要我对您直截了当地把一切都说出来吗？"

"这正是我求之不得的。"

"好吧，您听着，"娜达莎火冒三丈地叫道，"我就把一切、一切全都说出来！"

第三章

　　她站了起来，就那么站着讲话，激动得没有意识到这一点。公爵听着，听着，也从座位上站了起来。这场面变得太紧张了。

　　"想想您自己在星期二所说的话吧，"娜达莎开始说道，"您说您需要金钱、康庄大道和社会地位，记得吗？"

　　"记得。"

　　"好，您就是为了获得金钱，为了得到正在从您的手里溜走的那种种好处，才在星期二来到这里，想出了定亲的把戏，认为这可以帮助您抓住即将从您身边溜走的东西。"

　　"娜达莎，"我叫道，"想想吧，你在说什么呀！"

　　"把戏！盘算！"公爵带着人格受到极大侮辱的样子反复说道。

　　阿辽沙沮丧极了，茫然地看着，几乎什么也不明白。

　　"对，对，您不要阻止我，我已经发誓要把一切都说出来，"被激怒的娜达莎继续说道，"您自己很清楚，阿辽沙不听您的话。有半年之久，您费尽心机，想使他离开我。他没有屈从您的影响。终于有一天您发觉，时间已经不能再等了。错过时机，媳妇和金钱，主要的是金钱，整整三百万卢布的嫁妆，就会从您的指间溜走。唯一的办法，是让阿辽沙爱上您为他物色的未婚妻；您想，只要他爱上了，他也许就会离我而去……"

"娜达莎，娜达莎！"阿辽沙痛心地叫道，"你在说什么呀！"

"您也就这样做了，"娜达莎不理睬阿辽沙的叫喊，继续说道，"可是，这时又遇到了老问题！本来可以如愿以偿，偏偏又是我碍事！您只剩下了一个希望：您是一个又老练又狡猾的人，也许那时您就发觉，阿辽沙有时对旧情似乎厌倦了。您不可能不注意到，他开始冷落我了，厌烦了，可以一连五天不来看我。说不定有一天他会讨厌我，抛弃我，可是突然，阿辽沙在星期二的坚决态度完全击破了您的希望。您怎么办呢！……"

"对不起，"公爵叫道，"相反，这个事实……"

"我说，"娜达莎坚决地打断他的话，"那天晚上您自问：'我该怎么办呢？'终于决定允许他娶我，不是真的让他娶我，而只是**在口头上说说**罢了，为的是让他安下心来。您想，婚期可以无限期地拖下去；同时新的恋情却滋生了，这一点您已经发觉。于是您把全部希望就建立在这场新的恋爱的基础之上。"

"浪漫故事，浪漫故事，"公爵低声说，好像在自言自语，"孤独，幻想，再加上读些浪漫故事！"

"是的，您的一切就寄托于这场新的恋爱，"娜达莎又说了一遍，对公爵的话毫不理睬，她情绪激昂，越来越忘乎所以，"而这新的恋爱已经成功在望！要知道，在他了解这位姑娘的全部优点之前，爱情就已经萌芽了！那天晚上，他向这位姑娘坦白地说明，他不能爱她，因为他的义务和他对另一位姑娘的爱不允许他移情别恋，就在这时，姑娘突然在他面前表现得那样高尚，对他和自己的情敌是那样同情，那样由衷地宽容，以致他虽然信服她的美貌，但在这一瞬间之前却没有想到，她还拥有这样的心灵美！那时他即使到我这儿来，也总是谈着她；他是太为之倾倒了。是的，第二天他一定会有一种不可抗拒的欲望，要再去见一见这位姑娘，哪怕仅仅是出于感激之情。而且为什么不可以去呢？要知道，原来的那一位已经不会有痛苦了，她的命运已经决定了，他将为她奉献自己的一生，而在这里只待那么一会儿……如果娜达莎对这一会儿也要忌妒，那么她不是太忘恩负义了吗？于是他不知不觉地从这个娜达莎那里夺去的不是一会儿，而是一天、两天、三天。同时这位姑娘在他面前展现了完全出人意料的新的风貌；她那么高尚，那么热情洋溢，同时却又是那样一个稚气未脱的孩子，在这方面正好与他志趣相投。他们发誓要保持友谊和兄妹之情，要永不分离。'在交谈那么五六个小时以后'，他的心扉向新的感情敞开了，他献出了他的整个心灵……您想，终究有一天，他会拿旧恋和新交作比较：那里的一切都是熟悉的，习以为常的；那里总是那么严肃，那么苛求；那里忌妒他，骂他；那里看到的是眼泪……即使和他淘气、玩耍，也好像不是把他看作同辈，而是把他看作孩子……最主要的是，一切都是老一套而毫无新意……"

眼泪和苦涩的哽咽使她感到窒息，但娜达莎还能暂时地克制住自己。

"以后会怎样呢？以后有的是时间；和娜达莎的婚期并没有订在现在呀；时间长着呢，一切都会起变化……何况还有您的话语、暗示、议论、能言善辩……甚至可以给这个讨厌的娜达莎造点谣言；可以使她出乖露丑……这一切会怎样结局，我不知道，但胜利是您的！你不要怪我，我的朋友！不要说我辜负了你的爱，对它不够珍惜。我知道，你现在仍然爱着我，也许此刻你还不明白为什么我这样牢骚满腹。我知道，我现在这样直言不讳，真是太糟糕了。可是叫我怎么办呢，既然我对这一切都洞若观火，而又越来越爱你……简直是……爱得忘乎所以！"

她双手掩面，倒在圈椅里，孩子似的痛哭失声。阿辽沙叫了一声，向她扑了过去。他看见她流泪，自己是决不会不流泪的。

她的痛哭，看来倒是对公爵很有利：娜达莎在这长篇诉说中所表现的满腔激愤，她对他的激烈攻击，即使从礼貌上说，也足以使他感到气愤，而现在显然可以把这一切都归因于忌妒的疯狂爆发，爱情受到伤害，甚至归因于健康不佳。表示一下同情倒是挺合适的……

"您安静一下，不要难过，纳塔利娅·尼古拉耶夫娜，"公爵在安慰她，"这些都是恼怒、空想、孤独所引起的……他的轻浮举动太让您生气了……但这不过是他一时的轻率而已。您刚才特别提到的最重要的事实，星期二所发生的情况，很可以说明他对您的无限眷恋，您却相反，认为……"

"啊，您不要和我说话，至少现在您不要折磨我吧！"娜达莎打断了他的话，伤心地哭着，"我的直觉已经把一切都告诉我了，早就告诉我了！难道您以为，我不明白他从前对我的爱已经完全消逝……在他离开我，忘记我的时候……我在这里，在这间屋子里，独自一人……我品尝了人生的酸甜苦辣……把一切都反复思考过……我能怎样呢？我不怪你，阿辽沙……您何必安慰我、骗我呢？难道您以为，我自己不想骗自己吗？噢，有过多少回，多少回！难道我没有倾听他的声音的每一个变化？难道我没有学会对他察言观色？……一切，一切都完了，一切都已经被埋葬……啊，我这个不幸的女人！"

阿辽沙跪在她面前哭泣。

"是的，是的，都是我的错！都怪我！……"他在痛哭中反复说道。

"不，不要责怪自己，阿辽沙……要怪的是别人……是我们的敌人们。这是他们在……是他们！"

"不过，请问，"公爵有点不耐烦地说道，"您有什么理由认为是我犯了这些……罪过呢？要知道，这只是您的猜想，什么证据也没有……"

"证据！"娜达莎叫道，猛地从椅子上欠身站了起来，"要证据，您这个阴险狡猾的人！您来提亲，是因为您已经没有别的办法了！您需要让您的儿子平静下来，减轻他的内疚，使他能更自由自在、更心安理得地投入卡佳的怀抱；否则他就会老是想起我，不会对您言听计从，而您已经等得不耐烦了。怎么，难道不是这样吗？"

"老实说，"公爵带着尖刻的冷笑回答道，"假如我真想蒙骗您，我倒的确会这样考虑；您很……聪明，不过这需要证明，否则您不可以这样诬蔑别人……"

"证明！当初您要把他从我身边夺走时的种种行为又该怎么说？谁为了上流社会的好处，为了金钱就教唆儿子如此背信弃义，谁就是在使他腐化堕落！刚才您关于楼梯和这破屋是怎么说的？不是您中断了原来给他的生活费吗？您的目的就是要用贫困和饥饿迫使我们分手。这屋子和楼梯也是拜您所赐，而您现在却来埋怨他，好一个伪善的两面派！那天晚上您怎么突然变得那样热情，怎么突然有了与您格格不入的新见解呢？您怎么会那样需要我了？这四天我在这里走来走去；我一直在思考，一直在掂量您的每一句话，您脸上的每一个表情，我终于明白了，这一切都是故作姿态，耍花招，是一出侮辱人的卑鄙下流的恶作剧……我是了解您的，早就了解您了！阿辽沙从您那儿到我这里来的时候，每一次我都能从他的脸色猜到，您对他说了什么，在怎样诱导他；您对他的所有的影响我都研究过！不，您是骗不了我的！也许您还有一些别的打算，也许我现在所说的也不是最要紧的，但这都无所谓！您欺骗我——这是主要的！这就是我必须当面对您直说的！……"

"就是这些？这就是证据？但是您想想吧，发疯的女人：这个花招（您这样称呼我在星期二的提亲）使我自己被紧紧地束缚住了。这对我来说，就未免太轻率了。"

"您受到什么束缚了？在您看来，欺骗我有什么关系？欺负一个女孩子又算得了什么！要知道，这是一个不幸的私奔的女人，被父亲抛弃，无依无靠，**自轻自贱，道德败坏**！对她不必客气，只要这个花招能带来一点好处，哪怕是蝇头微利也好！"

"您把自己置于何地啊，纳塔利娅·尼古拉耶夫娜，您想想吧！您认定是我使您受到了侮辱。但这样的侮辱是如此严重，令人丢尽脸面，我觉得简直不堪设想，您居然还要认定如此。恕我直言，只有习惯于逆来顺受的人，才会轻易地这样看问题。我有理由向您表示不满，因为您在唆使我的儿子反对我，即使他现在没有因为您而反对我，那么他在心里也是反对我的……"

"不，爸爸，不，"阿辽沙叫道，"我没有反对你，因为我相信，你是不会侮辱别人的，而且我也不相信，居然可以这样侮辱别人！"

"您听见了吗？"公爵叫道。

"娜达莎，都是我的错，不要责怪他吧。这是不对的，可怕的！"

"听见吗，瓦尼亚？他在反对我了！"娜达莎叫道。

"够了！"公爵说道，"这种痛苦的场面必须结束了。漫无节制的忌妒这样盲目而狂暴的爆发使您的性格给我留下了完全不同的印象。我得到了警告。我们提亲是操之过急，的确是操之过急。您甚至没有觉察，您是在侮辱我；对您来说，这不算什么。操之过急了……操之过急了……当然，我的诺言应该是神圣的，可是……我是一位父亲，我希望我的儿子幸福……"

"您要背弃自己的诺言，"娜达莎狂怒地叫道，"您非常高兴，抓住了这个机会！不过您要知道，两天前我就独自在这里作出了决定，要解除诺言对他的约束，现在我就当着大家的面重申我的决定。我拒绝婚约！"

"换句话说，也许您是想回到过去，在他心中唤醒从前的困扰、责任感，以及'尽到义务的愿望'（这是您不久前所说的原话），从而再把他拴在自己的身边。要知道，这是按您的逻辑必然会得出的结论，所以我才这么说；不过不谈了，让时间来决定吧。我要等到比较心平气和的时候再同您谈。我希望，我们不至于彻底决裂。我也希望，您能学会更好地评价我。今天我本来还想把我有关您父母的意向告诉您，从中您可以看到……不过不谈了！伊万·彼得罗维奇！"他又走到我跟前说道，"现在我比过去任何时候都更珍视同您的交情了，何况我早就有了与您结交的愿望。我希望您能理解我。最近几天我就登门拜访，可以吗？"

我微微鞠躬。我自己也觉得，现在我已经不能回避与他结识了。他握了握我的手，向娜达莎默默地鞠了一躬，带着一脸的委屈走了。

第四章

有好几分钟我们都一言不发。娜达莎陷入了沉思，又悲伤又沮丧。她突然感到心力交瘁。她两眼直望着前方，视而不见，黯然神伤，把阿辽沙的一只手握在自己的手里。他伤心地轻轻哭泣，偶尔畏缩地、好奇地看看她。

他终于怯生生地开始安慰她，恳求她不要生气，怪自己不好；看得出，他很想为自己的父亲辩护，而且他心里特别放不下这件事。他有好几次提起这个话题，却不敢明白地说出来，只怕又惹得娜达莎生气。他发誓永远爱她，始终不渝，又热烈地为自己对卡佳的依恋作了辩解，一再申说，他爱卡佳只是像爱妹妹，一个又可爱又善良的妹妹，他不能完全离开她，要不他就未免太失礼太残酷了，他又反复地说，只要娜达莎认识了卡佳，她俩马上就会成为永远分不开的朋友，那时就再也不会有什么误解了。他特别喜欢这个想法。可怜的家伙并不是讲假话。他不懂娜达莎为什么会担心，而且总的说来，他也不大听得懂她刚才对他父亲所说的话。他只知道，他们闹翻了，这就像一块石头一样，特别沉重地压在他的心里。

"你是在帮着父亲责备我吗？"娜达莎问道。

"我怎会责备你呢？"他伤感地回答道，"都是我引起的，都是我的错。是我惹得你这样生气，而你在愤怒中怪到了他头上，因为你不愿说我不对；你总是为我辩护，而我是问心有愧的。为了把有过错的人找出来，你就以为准是他。可他，真的，真的没有错！"阿辽沙叫道，他越说越来劲了。"他是带着那样的想法来的吗？！那是他所期望的吗？！"

不过，他看到娜达莎带着忧伤和责难的神情望着他，立刻就胆怯起来了。

"好，我不说了，我不说了，原谅我吧，"他说，"全都是我引起的！"

"是啊，阿辽沙，"她心情沉重地接着说道，"现在他在我们之间走了过去，我们的和谐永远被破坏了。你一向信任我胜过其他任何人；现在，他在你的心里注入了对我的怀疑、不信任，你在责怪我，他从我这里夺走了你的半颗心。黑猫在我们之间跑了过去①。"

"别这么说，娜达莎。为什么你要说'黑猫'呢？"让他伤心的是这个说法。

----

① 俄俗把黑猫跑过看作不祥之兆，会引起嫌隙和纷争。这里拿黑猫影射公爵，试看前面的一句："现在他在我们之间走了过去……"

"他用伪善和虚假的豁达大度把你拉拢过去了，"娜达莎继续说道，"今后他越发会唆使你反对我了。"

　　"我向你发誓，不是这样！"阿辽沙叫道，他更加激动了，"他说他'操之过急了'，这是气头上的话，你看着吧，明天，或者过一两天，他就会回心转意，如果他一怒之下，真的不同意我们结婚，那么我发誓决不听他的。这一点我也许是办得到的……而且你知道谁会帮助我们吗，"他想到这里突然兴高采烈地叫了起来，"卡佳会帮助我们！你会看到，你会看到，她是多好的人！你会看到，她会不会做你的情敌，来拆散我们！你刚才对我太不公平了，居然说我是在结婚的第二天就会变心的那种人！我听你这么说，心里多么难受啊！不，我不是这种人，至于我经常去看卡佳……"

　　"得了吧，阿辽沙，你想去就去吧。我刚才说的不是这个意思。你没有完全听懂。我要求于你的，只能是你所能给予我的感情，不能强求……"

　　玛芙拉进来了。

　　"要不要把茶端来？真是，水开了有两个钟头啦，十一点了。"

　　她气呼呼地问道，语气很粗鲁；显然，她心情很不好，在生娜达莎的气。事情是这样的，从星期二起，这几天她欢天喜地，因为她的小姐（玛芙拉很爱她）就要出嫁了，她已经把这个消息传遍了整幢大楼，这一带的人，小铺子里的人，连看门的都知道了。她得意扬扬地夸口说，来向她小姐提亲的是一位公爵，他是大人物，是将军，家里非常有钱，他提亲时，她玛芙拉是亲耳听到的，现在倒好，一下子全都泡汤。公爵悻悻地走了，茶也没有喝到一口，不用说都怪小姐。玛芙拉听到，她对公爵讲话很失礼。

"也好……端上来吧。"娜达莎回答道。

"点心要不要？"

"好吧，也要。"娜达莎很窘。

"准备了好久、好久！"玛芙拉接着说道，"从昨天起就忙得脚不沾地。我还跑到涅瓦大街去买酒，可这会儿……"她气呼呼地走了，砰地一声带上了门。

娜达莎脸红了，怪怪地看了看我。这时茶送上来了，点心也拿来了。有野味，有鱼，还有从叶利谢耶夫的店里买来的两瓶上等葡萄酒。"干吗准备了这些东西呢？"我不禁在想。

"你瞧我这个人，瓦尼亚，"娜达莎说，一面走到桌子跟前，在我面前竟然也窘态毕露。"我就预感到，今天会发生这样的事情，可我还是想，也可能不是这种结局。阿辽沙会来，会同我讲和，我们也就和解了。我的一切猜疑就显得多余了，我会改变看法，所以……我准备了点心，以备万一。我想，我们也许会坐在一起，谈上好久……"

可怜的娜达莎！她说话的时候满面绯红。阿辽沙高兴极了。

"你瞧，娜达莎！"他叫道，"你自己也不相信；就在两个钟头之前，你还是不相信自己的猜疑！不，这一切必须挽回过来；是我错了，一切都是我引起的，必须由我来挽回。娜达莎，让我马上到父亲那里去吧！我必须去见他。他受了委屈，受到了侮辱。必须去安慰他，我要同他谈谈，只代表自己，只代表我一个人；绝不会把你卷进来。我要把一切都安排好……你不要生气，以为我急于去见他，想离开你。不是的，我是可怜他；他会向你证明，他没有对不起你，你会明白的……"

娜达莎没有挽留他，甚至劝他快些走。她非常担心，他现在会故意地、**勉强地**整天留在她这儿，而又对她感到厌倦。她只请求他不要以她的名义发表任何意见，她在分别时还竭力露出愉快的微笑。他已经要走出去了，又突然走到她跟前，拉着她的双手，坐到她身边。他以无法形容的柔情蜜意看着她。

"娜达莎，我的朋友，我的天使，不要生我的气，我们永远不要再争吵了。你要向我保证，永远信任我，我对你也一样。我的天使，我现在有话想对你说：有一次我们争吵过，不记得是为什么事了；那要怪我。我们不讲话。我不愿先向你道歉，可我伤心极了。我在街上走来走去，到处徘徊，找朋友散心，而我心里是那么沉重，那么沉重……那时我想到，万一你不知怎么病了、死了呢。我一想到这里，突然感到那么绝望，仿佛我真的要永远失去你了。我的心情越来越沉重，越来越可怕。渐渐地我开始想象，好像我来到了你的坟前，丧魂落魄地扑倒在你的坟上，拥抱着它，悲伤得晕了过去。我想象我怎样亲吻这座坟墓，呼唤你走出来，哪怕是一分钟也好，于是我祈求上帝创造一个奇迹，让你哪怕在我面前复活一刹那；我想象我会怎样扑上来拥抱你，搂着你，吻你呀，我觉得，只要有那么一会儿，还能像过去那样拥抱你，我就会幸福得死去。在我这样想象的时候，我突然情不自禁地想：我在请求上帝把你赐给我一会儿，其实我们在一起已经有六个月了，在这六个月里我们吵了多少次呀，我们有多少天不曾讲话！我们整天闹别扭，不懂珍惜我们的幸福，而这时却在呼唤你从坟墓里出来一分钟，并且为了这一分钟甘愿付出我的整个生命！……我一想到这些，就再也忍不住要赶到你身边，我跑到了这里，而你已经在等着我了，记得，在我们言归于好，相拥在一起的时候，我那样紧紧地把你搂在胸前，好像真的会失去你似的。娜达莎！我们再也不要争吵了！争吵总是让我那么难受！天哪，怎能怀疑我会离开你呢！”

娜达莎哭了。他们彼此紧紧地拥抱，阿辽沙又一次向她发誓，永远不会离开她。然后他就赶到他的父亲那里去了。他坚信，他一定能消除分歧，搞好关系。

“全都结束了！全都完了！”娜达莎痉挛地握着我的手说道，“他是爱我的，而且永远不会不爱我。但他也爱卡佳，过一段时间他会爱她更胜于爱我。而那个阴险狡猾的公爵是不会打瞌睡的，那时候……”

“娜达莎！我也相信，公爵的行为不大正派，可是……”

“你不相信我对他所说的话！我从你的脸色看出来了。但是你等着瞧吧，我的话对还是不对。我还只是大致上说说，天知道他还有什么鬼主意！这是一个很可怕的人！四天来我在这间屋子里走来走去，把一切都看透了。他就是要消除阿辽沙的那些干扰他生活的顾虑，解脱他在爱情上对我所负有的义务。他想出提亲这个主意，还为了在我们当中发挥影响，并且以高尚大度迷惑阿辽沙。这是实情，是实情，瓦尼亚！阿辽沙就是这种性格。他对我会觉得心安理得；他为我而感到的不安会消失。他会这么想：她现在已经是我的妻子了，会与我终生厮守，于是不知不觉地便会把更多的心思用在卡佳身上。看来公爵研究过这个卡佳，觉得她和他更相配，对他会比我更有吸引力。噢，瓦尼亚！现在我的全部希望都在你的身上了：他不知怎么很想与你套近乎，想与你结识。你不要拒绝，亲爱的，而且看在上帝分上，你要设法尽快在伯爵夫人家里露面。去结识这个卡佳吧，好好地看看她，然后告诉我，她是怎样的一个人。我需要在那儿有你的一双眼睛。谁也不像你那样了解我，你知道我需要的是什么。你还要看看清楚，他们的友谊到了什么程度，他们的关系究竟怎样，他们谈些什么；卡佳，主要是卡佳，你要看仔细了……再向我证明一次，亲爱的，我心爱的瓦尼亚，再向我证明一次你的友情吧！你，只有你，现在是我唯一的希望了！……"

我回到家里已是深夜十二点多了。涅莉睡眼惺忪地为我开了门。她笑了，愉快地看着我。可怜的孩子很气恼，怪自己睡着了。她总想等到我回家。她说，有人来找过我，和她坐着等我，还留了一张字条在桌上。字条是马斯洛鲍耶夫留的。他叫我明天十二点以后到他家里去。我想详细问问，不过决定第二天再说，一定要她去睡觉；可怜的孩子等了我好久，已经很疲倦了，在我回来的半小时之前她才睡着。

第五章

第二天早晨，涅莉在谈到昨天来访的客人时，讲了一些相当奇怪的事情。其实，马斯洛鲍耶夫想起要在这天晚上来，这件事本身就很奇怪：他明知我不在家，我记得很清楚，在我们最后一次见面时，我亲自对他说过。涅莉告诉我，她起初不愿开门，因为她害怕，已是晚上八点钟了。但他站在门外恳求她开门，说他如果这时不给我留张字条，我明天就会倒大霉。她放他进来以后，他立刻写了张字条，走到她身边，挨着她坐在沙发上。"我站了起来，不愿同他讲话，"涅莉说，"我很怕他；他告诉我，布勃诺娃现在很生气，她再也不敢扣留我了，接着就开始赞扬您；他说，他和您是好朋友，从小就认识您了。这时我才和他讲话。他拿出糖果，叫我也拿一些；我不要；于是他对我说，他是好人，会跳舞唱歌，站起身就开始跳了起来。我觉得很好笑。后来他说，他还要坐一会儿：'说不定我能等到瓦尼亚回来，'他恳切地叫我不要害怕，坐到了我旁边。我坐了下来；不过我什么话也不想和他说。这时他告诉我，他认识我的妈妈和外公……这时我才开始讲话了。他坐了好久。"

"你们谈了些什么呢？"

"谈到妈妈……布勃诺娃……外公。他坐了大约两个钟头。"

涅莉似乎不愿告诉我，他们谈了什么。我没有追问，想在马斯洛鲍耶夫那里把情况问问清楚。我只是觉得，马斯洛鲍耶夫是故意等我不在家的时候来的，目的就是要和涅莉单独见面。"他为什么要这样呢？"

她给我看了他给的三个糖果。那是水果糖，用绿纸和红纸包着，质量很差，看来是在菜铺上买的。涅莉给我看的时候笑了。

"你怎么不吃？"我问。

"我不吃，"她皱着眉严肃地回答道，"我没有拿他的；是他自己留在沙发上……"

这一天我有好多地方要去。我开始向涅莉告别。

"你一个人寂寞吗？"临走时我问她。

"又寂寞又不寂寞。寂寞是因为您要好久不在家了。"

说了这句话，她抬头温情脉脉地望望我。这天早上她一直怀着这同样的柔情看着我，显得那么快乐，那么亲切，同时又好像心里有点害羞，甚至胆怯，仿佛怕使我感到不快，怕失去我对她的依恋之情……仿佛也羞于过分地流露感情。

"为什么又不寂寞呢？你不是说'又寂寞又不寂寞'吗？"我问，不由得对她笑了，我觉得她那么可爱、可亲。

"我自己知道为什么。"她笑了笑回答说，不知怎么又害羞了。我们是站在门口说话，门敞着。涅莉低下眼睛站在我面前，一只手扶在我的肩上，一只手轻轻地拽着我常礼服的袖子。

"怎么，这是秘密？"我问。

"不……没啥……您不在家的时候，我，我在读您的书。"她低声说，抬起她那温柔的、有穿透力的目光，羞得满面绯红。

"啊，原来是这样！怎么样，你喜欢吗？"我像一个作家在当面受到恭维时那样，感到局促不安，不过天知道，如果这时我能吻她一下，我会多么高兴啊。可是似乎不大合适。涅莉没有作声。

"为什么，为什么他死了？"她神情非常悲伤地问道，匆匆地瞟了我一眼，突然又低下了眼睛。

"谁死了？"

"就是那个害痨病的年轻人嘛……书里写的？"

"有什么办法呢，应该这样写呀。涅莉。"

"根本就不应该。"她几乎是耳语般地说，但不知怎么，她差不多是气呼呼地猛然地撅起了嘴唇，眼睛更执拗地盯着地下。

又过了一会儿。

"她……喏，就是他们……那个姑娘和老人，"她低声说道，一边更使劲地拽着我的衣袖，"他们会在一起生活吗？不会再受穷了吧？"

"不，涅莉，她要到很远的地方去；她嫁给了一个地主，而他独自留了下来。"我非常遗憾地回答道，我深感遗憾，没有什么能安慰她的话好说。

"嗯，是这样……是这样！原来是这样！噢，这些人哪！……我现在不想再读下去了！"

她气愤地推开我的手，迅速地转身离开了我，走到桌子跟前，脸对着墙角，眼睛看着地下。她满脸涨得通红，呼吸急促，好像遇到了什么使她痛心疾首的事情。

"得了，涅莉，你生这么大的气！"我走近她说道，"这里写的都不是事实，——是虚构；你说，这有什么好气的呀！你这个多愁善感的小丫头！"

"我没有生气。"她畏怯地说，抬起头来看我，目光是那么愉快，那么温情脉脉；随即蓦地抓住我的手，把脸贴在我的胸前，不知怎么哭了起来。

可是就在这时她又笑了，——又哭又笑，同时进行。我也是觉得又好笑，又似乎有点儿……甜在心里。可她就是不肯抬起头来，我想从我的肩头推开她的小脸时，她却贴得越来越紧，笑得越来越厉害了。

最后，这个感人的场面终于结束；我急着要走。涅莉满面潮红，仿佛还在害羞，亮晶晶的眼睛像星星一样，她跑出来，把我直送到楼梯上，叮嘱我早些回家。我答应她午饭前一定回来，而且尽可能早些。

我首先去见两位老人。老两口都身体不适。安娜·安德烈耶夫娜简直病倒了。尼古拉·谢尔盖伊奇坐在自己的书房里。他听见我到了，不过我知道，他的习惯是至少要等一刻钟才出来，让我们可以多谈谈。我不想使安娜·安德烈耶夫娜太伤心，所以在讲到昨晚的情况时，尽可能说得委婉一些，但还是照实说了；我感到惊讶的是，老太太虽然很悲伤，不过在听说他们可能会断绝关系时，似乎并没有吃惊。

"嗨，我的爷，我已经想到了，"她说，"您走后，我想了好久，觉得这件事是成不了的。我们没有这样的福气，而且这个人那么卑鄙无耻，怎能希望他干出什么好事呢。想想吧，他白拿了我们一万卢布，他明知是白拿，不还是拿去了吗。他夺走了最后一片面包；伊赫缅涅夫卡村要拍卖了。娜达莎很聪明，她不相信他们，这是对的。不过您可知道，我的爷，"她压低嗓门接着说道，"我的那口子，我的那口子呀！完全反对这门亲事。他无意中老是说：'我不愿'，他说！起初我以为他是在胡闹；不，他的话是当真的。那时我亲爱的孩子可怎么得了呢？那时他会毫不留情地诅咒她的。啊，还有一个，那个阿辽沙，他怎么样呢？"

她还问了我好久，而且像平常一样，我的每次回答都会引起她的一番叹息和数落。总之，我发觉，近来她完全是惘然若失的样子。每个消息都使她感到震撼。娜达莎所引起的悲伤正在损害她的身心健康。

老人穿着长袍，趿着拖鞋进来了；他抱怨他在发热，不过很温柔地看着老伴，我在那里的时候，他一直像保姆似的侍候着她，看着她的脸色，在她面前甚至有些胆怯的样子。他的目光是那样脉脉含情。她的病使他感到恐惧，觉得万一连她也失去了，他在生活里就丧失了一切。

我在他们家里待了大约一个钟头。分别时，他跟着我来到前厅，谈起了涅莉。他认真地想把她当女儿一样收留在家里。他同我商量，怎样劝说安娜·安德烈耶夫娜。他满怀兴趣地问起涅莉，问我是不是还知道她的什么新的情况？我匆匆地告诉了他。我的故事使他很感动。

"这件事我们还要谈一谈，"他肯定地说道，"眼下嘛……不过，等我身体好一点，我就来找你吧。那时我们再作决定。"

十二点整我到了马斯洛鲍耶夫那里。使我大为惊讶的是，我进门碰到的第一个人竟是公爵。他正在前厅穿大衣，马斯洛鲍耶夫在忙着帮他，又把他的手杖递给他。他已经对我说过，他认识公爵，尽管如此，这次见面还是让我非常吃惊。

公爵看到我似乎有些惊慌。

"啊，是您！"他叫道，好像热情得过分，"想想看，真是巧遇！不过，刚才马斯洛鲍耶夫先生告诉我，他认识您。真高兴，真高兴，很高兴遇见您；我正想见到您，希望能尽快拜访您，可以吗？我对您有个要求：帮助我澄清一下我们目前的处境。您一定明白，我说的是昨天的事情……您是他们的朋友，您了解这件事的全过程，您是有影响力的……非常遗憾，不能马上就同您……有事啊！不过最近，也许很快就能登门拜访。可现在……"

他似乎过分热情地紧紧地握了握我的手，向马斯洛鲍耶夫递了个眼色，就走了出去。

"告诉我，看在上帝的分上……"

"我什么也不告诉你，"马斯洛鲍耶夫打断了我的话，匆匆抓起帽子，就往过道走去，"有事！老兄，我得赶紧走，来不及了！……"

"是你自己留字条，约我十二点来的。"

"那又怎样？我昨天给你留了字条，可今天有人给我写了字条，是让我伤透脑筋的事情！人家正等着我呢。对不起，瓦尼亚。让你白跑了一趟，为了让你解气，我只能让你揍一顿。你要解气，就打吧，不过千万要快点儿！别耽搁，有事啊，人家在等着我……"

"我干吗要揍你呢？有事就赶快走吧，谁都会碰上预料不到的情况。只是……"

"不，至于你所说的**只是**嘛，我倒是可以奉告，"他插嘴道，一边向过道跑去穿大衣（我也跟着他去穿衣服）。"我也有事要找你；一桩很重要的事情，就为这件事我才喊你来的；与你有直接的利害关系。可现在三言两语说不清楚，所以今晚整七时你务必要来一趟，要来得不早不迟。我在家。"

"今天，"我有些犹豫，"真的，老兄，今晚我本来想去……"

"亲爱的，那你现在就去你今晚想去的地方，晚上再到我这里来。因为，瓦尼亚，你简直难以想象，我有多么重要的事情要告诉你。"

"行，行；是什么事呢？说真的，你激起了我的好奇心。"

这时我们已经走出大门，站在人行道上。

"那你来吗？"他固执地问道。

"来，我不是说过了吗。"

"不行，你得保证。"

"嘿，瞧你这个人！好吧，我保证。"

"好极了。你往哪儿？"

"这儿。"我指着右边说。

"好，我往这儿，"他指着左边说，"再见，瓦尼亚！记住，是七点。"

"奇怪。"我望着他的背影在想。

我本想晚上去见娜达莎。可是现在既然答应了马斯洛鲍耶夫，我想只好马上就去她那儿。我相信，在她那里一定会碰到阿辽沙。他果然在那里，一见我进去，他高兴极了。

他很亲切，对娜达莎非常温柔，我的到来甚至使他更加愉快。娜达莎虽然竭力显得很快乐，但看来是勉强的。她脸色苍白，满面病容；夜里没有睡好。她对阿辽沙的温柔好像不大自然。

阿辽沙虽然话很多，说东道西，看来很想让她高兴起来，使她那没有笑意的唇边绽露笑容，但是他在谈话中显然避免提及卡佳和父亲。他昨天试图调解的努力想必是失败了。

"你知道吗？他非常想离开我，"娜达莎趁他出去同玛芙拉说句话的片刻工夫，连忙对我低声说道，"却又不敢马上就走。我自己又不敢劝他离开，因为他或许会故意不肯走，我最担心的是，他会感到厌倦，因而对我完全冷淡下来！叫我怎么办呢？"

"天哪，你们的处境多么尴尬！你们这样多疑，这样彼此顾忌！干脆明说，不就得了。这种状况也许倒真会使他感到厌倦。"

"怎么办呢？"她恐惧地叫道。

"你等一下，让我来替你办……"于是我走进厨房，借口是请玛芙拉把我的一只满是污泥的靴子刷刷干净。

"谨慎点呀，瓦尼亚！"她在我后面叫道。

我刚走到玛芙拉那里，阿辽沙就跑了过来，好像正等着我呢，他说：

"伊万·彼得罗维奇，亲爱的，我怎么办呢？给我出出主意吧：我昨晚就保证过，今天，也就是现在，一定要到卡佳那里去。我不能失约呀！我爱娜达莎，愿意为她赴汤蹈火，可是您得同意，完全抛开那边，这是不行的呀……"

"那您就去吧……"

"可娜达莎会怎样呢？我会让她伤心的，伊万·彼得罗维奇，想办法帮帮我吧……"

"我看，您还是去吧。您知道她多么爱您；她老是觉得，您和她在一起感到乏味，勉强待在她身边。随便些好。不过，走吧，我来帮助您。"

"亲爱的，伊万·彼得罗维奇！您真好！"

我们进去了；过了一会儿我对他说：

"我刚才看到了您的父亲。"

"在哪里？"他吃惊地叫道。

"在街上，偶然碰到的。他和我待了一会儿，又要和我交个朋友。问我是否知道您此刻在哪里。他急需见到您，有话要对您说。"

"啊，阿辽沙，去吧，找他去。"娜达莎接口道，她明白我的用意。

"可是……我现在到哪儿去找他呢？他在家里？"

"不，记得他说过，他要到伯爵夫人那儿去。"

"那怎么办呢……"阿辽沙天真地说道，发愁地望着娜达莎。

"哎呀，阿辽沙，那有什么！"她说，"难道你真的想放弃同他们的交往，让我放心吗？这真是孩子气。首先，这是不可能的，其次，你简直对不起卡佳。你们是朋友呀；怎能这样鲁莽地断绝来往呢。再说，如果你以为我这样善妒，我要生气了。去吧，马上就去，我求你！你父亲也就安心了。"

"娜达莎，你是天使，我连你的一根小指头也不如。"阿辽沙又高兴又懊悔地叫道，"你这么善良，而我……我……还是告诉你吧！我刚才在厨房里请伊万·彼得罗维奇帮我离开你。他才想出了这么个主意。不过你不要怪我，娜达莎，我的天使！我这样做也并不全错，因为我爱你胜过世上的一切一千倍，所以有了一个新的想法：向卡佳倾诉一切，立刻向她说明我们现在的处境，以及昨晚所发生的一切。她会想办法帮助我们的，她对我们一片真情……"

"那你就去嘛，"娜达莎笑着说，"还有，我的朋友，我自己也很想和卡佳结识。怎么安排一下才好呢？"

阿辽沙高兴极了。他立即开始考虑，怎样见面。他觉得这很容易：卡佳会有办法的。他在谈自己的想法时很激动，很热心。答应今天就把答复带回来，过两个钟头来，晚上就待在娜达莎身边。

"真的来吗？"娜达莎在他离去时问道。

"难道你不信？再见，娜达莎，我的爱人，——我永远的爱人！再见，瓦尼亚！哎呀，我的天，我无意中称呼您瓦尼亚了；听我说，伊万·彼得罗维奇，我爱您，为什么不以你相称呢。就称呼**你**吧。"

"就称呼**你**。"

"谢天谢地！这件事我想过一百遍了。可我就是不敢对您说。瞧我又在称呼您了。这个'你'字是很难说出口的。托尔斯泰好像在什么地方写得很好，他说有两个人彼此约定称你，却又怎么也改不了口，只好尽量不说那些带有这个代词的句子。啊，娜达莎！什么时候我们再读一遍《童年》和《少年》[①]吧；那有多好啊！"

---

① 《童年》和《少年》是列夫·托尔斯泰的作品。

“你快走吧，走吧，”娜达莎笑着赶他走，“高兴得有说不完的话了……”

“再见！过两个钟头我再来！”

他吻吻她的手匆匆地走了。

“看到吗，看到吗，瓦尼亚！”她说，泪流满面。

我在她那里待了两个小时左右，安慰她，使她平静下来。不用说，她的一切疑虑都是对的。我一想起她目前的处境，就满腹忧愁，为她担心。可是又能怎样呢？

我觉得阿辽沙也真奇怪：他仍然爱她，出于愧疚和感激的心情，也许比过去爱得更强烈。可是新的爱情却牢牢地占据了他的心。结局如何，无法预见。我自己满怀好奇，极想与卡佳一见。我再一次答应娜达莎，去结识卡佳。

最后，她似乎又高兴起来了。我顺便对她谈起涅莉、马斯洛鲍耶夫、布勃诺娃，谈起今天我在马斯洛鲍耶夫家里与公爵的偶遇，以及今晚七时的约会。这一切都引起了她的极大兴趣。关于两位老人我和她谈得很少，暂时不提伊赫缅涅夫的来访；尼古拉·谢尔盖伊奇要和公爵决斗的提议会让她受惊的。她也觉得，公爵和马斯洛鲍耶夫的交往，以及他和我结交的强烈愿望都显得很奇怪，尽管这一切都很可以用目前的情况来加以说明……

三点左右我回到了家里。涅莉容光焕发地迎接我……

第六章

晚上整七点我到了马斯洛鲍耶夫那里。他迎接我的是大声欢呼和敞开的胸怀。不言而喻,他已经有几分醉意了。但最使我惊讶的是,为迎接我所作的非同寻常的准备。显然他们是在等我。漂亮的黄铜茶炊在小圆桌上沸腾着,桌上铺着华美贵重的桌布。水晶玻璃、银质和瓷的茶具晶莹发亮。另一张桌子上铺着一种不同的,但同样贵重的桌布,放着一盘盘精美的糖果、基辅的果酱和蜜饯、水果软糕、果子冻、法国果酱、橘子、苹果和三四种干果,——总之,就像一家水果铺子。在铺着雪白桌布的第三张桌子上,摆着各色食品:鱼子酱、干酪、野味馅饼、香肠、熏火腿和鱼,一溜长颈玻璃瓶装的是色泽迷人的各种美酒——漾着翠绿、玫瑰红、褐色和金黄。还有,一旁也铺着白桌布的小桌子上放着两瓶香槟。沙发前的桌子上赫然在目的是从叶利谢耶夫食品店里买来的三瓶价格昂贵的名酒:索泰尔的白葡萄酒、拉斐特红葡萄酒和白兰地。亚历山德拉·谢苗诺夫娜坐在茶桌旁,衣饰朴素,却显得那样雅致而别出心裁。她明白她衣着得体,看来颇为得意，迎着我略显庄重地欠身而起。她那娇艳的面庞焕发着满意而快乐的光彩。马斯洛鲍耶夫坐在那里，脚下是一双漂亮的中国浅口鞋，身穿华贵的长袍和考究的新衬衣。衬衫上在合适的地方都钉上了时髦的纽扣。头发细心地梳理过，抹了油，是个时尚的偏分头。

我愣在屋子中间，目瞪口呆地看看马斯洛鲍耶夫，又看看亚历山德拉·谢苗诺夫娜，她那得意的神情溢于言表。

"这是怎么回事，马斯洛鲍耶夫？你今天举行晚会？"我终于吃惊地叫道。

"不，只请你一个。"他得意地回答道。

"这又何必呢（我指着那些食品），就是一团人也够吃了吧？"

"也够喝了，——你忘了主要的一点：一团人也够喝了！"马斯洛鲍耶夫补充道。

"而这都是为了我一个人？"

"也为了亚历山德拉·谢苗诺夫娜，都是她要这么安排的。"

"瞧他！我就知道嘛！"亚历山德拉·谢苗诺夫娜叹道，她脸红了，可得意的样子丝毫未减。"要体面地招待客人就不行，马上就编派我的不是！"

"从早晨起，你想想看，从早晨起，她知道你晚上要来，马上就忙开了；活受罪……"

"又撒谎！根本不是从早晨起，而是从昨天晚上。你昨晚一回来就告诉我，这位先生整晚要在我们家做客……"

“这是您听错啦，小姐。”

“我才没听错呢，我讲的是事实。我从不撒谎。客人来，干吗不欢迎呢？平时老是没有人来，可咱们啥都有呀。也让好人们看看，咱们也像别人一样会生活。”

“主要是要让人们见识见识，你是多么出色的主妇和当家人哪，”马斯洛鲍耶夫补充道，“你想想看，朋友，我呀，我呀，真倒霉。她硬要我穿上荷兰衬衫，还钉上纽扣，逼我穿中国式的浅口鞋、长袍，亲自给我梳理头发，涂上发蜡：柠檬香的呢，先生；还要给我洒香水，可我不干了，拿出了丈夫的权威……”

“根本不是柠檬香的，而是最好的法国发蜡，装在彩画的瓷瓶里！”亚历山德拉·谢苗诺夫娜插嘴道，满面泛起了红晕，“您想想看，伊万·彼得罗维奇，不上剧院，不跳舞，哪儿也不让去，只给我买衣服，我穿上又怎样呢？打扮得漂漂亮亮的，自个儿在屋子里走来走去。前几天在我的恳求下，已经准备好要上剧院了，我一转身去别胸针，他却跑到柜子跟前，一杯接一杯，喝醉了。只好待在家里。谁也不来，谁也不来，谁也不到我家来串门；只有上午，有些人有事才来；我就被赶开了。可我们有茶炊，成套的茶具，有漂亮的碗碟，全都有，全是人家送的礼品。也有人给咱们送吃的，我们几乎只要买点酒和发蜡什么的，还有这些食品——野味馅饼、火腿和糖果，这是为您买的……哪怕有人来看一眼我们在怎样生活也好呀！我一年到头在想：要是有客人，有一位真正的客人来访，我们就把这一切都拿出来款待他；人家会赞叹，我们自己也舒心；何苦给他这个傻子上发蜡哟，他也不配，他宁可邋里邋遢。瞧他身上的这件长袍，是人家送的，可他配穿这样的长袍吗？他最要紧的是灌得醉醺醺的。您看着吧，在喝茶之前他就会请您喝伏特加。"

"对呀！说到点子上了。瓦尼亚，我们来干一杯这种琼浆玉液，提提神，然后再喝别的酒。"

"是不是，我就知道嘛！"

"你放心，萨申卡①，我们也要喝点儿兑白兰地的茶，祝您健康，小姐。"

"真的，还有茶！"她双手轻轻一拍，叫了起来，"是可汉茶，六卢布一公斤，是前天一位商人送的，他却要兑白兰地喝。别听他的，伊万·彼得罗维奇，我马上去给您倒一杯来……让您尝尝，您亲自尝尝，是多好的茶！"

于是她在茶炊那里忙了起来。

看来很清楚，他们想挽留我待上一个晚上。亚历山德拉·谢苗诺夫娜一年到头盼着有客人来，现在准备在我身上圆自己的梦。

"听我说，马斯洛鲍耶夫，"我坐下来说，"我不是来做客的，我来是有事，你喊我来，说是有事要告诉我……"

"有事归有事，朋友之间也不妨谈谈心嘛。"

---

① 亚历山德拉的爱称。

"不行，亲爱的，你就别指望啦。八点半我就得告辞。有事，约好的……"

"我想不会。哪能呢，你能这样对我？能这样对亚历山德拉·谢苗诺夫娜？你看看她吧，她在发呆了。她为我涂发蜡为的是啥呀，我头上还有柠檬香呢；你考虑考虑！"

"你总是开玩笑，马斯洛鲍耶夫。我向亚历山德拉·谢苗诺夫娜发誓，下星期，比方说星期五吧，我一定来和你们共进午餐。可现在，老兄，我得遵守诺言，或者不如说，有一个地方我非去不可。你最好对我说说，你告诉我什么？"

"难道你只能待到八点半？"亚历山德拉·谢苗诺夫娜胆怯而伤感地叫道，几乎要哭了，一边给我递了一杯上等好茶。

"你放心，萨申卡，这都是瞎扯，"马斯洛鲍耶夫插嘴道，"他不会走，他是在瞎扯。你最好告诉我，瓦尼亚，你老是往什么地方跑？你在忙什么？我可以知道吗？你天天在外面跑来跑去，也不工作……"

"你何必知道？不过，以后我也许会告诉你。现在你最好向我解释一下，昨天你为什么跑到我那里去了，记得吗，我对你说过，我不在家？"

"昨天我忘了，后来才想了起来。我的确有事想找你谈谈，不过当时最要紧的是要安慰一下亚历山德拉·谢苗诺夫娜。她说：'是呀，既然有这么个人，还是朋友，为什么不请到家里来呢？'老兄，就为了你，她整整和我蘑菇了四天。由于涂了柠檬香发蜡，当然，我就是有四十种罪孽，到了冥府也会得到宽恕的，但我想，为什么不和朋友相聚一个晚上呢？于是我略施小计：给你留了字条，说有要事相商，如果你不来，我们的战舰就要全部沉没了。"

我要求他以后不要这样，还是直说好。不过，我对他的解释不大满意。

"那么你今天中午为什么要丢下我跑开呢？"

"中午真的有事，一点不假。"

"与公爵有关？"

"您喜欢我们的茶吗？"亚历山德拉·谢苗诺夫娜用甜甜的声音问道。

她已经等了五分钟，想听我赞赏他们的茶，可我却没有在意。

"茶好极了，亚历山德拉·谢苗诺夫娜，真好！我还从来没有喝到过。"

亚历山德拉·谢苗诺夫娜高兴得满面绯红，又连忙给我续茶。

"公爵！"马斯洛鲍耶夫叫道，"老兄，这个公爵是个大流氓，大混蛋……真的！老兄，我要告诉你：虽然我自己也是个混蛋，可我为了自己的清白，也绝不会与他同流合污！但是够了，就此打住！关于他我只能说这些。"

"可我特意到你这里来，就是要顺便打听一下他的情况。不过这一点以后再谈。我要问你，为什么昨天你要趁我不在家的时候，给我的叶列娜送糖果，还为她跳舞呢？你有什么事能同她谈一个半钟头呢！"

"叶列娜是个十一二岁的小女孩，暂时住在伊万·彼得罗维奇那里，"马斯洛鲍耶夫立即转身向亚历山德拉·谢苗诺夫娜解释道，"你看，瓦尼亚，你看，"他指着她接着对我说，"她马上就生气了，一听说我给一位陌生的姑娘送糖果，马上就脸也红了，发抖了，好像我们蓦地开了一枪……你瞧她那双小眼，像两粒火炭一样在冒火。可是没有啊，亚历山德拉·谢苗诺夫娜，没有什么隐私啊！您太爱吃醋啦，小姐。要是我不讲清楚，那是个十一岁的小女孩，她马上就会揪我的头发，柠檬香发蜡也救不了我！"

"它现在也救不了你！"

亚历山德拉·谢苗诺夫娜说着就从茶桌后面一下跳到我们跟前，马斯洛鲍耶夫还来不及遮住头，她就揪住了他的一绺头发，狠狠地一拉。

"叫你说，叫你说！不准你在客人面前说我爱吃醋，你敢，你敢，你敢！"

她简直满面通红，尽管还在笑，可是马斯洛鲍耶夫却倒了大霉。

"什么不害臊的话都说！"她严肃地对我补了一句。

"瞧，瓦尼亚，我过的就是这种日子！所以我少不了伏特加！"马斯洛鲍耶夫断然地说，一边整理着头发，接着几乎是跑着去抓酒瓶。不过，亚历山德拉·谢苗诺夫娜抢在了前头：她抢到桌前，亲自斟了酒，递给他，还温柔地拍拍他的面颊。马斯洛鲍耶夫骄傲地向我眨眨眼，咂咂嘴，得意地把酒一口干了。

"至于糖果，我记不清楚了，"他挨着我坐在沙发上说了起来，"我前天喝得醉醺醺的，在蔬菜铺里买的，——为什么会买，我就不知道了。不过，也许是为了支持祖国的贸易和工业吧，——我说不准。只记得，我醉醺醺地在街上走，跌倒在污泥里，哭着怨自己百无一用。自然，我早把糖忘了，也就把糖留在口袋里，昨天我在你家的沙发上坐下来的时候，坐在了糖上。说到跳舞，也是一副醉态：昨天我喝得大醉，喝醉了，我往往对自己的命运感到满意，有时会跳起舞来。情况就是这样，还有就是这个小孤女激起了我的怜悯之心，而她连话也不愿同我说，好像在生气。我就跳起舞来，想逗她开心，又把糖给了她。"

"不是想博得好感，向她打听什么？你就坦白地承认吧：你是特意趁我不在家的时候去的，找她单独谈话，想打听什么，不是吗？我知道，你和她待了一个半小时，你告诉她，你认识她已故的母亲，还提了一些问题。"

马斯洛鲍耶夫眯着眼，狡狯地一笑。

"这个主意倒不坏，"他说，"不，瓦尼亚，并非如此。其实有机会为什么不问问情况呢，但并非如此。老朋友，听我说，现在我虽然又喝醉了，但是你要知道，菲利普永远不会怀着**恶意**欺骗你，绝不会怀有**恶意**。"

"那么会不会有不怀恶意的欺骗呢？"

"嗯……也不会。不谈它了，我们干了这一杯，谈谈正事吧！也不是什么大事，"他把酒干了继续说道，"这个布勃诺娃没有任何权利留下这个小姑娘；所有的情况我都调查过了。没有任何收养手续或其他关系。母亲欠她一些钱，她就硬把小姑娘留在自己家里。布勃诺娃虽然狡猾，虽然凶恶，但也是个蠢婆娘，像所有的婆娘一样。去世的女人有合法的身份证，所以毫无问题。叶列娜可以住在你那里，不过如果某一位有家室的好心人真的收养她，那就太好了。但暂时让她留在你那里吧；我会为你安排一切。关于那位已故的母亲，我几乎没有了解到任何可靠的情况。她是某一个萨尔茨曼的遗孀。"

"对，涅莉对我说过。"

"嗯，情况到此为止。现在，瓦尼亚，"他比较郑重地说道，"我对你有一个小小的要求。你得照办。你要详细地告诉我，你在忙些什么，常去哪里，整天待在什么地方？我虽然有所耳闻，知道一些，但是我需要有更多得多的了解。"

他这样郑重其事，使我吃惊，甚至感到不安。

"怎么回事？你为什么要知道？这样郑重地查问……"

"是这样，瓦尼亚，一句话：我想为你效劳。你要明白，朋友，假使我和你耍滑头，即便不郑重其事地问你，也能从你这里探听出来。可你以为我在和你耍滑头：刚才你就提到糖果的事，我懂得你的意思。但既然我的态度这样郑重，那就是说，我对你的情况感兴趣，并不是为了我自己，而是为了你。所以你不要有顾虑，直截了当地把情况告诉我，真实的情况……"

"什么效劳？你听着，马斯洛鲍耶夫，为什么你不愿和我谈谈公爵的事？我需要了解他，这才是效劳。"

"公爵！哼……好吧，我就直言相告：在涉及公爵的问题上，我现在要央求你。"

"什么意思？"

"是这样：我发觉，老兄，他不知怎么卷入了你的事情；再说，他还向我问到过你。至于他怎么知道我认识你，你就不用问了。要紧的是：你要提防这个公爵。他是个出卖耶稣的犹大，甚至更坏。因此我一发觉他牵连到你，我就为你担心得发抖。可我什么也不知道，所以我才请你谈谈情况，让我能推测他的意图……甚至因此而请你今天来一趟。这就是我所说的重要的事情；这是实话。"

"至少你要告诉我一点情况，哪怕是说说，为什么偏偏是我应当提防公爵。"

"好吧，就依你。一般地说，老兄，我有时会插手一些案件。可是你想想，人家委托我办事，就是因为我不是一个说话不谨慎的人。我怎能对你无所不谈呢？所以你不要苛求，我只能笼统地讲一讲，非常笼统，只是要说明，他是一个怎样的无赖。现在你先谈你的。"

我想了一想，我的事情对马斯洛鲍耶夫毫无隐瞒的必要。娜达莎的情况不是什么秘密；何况我可以期望，马斯洛鲍耶夫能对她有所帮助。不言而喻，我在自己的叙述中，尽可能避开了某些方面。马斯洛鲍耶夫特别注意所有涉及公爵的部分。在很多地方他要我详细地讲，一再问及很多情况，结果我对他讲得相当详细。我的叙述持续了半个小时。

"嗯，这位姑娘很有头脑，"马斯洛鲍耶夫说，"也许她对公爵的估计并不完全准确，好在她从一开始就认识到，她所面对的是怎样的一个人，并且断绝了与他的一切关系。纳塔利娅·尼古拉耶夫娜真不简单！我为她的健康干杯！（他干了一杯）这里不仅要有智慧，还要有一颗不让自己受骗的敏感的心。这颗心没有误导她。不用说，她是输了，公爵不会改变主意，阿辽沙一定会抛弃她。只可怜伊赫缅涅夫，他得赔偿这个无赖一万卢布！是谁为他奔走，张罗这个案子的？想必是他自己！唉！这些性急的老好人哪，真是！一点用处也没有！这样同公爵打交道是不行的。我是能给伊赫缅涅夫找个好律师的，——唉！"他懊恼地捶了一下桌子。

"嗯，现在公爵在干什么呢？"

"你老是提公爵。这个人有什么可说的；我真后悔插手这件事。瓦尼亚，我只是想预先通知你，要注意这个大骗子，可以说，是要你避开他的影响。谁和他沾上了，就难免会有危险。你可得警惕呀，我要说的就是这些。你却以为我有什么大的秘密要告诉你。看得出，你是个编故事的小说家！请问，无赖有什么好说的？无赖就是无赖嘛……好吧，作为一个例子，我对你说说他的一个勾当，当然，不提地点，不提城市的名称，不提人名，就是说不那么具体。你知道，早在他年轻时，不得不靠公务员的薪水过日子，就娶了一位富商的女儿。嘿，他对这个女子的行为可不大体面，虽然现在讲的不是她的事，可是你要注意，瓦尼亚，我的朋友，他一辈子最爱干这种不正当的勾当。还有一个情况：他去了国外。在那里……"

"等一等，马斯洛鲍耶夫，你说的是哪一次去了国外？是哪一年？"

"整整九十九年之前。嘿，先生，在那里他从一位父亲的身边诱拐了他的女儿，把她带到了巴黎。他干了些什么啊！她的父亲是一位工厂主，或者是这种企业的一个股东。我说不准。其实我对你所说的，都是我自己根据一些材料的推断和揣测。公爵骗取了他的信任，跟着他混进了企业。哄骗了他的钱。自然，有一些文据证明，他取走的这些钱是属于老头子的。公爵拿了钱是不想归还的，按我们的说法，这就是盗窃。老人有一个女儿，而且是个美人儿，小美人有一位高尚的恋人，他是席勒的兄弟，诗人，同时也从商，是年轻的幻想家，总之，是地道的德国人，一个费费尔库亨。"

"你是说他姓费费尔库亨？"

"啊，也可能不叫费费尔库亨，去它的，这没有关系。这个公爵呀，钻到了女儿身边，哄得她爱上了他，爱得神魂颠倒。公爵那时想得到两样东西：首先是占有那个女儿，其次是拿到他取自老人的款项的文据。老人所有的钥匙都在女儿手里。老人极爱女儿，爱得不愿把她嫁出去。这是真的。他忌妒每一个求婚者，他无法想象怎能和女儿分开，于是他赶走了费费尔库亨。这是个脾气古怪的英国人……"

"英国人？这都发生在什么地方？"

"英国人只是我随口说的，打个比方，你倒信以为真了。这事发生在圣菲-杰-波哥大，也可能在克拉科夫，最可能是在拿骚公国，像塞尔兹①矿泉水瓶上写的一样，对，就是在拿骚，你满意了吧？嘿，先生，公爵就这样把姑娘拐走了，带着她离开了她的父亲，由于公爵的坚持，姑娘还拿走了一些文据。这样的爱情是有的，瓦尼亚！哎，我的天，她却是一位正派的、品格高尚的姑娘！诚然，她也许对文据的意义缺乏了解，她只担心一点：父亲会诅咒她。这时公爵又出了个鬼主意：他正式给她写了一份有法律效力的婚约，保证娶她为妻。从而使她相信，他们只是暂时出走，旅游，等老人家气消了，他们就作为已婚夫妇回到他身边，三个人永远生活在一起，经营致富，诸如此类的花言巧语滔滔不绝。她跑了，老人诅咒了她，随即破产。弗劳恩米尔赫也跟着她到了巴黎，他抛弃了一切，连生意也不做了。他是非常爱她的。"

"你等一等，弗劳恩米尔赫是谁？"

"就是那个，他叫什么！费尔巴哈吧……嗨，该死的名字：费费

---

① 拿骚公国是日耳曼的独立国家，1866 年并入普鲁士；塞尔兹由德国地名塞尔特斯而来。

尔库亨！嘿，先生，公爵自然不会娶她：伯爵夫人赫列斯托娃会怎么说呢？波莫伊金男爵会是什么态度？必须想出应付的办法。哼，他的办法真是太厚颜无耻。首先，他几乎会动手打她，其次，他故意邀请费费尔库亨到家里来，他也就时常来走动，成了她的朋友，于是相对饮泣，整晚单独地待在一起，哀叹自己的命运，他安慰她，伤心人对伤心人。这是公爵故意设下的陷阱：有一回他很晚回来，看到他们，就捏造他们私通，无事生非，说是他亲眼所见。于是把他们都赶出门外，而他暂时到伦敦去了。她已经怀有身孕，被赶出家门不久生下一个女儿……不，不是女儿，是儿子，对，是个儿子，教名是沃洛季卡。费费尔库亨当了教父。于是她和费费尔库亨结伴同行。他还有一点钱。她的足迹遍及瑞士、意大利……到过一切所谓富有诗意的国度。她经常哭泣，费费尔库亨也陪着掉泪，这样过了很多年，女儿也长大了。对公爵来说，可谓称心如意，唯一的憾事，是未能从她手里取回婚约。'你是个卑鄙小人，'她在分手时对他说道，'你盗窃了我的钱财，玷污了我的贞操，现在又抛弃我。别了！但是我决不交出婚约。并不是我还想嫁给你，而是因为你怕的就是这份文件。那就让它永远留在我的手里。'总之，她发了一通脾气，公爵却满不在乎。这些无赖同所谓的正人君子打交道总是占上风。那些人是那么高尚纯洁，要哄骗他们是很容易的。他们仅限于表示高尚的愤慨和轻蔑，即使可以采取法律措施，也不愿诉诸法律。就说这位母亲吧：她只是高傲地蔑视他，虽然她留下了婚约，但是公爵知道，她宁愿上吊，也不会拿这份文件去告状，所以他很放心。她虽然在他那下贱的脸上吐了唾沫，却把沃洛季卡留在了身边，要是她死了，孩子怎么办？可她没有想过。勃鲁德沙夫特还鼓励她的做法，也没有想到这一点。最后勃鲁德沙夫特抑郁而终……"

"你是说费费尔库亨吧？"

"是呀，我讲错了！而她……"

"等一等，他们游荡了多少年？"

"整整两百年。于是她回到了克拉科夫。父亲不认她，诅咒她，她死了，公爵高兴得直画十字。我在那里喝着蜂蜜甜酒，酒顺着胡子淌，没有喝到嘴里，他们给了我一块包头巾，我就从门底下一下子钻了出去①……喝酒，瓦尼亚老兄！"

"我怀疑你正在为他张罗这件案子，马斯洛鲍耶夫。"②

"你一定要这样想吗？"

"只是我不明白，在这个案子里你能干些什么呢！"

"你要知道，她是在离开十年之后，化名回到了久别的马德里，那就必须作一番详细的调查，关于勃鲁德沙夫特，关于老人，还有，她真的死了吗，孩子怎样了，是否有什么文据等等，事情多着呢。还

---

① 最后几句话是一种童话式的结尾，表示他的话只能当故事听。
② 马斯洛鲍耶夫在他的叙述中故弄玄虚，隐去了真实的人名、地名和时间，所以瓦尼亚虽然怀疑他正在张罗这件案子，却没有想到案子中的受害人就是叶列娜和她的母亲、外公。

要调查一些别的情况。一个坏透了的家伙，你要提防他，瓦尼亚，至于马斯洛鲍耶夫，你要记住，在任何情况下，决不要骂他是坏蛋！他虽然是个坏蛋（在我看来，没有人不是坏蛋），可是他不会和你作对。我醉了，但是你听着：如果有一天，或迟或早，现在或明年，你觉得马斯洛鲍耶夫在什么事情上对你耍了花招（请你别忘了这句话，**耍了花招**），你要明白，他是没有恶意的。马斯洛鲍耶夫在照拂着你。所以你不要相信你的猜疑，最好来一下，和马斯洛鲍耶夫像兄弟一样，坦诚地说明一切。哎，还喝吗？"

"不了。"

"吃点东西？"

"不，老兄，请原谅……"

"那你就走吧，八点三刻了，你是很守时的。现在该去了。"

"什么？什么？喝够了，就撵客人走哇！他总是这样！哎哟，不害臊！"亚历山德拉·谢苗诺夫娜叫了起来，几乎要哭了。

"步行的和骑马的不是伙伴！亚历山德拉·谢苗诺夫娜，我们厮守在一起，互敬互爱吧。他是将军嘛！不，瓦尼亚，我说错了！你不是将军，可我是个坏蛋！你瞧，我现在像什么样子？在你面前我算什么！原谅我，瓦尼亚，不要责怪我，让我说说心里话吧……"

他拥抱我，眼泪夺眶而出。我准备走了。

"唉，天哪！我们为你把晚餐也准备好了，"亚历山德拉·谢苗诺夫娜懊丧地说道，"星期五您来吗？"

"来，亚历山德拉·谢苗诺夫娜，保证，一定来。"

"您也许会讨厌他……醉成了这个样子。不要讨厌他，伊万·彼得罗维奇，他心肠好，非常好，他是多么爱您哪！他现在日里夜里都会对我谈起您，老是谈您。特意给我买了您的书，我还没有看呢，明天就看。您能来我好高兴！我看不到有人来，谁也不来坐坐。我们啥都有，就是冷清得很。刚才我坐在这里，听你们讲讲话，这样多好……星期五再见……"

第七章

我走在街上，急着回家。马斯洛鲍耶夫的话太使我吃惊了。天知道我有了一些什么想法……偏偏家里又有个意外在等着我，使我仿佛遭到了雷击似的非常震惊。

在我所住的楼房对面有一个路灯。我刚走到门口，有一个奇怪的身影就从路灯下突然向我扑了过来，我甚至惊叫起来，一个活物，惊恐战栗，半似疯狂，尖叫了一声，紧紧地抓住我的双手。我感到一阵恐怖。这是涅莉！

"涅莉！你怎么了？"我叫道，"怎会这样！"

"楼上……他坐在那里……在我们家里……"

"谁呀？走吧，我们一起上去。"

"不要，不要！我等他走了再回去……我待在过道里……现在我不去。"

我怀着奇怪的预感上楼，推开门，——是公爵。他坐在桌旁看小说。至少书是打开的。

"伊万·彼得罗维奇!"他高兴地叫道,"我真高兴,您终于回来了。我刚想走。等了您一个多钟头。由于伯爵夫人的再三请求,我今天曾向她保证,今晚要与您一同去她家里。她那样求我,那样想与您结识!因为您答应过我,所以我就决定早些来,赶在您出门之前亲自来找您,请您与我同去。您想想我多么懊恼,我来了,您的女仆却说您不在家。怎么办呢!我保证过要同您去见她的啊;我只好坐下来等您,决定等一刻钟。可是一刻钟过去了,我翻开了您的小说,竟读得入了迷。伊万·彼得罗维奇!这真是一部杰作!读了觉得您没有受到充分的赏识!您使我感动得流泪。我哭了,而我是很少流泪的……"

"您要我去?说实话,这时候……虽然我并不反对,可是……"

"看在上帝的分上,我们还是去吧!您让我多为难哪!我等了您一个半钟头啊!……何况我很想、很想与您谈谈,您明白我想谈什么吗?这件事您比我更了解……我们也许能得出什么结论,详细谈谈某些问题,您考虑考虑!看在上帝分上,请您不要拒绝。"

我想迟早总是要去的。不错,娜达莎现在很孤单,很需要我,可是她亲自委托过我,要我尽快去认识一下卡佳。而且阿辽沙或许也在那里……我知道,在我给她带去卡佳的消息之前,她是不会安心的。不过涅莉使我感到为难。

"您等一下。"我对公爵说,我来到楼梯上,涅莉站在那里的一个黑暗的角落。

"为什么你不愿进去呢,涅莉?他对你怎么了?说过什么没有？"

"没什么……我不想，不想进去，"她一再地说，"我害怕……"

不论我怎么劝她也不行。我只好和她约定，等我和公爵一走，她就进去把自己反锁在屋里。

"别放任何人进去，涅莉，不管人家怎么求你。"

"您和他一起走？"

"是呀。"

她哆嗦了一下，并且抓住我的双手，似乎想恳求我不要走，不过什么也没说。我决定明天要仔细地问问她。

我向公爵表示抱歉之后，开始穿衣服。他说，到那里去不必太在意衣着，不需要什么修饰。"这样好像更精神些！"他补充说，用审视的目光从上到下打量了我一下，"您知道，这些上流社会的偏见……要完全不理会也不行。那种理想的状况，我们这个社会在短期内是很难达到的。"他结束道，满意地看到我有一件燕尾服。

我们走了出去。不过我让他留在楼梯上，自己又走进屋子，这时涅莉已经溜回来了，我又一次和她告别。她非常激动，脸色发青。我为她担心，因为不得不离开她而心情沉重。

"您的女仆很古怪，"下楼时公爵对我说，"这个小女孩是您的女仆吧？"

"不……她不过是……临时住在我这儿。"

"古怪的小姑娘。我相信她是个疯子。您想，开头她同我谈得好好的，可是后来，她仔细地看看我，就尖叫着向我扑了过来，浑身颤抖，紧紧地揪住我不放……她想说什么，却说不出话来。说真的，我害怕了，已经想逃开，不过，谢天谢地，这时她自己跑了。我大惑不解。你们怎么会相安无事呢？"

"她患有癫痫。"我回答道。

"原来是这样！那就难怪了……这种病时常会发作。"

我立刻想起种种事态：昨晚马斯洛鲍耶夫对我的来访，他明知我不在家；今天我对马斯洛鲍耶夫的造访，马斯洛鲍耶夫酒后勉强讲起的那个故事；他今天邀请我七时去他家里，反复叮嘱我，不要相信他会耍花招反对我；最后，公爵等了我一个半小时，也许他知道我在马斯洛鲍耶夫那里，可是涅莉看到他却逃走了，躲在街上，——这一切都有某种关联。值得深思。

他的马车停在门口等着。我们坐上车走了。

第八章

没走多久，就到托尔戈维桥了。开头我们都沉默着。我一直在想，他会怎样打破沉默？我觉得他会对我进行试探，捉摸，旁敲侧击。不过他却一点不绕弯子，直接触及正题。

"现在有一个情况使我非常关切，伊万·彼得罗维奇，"他说，"我想首先和您商量，征求一下您的意见：我早就决定放弃我所打赢的官司，并且把有争议的一万卢布让给伊赫缅涅夫。这件事我该怎么办才好呢？"

"你不知道该怎么办，这是不可能的，"我脑子里闪过了这个想法，"你该不是想使我成为笑柄吧？"

"我不知道，公爵，"我尽可能朴实地回答道，"要是别的问题，比如说与纳塔利娅·尼古拉耶夫娜有关，我倒是可以告诉您一些消息，这些消息您需要，我们大家也都需要。但是您提的这个问题，您当然比我更清楚。"

"不，不，我了解的比较少。您是认识他们的，也许纳塔利娅·

尼古拉耶夫娜还亲自一再对您谈起这方面的想法；这是我处理问题的主要依据。这事儿是极其棘手的。我愿意让出这笔钱，甚至决定，不管其他问题怎样了结，也一定要把钱让给他，——您懂吧？可是怎样做到这一点呢，这就是问题所在。老头子又骄傲，又固执，说不定他会因为我的好心而侮辱我，把钱给我扔回来。"

"不过请问，在您看来，这钱是他的还是您的呢？"

"我打赢了官司，钱自然是我的。"

"不过凭良心说呢？"

"当然，我认为钱是我的，"他回答说，因为我的问题不大客气而觉得受了委屈，"不过您好像不大了解这个案子的实质。我没有说老头子是有意诈骗，而且老实说，我从来没有说过。他觉得受了侮辱，只能怪他自己。他错在疏忽大意，懈怠职守，按照我们的协议，他对某些类似的事情是应当负责的。可是您知道吗，问题甚至也不在这里，问题在于我们发生了争吵，彼此都说了一些侮辱对方的话。总之，双方的自尊心都受到了伤害。我当时也许根本就不会在意这区区一万卢布，可是您当然知道，这个案件当时是因何而起的。我承认我多疑，好吧，是我错了（从当时来看是我的错），可是我没有发觉这一点，于是因为受到他粗暴的侮辱，一时气愤，不愿错过机会而挑起了这个案子。我不想为自己辩解，只是请您注意，愤怒，主要是受到刺激的自尊心，并不就是不高尚，而是自然而然的，是人之常情，而且我承认，我要再说一遍，我几乎根本就不了解伊赫缅涅夫，所以相信了关于阿辽沙和他女儿的所有谣言，自然也就相信他是故意要盗窃我的钱财……不过撇开这一点不谈。要紧的是，我现在该怎么办？放弃这笔钱，可是如果我又说，现在我仍然认为起诉是对的，那么这就意味着，我是把这笔款子赠送给他。这里还涉及纳塔利娅·尼古拉耶夫娜的微妙的处境……他一定会把钱给我扔回来的。"

"您看，您自己说，他会把钱**扔回来**，可见您认为他为人正直，因此您可以完全相信，他没有盗窃过您的钱财。既然是这样，为什么您不去见他，当面申明，您认为您的起诉是诬告呢？这才是高尚的行为，伊赫缅涅夫也就可能取回**自己的**钱而不感到为难。"

"哼……**自己的**钱。问题就在这里。您要我怎样？去向他申明，我认为自己的起诉是诬告。'既然知道是诬告，为什么你要起诉呢？'人人都会这样当面质问我。我不应该受到这种责难，因为起诉是合法的。我没有在任何地方说过或写过，他盗窃了我的钱。我现在仍然确信，他考虑不周，疏忽大意，处置不当。这些钱肯定是我的，因此叫我自我诬蔑是令人痛心的，最后，我要再说一遍，老头子是自取其辱，而您却要我为此而请求他的原谅，——这是令人难堪的。"

"我觉得，既然两个人希望和解，那么……"

"那么这是很容易的，对吗？"

"对。"

"不，有时是很不容易的，尤其是……"

"尤其是还牵涉到别的情况。这一点我倒是同意的，公爵。纳塔利娅·尼古拉耶夫娜和令郎的事情，应当由您在力所能及的范围内加以解决，并且要解决得令伊赫缅涅夫一家感到完全满意。只有这样您才能和伊赫缅涅夫推诚相见，把诉讼经过也解释清楚。可现在还什么问题也没有解决，您只有一条路可走：承认您的诉讼没有道理，而且要公开承认，必要的话就当众承认，——这就是我的意见。我这样直言不讳，是因为您自己要征求我的意见，大概也不希望我敷衍塞责。因此我胆敢动问：为什么您对于把钱交给伊赫缅涅夫这样疑虑重重呢？既然您认为您的起诉是正当的，那么为什么要把钱交出来？请原谅我的好奇，不过这和其他情况密切相关……"

"您怎么看？"他突然问，仿佛完全没有听到我的问题，"您是否确信，假如无条件地把钱交给他，也……也不表示任何歉意，老头子伊赫缅涅夫会拒绝接受这一万卢布吗？"

"毫无疑问，一定会拒绝！"

我气得满脸通红，甚至愤怒得发抖。这样厚颜无耻的疑问，使我觉得仿佛脸上被他吐了一口唾沫。还有另外一点也使我有受辱的感觉，就是上流社会那种粗鲁无礼的派头：他不回答我的问题，仿佛不予理会，用别的问题岔开，想必是要提醒我，我太执迷不悟，太不自量，竟敢提出这样一些问题。我憎恨这种上流社会的派头，过去就曾竭力劝阿辽沙不要染上这种习气。

"噢……您太冲动了，世间有些事并不像您所想象的那样，"公爵听了我的叫嚷，平静地说道，"不过我想，在某种程度上纳塔利娅·尼古拉耶夫娜可能会对这件事作出决定。请把这层意思转告给她。她也许会提提建议。"

"绝不会，"我粗鲁地回答道，"您没有听我刚才对您所说的话，并且打断了我。纳塔利娅·尼古拉耶夫娜会懂得，如果您不是真心实意地退还这笔款子，而且不表示任何如您所说的歉意，那么这就意味着，您因为女儿的缘故付钱给父亲，因为阿辽沙的缘故付钱给她，一句话——您想以金钱作补偿……"

"嗯……原来您是这样理解的，我最善良的伊万·彼得罗维奇。"公爵笑道。他为什么会笑呢？"不过，"他接着说，"我们还有很多事要在一起商量。可是现在没有时间了。我只请求您理解一点：此事与纳塔利娅·尼古拉耶夫娜及其前途直接有关，而这一切都取决于我和您作出什么决定，谈到什么程度。缺了您不行，——您会明白的。所以如果您仍然关爱纳塔利娅·尼古拉耶夫娜，那么您就不能拒绝与我商谈，不管您对我多么缺乏好感。不过我们到了……不久再见①。"

---

① 这里的意思是，不久再恢复中断的谈话。

第九章

伯爵夫人的生活非常好。房间都收拾得既舒适又富有情趣，尽管并不豪华。不过，一切都带有暂住的性质；这只是一个相当不错的临时住处，而不是富豪之家具有贵族气派，带有种种被视为不可或缺的贵族式怪癖的永久性府第。有消息说，伯爵夫人要到她在辛比尔斯克省的庄园（一个破落的、被抵押了两次的庄园）去度夏，由公爵做伴。我已经听说了，心里直犯愁：卡佳要和伯爵夫人走了，阿辽沙会怎么办呢？我还没有对娜达莎提起这件事，我怕提；不过，从某些迹象来看，她好像也知道这个消息。不过她不说，只是暗暗伤心。

伯爵夫人对我非常好，亲切地与我握手，并且说她早就希望在家里见到我了。她亲自用漂亮的银茶炊为我倒茶，于是我们就围着银茶炊坐了下来，此外还有公爵和一位很有贵族气派的先生，他已过中年，戴着一枚星形徽章，有些古板，颇具外交家风度。这位客人似乎很受尊敬。伯爵夫人从国外回来以后，还没有来得及按她的愿望在这个冬季在彼得堡广交朋友，奠定自己的地位。除了这位客人就没有别人了，而且整晚没有人来。我用眼睛寻找卡捷琳娜·费奥多罗夫娜；她和阿辽沙在另一个房间里，不过一听我们到了，立刻出来迎接我们。公爵亲切地吻吻她的手，伯爵夫人则向她示意我来了。公爵立即给我们作了介绍。我急切地细心打量着她：这是一位温柔的金发女郎，身穿白色连衣裙，个子不高，正如阿辽沙所说，有一双碧蓝的眼睛，她有一种青春美，如此而已。我原以为会见到一位绝色美人，但她并不那样美。一张端正的、线条柔和的椭圆脸，颇为端庄的面容，一头浓密而确实美丽的秀发，梳着普通的家常发式，温和、专注的眼神，——如果我在别处遇见她，我会从她身边走过而不太注意；不过这只是初见的印象，在那天晚上，我后来才又更仔细地把她看看清楚。她向我伸出手来，天真地继续目不转睛地望着我的眼睛，却又一言不发，这怪怪的样子使我不觉对她笑了。显然，我立即感到，在我面前的是一位心地纯洁的姑娘。伯爵夫人凝神注视着她的一举一动。卡佳与我握了握手，匆匆地走开了，在屋子的另一头坐了下来，和阿辽沙在一起。阿辽沙在向我问候时，悄悄地对我说："我在这里再待一会儿，马上就去**那里**。"

　　"外交家"——我不知道他的姓名，所以称他为外交家，为的是有个称呼，——平静而庄重地谈着话，在阐述一种思想。伯爵夫人注意地听着。公爵赞赏而阿谀地微笑；演说家时而面对着他，大概是把他看作一位值得赞许的听众。人家给了我一杯茶，就不再理我了，这倒是正中下怀。这时我仔细地端详着伯爵夫人。根据最初的印象，我不禁对她有了好感。也许她已经不年轻了，可我觉得她不会超过二十八岁。她的容颜还是那么娇艳，年轻时大概是很美的。她的深褐色头发还相当浓密；目光非常和善，但有点轻浮，带着调皮的嘲弄神气。不过这会儿她显然由于某种原因而在约束自己。她的眼神也显得很有智慧，特别是显得很善良，很快乐。我觉得她的最大特点是有些轻佻，追求享乐，有一种不怀恶意的利己主义，也许这种利己主义还很强烈。她受着公爵的支配，公爵对她极有影响。我知道他们有私情，还听说他们在国外的时候，他是一个太缺乏忌妒心的情人。我觉得，——现在仍然这样想，——把他们联系在一起的，除了私情，还有另一种颇为神秘的东西，比方说，在某种图谋的基础上相互承担的义务……总之，这层关系大概是有的。我还知道，公爵现在对她已经厌倦了，他们的关系却还维持着。也许当时他们保持关系的一个特殊的原因是在卡佳身上所打的主意，不用说，这种主意是出于公爵的主动。公爵就是在这个基础上推托了与伯爵夫人的婚事，她的确提出过结婚的要求，可是公爵说服了她，要她促成阿辽沙和她继女的婚姻。我作出这个结论至少是根据阿辽沙过去的那些天真无邪的叙述，他多少也发觉了一些蛛丝马迹。在某种程度上也是根据那些叙述，我一直觉得，虽然伯爵夫人对公爵言听计从，他出于某种原因还是对她有所顾忌。这一点连阿辽沙也注意到了。我后来才知道，公爵很想把伯爵夫人嫁给别人，他多少正是抱着这个目的才把她支使到辛比尔斯克省去，希望在外省为她物色一个合适的丈夫。

我坐在那里听着，不知道怎样才能尽快与卡捷琳娜·费奥多罗夫娜单独谈谈。外交家在回答伯爵夫人的问题，她问的是当前的形势，正在着手的改革，以及这些改革是否可怕？他侃侃而谈，语调从容，仿佛大权在握。他细致地头头是道地阐述着自己的想法，可他的想法叫人厌恶。他强调的是，这种改革和改良的精神很快就会产生一定的结果；人们看到这些结果，就会幡然醒悟，于是不仅革新的精神会在公众中（当然是指一部分公众）消失，而且人们将凭着经验认识到错误，从而以加倍的热情拥护旧事物。他认为，虽然这是不幸的经验，然而它很有益，因为它能教会人们怎样维护使人们得到拯救的旧事物，为维护旧事物提供新的根据。因此但愿现在尽快发展到最大限度的失误。"没有我们这些人是不行的，"他下结论道，"没有**我们这些人**，还从来没有一个社会能站稳脚跟。我们不会有损失，相反，我们是有胜算的。我们在上升、上升，我们当前的格言应当是：'越糟越好'。"公爵露出讨厌的微笑表示赞许。那个演说家简直得意洋洋。我太蠢了，竟想加以反驳；我满腔怒火。但是公爵的恶毒的目光使我没有反驳；那恶毒的目光朝我一闪而过，于是我觉得，公爵正等着我年少气盛而出乖露丑；也许他就是要我这样，让我成为笑柄他才高兴。同时我坚信，外交家对我的反驳一定会听而不闻，甚至对我本人也视而不见。和他们坐在一起我受不了；不过阿辽沙救了我。

　　他悄悄地来到我身边，碰碰我的肩膀，要和我说几句话。我猜想他是奉了卡佳的差遣。果然如此。起先她从头到脚地仔细打量我，仿佛暗自在说："原来你是这样的"，在最初的一刹那，我们两人都找不到适当的话语来打破沉默。不过我相信，她只要一说开了头，就会滔滔不绝，能说上一个通宵。我的脑海里闪过了阿辽沙所说的"差不多能谈上五六个钟头"那句话。阿辽沙也坐在那里，焦急地等着我们谈起来。

"你们怎么都不说话呢？"他说，微笑地看着我们。"见了面却又一言不发。"

"哎呀，阿辽沙，你真是……我们马上就要谈了，"卡佳回答道，"我们有太多的事情要在一起商量，伊万·彼得罗维奇，我简直不知道该从何说起。我们相识太晚了；早些见面才好，不过我很早就知道您了。我多么想见到您。我甚至想写封信给您……"

"要谈些什么呢？"我问，不由得笑了。

"要谈的太多啦，"她认真地回答道，"比如他说，在这样的时候他把纳塔利娅·尼古拉耶夫娜单独留在家里，她也不会感到委屈，这是真的吗？请问可以像他这样行事吗？喂，为什么你现在要待在这儿，你说呀，为什么？"

"唉，我的天哪，我马上就走嘛。我对你说过，我只在这儿再待一会儿，看看你们两位，听听你们在一起会谈些什么，然后就去她那里。"

"我们已经在一起了，就这么坐着，你看见了没有？他总是这样，"她指着他对我说，脸上微微泛起了红晕。"他说'就一会儿，

只待一会儿'，可你看，他能坐到半夜，再要去见她就太晚了。'她
不会生气的，'他说，'她是个好姑娘，'他就是这么说的！哼，这
样好吗，这像话吗？"

"好吧，我就去，"阿辽沙怪可怜地说道，"可我很想和你们待
在一起……"

"你何必和我们待在一起呢？相反，我们有很多事情必须单独谈
谈。喂，你别生气，我们有必要单独谈，你要谅解才好。"

"既然有这个必要，那我马上……我怎么会生气呢。不过我要到
列文卡那里去一下，然后就立刻去找她。还有，伊万·彼得罗维
奇，"他拿起帽子继续说道，"您知道吗，我父亲想放弃他打赢官司
所得到的伊赫缅涅夫的那笔钱。"

"我知道，他对我说过了。"

"他这样做是多么高尚啊。可卡佳不相信，他这样做是出于高尚
的动机。这件事你和她谈谈吧。再见，卡佳，请你不要怀疑，我是爱
娜达莎的。你们何必把种种要求强加于我，责备我，注意我，好像在
监视我似的！她知道我多么爱她，她对我有信心，而且我深信，她对
我是有信心的。我爱她是无私的，不要求她尽任何义务。我不知道我
有多么爱她。所以没有必要像审问犯人一样同我谈话。你问问伊万·
彼得罗维奇，现在他在这里，他会向你证实，娜达莎忌妒心很强，虽
然她很爱我，不过她的爱很自私，因为她不愿为我作出任何牺牲。"

"怎能这么说呢？"我吃惊地问道，简直不相信自己的耳朵。

"你在说什么呀，阿辽沙？"卡佳双手一拍，几乎叫了起来。

"就是嘛，何必大惊小怪？伊万·彼得罗维奇是了解的。她老是要求我待在她身边。虽然她不明说，可是看得出，她想要我寸步不离。"

"不害臊，你这样说也不害臊！"卡佳说道，气得满面通红。

"这有什么好害臊的？你真是，卡佳！其实我对她的爱超乎她的想象，要是她真正爱我，像我爱她那样，她就会为了我而牺牲自己的快乐。不错，她肯让我离开，可是我从她的脸色看得出来，她让我走是很难受的，所以对我来说，这就等于不肯让我走。"

"嘿，这话不简单！"卡佳两眼冒火，又对我感叹道，"你要承认，阿辽沙，现在就承认，这都是你父亲对你说的吧？是今天说的吗？你不要和我耍花招，我要你现在就告诉我。是不是这样？"

"是的，他说过，"阿辽沙不好意思地回答说，"这有什么呢？今天他对我说的时候，是那样亲切，那样和蔼，还一直在我面前夸奖她，甚至使我感到吃惊：娜达莎那样侮辱了他，他却那么夸奖她。"

"于是您就相信了他，"我说，"她向您奉献了所能奉献的一切，甚至刚才，就在今天她还为您操心，怕您感到烦闷，怕您会失去与卡捷琳娜·费奥多罗夫娜见面的机会！这是她今天亲口对我说的。而您却相信了虚情假意的废话！您不觉得害臊吗？"

"忘恩负义！真的，他是从来不会害臊的！"卡佳向他挥挥手说道，仿佛这个人已经不可救药了。

"你们这是怎么了！"阿辽沙用怪可怜的声音继续说道。"你总是这样，卡佳！你总是把我往坏处想……我说的可不是伊万·彼得罗维奇！您以为我不爱娜达莎。我说她自私，并不意味着我不爱她。我只是想说，她太爱我了，爱得太过分了，这样一来我和她都觉得不好受。父亲从来就骗不了我，想骗也骗不了。我是不会受骗上当的。他根本没有在贬义上说她自私。他说的话正如我刚才所说的一样，就是说，她太爱我了，她的爱太强烈了，其结果干脆就是自私，以至我和她都不好受，以后我还会更痛苦。怎么呢，他说的可是实情，出于对我的爱心，这决不意味着，他有意冒犯娜达莎；相反，他看到她怀有一种极其强烈的爱，无止境的爱，到了不可思议的程度……"

　　不过卡佳打断了他的话，不让他说下去。她气愤地埋怨他，向他证明，他父亲开始夸奖她，正是为了要用虚假的善意欺骗他，其用意是要拆散他们，不着痕迹地促使阿辽沙本人去反对她。她热情洋溢地据理指出，娜达莎爱他，而爱情是不能原谅他对她的态度的，——真正自私的正是他阿辽沙。渐渐地卡佳使他感到非常悲伤，由衷地悔恨，他坐在我们身旁，眼望着地下一言不发，极其沮丧，脸上流露出痛苦的神情。但卡佳是不留情面的。我怀着极度的好奇注视着她。我希望尽快了解这位奇特的姑娘。她还完全是个孩子，然而是一个奇特的、**有坚强信念的**孩子，她有坚定的原则，对善与正义怀有奇特的、天赋的挚爱。如果说她还的确可以被看作孩子，那么她是**善于思索的**孩子，这样的孩子在我国的家庭里是为数颇多的。显然她是勤于思索的。如果能透视她的小脑袋，看看完全稚气的思想和观念怎样和源于生活（因为卡佳已经有过一段生活经历）的严肃的切身体验和观察混合在一起，一定饶有趣味，其中的一些思想，她还不大熟悉，不是来自她自身的经验，带有抽象性和书卷气，这样的思想一定有很多，大概她误以为就是来自她亲身的体验。这天整晚以及后来我都觉得，我把她研究得相当透彻。她有一颗热情奔放而敏感的心。在某些情况下，她似乎不屑于自控，而把真理放在第一位，在她看来现实生活中的自制不过是无聊的习惯，她似乎还以这种见解而自鸣得意，很多热情奔放的人都有这种特点，甚至在不再年轻的时候依然如此。然而正是这一点使她具有一种特殊的魅力。她非常爱思索，探求真理，但是毫无书呆子习气，充满孩子般的稚气，使您在一见之下，就会喜爱她那古怪的性格而乐于接受。我想起了列文卡和鲍林卡，觉得这一切都是很自然的。说来奇怪，最初我并不觉得她的脸上有什么特别美的地方，可是在这个晚上，我却时时刻刻都有一种感觉，她的面貌越来越美，越来越有魅力。她天真地显得既是一个孩子，又是一个耽于思考的女人，这种对真理和正义的稚气而又十分真诚的渴望，以及对自己的这种追求的不可动摇的自信，——所有这一切使她的脸上焕发着襟怀坦白的美妙光彩，使她的面貌赋有一种崇高的精神美，于是您开始懂得，人们是不可能很快就洞悉这种美的全部内涵的，一个普通的淡漠的目光是不可能一下子就看出她的这份美的全貌的。于是我明白了，阿辽沙一定是满怀激情地依恋着她。既然他不会独立思考，独立判断，那么他就会爱上那些替他思考，甚至替他憧憬未来的人，——而卡佳已经把他置于自己的保护之下。他心地高尚而任性，一切公正美好的事物都能立刻令他倾倒，而卡佳已经在他面前带着孩子般的真挚与好感相当充分地表露了自己的观点和感情。他丝毫没有自己个人的意志，而她却具有非常执着、强烈而充满激情的意志，阿辽沙只会依恋能支配他，甚至对他发号施令的人。在某种程度上正是由于这个缘故，娜达莎才能在他们同居的初期使他对自己依依不舍，但是卡佳对娜达莎占有很大的优势，就因为她自己还是个孩子，而且看来在今后一个相当长的时期内，她会仍然是个孩子。她的这种稚气、卓越的智慧，同时又多少缺乏常识，这一切似乎在气质上与阿辽沙更接近。这一点阿辽沙感觉到了。卡佳对他的吸引越来越强。我相信，在他们单独谈话的时候，除了卡佳的严肃的"宣传"，也少不了孩子气的嬉戏。尽管卡佳大概会经常数落他，管着他，可是他和她在一起显然比和娜达莎在一起感到更轻松自在。他们更**般配**，这一点是很重要的。

"行了，卡佳，行了，别说了，你总是对的，总是我不对，这是因为你的心灵比我更纯洁，"阿辽沙说，一边伸手同她握别。"我马上就到她那儿去，不去看列文卡了……"

"你没有必要去找列文卡，你现在听话去她那里，真的很可爱。"

"你比任何人都更可爱一千倍，"阿辽沙伤感地回答说，"伊万·彼得罗维奇，我有几句话要对您说。"

我们走开了两步。

"今天我干了一件可耻的事情，"他低声对我说，"我的行为很卑鄙，我对不起大家，更对不起她们两个。今天下午父亲介绍我认识了亚历山德林娜，一个令人着迷的法国女人。我……一时糊涂就……唉，有什么可说的，我不配和她们待在一起……再见吧，伊万·彼得罗维奇！"

"他善良，高尚，"我又在卡佳身旁坐下以后，她急忙说了起来，"不过关于他我们以后再详谈；现在我们首先要有个共识：您怎么看公爵这个人？"

"这个人很不好。"

"我有同感。可见我们在这一点上是一致的，因此我们讨论起来就更容易了。现在谈谈纳塔利娅·尼古拉耶夫娜吧……您知道吗，伊万·彼得罗维奇，我现在好像在黑暗中摸索，我等待您就像等待光明一样。您一定能为我解开谜团，因为在最主要的一点上，我实际上只能根据阿辽沙的话来猜想、判断。此外我就没有人可以请教。您说，首先（这是很重要的），在您看来，阿辽沙和娜达莎在一起会幸福吗？我首先必须了解这一点，才能作出最后的决定，才能知道我自己该怎么做。"

"这样的事怎能说得准呢？……"

"那当然，这是说不准的，"她插嘴道，"可您觉得怎样呢？您是很聪明的人。"

"我看他们是不会幸福的。"

"为什么？"

"他们不般配。"

"我也这样想！"她双手合拢，仿佛深感悲哀。

"您详细地说说吧。您听我说，我非常想见到娜达莎，因为我有很多话要同她谈，而且我觉得，我和她能解决所有的问题。现在我心里老是在想象，她一定非常聪明、端庄、诚恳，而且非常美丽。是这样吗？"

"是这样。"

"我相信。那么，既然她是这样的姑娘，她怎么会爱上阿辽沙这样一个不懂事的孩子呢？请您给我解释一下，我经常在想这个问题。"

"这是无法解释的，卡捷琳娜·费奥多罗夫娜，很难说为什么一个人会爱上对方。不错，他是个孩子。可是您知道吗，一个人怎么会爱上个孩子呢？（我看着她不禁心软了，她的一双小眼专注地望着我，一副严肃而迫切的神气。）娜达莎自己越是不像个孩子，"我继续说道，"她越是庄重，就越有可能爱上他。他诚实、真挚、非常天真，有时他的天真是很动人的。她爱上他也许是，怎么说呢？……似乎是出于一种怜悯……不过，我觉得我什么也解释不了……可是我倒想问问您自己：您爱他吗？"

我鼓起勇气向她提出了这个问题，我觉得，我仓促地提出这个问题，不会使这位头脑清晰、心地无比纯洁的姑娘感到受窘。

"真的，我还不知道，"她轻轻地回答说，神情开朗地望着我的眼睛，"不过我好像是很爱他的……"

"嗯，您瞧。那您能否解释，为什么您爱他呢？"

"他不虚伪，"她想了想回答道，"当他直视着我的眼睛，同时说着什么的时候，这使我非常喜欢……您听我说，伊万·彼得罗维奇，我在和您谈这些，而我是个姑娘，您是男人，我这样做好不好呢？"

"这有什么呢？"

"就是嘛。当然，这有什么呢？可他们（她用眼睛示意围在茶炊旁谈话的那几个人），他们一定会说，这是不好的。他们的看法对不对呢？"

"不对！您心里并不觉得这样做不好啊，所以……"

"我总是这样，"她抢着说道，显然，急着想同我尽可能多谈谈，"只要有什么使我不好意思，我马上就问问我的心，如果我觉得问心无愧，我也就安心了。永远都应当这样。我之所以这样毫不隐讳地和您谈心，就像自己在和自己谈话一样，就是因为，首先，您是一个极好的人，而且我知道过去在阿辽沙插足之前，您和娜达莎的故事，我听的时候都哭了。"

"谁告诉您的？"

"那还用说，是阿辽沙，他讲的时候，自己也满眼含泪。他能这样是很好的，我非常高兴。我觉得他爱您胜过您爱他，伊万·彼得罗维奇。我喜欢他就是因为他在这些事情上的表现。嗯，其次，我如此坦白，就像自己在和自己谈话一样，是因为您是非常聪明的人，在很多问题上您可以给我出主意，教导我。"

"您怎么知道，我聪明得足以教导您呢？"

"瞧您；这还用问！"她沉思起来。

"我只是顺便这么说起来；我们还是谈谈最主要的事情吧。请您指教：现在我觉得自己是娜达莎的情敌，这一点我是明白的，我该怎么办呢？所以我才问您他们会不会幸福。我日夜都在考虑这个问题。娜达莎的处境是可怕的，太可怕了！他已经不再爱她了，却越来越爱我。是这样吗？"

"看来是这样。"

"他并没有欺骗她。他自己还不知道，他已经不再爱她了，而她大概是知道的，她有多么痛苦啊！"

"您想怎么办呢，卡捷琳娜·费奥多罗夫娜？"

"我有很多设想，"她郑重地回答道，"心里却总是乱糟糟的，理不出个头绪。所以我才急不可耐地等着您来，想请您为我解决这些难题。您对情况更了解。现在对我来说，您仿佛就是神。您听我说，起先我是这样想的，既然他们相爱，就应当让他们得到幸福，所以我应该牺牲自己去帮助他们。不是吗？"

"我知道，您作了自我牺牲。"

"是的，我作了牺牲，可是后来他常来看我，而且越来越爱我，于是我就开始想到我自己了，一直在想，要不要作出牺牲呢？这样很不好，不是吗？"

"这是很自然的，"我回答说，"势必会这样……这不是您的错。"

"我不这样想。您这么说是因为您的心地太好了。我是这样想的，我想我的心不是非常纯洁。要是我有一颗纯洁的心，我就知道该怎么做了。不过不谈它！后来我对他们的关系从公爵、妈妈和阿辽沙本人那里有了更多的了解，我明白了，他们是不相称的。刚才您也证实了这一点。于是我更犹豫了：现在怎么办？假如他们得不到幸福，那还不如分手。后来我下了决心：更详细地向您了解一切，并亲自去见娜达莎，和她来解决这件事情。"

"可是怎么解决呢？问题在这里。"

"我就这么对她说：'您爱他胜过一切，因而应当把他的幸福看得比自己的幸福还重；所以您应该和他分手。'"

"嗯，她听您这么说会有什么感受呢，她即使同意您的意见，实际上能办得到吗？"

"我日夜都在想的就是这个问题，而且……而且……"

她突然哭了起来。

"您不会相信，我是多么怜惜娜达莎啊。"她低声说道，哭得嘴唇在颤抖。

什么也不必说了。我一言不发，看着她我自己也想哭，这是出于怜爱之情。她是个多么可爱的孩子呀！为什么她认为自己能使阿辽沙幸福呢，这个问题我就不问了。

"您喜欢音乐吗？"她问，她稍稍平静了一些，还处于刚刚哭过后的沉静之中。

"喜欢。"我有点儿惊讶地回答说。

"如果有时间，我想为您演奏贝多芬的第三协奏曲。我现在学会了。这些感情那里都有……完全就和我此刻的感受一样。我觉得是这样。不过等下次吧，现在要谈话。"

我们开始商量，她怎样和娜达莎见面，怎样作好妥当的安排。她告诉我，她受到监视，虽然她的继母很善良，也很爱她，可就是不允许她结识纳塔利娅·尼古拉耶夫娜，所以她得想个巧妙的办法。有时她在清晨乘马车出游，几乎总是有伯爵夫人做伴。有时伯爵夫人不去，就让她一个人和那个法国女人一同出去，她目前有病。这种情形往往发生在伯爵夫人头痛的时候，所以我必须等到她头痛。在此之前她会说服法国女人（类似食客那样的人，是个老太太），因为她心肠挺好。由于这个缘故，她怎么也不能预先确定拜访娜达莎的日期。

"您要是和娜达莎结识，是不会后悔的，"我说，"她也很想认识您，哪怕只是为了要了解，她把阿辽沙交给了怎样的人。这件事您不要太费心。等待时机吧。您不是要到乡下去吗？"

"是呀，很快就要去，也许再过一个月，"她回答说，"我知道，公爵坚持要我去。"

"您看，阿辽沙会和你们一起去吗？"

"这一点我也想过！"她凝眸注视着我说，"他会去的。"

"一定会去。"

"天哪，我不知道，这一切会有个什么结局。您听我说，伊万·彼得罗维奇，我会把一切都写信告诉您，我会经常写，而且写得很多。您会常来看我们吗？"

"我不知道，卡捷琳娜·费奥多罗夫娜，这要看情况而定。也许我不会再来了。"

"为什么？"

"这有很多原因，主要是取决于我和公爵的关系。"

"这个人不正派，"卡佳断然说道，"我说，伊万·彼得罗维奇，我到府上来看您，怎么样！这样做好呢，还是不好？"

"您自己看呢？"

"我看挺好。真的，我想拜访您……"她笑着补了一句，"我这样说是因为我不但尊敬您，而且我很爱您……可以向您学到很多东西。我爱您……我对您这样说，用不着害羞吧？"

"害什么羞呢？对我来说，您已经像亲人一样亲近了。"

"想不想和我做朋友？"

"想啊，当然想！"我回答道。

"嘿，他们一定会说我不害臊，说年轻的姑娘不该这样。"她说，又指指在茶桌旁谈话的几个人。

在这里我要说一下，公爵似乎故意要让我们单独说个够。

"我很清楚，"她补充道，"公爵想得到我的钱。他们以为我还完全是个孩子，甚至公然这么对我说。我可不这么想。我才不是孩子呢。他们是些怪人，他们自己倒像是孩子；请问，他们都在瞎忙些什么呀？"

"卡捷琳娜·费奥多罗夫娜，我忘记问了：阿辽沙常去拜访的列文卡和鲍林卡是些什么人？"

"他们是我的远亲。他们很聪明，也很正直，就是空话太多……我了解他们……"

她笑了。

"听说到时候您要给他们一笔百万卢布的赠款，这是真的吗？"

"嘿，您瞧瞧，就说这一百万吧，他们简直絮叨个没完，真讨厌。我当然乐意给一切有益的事业捐款，要那么多钱干吗，不是吗？可他们现在就在那里分配、讨论、叫嚷、争执：把钱用在哪里好，为此甚至争吵起来，好奇怪哟。他们太性急了。不过他们毕竟是一些那么真诚而……聪明的人。他们很好学。这总比某些人的活法好哇。不是吗？"

我们还谈了很多。她几乎对我讲述了她的全部经历，也细心地倾听我所讲的往事。她老是要求我多讲讲阿辽沙和娜达莎的事情。已经十二点了，公爵来到我身边，告诉我该走了。于是我起身告辞。卡佳热情地握握我的手，深情地望着我。伯爵夫人请我常去做客。我和公爵一起走了。

我情不自禁地有了一个奇怪的，也许和正题完全无关的感触。从我和卡佳三个小时的谈话中，我还得到一个奇怪却又深刻的印象，觉得她还完全是个天真无邪的孩子，全然不懂得男女关系的那些秘密，所以她的一些议论，以及她在谈到很多很重要的话题时老是一本正经的口气，叫人听了非常发噱。

第十章

"我说，"公爵在和我一起坐上四轮马车时说道，"我们现在去吃夜宵吧，啊？您看怎么样？"

"说实在的，我不知道，公爵，"我迟疑地回答道，"我从来不吃夜宵……"

"哦，不用说，我们在吃夜宵时可以**谈谈**，"他补了一句，同时注意地、狡黠地盯着我的眼睛看。

我怎么会不明白！"他是有话要说，"我在想，"对我来说，这倒是正中下怀。"于是我同意了。

"妥了。去滨海大街的 Б 餐厅。"

"去餐厅？"我有些不安地问道。

"是呀。怎么？我是很少在家里吃夜宵的。难道您不让我有幸邀请您吗？"

"不过我已经对您说过，我是从来不吃夜宵的。"

"吃一次又何妨。何况这是我在邀请您……"

这意思就是说，由他替我付账。我相信他是故意加上这一句的。我可以乘他的车，但是在餐厅里我决定自己付自己的账。我们到了。公爵要了个单间，内行地点了两三个精美的菜肴。这些菜都很贵，他还要了一瓶高级纯葡萄酒。可我囊中羞涩。我看看菜谱，给自己要了半只榛鸡，一杯拉斐特酒。公爵不干了。

"您不愿与我共进夜宵！这简直可笑。对不起，我的朋友，这是……矫情，真叫人生气。这是最庸俗的爱面子观念。这里几乎有阶级偏见在作怪，我敢打赌，就是这么回事。我要告诉您，您这是在侮辱我。"

可是我不肯让步。

"不过随您的便吧，"他说，"我不能勉强您……您说，我可以完全像朋友一样和您谈谈吗？"

"但愿如此。"

"这就好，在我看来，这样矫情对您是有害的。你们这些人都有这个毛病。您是作家，您需要了解上流社会，而您却总是躲着人。我现在讲的不是榛鸡，我是说，您不愿与我们圈子里的人有任何交往，这肯定是有害的。姑且不说您会失去很多，——一句话，您会失去前途，——这一点姑且不论，至少您得了解您所描写的对象吧，您的作品里有伯爵，有公爵，有妇女的小客厅……不过，我在说什么啊？现在你们所描写的都是贫困，潦倒，公务员，惹是生非的军官，官吏，以往的岁月，分裂活动，我知道，我知道。"

"可是您错了，公爵。我不去您所谓的'上层圈子'，首先，是因为在那里我感到乏味，其次，在那里无事可做！但我毕竟还是去……"

"我知道，去 P 公爵家里，一年有那么一次，我就是在那里遇见您的。在一年的其余时间里，您就沉溺于大众化的傲气，在您的小阁楼里受罪，尽管并不是所有的人都这样。有些人专门喜欢猎奇，简直叫人厌恶……"

"公爵，我想请您换个话题，不要再谈我们的什么小阁楼。"

"唉，我的天，您这就生气了。不过您是允许我像朋友一样和您谈谈的呀。不过，对不起，我还没有赢得您的友谊。葡萄酒很不错。您尝尝。"

他拿起酒瓶为我斟了半杯。

"您瞧，我亲爱的伊万·彼得罗维奇，我很清楚，强求别人的友谊是不合适的。我们这些人并不是人人都像您所想象的那样，对你们粗鲁放肆；噢，我也很清楚，您和我坐在这里，并不是对我有好感，而是因为我答应过要和您**谈谈**。不是吗？"

他笑了。

"因为您在维护一位女性的权益，所以很想听听我会说些什么。是不是？"他带着挖苦的微笑补充道。

"您说得不错，"我不耐烦地打断了他的话（我看出他是这样一种人，只要看到有人多少受到自己的控制，马上就会让对方感觉到这一点。我是在他的控制之中，不听完他想说的一切，我是不能离开的。对这一点他非常了解。他的腔调突然变了，变得越来越放肆而轻佻，越来越带有嘲弄的意味）。"您说得不错，公爵。我正是为此而来，否则，真的，我不会坐在这里……太晚了。"

我本来想说：否则我无论如何也不会和您待在一起，可是我没有这样说，却换了个说法，不是不敢说，而是出于礼貌，这是我的一个该死的弱点。虽然他活该，虽然我真想对他说些粗鲁无礼的话，可是事实上怎能当面对人出言不逊呢？我觉得公爵从我的眼神中看出了这一点，在我讲这句话的时候，他一直嘲弄地看着我，仿佛在欣赏我的怯懦，就像故意在用目光挑逗我："怎么，没有勇气说了，胆怯了，就是嘛，老弟！"一定是这样，因为我的话一说完，他就哈哈大笑，并且以一种嘉许似的亲切拍拍我的膝盖。

"你使我觉得好笑哇，老弟，"我从他的目光里看出了这个意思。"你等着瞧吧！"我心里想。

"今天我很开心！"他叫道，"说实在的，我不知道为什么。真的，真的，我的朋友，真的！我要谈的正是那位女性。必须彻底地讲讲清楚，**谈出**个结果来，我希望这一次您能完全明白我的意思。刚才我同您谈到那笔钱和那个头脑简单的父亲，一个六十岁的娃娃……哼！现在不值得再提了。我只是随便说说。哈哈哈，您是作家，应当猜想得到……"

我吃惊地看着他。看来他并没有醉啊。

"至于那位姑娘，说真的，我敬重她，甚至爱她，请相信我；她有些任性，可是'没有不带刺的蔷薇'，正如五十年前人们常说的那样，而且说得真好：刺固然扎人，但带刺才那么诱人，虽然我的阿辽沙是个傻瓜，不过我在某种程度上已经原谅他了，——就因为他颇有鉴赏力。一句话，我喜欢这样的女孩子，而且我（他意味深长地抿着嘴唇）还有一个特殊的设想……不过等以后再说……"

"公爵！听我说，公爵！"我叫道，"我不懂，为什么您要这样东拉西扯，可是……请您还是换个话题吧！"

"您又发脾气了！好吧……换个话题，换个话题！不过我想问问您，我的好朋友，您很尊敬她吗？"

"当然。"我粗鲁而又不耐烦地回答道。

"那，那您爱她吗？"他继续说道，讨厌地龇着牙，眯着眼。

"您太放肆了！"我叫道。

"得，不说了，不说了！您别激动！我今天的心情出奇的好。我好久没有这样开心了。我们喝点香槟吧！好不好，我的诗人？"

"我不喝，不想喝！"

"您可别说！您今天一定得陪我喝。我的自我感觉好极了，我心软得近乎多愁善感，所以我不能独享快乐。谁知道呢，说不定有一天我们还会以你相称，为对方干杯呢，哈哈！不，我年轻的朋友，您还不了解我！我相信您一定会喜欢我的。我要您今天与我同悲同喜，分享快乐和忧伤，不过我希望，至少我是不会哭的。怎么样，伊万·彼得罗维奇？不过您得想想，如果我所求不遂，我的兴致就会没有了，消失了，烟消云散，我就什么也不说了，而您在这里的唯一目的就是要听我说点儿什么嘛。不是吗？"他补了一句，又恬然无耻地向我眨眨眼，"您就看着办吧。"

这个威胁是有分量的。我同意了。"他该不是想把我灌醉吧？"我想。在这里顺便提一下有关公爵的传闻是合适的，这个传闻我早就听说了。据说他这个平时在社交界文质彬彬、风度翩翩的人物，有时却在夜间纵酒，烂醉如泥，并且偷偷地寻花问柳，鬼鬼祟祟，卑鄙龌龊……我听到他的一些极其恶劣的传闻……听说阿辽沙知道他父亲有时酗酒，竭力瞒着别人，尤其是娜达莎。有一天他对我无意中露了口风，但立刻岔开话题，再也不回答我的追问。其实我在别人那里已经听说了，老实说，我本来不信，现在倒要看看，会出现什么情况。

酒拿来了，公爵倒了两杯，一杯是他的，一杯是我的。

"可爱的，可爱的女孩子，尽管她骂过我！"他继续说道，有滋有味地抿了一口酒，"不过，这些小妮子正是在这时显得那么可爱，正是在这样的瞬间令人心动……可她大概以为，她羞辱了我，您记得那个晚上吧，她以为她把我骂惨了！哈哈！她脸上的红晕多美！您会欣赏女人吗？有时蓦地泛起的红晕使苍白的面颊美极了，这您注意到吗？嗳，我的天哪！瞧您，好像又生气了？"

"不错，我很生气！"我叫道，我不再约束自己了，"我不希望您现在谈到纳塔利娅·尼古拉耶夫娜……就是说，不可以用这种腔调谈她。这……这是我不能允许的！"

"嗨！那好吧，就依您，换个话题。我是好说话的，像面团一样
柔和。我们来谈谈您吧。我喜欢您，伊万·彼得罗维奇，但愿您知
道，我对您怀有多么友好、多么真诚的关切啊……"

"公爵，我们谈谈正事岂不更好。"我打断了他的话头。

"您是说要谈谈**我们的事**吧。您一开口我就知道您想说什么，我
的朋友，可是您没有想到，既然我现在谈到您，那么我们已经要接触
到正事了，自然，要是不被您打断的话。所以我要接着说下去，我想
告诉您，我亲爱的伊万·彼得罗维奇，像您现在这样生活，简直是在
毁灭自己。请您允许我涉及这个敏感的话题，我是看在友谊的分上。
您很穷，您向出版商预支一笔稿费，偿还一些小小的债务，用剩下的
钱光靠喝茶维持半年的生活，在阁楼上冻得发抖，为您的出版商的杂
志赶写小说，是不是？"

"是又怎样，这毕竟……"

"毕竟要比偷盗、卑躬屈节、受贿、耍弄阴谋等等光彩一些。我
知道，我知道您要说什么，这一切早就有人写过了。"

"所以您不必谈我的事情。公爵，莫非要我来教您懂得礼
貌吗。"

"那当然，不用您费心。可是有什么法子呢，既然我们已经触动
了这根敏感的心弦。这是无法回避的。不过我们可以不再谈阁楼了。
我自己也不喜欢谈它，除非在某些情况下出于无奈（于是他讨厌地哈

哈大笑起来）。我觉得奇怪的是，为什么您喜欢扮演二等角色呢？当然，我记得，你们一位作家甚至在哪里说过：也许一个人最伟大的功绩，就在于他甘居第二位①……好像大意如此！我还在什么地方听到过这样的谈话，可是要知道，阿辽沙抢走了您的未婚妻，这件事我是知道的，而您却在扮演诗人席勒，为他们张罗，为他们效劳，几乎是在为他们跑腿……您要原谅我，亲爱的，这实在是表演高贵感情的卑劣的闹剧……您怎么不觉得厌烦呢，真是！简直可耻。换了我，我会气死，主要是这样做可耻，可耻！"

"公爵！您特意叫我来，似乎就是要侮辱我！"我叫道，气得发狂。

"哦，不，我的朋友，不，我此刻只是就事论事，而且我希望您得到幸福。总之，我希望事情能得到妥善的处理。不过我们暂且把**这件事**放在一边，而您要听我把话说完，千万不要急躁，哪怕给我两分钟。我说，您结婚吧，您看怎么样？您要明白，我现在说的完全是**另外一件事**，您干吗这么惊讶地看着我？"

"我等您把话说完。"我回答说，的确在惊讶地看着他。

"其实不必多说了。我就是想知道，您会怎么说，假定您的哪位朋友希望您得到可靠的、真正的而不是什么靠不住的幸福，给您介绍

---

① 屠格涅夫的《前夜》第一章中，别尔谢涅夫说："而我觉得，把自己放在第二位，这是我们生活的全部宗旨。"

一位年轻漂亮，不过……已经有过某种经历的姑娘；我是打个比方，不过您明白我的意思，就是像纳塔利娅·尼古拉耶夫娜那样的，不用说，您会得到相当可观的补偿……（请注意，我说的是另外一件事，而不是我们的事情。）真的，您会怎么说呢？"

"我要对您说，您……是疯了。"

"哈哈！噢！您简直想打我吧？"

我真的想向他扑过去。我再也受不了啦。他给我的感觉是我真想把它捻死的一只爬虫、一只巨大的蜘蛛。他以嘲笑我为乐，像猫玩耗子一样戏弄我，明知我完全在他的控制之中。我觉得（我看透了他），他那么卑鄙下流、厚颜无耻，那么恬不知耻地终于在我面前撕下自己的假面具，并且从中得到一种满足，也许甚至是一种快感。他要欣赏我的惊讶，欣赏我不禁骇然的神情。他发自内心地蔑视我，嘲笑我。

我从一开始就预感到，这一切都是他的预谋，而且是别有用心。可是我的处境如此，无论如何也要听他把话都说出来。这是为了娜达莎，我无可选择，不得不逆来顺受，因为此刻也许正是决定全局的时候。可是我怎能听任他对娜达莎说出这些下流无耻的卑鄙谰言呢，怎能听了而无动于衷？何况他本人很清楚，我不得不听完他的话，这就使我倍感羞辱。"不过，他也有求于我。"我想，于是我也声色俱厉地回敬他。他明白过来了。

"听着，我年轻的朋友，"他严肃地看着我说道，"我们这样吵下去是不行的。所以我们最好有个约定。您瞧，我有话想对您说，那么，您就该赏脸听着而不管我说的是什么。我希望想怎么说就怎么说，喜欢怎么说就怎么说，其实本当如此。怎么样，我年轻的朋友，您有耐心听吗？”

我忍住了不作声，虽然他带着刻薄的嘲讽看着我，仿佛有意要激起我的最强烈的抗议。不过他明白，我已经同意留下了，于是他讲了下去：

“别生我的气，我的朋友。为什么要生那么大的气呢？不过是怪我态度不好，不是吗！您对我实际上别无所求，不管我怎样同您谈话，矫揉造作地彬彬有礼还是像现在这样，结果意思毕竟是完全一样的。您看不起我，不是吗？您瞧，我这是多么可爱的单纯、坦诚、忠诚。我向您坦陈一切，甚至我的孩子气的任性。是的，我亲爱的，是的，如果您也多一些忠诚，我们就能协调、谅解，最后就能彻底地互相理解。您不要觉得我这个人很奇怪，我对这些所谓的纯洁无瑕，对阿辽沙的那种田园牧歌，那种席勒气质，以及与这个娜达莎的该死的同居关系（不过她是很可爱的女孩子）的所谓崇高的情操已经厌烦透了，以至不由自主地想找个机会对这一切嗤之以鼻。想不到机会来了。何况我也想在您面前表露心迹。哈哈哈！”

“您使我吃惊，公爵，我认不出您了。您这是小丑的腔调；这种出乎意料的自白……”

“哈哈哈，这话不无道理！绝妙的比喻！哈哈哈！我在**纵酒作**

乐，我的朋友，我在**纵酒作乐**，我又快乐又满足，您嘛，我的诗人，对我要多多宽容才好。不过我们还是喝酒吧，"他扬扬自得地说，一边往杯子里斟着酒。"告诉您，朋友，您记得在娜达莎家里度过的那个夜晚，就是那个夜晚使我彻底走上了极端。不错，她本人挺可爱，可是我离开的时候满腔怒火，并且永远不愿忘记。既不愿忘记，也不想隐讳。当然，也会有我们得意的时候，而且为时不远了。不过，我们现在暂且不提。顺便说说，我想告诉您，我性格上有一个特点，您还不了解，就是我憎恨所有那些庸俗的、一文不值的天真烂漫、田园牧歌，而且我最乐此不疲的消遣之一，就是起先我自己也装出那副样子，仿效那种声调，对某一个永远长不大的席勒态度亲切，加以鼓励，然后突然惊得他仓皇失措；在他最意想不到的时候，在他面前突然揭开面具，一改平时的庄重，对他做个鬼脸，吐出舌头。怎么样？您不能理解，或许觉得这样做很恶劣，很荒唐，很粗俗，是这样吧？"

"当然，是这样。"

"您很坦率。可是人家折磨我，叫我有什么法子呢！我坦率到荒唐的地步，但这是我生就的脾气。不过我很想谈谈我的往事。您可以更加了解我，而且讲起来也很有趣。不错，我今天也许真的像个小丑，而小丑是坦率的，不是吗？"

"听着，公爵，现在很晚了，而且说真的……"

"怎么？天哪，多么没有耐心！何必性急呢？嗯，再坐一会儿，友好地、诚恳地谈谈，知道吗，就这样，一杯在手，像两个好朋友在谈心。您以为我醉了，没关系，这样更好。哈哈哈！说实在的，这些友好的交往以后总是会久久难忘，回忆起来是那么愉快。您心肠太硬，伊万·彼得罗维奇。您不大容易动感情，很冷酷。我说，对于像我这样的朋友，您怎么就舍不得个把小时呢？何况这也与正事有关……您怎么就不明白呢？还是作家呢，您要感谢这个机会才对。您可以拿我当个典型来写嘛，哈哈哈！天哪，我今天真是坦率得可爱啊！"

看来他喝多了。他的脸色变了，脸上有一副恶狠狠的神气。显然，他想挖苦人、刺人、咬人，尽情地嘲笑一番。"他醉了，这也不坏，"我想，"醉汉总是容易露出口风。"可他心里在打着鬼主意。

"我的朋友，"他说，看来他很得意，"我刚才也许不合时宜地向你承认了一点，说我在某些情况下，有时会情不自禁地想对人吐舌头。由于这种天真无邪的坦率，您把我比作小丑，这真叫我笑死了。不过，如果您责备我，或者感到奇怪，认为我对您非常失礼，大概您还觉得我不成体统，像个粗人，总之，觉得我对您突然改变了讲话的腔调，如果您这样想，那就大错特错了。首先，我喜欢这样，其次，我不是在自己家里，而是**和您在一起**……我是说，我们现在像好朋友一样，在一起**饮酒作乐**，再说了，我非常喜欢随心所欲。您知道吗，由于随心所欲，我曾一度是个幻想家和慈善家，脑子里转的念头几乎和您的完全一样。不过这是好久以前的事情了，在我风华正茂的青年时代。记得那时我还抱着人道的目的回到自己的乡村，不用说，我觉得乏味极了；您不会相信，我那时发生了什么事情。由于寂寞，我开始去认识一些漂亮的女孩子……您不会对我做鬼脸吧？啊，我年轻的朋友！我们现在是好友相聚。什么时候开怀畅饮，什么时候就会敞开心扉！我是俄罗斯人，真正的俄罗斯性格，爱国主义者，喜欢敞开心扉，而且人应当及时行乐，享受人生。有一天我们死了，还能有什么呢！嗯，就这样，我开始拈花惹草。我记得，一个牧羊女还有个丈夫，他是很英俊的青年农民。我狠狠地惩罚了他，想把他送去当兵（这是我从前的恶作剧，我的诗人！），却终于没有送他去。他死在我的医院里了……我在村子里办了一所医院，有十二张床位，设备很好；里面很干净，铺着镶木地板。不过我早就把它拆了，可当时我是引以为自豪的，我是慈善家，嘿，可我为了人家的老婆差点儿一顿鞭子把她的丈夫打死……喂，您怎么又在扮鬼脸？您听了觉得讨厌？触犯了您的高尚的感情？好了，好了，您别激动！这都是过去的事了。我那样做，正是在我充满浪漫主义情调的时候，想为人类谋福利，想成立一个慈善协会……这就是我当时的思想轨迹。就在那时我鞭打了他。现在我不会再打人了，现在要做鬼脸，现在我们大家都在做鬼脸，——时代不同了……不过现在最让我好笑的是那个傻瓜伊赫缅涅夫。我相信，他对我鞭打青年农民的事是完全了解的……您猜怎么着？他由于心地善良，他的心大概是蜜糖做的，还由于那时他很喜欢我，暗自对我称颂备至，所以他决定什么都不信，于是别人怎么说他也不信；就是说，他不相信事实，十二年来他全力维护我，直到他自己倒了大霉。哈哈哈！不过这都是废话！喝，我年轻的朋友。我说，您喜欢女人吗？"

我没有回答他。我只是听着。他已经在喝第二瓶酒了。

"我喜欢在吃夜宵的时候谈女人。夜宵之后我想给您介绍一位菲力贝特小姐，——啊？您看怎样？您这是怎么了？连看也不愿看我……哼！"

他若有所思。不过他突然抬起头来，好像挺郑重地看着我，继续说了下去。

"听着，我的诗人，我要向您揭示一个人性的秘密，这个秘密您似乎还完全不了解。我相信，此刻您一定说我是罪人，甚至说我是淫棍、恶魔。可是我要对您说！只要有一天（不过，从人的天性来看，这是永远不可能的），要是有一天，人人都把自己的全部实情写出来，所写的不仅是他怕对别人说，而且无论如何也不会对别人说的东西，不仅是对自己最好的朋友也怕说，甚至对自己有时也不敢承认的东西，——那么这个世界上就会臭气熏天，我们所有的人一定会窒息而死。顺便说说，这就是为什么我们上流社会的规矩和礼貌那么不可或缺。它们具有深远的意义，——我说的不是道德意义，而只是说预防的意义，方便的意义，自然，说方便的意义更恰当，因为道德实质上就是一种方便，这就是说，道德完全是为了方便而发明的。不过关于礼貌以后再说，我要离题了，待会儿您再提醒我谈礼貌问题。我的结论是这样的：您指责我腐化堕落，道德败坏，而我现在的过错也许只是比别人**更坦率**而已；正如我刚才所说的，别人连对自己也不肯承认的东西，我却毫不隐讳……我这样做很不好，可是我愿意。不过，您放心，"他讥讽地笑着说，"我说我有'过错'，但我决不会请求您原谅。还有一点请注意：我不会使您为难，不会向您打听，您自己是不是也有这样一些隐私，以便利用您的隐私来为自己辩护……我的行为是得体而高尚的。一般地说，我的行为总是很高尚的……"

"您简直在胡说八道，"我鄙夷地看着他说。

"胡说八道，哈哈哈！我猜猜您在想些什么好吗？您在想，为什么我要把您带到这里来，而且无缘无故地，突然在您面前大谈隐私呢？对不对？"

"不错。"

"我看，您以后会知道的。"

"其实很简单，您差不多把两瓶酒都喝光了，所以……有了醉意。"

"干脆就是说我醉了。很可能。'有了醉意！'——这比说'醉了'更委婉一些。啊，多么彬彬有礼的人哪！可是……我们好像又在吵架了，而我们本来是要谈一个引人入胜的话题的。对了，我的诗人，如果说世界上还有什么美好温馨的东西，那就是女人。"

"您知道吗，公爵，我还是不明白，为什么您偏偏要拿我当心腹，向我宣泄您的隐私和……对爱的追求呢？"

"嗯……我说过了，您以后会知道的。放心吧；不过，也可能什么原因都没有；您是诗人，一定会明白我的意思，这一点我已经对您说过了。一个人在另一个人面前无所不谈，而且丝毫不以为耻，这样突然撕下面具，这样厚颜无耻，有一种特殊的快感。我对您讲一个笑话：在巴黎有一位官员，是个疯子，后来人们认定他确实疯了，便把他送进了疯人院。他在将疯未疯的时候，想出了一个消遣的办法：他在家里把自己脱得精光，一丝不挂，只剩脚上的一双鞋子，他披上一件长及足踝的宽大的披风，把它裹在身上，于是神色庄重地来到大街上。嗯，从一旁看上去，他和别人一样，正披着宽大的披风在悠闲地散步。但只要他在什么地方遇到一个单身的路人，而附近又阒无人迹，他就带着极其严肃的沉思的样子，默默地朝他走过去，突然在他面前站住，掀开大氅，十分……坦然地裸露自己。这情形会持续一分钟，然后他又裹上披风，丝毫不动声色，默默地从惊得发呆的目击者身边走过去，高傲而从容，好像《哈姆雷特》里的幽灵。他对所有的人都这样，不管那是男人、女人还是孩子，这是他唯一的乐趣。在某个席勒最料想不到的时候，对他突然吐出舌头，把他吓一跳，也可以多少得到那同样的乐趣。'吓一跳'——这说法怎么样？这是我在你们的当代文学作品中读到的。"

"哼，那是个疯子，可您……"

"可我是别有用心？"

"对。"

公爵哈哈大笑起来。

"您说得不错，我亲爱的。"他说，脸上是一副恬不知耻的神气。

"公爵，"我说，他那厚颜无耻的样子使我火了，"您憎恨我们，包括我在内，您现在是在向我发泄、报复。这都是由于您的极端渺小的虚荣心。您满怀恶意，因为您心胸狭隘。我们触怒了您，也许最使您恼火的就是那个夜晚。自然，除了这样对我表示极端的蔑视之外，您没有向我报复的更有力的办法；您甚至不顾人人都应当遵守的普通的礼貌，而我们是应当彼此以礼相待的。很清楚，您想表明，您在我面前甚至不屑于顾及廉耻，所以那么毫不隐讳地突然在我面前撕下可恶的面具，显示出您在道德上已经堕落到何等寡廉鲜耻的地步……"

"您何必对我说这些呢？"他问，粗鲁而凶狠地望着我。"表示您明察秋毫？"

"表示我懂得您的意思，并且明白地告诉您。"

"怎么这样想呢，我亲爱的，他接着说道，突然改用原来那种闲聊的愉快和善的口气。"您只是打断了我的话头。喝酒，我的朋友，让我给您满上。我刚才想告诉您一个绝妙的非常有趣的奇遇。我大致上对您讲一讲。我过去认识一位太太；她已经不太年轻，有二十七八岁了，是个绝色美人，那胸脯，那风姿，那步态！她的目光像鹰一样锐利，但总是威严而冷峻，举止庄重，难以接近。她那纯洁无瑕、严于律己的高尚品德使人人见而生畏。她的确严于律己。在她的圈子里没有比她更严厉的裁判。她不仅谴责其他女人的放荡行为，而且谴责她们的微不足道的弱点，她的裁决是不可更改、不容上诉的。她在自己的圈子里有很大的影响。那些因为品德高尚而最令人敬畏、最骄傲的老太太们也都尊重她，甚至奉承她。她以冷漠无情的目光打量所有的人，就像中世纪的修道院院长。她的目光和评判使青年妇女不寒而栗。她的一个意见，一个暗示就足以毁掉别人的名誉，——她在社会上就有这样的地位，连男人们都怕她。最后她沉溺于一种直觉的神秘主义，不过这也是宁静而庄严的神秘主义……实际上呢？没有一个荡妇比这个女人更淫荡，我有幸博得了她的青睐。一句话，我成了她的神秘的秘密情人。我们的幽会安排得极其巧妙，极其在行，连她家里的人都丝毫没有起疑心。只有她的美貌的侍女，一个法国女郎，了解她的全部秘密，不过这个侍女是完全可以信任的；她也参与其事，——怎样参与？这我就不说了。我的这位太太非常淫荡，连萨德侯爵①也可以拜她为师。但这种乐趣的最强烈、最刺激、最令人震撼之处，在于它的神秘性和恬不知耻的言行不一。这是对伯爵夫人当众宣扬为崇高、卓绝、不可违背的一切的嘲弄，而且本质上也是恶魔似的狂笑，是有意识地践踏一切不可践踏的东西，——而这一切都做得肆无忌惮，放纵到了极点，连最狂热的头脑也不敢想象，——这才是

---

① 萨德侯爵（1740—1814），法国色情作家。

主要的，才是这种乐趣的最鲜明的特点之所在。是的，她是有血肉之躯的魔鬼，不过这个魔鬼有不可抗拒的魅力。我现在想起她还不禁心驰神往。在情热似火的高潮中她突然会发狂似的哈哈大笑，我理解，十分理解这种狂笑，于是我也狂笑起来……我现在回想起来还会激动得喘不上气来，虽然这已是许多年以前的事了。一年之后她抛弃了我。我即使想对她有所不利，也办不到。嘿，谁会相信我的话呢？这个典型如何？您想说什么呢，我年轻的朋友？"

"嘿，真下流！"我厌恶地听了他的这段自白，回答道。

"如果您不这样回答，就不是我的年轻的朋友了！我就知道您会这么说。哈哈哈！等着吧，我亲爱的，您有了更多的生活经历才会明白，而现在您还是喜欢甜食的时候。不，看来您不是诗人；这个女人懂得生活，而且善于享受生活。"

"可是为什么要堕落到兽性的地步呢？"

"什么兽性？"

"这个女人以及您和她那样堕落就是兽性。"

"哦，您把这叫作兽性，这是一个迹象，说明您还被人牵着走。当然，我承认，独立见解可以有完全相反的表现，不过……简单地说吧，我亲爱的……您要承认，这些话都毫无意义。"

"什么有意义呢？"

"有意义的是个人，是我本人。一切为我，整个世界为我而存在。听我说，我的朋友，我还相信在世上可以活得很好。这是最好的信念，因为没有这个信念，就是想勉强活着也不行，只好服毒自尽。据说有一个傻瓜就是这样了结了生命。他沉湎于空谈哲理，以致摧毁了一切的一切，甚至摧毁了人的一切正常、自然的义务的合理性，他终于一无所有，结果只剩下了零，于是他宣布，人生最好的东西就是氢氰酸。您会说这是哈姆雷特，是可怕的绝望，总之，是一种我们连做梦也不会有的庄严的情操。不过您是诗人，而我是凡夫俗子，所以我要说，必须以最简单、最务实的观点来看问题。比如我，早就摆脱了一切束缚甚至义务。只有在尽义务能为我带来某种利益的时候，我才认为我有义务。您当然不会这样看问题，您受到束缚，您的爱好是病态的。您追求理想，追求美德。可是，我的朋友，我也愿意承认您所说的都对，但是我能怎么办呢，既然我明明知道，人类一切美德的基础乃是最深刻的利己主义。一件事越是合乎道德，其中的利己成分就越多。爱自己，这是我所承认的唯一信条。生活就是商业交易，别把钱白花了，可是得到服务就要支付费用，这样您就履行了对别人全部义务，——这就是我的道德，如果您一定要谈道德的话，不过，我要坦白地告诉您，在我看来，最好不要花钱，而要善于使他给您白干。我没有理想，也不要有理想，从来没有感到过对理想的需要。没有理想也能活得很愉快，很舒心……总之，我很高兴，我用不着氢氰酸。要是我真的**更有道德**，也许我没有氢氰酸就不行，就像那个傻乎乎的哲学家（他无疑是个德国人）。不！人生还有那么多美好的东西。我喜欢地位、官衔和贵族府第，喜欢打牌时下大注（我极喜欢打牌）。但主要的，主要的是女人……而且要各式各样的女人；我甚至喜欢隐蔽而神秘的淫乱，要新奇，要别出心裁，甚至为了丰富多彩而染上点脏病……哈哈哈！我在看着您的脸：现在您是多么鄙夷地看着我啊！"

"您说得不错。"我回答道。

"就假定您是对的吧，可是脏病总比氢氰酸好哇，不是吗？"

"不，还是氢氰酸好。"

"我故意问您：'不是吗？'就是要欣赏您的回答；我早知道您会说什么。不，我的朋友，如果您真的热爱人类，那就要希望所有的聪明人都有我这样的爱好，哪怕染上脏病，否则世上的聪明人很快就会无事可做，只剩下一些傻瓜。那他们就有福了！现在就有一句俗话说'傻人有傻福'，最愉快的事情莫过于和傻子在一起，对他们随声附和，这样有好处哇！您不要对我有看法，说我看重世俗偏见，循规蹈矩，追求地位；我看到我是生活在无聊的人们之间，不过与他们相处暂时还挺愉快，我对人们随声附和，表示我全力支持他们，到时候我会首先抛弃他们。你们的一切新思想我都知道，不过这些思想从来不曾使我感到羞愧，没有必要。我不懂什么叫良心的谴责。只要对我有好处，我无所不为，我们这样的人多得不可胜数，我们也确实活得很好。世上的一切都会毁灭，只有我们永远不会毁灭。从世界存在的那天起，我们就已经存在。整个世界都会沉没，可我们总是能浮上水面。顺便说一句：您只要看看，我们这样的人多么富有生命力。我们确实具有非凡的生命力，这一点是否曾使您感到吃惊？这就是说，大自然本身在庇护我们，嘿嘿嘿！我一定要活到九十岁。我不喜欢死亡，我怕死。而且鬼知道会是怎样的死法！不过何必说这些呢？这都是那个服毒自杀的哲学家引起的！让哲学见鬼去吧！喝酒，我亲爱的！我们本来是要谈谈漂亮姑娘的……您到哪里去呀！"

"我要回去，您也该走了……"

"得了吧，得了吧！我在您面前可以说是敞开了心扉，而您却没有意识到，这是友谊的令人信服的表现。嘿嘿嘿！您缺少爱心哪，我的诗人。不过再坐一会儿，我还要喝一瓶。"

"第三瓶？"

"第三瓶。关于美德，我年轻的弟子（请允许我用这个亲密的称呼，谁知道呢，我的教导说不定会对您有用）……是这样，我的弟子，关于美德我已经对您说过：'道德越是高尚，其中的利己主义成分就越多'。我想就这个话题对您讲一个非常好笑的趣闻。有一次我爱上了一位姑娘，而且几乎是真心实意地爱着她。她甚至为我作出过不少牺牲……"

"就是被您盗窃了财产的那个？"我粗鲁无礼地问道，我不想再忍耐下去了。

公爵抖了一下，脸色大变，一双充血的眼睛死死地盯着我。他的目光充满了困惑和暴怒。

"等一等，"他说，仿佛在自言自语，"等一等，让我想一想。

我真的醉了，我想不起来了……"

他一言不发，用他那凶狠的目光怀疑地望着我，他拉着我的手，好像怕我走掉。我相信，他这时在寻思，我怎么会知道这件几乎谁也不知道的事情，这是不是会有什么危险？这样持续了好一会儿；不过他的脸色很快就变了；他的眼里又出现了原先那种嘲讽的、醉醺醺的快活表情。他笑了。

"哈哈哈！您是个塔列兰①，就是！不错，我确实在她面前受到过她的唾骂，她当着我的面硬说我盗窃了她的财产！当时她尖声大叫，破口大骂！她真是疯了……而且放肆极了。可是，您来评评理吧：首先，我并没有像您刚才所说的那样，盗窃了她的财产。是她自己把钱赠送给我，这就是我的钱了。比方说，您把您的这件漂亮的燕尾服赠送给我（说着他看了看我仅有的那件不成样子的燕尾服，是三年前裁缝伊万·斯科尔尼亚金缝制的），我很感激您，把它穿在身上，过了一年，您突然同我闹翻了，要讨回这件燕尾服，可我已经把它穿破了。这是很不高尚的。当初为什么要把它送给我呢？其次，尽管钱是我的，我还是一定会把钱还给她，可是您得同意：我一时到哪里去弄这么多钱呢？主要是我最不能容忍牧歌情调和席勒气质，我已经对您说过了，——这才是我不还钱的真正原因。您简直不会相信，她在我面前多么神气，她大叫大嚷，说她不要我还了，把钱（其实那

---

① 塔列兰（1754—1838），法国政治家，机敏狡诈、不择手段的外交家。

是我的钱）送给我了。我气愤极了，突然，我有了一个完全正确的想法，因为我从来不会惊慌失措，总是镇静自若：我想，如果我把钱给她，说不定反而会使她陷于不幸。我会剥夺她完全因为我而成为一个不幸的女人、并因而终生诅咒我的那种快乐。请相信，我的朋友，在这种不幸中有一种令人陶醉的无上快乐，那就是意识到自己完全正确，宽宏大量，完全有理由把欺负自己的人斥为无赖。当然，这样一种愤怒中的快乐只有那些具有席勒天性的人才会有，——后来她也许没有饭吃了，但我相信她是幸福的。我就是不愿使她失去这样的幸福才没有把钱给她。这样也就说明我的信条是正确的，一个人的宽宏大量越是耸人听闻，轰动一时，其中的可恶的利己主义成分就越多……这一点您难道不明白？可是……您想抓住把柄叫我难堪，哈哈哈！……坦白地说，您是不是想叫我难堪？……啊，塔列兰！"

"再见！"我起身说道。

"等一会！还有最后的两句话，"他叫道，他那讨厌的腔调突然变得很郑重。"请听听我最后要说的一点：从我对您的全部谈话中可以得出一个明确而令人信服的结论（我想，您自己也注意到了），我决不会为了任何人而放弃我的利益。我爱钱，也需要钱。卡捷琳娜·费奥多罗夫娜有很多钱，她的父亲包收了十年酒税。她有三百万卢布，这三百万对我来说是非常有用的。阿辽沙和卡佳是完全般配的一对，两个都是头号大傻瓜，这正合我意。所以我一定要促成他们的婚姻，而且要尽可能快一些。过两三个星期，伯爵夫人和卡佳就要到乡下去。阿辽沙会陪着她们。请告诉纳塔利娅·尼古拉耶夫娜，不要那种田园牧歌，不要席勒式的情调，不要和我作对。我爱报复，而且为人狠毒，我一定会维护自己的利益。我不怕她：毫无疑问，一切都会按我的意思办，所以我现在提出警告，差不多倒是为她好。请留意，千万别干蠢事，叫她放明白些。否则她就要倒霉，要倒大霉。她至少要感谢我没下狠心对付她，没有把她告上法庭。您要明白，我的诗人，法律保障家庭的安宁，维护父亲的权威，儿子必须服从父亲，凡是引诱子女抗拒对其父母所承担的神圣义务的人们，法律决不会放过他们。您再想想，我有上层关系，她却完全没有……难道您还不明白，我可以怎样对付她吗？……但我没有那样做，因为到目前为止，她的行为还是明智的。请放心，这半年来每时每刻都有机警的眼睛在注视她的一举一动，我对情况了如指掌。所以我在安心地等待阿辽沙自己把她抛弃，这已经初露端倪；对他来说这暂时还是愉快的消遣。我在他的心里仍然是一位仁慈的父亲，我需要他这样看我。哈哈哈！我突然想起，那天晚上我几乎是恭维她，说她那么宽厚，那么无私，没有嫁给阿辽沙；我倒很想知道，她究竟怎么个嫁法！至于我那时去见她，那完全是因为他们的同居关系已经到了该结束的时候了。可我必须亲眼看一看，亲自验证一切……嗯，您觉得够了吧？也许您还想知道，为什么我要把您带到这里来，为什么我要在您面前费这么大的劲，毫不隐讳地吐露隐私，其实不谈这些隐私也是能把一切都讲清楚的，——是吧？"

"不错。"我忍耐着，专心地听他说。我没有必要再多说一个字了。

"唯一的原因，我的朋友，就是我发觉，您比我们的那两个小傻瓜对问题有比较明智、比较清楚的看法。也许您早就想了解我的为人，早就在对我进行猜想、揣测，不过我想免得您费心，决定让您当面看看清楚，您是在和**怎样的人**打交道。直接印象是非常重要的。您要看清楚啊，我的朋友。您知道在和谁打交道了，您是爱她的，所以我现在希望您运用您的全部影响（您对她毕竟是有影响的），使她不要遭到**什么麻烦**，否则会有麻烦的，您一定，一定要相信我，那可是大麻烦。噢，最后，我和您畅叙心曲的第三个原因是……（您已经猜到啦，我亲爱的），不错，我的确想对整个这件事情唾骂几句，而且要当着您的面唾骂……"

"您的目的达到了，"我说，气得浑身发抖。"我同意，您要在我面前表示对我和我们大家的憎恶和轻蔑，没有比这样吐露隐私更厉害的手段了。您不仅不怕您的这些隐私会使您在我面前名誉扫地，甚至认为对我不必害羞……的确，您像那个裹着披风的疯子。您不把我当人看。"

"您猜中了，我年轻的朋友，"他说，一边站了起来，"您全都猜中了，您不愧是位作家。我希望我们能友好地分手。订交酒就不喝了吧？"

"您醉了，因此我才没有给您应有的回答……"

"又是沉默的把戏，什么是应有的回答呢，没有说，哈哈哈！您是不肯让我替您付账的了。"

"不必费心，我自己付。"

"噢，那是当然。我们不同路吧？"

"我不坐您的车了。"

"再见，我的诗人。希望您明白我的意思……"

他走了出去，步子有些不稳。他没有再回头看我一眼。仆人扶他坐上了四轮马车。我走自己的路。已是凌晨两点多了。下着雨，夜色漆黑……

第四部

第一章

我不去描写我的满腔愤怒了。尽管一切都是可以预料得到的，我还是感到非常震惊，仿佛他在我面前的种种丑恶的表现是完全出乎意料。不过我记得，我感到忐忑不安，似乎心情压抑，非常沮丧，烦恼和忧虑越来越使我痛苦不堪。我为娜达莎担心。我预感到她将要遭到许多折磨，因而忧心忡忡，不知怎样能加以避免，怎样能减轻在最终的结局到来之前的这最后的难挨的时光。至于结局，那是毫无疑问的。它渐渐临近了。结局如何完全在意料之中！

我不知怎样回到了家里，虽然一路上淋着雨。已是凌晨三点。我刚一敲房门，门便匆匆地开了，仿佛涅莉没有睡觉，而是一直在门后守候着我。屋里点着一支蜡烛。我看了看涅莉的脸，不禁吓了一跳。她的脸完全变了，两眼像患热病似的发光，惊恐地望着，好像不认识我了。她在发着高烧。

"涅莉，你怎么啦，病了？"我弯腰用一只手搂着她问道。

她痉挛地偎依着我，仿佛害怕什么，又快又急促地说了起来，好像就在等着我，急于要告诉我。可是她的话很乱，很奇怪，我一点儿也听不明白，她是在病中说着胡话。

我赶快领着她去睡觉。可是她不断向我扑过来，紧紧地靠在我怀里，仿佛受了惊吓，仿佛有人使她害怕，她在求我保护，已经躺下以后，她还抓住我的手，紧紧地握着不放，怕我又要走开。我的神经受到了强烈的震撼和刺激，我望着她竟然哭了起来。我也病了。看见我在流泪，她紧张而专注地凝视了我好久，好像竭力在想什么。显然，这使她很费劲。她的脸色终于开朗了，仿佛有了思想活动。在癫痫病剧烈发作以后，她往往有好一会儿不能连贯地思考，话也说不清楚。现在就是这样：她费了好大的劲，勉强对我说了几句话，看到我没有听懂，于是伸出小手，为我拭去眼泪，然后搂着我的脖子，拉着我弯下腰，吻了吻我。

很显然，我不在的时候她的病发作了，这时她正好站在门后。癫痫发作以后，她大概好久没有清醒过来。这时现实和梦幻交织在一起，她一定想到了什么可怕的事情，骇人的情景。同时模糊地意识到，我就该回来了。于是她躺在门后的地板上，警觉地等着我回家，我一敲门她就起来了。

"可是为什么她刚巧就在门边呢？"我想，这时我突然惊讶地注意到，她穿着小皮袄（这是我刚从一个上门来做生意的熟悉的老太婆那里给她买的，这个老太婆有时肯把货赊给我）。可见她是准备出门的，看来就在她要开门的时候，癫痫突然发作。她想到哪里去呢？也许她那时已经陷入了谵妄之中吧？

这时她仍然高烧不退，很快又陷入谵妄，不省人事。在我家里她的病已经发作过两次，但都平安地过去了，可现在她就像发了热病似的。我在她身边坐了大约半个钟头，然后拿几把椅子拼在沙发旁，靠近她和衣躺下，要是她叫我，我就能快点儿醒过来。我让蜡烛点着。我在睡着之前还看了她好多次。她面色苍白，嘴唇由于发烧而干裂，带着血迹，想必是跌倒时磕破的。脸上还带着恐惧的神情，一种痛苦的忧伤似乎在睡梦中也不让她得到安宁。我决定第二天尽可能早些去叫医生，要是她的病情恶化的话。我怕她真的会患上热病。

"这是公爵使她受了惊吓！"我心惊胆战地想道，我想起了他所讲的一个女人把自己的钱扔在他脸上的故事。

第二章

两个星期过去了，涅莉渐渐康复。她病得很厉害，虽然患的不是热病。她在四月底才起床，那是一个晴朗的艳阳天。这是复活节后的一周。

可怜的孩子！我不能按原来的顺序把故事讲下去了。到我记述这些往事的此刻，已经过去了很多时光，但是直到今天，我还是怀着那么沉重的伤感回忆着她那苍白清瘦的小脸，那黑色眸子的久久凝视，在我们单独相处的时候，她往往躺在床上望着我，久久地望着我，仿佛要逗我猜想，她心里在想什么；看到我无意猜测，依旧茫然，她便仿佛暗自轻轻一笑，突然温情脉脉地向我伸出一只枯瘦的小手。现在一切已成往事，尘埃落定，而我至今还是不了解她那备受凌辱、受尽折磨的病态的幼小心灵的全部秘密。

我觉得我岔到故事之外去了，可是此刻我只愿意想着涅莉。奇怪，现在，当我被所有我曾经深爱的人们所离弃而独卧病榻的时候，当初往往被我所忽略并且很快被忘怀的某个细节，有时会蓦地让我回忆起来，在我的心里有了崭新的意义，足以解释我甚至一直留在心头的疑问。

在她病倒的最初四天，我和医生都为她担心极了，可是第五天医生把我带到一旁，告诉我不必担心，她一定能康复。这位医生是我早就认识的老单身汉，一个心地善良的怪人，涅莉第一次病倒时我请的医生就是他，当时他脖子上硕大无朋的斯坦尼斯拉夫勋章曾使她大为惊奇。

"那就完全不用担心了！"我好高兴地说。

"是的，她现在就要康复了，不过以后她不久就会死去。"

"死去！怎么会呢！"我叫道，他的这个结论使我大为震惊。

"是的，不久她一定会死。病人有器质性心脏病。稍微遇到不顺心的事情，就又会病倒。也许又能康复，不过以后又会病倒，终至不治。"

"难道她这病就没救了？不，这不可能！"

"但很可能是这样。不过，要是没有不顺心的事，过着平安宁静的生活，能有更多的快乐，病人还能支撑下去，甚至也有出人意料的病例……那是特殊的异乎寻常的情况……总之，在非常有利的情况下，病人有可能得救，但是要彻底治愈，那是不可能的。"

"我的天，可现在该怎么办呢？"

"听从医嘱，过安宁的生活，按时服药。我发觉这孩子很任性，容易激动，还喜欢嘲笑别人。她就是不爱按时服药，刚才叫她吃药，她坚决不肯。"

"是的，大夫。她确实是个古怪的小女孩，不过我认为这都是因为她有病，心情烦躁。昨天她很听话，可是今天我喂她吃药，她仿佛在无意中一推，把茶匙里的药水打翻了。我想重新给她调药粉，她却从我手里夺下药盒，把它扔在地上，接着就泪流满面……不过，好像并不是因为要她吃药。"我想了想补充道。

"嗯！心情烦躁。她经历过许多苦难（我曾坦率地向医生详细讲述了涅莉的很多往事，他听了非常感动），这是有关系的，她因此才得了病。眼下唯一的办法是服药，她要服药才好。我再去劝劝她，一定要听医生的话……总之就是要服药。"

我们走出厨房（我们是在厨房里谈话的），医生又回到病榻旁。但涅莉似乎听到了我们的谈话，至少她曾抬起头来，一直侧耳倾听，我是从半掩的房门的门缝里看到的。在我们向她走去的时候，这个小调皮鬼又溜进被窝，带着嘲弄的微笑偷偷地看我们。可怜的孩子病了四天，瘦多了，眼睛都凹了下去，热度还是不退。因此她脸上那顽皮的样子和调皮的闪烁的目光就更显得挺怪的，医生看了大为惊讶，他是彼得堡所有德国人中心肠最好的一个。

他严肃而又竭力以柔和的语气、亲切而温存的声调向她说明服药的必要性和效力，所以每个病人都必须服药。涅莉抬起头来，可是她的一只手似乎完全无意地突然一动，把茶匙碰了一下，药水又全都流到了地板上。我相信，她这是故意的。

"您太不当心了，"老头子平静地说道，"我怀疑您这是故意的，这可不大好。不过……没关系，药水还可以再调。"

涅莉望着他的眼睛笑起来。

医生无可奈何地摇摇头。

"这样很不好，"他说，一边配制着药水，"非常、非常不应该。"

"不要生我的气，"涅莉说，徒劳地竭力想不再发笑，"我服药就是……您爱我吗？"

"如果您好好听话，我会很爱您的。"

"很爱？"

"很爱。"

"现在不爱我吧？"

"现在也爱。"

"要是我想吻您，您肯吻吻我吗？"

"肯，只要您乖乖的。"

这时涅莉又忍不住笑了起来。

"病人生性爱说爱笑，不过现在这是神经质和任性。"医生神情凝重地对我低声说道。

"那好，我服药，"涅莉突然用微弱的声音叫道，"不过等我长大了，您肯和我结婚吗？"

大概这顽皮的怪念头使她很开心，她两眼放光，笑得嘴唇打战，等着看有点吃惊的医生怎样回答。

"行哪，"他回答说，看她这样淘气不由得笑了，"行哪，只要您成为一个有教养的好姑娘，听话，乖乖地……"

"乖乖地服药？"涅莉接口道。

"啊哟！对呀，服药。是个好姑娘，"他又悄悄地对我说，"她那么，那么……又乖巧又善良，不过，不过……结婚……多古怪的淘气的念头呀……"

于是他又把药水递过去。可是这一次她连样子也不装了，干脆用一只手从下面把茶匙一撬，药水全都洒在可怜的老头子的胸衣上和脸上。她放声大笑，不过不是原来那纯真而快乐的笑。她的脸上闪过冷酷、气愤的神气。这时她仿佛在躲着我的目光，只看着医生，而且带着嘲弄的笑意，不过这笑意中透着不安，她在等着看"可笑的"老头子现在会怎样。

"噢！您又……多糟糕！不过……药水还可以再调。"老头子说，一边用手帕抹着脸和胸衣。

这使涅莉感动极了。她等着我们发怒，以为我们会骂她，埋怨她，也许她此刻不自觉地恰恰希望如此，她就有理由马上像歇斯底里发作似的大哭大闹，再像刚才那样把药水泼掉，甚至怒气冲冲地摔坏什么东西，从而发泄一下她那任性的、饱受创伤的幼小心灵的痛苦。这种任性不仅病人有，也不仅涅莉有。往往有这样的情形，我在房间里踱步，下意识地希望快点儿有谁来侮辱我，或者对我说一句可以被视为侮辱的话，我就可以快点儿摔东西撒气。而女人家在这样撒气的时候，就开始极其委屈地伤心哭泣，那些特别容易激动的女人甚至会发歇斯底里。这种情形很普通，也很常见，往往是因为心里另有隐痛，想和人谈谈心，却无人可以倾诉。

可是，受了委屈的老人的天使般的善良，他一句埋怨她的话也没有，又第三次为她配制药水的那种耐心，顿时使涅莉深受感动，她安静下来了。唇边讥讽的笑意消失了，脸上泛起了羞涩的红晕，眼睛湿润了；她迅速地瞥了我一眼，就移开了视线。医生把药水递了过去。她温顺而胆怯地服了药，抓住老人胖胖的发红的手，缓缓地抬起头来看着他的眼睛。

"您……在生气……因为我坏。"她说，不过没有把话说完，她钻进被窝里，蒙着头，歇斯底里地号啕大哭起来。

"噢，我的孩子，别哭……这没有关系……您太激动了；喝点水吧。"

不过涅莉不听他的。

"不要哭了……别难过，"他继续说道，自己也几乎在她身边低声抽泣着，因为他也是很容易激动的人，"我原谅您，我会娶您的，只要您做个品行优良，受人尊敬的姑娘，好好……"

"好好服药！"被窝里响起了像银铃似的尖细的神经质的笑声，哭声还没有止住呢，那是我非常熟悉的笑声。

"善解人意的好心肠的姑娘，"医生郑重地说道，眼里几乎含着泪水。"可怜的小姑娘!"

从这时起,他和涅莉彼此有了一种令人惊讶的奇特的好感。相反,涅莉对我却越来越阴沉、冲动、爱生气。我不知道这是因何而起,感到奇怪,何况这种变化似乎是突然发生的。在她生病的最初几天,她对我非常温柔亲切;好像对我看不够,不让我离开一步,她用发烫的小手拉着我的手,让我坐在她身边,如果她发觉我心情郁闷烦躁,就想方设法使我开心,与我逗乐嬉戏,对我微笑,显然,她在压抑着自身的痛苦。她不愿看到我深夜工作,或者坐着照看她,我不听她的,她就会伤心;有时我发现她有心事;她开始向我百般询问,为什么我那么悲伤,心里在想什么;可是奇怪,只要提起娜达莎,她马上就默然不语,或者说起别的事情。她仿佛在回避有关娜达莎的话题,这使我惊讶极了。我回来时她总是十分高兴。可是只要我拿起帽子要出门,她就有点异样地悲哀地望着我,仿佛含有怨意,一直目送着我。

在她生病的第四天,我整晚坐在娜达莎那里,甚至坐到了后半夜。我们当时有事情要商量。我在出门的时候,对我的小病人说,很快就会回来,我也的确打算早些回家。我在娜达莎那里耽搁下来,可以说是个意外,我对涅莉是放心的,因为她不是一个人在家里。和她在一起的还有亚历山德拉·谢苗诺夫娜,她从顺路来看过我的马斯洛鲍耶夫那里听说,涅莉病了,而我杂务缠身,又没有帮手。我的天,心地善良的亚历山德拉·谢苗诺夫娜可就张罗起来了:

"这么说，现在他就不能来吃饭了！……家里只有他一个人，可怜，就他一个。真的，现在咱们就该表示一下咱们的关切了。这是个好机会，可不能错过。"

她马上就乘上出租马车来到了我们家里，带来了一大包东西。一开口就说，她在我这儿不走了，要帮助我处理家务，随即打开了包裹。其中有病人吃的果汁、蜜饯，有几只童子鸡和一只母鸡，那是给病人康复时补身子的，有橙子、基辅的干蜜饯（给病人吃，如果医生允许的话），还有内衣、被单、餐巾、女衬衣、绷带、纱布——好像要开个诊所似的。

"我家什么都有，"她对我说，讲得急促而匆忙，仿佛急着要赶路似的，"而您是单身汉。您这里什么都缺。所以您要允许我带东西来……这也是菲利普·菲利佩奇吩咐的。哎，现在要……快说，快说呀！现在要做些什么？她怎么样？神志清醒吗？哎呀，她这样躺着不舒服，要把枕头整理一下，让她把头枕得低些，您知道吗……皮枕头是不是更好些？皮枕头是带凉的呀。唉，我真蠢！没有想到带一个来。我去拿……要不要生火？我给您派个老太婆来吧。我认识一个老太婆。您这儿一个供使唤的女人也没有……哎，现在要做些什么呢？这是什么？草药……是大夫开的吗？大概是要用它熬润肺的汤药吧？我马上去生火。"

不过我制止了她，她很惊讶，甚至感到沮丧，原来事情并不太多。这并没有使她完全灰心。她马上就和涅莉交上了朋友，在她生病期间帮了我很多忙，她几乎天天都来，她来时总是假装有什么东西丢了或掉在哪里，必须尽快找到。她还要补充一句，说是菲利普·菲利佩奇叫她来的。她很喜欢涅莉。她们像两姐妹一样相亲相爱，我觉得，亚历山德拉·谢苗诺夫娜在很多地方还是和涅莉一样的孩子。她给她讲各种故事，逗她发笑，后来每逢亚历山德拉·谢苗诺夫娜回去的时候，涅莉就时常想念她。她初来的时候使我的小病人感到很奇怪，不过马上就猜到了这位不速之客的来意，于是习惯性地皱起眉头，变得沉默寡言，态度冷淡。

"她为什么要到我们这儿来？"她等亚历山德拉·谢苗诺夫娜走了以后问道，好像很不高兴。

"她是来帮助你、照顾你的，涅莉。"

"是吗？……为什么呢？可我并没有为她做过什么呀。"

"好人并不期望别人先为他做什么，涅莉。他们喜欢帮助那些需要帮助的人。得啦，涅莉；世界上好人是很多的。不过你倒霉，在你需要的时候，却未能碰到他们。"

涅莉不作声了；我走开了。可是过了一刻钟，她用病弱的声音把我叫到身边，想要水喝，却突然紧紧地搂着我，扑在我怀里，久久地搂着不放。第二天亚历山德拉·谢苗诺夫娜来的时候，她高兴地含笑相迎，不过看到她还是有点儿腼腆。

第三章

　　就是在这一天，我整晚待在娜达莎那里。我回来时已经很晚了。涅莉睡了。亚历山德拉·谢苗诺夫娜也很想睡，可是她一直坐在病人身边等着我。她马上就急促地低声告诉我，起初涅莉很高兴，甚至笑声不断，可是后来就闷闷不乐，看到我还不回来，便默默地若有所思。"后来她抱怨头痛，哭得好厉害，我简直不知道怎么办才好，"亚历山德拉·谢苗诺夫娜补充道，"她和我谈起纳塔利娅·尼古拉耶夫娜，可是我没有什么可以告诉她的；她不再问了，后来老是哭，就那么含着眼泪睡着了。啊，再见了，伊万·彼得罗维奇，我觉得她总算好些了，我该回去啦，菲利普·菲利佩奇也是这么吩咐的。我坦白地告诉您，这一次他只让我出来两个钟头，是我自己留下来的。哪里，没关系，您别为我担心；他才不敢生气呢……除非……唉，我的天，亲爱的伊万·彼得罗维奇，我该怎么办呢，他现在老是醉醺醺地回家！他在忙着什么事，有话也不对我说，他心烦意乱，心里有要紧的事呢；我看出来了；可是到了晚上他还是会喝得醉醺醺的……我就是在想：他现在已经回到家里了，谁伺候他睡觉呢？好啦，我走了，走了，再见。再见了，伊万·彼得罗维奇。我刚才看了看您的这些书，您的书真多，大概都是很深奥的吧；可我这个傻子呀，是从来不看书的……好啦，明天见……"

可是第二天涅莉醒来以后就闷闷不乐，愁眉不展，不乐意理睬我。她对我什么话也不说，好像在生我的气。有好几次我发觉她向我投来的目光，好像在偷偷地看我；在这些目光里深藏着内心的隐痛，然而其中也透露出一丝柔情，这样的柔情在她正面看我的时候是毫不流露的。就在这一天，在服药时发生了她和医生的一场闹剧；我不知道该怎么想才好。

不过涅莉对我的态度完全变了。她的古怪任性，有时简直是对我的怨恨，——这一切一直持续到她不再和我生活在一起的那一天，直到发生了作为本书结局的那场灾难。不过这到以后再说吧。

不过，偶尔有那么个把钟头，她对我会依旧温柔。在这样的时候她似乎倍加温存；就在这时她往往又会哀哀痛哭。但这样的时刻很快就会过去，于是她又陷入原先的苦闷，又怨恨地看着我，或者像在医生面前那样使性子，或者看到她的淘气任性使我不快，突然会哈哈大笑，却又几乎总是以流泪收场。

有一次她甚至还和亚历山德拉·谢苗诺夫娜吵了起来，对她说，不稀罕她的任何东西。在我当着亚历山德拉·谢苗诺夫娜的面开始责怪她的时候，她大发脾气，带着积怨激烈地回答我，可是突然又沉默了，并且整整两天不和我说一句话，不肯吃药，甚至不吃不喝，只有老医生能说服她，使她感到内疚。

我说过，从服药那天起，在医生和她之间产生了一种奇特的好感。涅莉很爱他，总是带着愉快的微笑欢迎他，不管在他到来之前，她的心情多么阴郁。老头子也天天往我们这儿跑了，有时还一天来两次，甚至在涅莉开始下床走动，几乎已经完全康复的时候也是如此，她似乎把他迷住了，不听听她的笑声和对他开的往往很滑稽的玩笑，他就一天也过不下去。他开始给她带来有教育意义的书籍图片。有一本是他特意为她买来的。后来又给她带来装在漂亮的小盒子里的甜食和糖果。这时他常常带着得意的神气走进来，好像在过命名日似的，涅莉马上就猜到他是带着礼物来了。不过他不把礼物拿出来，只是调皮地笑着，坐到涅莉身边，暗示道，如果一位年轻的姑娘举止得体，在他不在的时候值得尊重，那么这样一位年轻的姑娘理当得到嘉奖。同时他是那么忠厚而和善地望着她，涅莉虽然公然嘲笑他，但她那神情开朗的小眼睛里却流露着真诚、亲切的依恋之情。最后，老人得意地从椅子上站起来，拿出一盒糖果，放在她的手里，还一定要加上一句："给我未来的亲爱的夫人。"也许他这时的快乐更胜过涅莉呢。

接着他们在一起说说话，每次他都谆谆嘱咐她，要珍惜健康，并从医生的角度向她提出中肯的建议。

"最要紧的是要注意身体，"他以不容置疑的口气说道，"首先，是为了能活下去，这是主要的一点，其次，是为了永葆健康，这样才能过上幸福的生活。我可爱的孩子，如果您有什么痛苦，那么您要忘掉它，或者最好是竭力不去想它，而要努力想一些高兴的事情……想想愉快的、好玩的事情……"

"想些什么愉快的、好玩的事情呢？"涅莉问。

医生立刻被问住了。

"哦，那个……想想什么天真的游戏呀，适合您这个年龄的；或者是……嗯，反正是这一类的吧……"

"我不要游戏，我不喜欢游戏，"涅莉说，"我倒是喜欢新衣裳。"

"新衣裳！嗯，这可不大好。在生活上要知足，要安分守己。不过，也行，喜欢新衣裳也是可以的。"

"等我嫁给您了，您会给我做很多衣裳吗？"

"瞧您想到哪儿去了！"医生说，不由得皱着眉头。涅莉狡猾地笑着，有一次甚至一时忘情，含笑看了我一眼。"不过……如果您品行优良，我就给您做衣裳。"医生接着说道。

"我嫁给您以后，还要天天服药吗？"

"噢，那时候就不必经常服药了。"医生笑了起来。

涅莉以一阵笑声结束了谈话。老人也跟着她笑，慈爱地看着她快乐的样子。

"顽皮的孩子！"他转身对我说，"不过还是看得出，她很任性，刁钻古怪，好冲动。"

他说得对。我一点儿也不明白，她是怎么了。她似乎根本不愿和我说话，好像我做了什么对不起她的事情。这使我很苦恼。我自己也愁眉不展，有一回整天不和她讲话，不过第二天我就感到惭愧了。她时常哭泣，我简直不知道怎样安慰她才好。不过，有一天她打破了沉默。

那天我在天黑之前就回来了，我看到涅莉很快地把一本书藏在枕头底下。那是我写的小说，她趁我不在家的时候从桌上拿去看了起来。"何必把它藏起来呢？好像怕羞似的，"我在想，不过我不动声色，好像什么也没有发觉。一刻钟以后我到厨房去了一会儿，她迅速地跳下床来，把小说放回原处；我回来时看见书已经在桌子上了。过了一会儿，她把我叫到身边；声音有点激动。她已经有四天不大和我说话了。

"您……今天……要到娜达莎那里去吗？"她问我，声音若断若续。

"是的，涅莉。今天我有很重要的事情要去见她。"

涅莉沉默了一会儿。

"您……很爱她吗？"

"是的，涅莉，我很爱她。"

"我也爱她。"她轻轻地说。然后又是静默。

"我想到她那里去，和她在一起生活。"她又讲了起来，怯生生地看着我。

"这不行，涅莉，"我回答说，感到有点奇怪。"难道在我这儿不好吗？"

"为什么不行？"她发火了，"您不是劝我住到她父亲的家里去吗；可我不愿意去。她有女仆吗？"

"有。"

"那就让她辞掉这个女仆，我去服侍她。我什么都肯干，而且不要她的任何东西；我会爱她的，我还会做饭。您今天就这么对她说。"

"何必呢，你想到哪里去了，涅莉？你把她看成什么人哪，难道她会要你去当厨娘？如果她让你去，她就会平等相待，把你看作自己的小妹妹。"

"不，我不愿她平等相待。我不愿这样……"

"为什么呢？"

涅莉沉默着。她的嘴唇在颤抖；忍不住想哭。

"她现在所爱的那个人不是要离开她，抛弃她了吗？"

我很吃惊。

"你是怎么知道的，涅莉？"

"您亲自对我说过，前天上午亚历山德拉·谢苗诺夫娜的丈夫来的时候，我问过他，他全都告诉我了。"

"难道马斯洛鲍耶夫那天上午来过？"

"来过。"她低下眼睛回答道。

"他来过，为什么你不告诉我？"

"没啥……"

我考虑了一会儿。天知道这个马斯洛鲍耶夫为什么要鬼鬼祟祟地跑来跑去。他在搞什么名堂？得去见见他。

"我说，涅莉，如果他抛弃她，这和你有什么关系呢？"

"您是很爱她的呀，"涅莉回答道，没有抬起头来看我。"既然您爱她，那个人离开以后您就可以娶她为妻了。"

"不，涅莉，她并不像我爱她那样爱我，而且我……不，这是不可能的，涅莉。"

"我可以服侍你们两个，做你们的女仆，你俩就能快乐地生活在一起。"她几乎是耳语似的低声说道，还是没有看我。

"她这是怎么了，这是怎么了！"我想，对她充满了怜惜之情，感到于心不忍。涅莉沉默了，整晚没有再说一句话。我走了以后，她哭了，哭了整整一个晚上，这是亚历山德拉·谢苗诺夫娜告诉我的，她就那么哭着睡着了。夜里甚至在睡梦中哭泣，还在夜里说梦话。

可是从这天起，她变得更加心情抑郁，沉默寡言，而且再也不和我说话了。诚然，我发觉她偷偷地看过我两三次，而她的目光是那样柔情似水！不过这和那引起这一片柔情的瞬间一同消逝了，涅莉几乎每个小时都在变，越来越阴沉，甚至对医生也是如此，医生对她性格上的这种变化感到很惊讶。这时她几乎已经完全康复了，医生终于允许她到户外去散散步，不过只能出去一会儿。天气晴朗暖和。那是复活节后的第一周，今年的复活节来得很迟；我一清早就出去了；我必须到娜达莎那里去一趟，不过我决定早些回家，陪涅莉散散步；暂时让她一个人待在家里。

但是我无法形容，在家里等着我的是怎样的打击。我匆匆赶回家里。到了门口，只见钥匙插在门外边。进门一看，一个人也没有。我被惊呆了。我看到桌上放着一张纸条，上面歪歪扭扭地写着几行粗大的铅笔字：

"我走了，再也不回来了。但是我很爱您。

您忠实的**涅莉**。"

我惊恐地叫了起来，立刻冲了出去。

第四章

　　我还没有跑到街上，还没有想清楚现在该怎么办，突然看见一辆轻便马车在大门前停了下来，亚历山德拉·谢苗诺夫娜从车上下来了，牵着涅莉的手。她紧紧地拉住她，仿佛怕她再一次跑掉。我急忙向她们奔去。

　　"涅莉，你是怎么了！"我叫道，"你去了哪里，为什么呀？"

　　"等一会，您别急；快些到您屋里去吧，进去再说，"亚历山德拉·谢苗诺夫娜叽叽咕咕地说道，"我有些事要告诉您，伊万·彼得罗维奇，"她边走边匆匆地低声说，"真叫人吃惊……走吧，您马上就知道了。"

　　她的脸色告诉我，她有非常重要的新闻。

　　"涅莉，你去躺一会儿，去吧，"我们进屋后她说，"你很疲倦了，开玩笑，跑了多少路哇；在病后是很累人的；躺下，亲爱的，躺下吧。我们走开，不要打扰她，让她睡一觉。"于是她向我使了个眼色，让我和她到厨房去。

不过涅莉没有躺下，她坐在沙发上，双手捂着脸。

我们出来了，亚历山德拉·谢苗诺夫娜连忙把情况告诉我。后来我又了解到了更多的细节。经过是这样的。

大约在我回来的两个小时之前，涅莉给我留下一张纸条离开以后，首先跑到了老医生的家里。她早就打听到了他的住址。医生告诉我，他看到涅莉来到他家里，简直惊呆了，她待在他家里的时候，他一直"不相信自己的眼睛"。"我现在也不相信，"他讲完自己的故事，又补充道，"我永远不会相信这是真的。"不过涅莉真的到过他那里。他安静地坐在书房的圈椅里，穿着睡衣在喝咖啡，这时她跑了进来，在他还没有醒过神来的瞬间，她已经扑上去搂住了他的脖子。她哭着拥抱他，吻他，吻他的手，语无伦次地恳求他允许她在他的家里住下来；她说，她不愿也不能再和我住在一起了，所以才离开了我；她心里很难过；她说她决不会再笑他，也不会再要新衣裳，她要做个好姑娘，要学习，学会给他"洗烫胸衣"（大概她在路上就想好了这些话，也许更早就想好了），最后她还说，她要乖乖地听话，哪怕每天服药，叫她吃什么药都行。她曾经说过想嫁给他，那是她在开玩笑，其实并没有这样想。那个德国老头子惊呆了，扬起一只手一直张口结舌地愣在那里，忘了手里还夹着一支雪茄烟呢，结果烟也熄了。

"小姐，"他说，他总算能说话了，"小姐，听起来，您是要求在我家里有个栖身之地。可是这——不可能哪！您瞧，我很拮据，收人也不多……您这么莽撞，也不考虑考虑……这太糟了！而且看来您是从家里跑出来的。这可不大好，这是不能容许的……再说了，我只允许您在天气好的时候，由您恩人陪伴着稍微散散步，您却丢下恩人，跑到我这儿来，按理说，您应当爱惜身体并且……并且……吃药。而且……而且……我一点也不明白……"

涅莉不让他把话说完。她又哭、又恳求他，但全都没有用。老人越来越吃惊，越来越莫名其妙。最后涅莉丢下他，叫道："哎呀，我的天哪！"从屋子里跑了出去，"那一天我整天不舒服，"医生补充道，结束了自己的故事，"临睡前服了一剂汤药……"

涅莉跑到了马斯洛鲍耶夫家里。她也记住了他们的住址，找到了他们，虽然费了些周折。亚历山德拉·谢苗诺夫娜听涅莉说，想要住到他们家里去，吃惊得不禁双手轻轻一拍。为什么她要这样，是不是在我这儿不痛快？对于这些问题，涅莉没有回答，而是猛地扑在椅子上号啕大哭。"她哭得好伤心，好伤心，"亚历山德拉·谢苗诺夫娜对我说道，"我觉得她哭得要断气了。"涅莉请求收留她，哪怕做侍女，当厨娘，她说她可以擦地板，学会洗衣服（她对洗衣服寄予特别大的希望，不知为什么她认为这是使别人收留她的最重要的条件）。亚历山德拉·谢苗诺夫娜的意见是把她收留下来，直到把事情弄清楚，同时通知我。但是菲利普·菲利佩奇断然反对，立即要她把孩子给我送回来。路上亚历山德拉·谢苗诺夫娜搂着她，吻她，这使涅莉哭得更伤心了。看着她，亚历山德拉·谢苗诺夫娜也大哭起来。两个人就这样一路上哭着来了。

"为什么，究竟为什么，涅莉，你不愿住在他那里；他怎么，欺负你了，是吗？"亚历山德拉·谢苗诺夫娜泪汪汪地问道。

"没有，没有欺负我。"

"那你为什么要走呢？"

"没什么，就是不愿住在他那里……住不下去了……我老是对他耍态度……可他是个好人……在你们家里我不会耍态度，我要干活。"她说，像发了歇斯底里似的放声大哭。

"为什么你要对他耍态度呢，涅莉？……"

"没什么……"

"我从她那里只问出了一句'没什么'，"亚历山德拉·谢苗诺夫娜抹着眼泪说，"她怎么这样苦命呢？这是有病还是怎么的？您看呢，伊万·彼得罗维奇？"

我们进去看涅莉；她躺在床上，把脸埋在枕头里哭。我在她面前跪了下来，握着她的双手吻着。她挣脱双手，哭得更厉害了。我不知道说什么好。这时伊赫缅涅夫老人走了进来。

"我有事找你，伊万，你好！"他说，扫视着我们大家，惊讶地发现我跪在地上。最近老人一直有病。他苍白消瘦，可是好像要在谁面前逞强似的，不把病放在心上，继续为自己的事到处奔走。

"再见了，"亚历山德拉·谢苗诺夫娜专注地看了看老人，说，"晚上我再来看你们，能待上两个钟头左右。"

"这是谁呀？"老人低声问我，看样子他心里在想着别的事情。我对他说了。

"嗯，我来是有事，伊万……"

我知道他有什么事，正在等着他。他来是要与我和涅莉商量，向我要涅莉。安娜·安德烈耶夫娜终于同意把这个孤女收留在家里了。这是我们私下商谈的结果：我说服了她，告诉她，孤女的妈妈也受到了父亲的诅咒，这样一个孤女的状况也许能打动老头子，使他改变看法。我那么有说服力地向她说明了我的计划，以至她现在老缠着丈夫，一定要收留孤女。老人高兴地办起了这件事：首先，他是想让自己的安娜·安德烈耶夫娜满意，其次，他还有自己的打算……不过这一切我以后再作详细的交代……

我已经说过，涅莉从老头子第一次来就不喜欢他。后来我发觉，有人在她面前提到伊赫缅涅夫的名字时，她脸上甚至会流露一种憎恨的表情。老人马上就开始办这件事，一点不绕弯子。他直接走到涅莉跟前，她仍旧躺着，把头埋在枕头里，他握着她的手，问她愿不愿搬到他家里去，做他的女儿？

"我有过一个女儿，我爱她胜过自己，"老人说，"不过她现在不在我身边。她死了。你愿意在我的家里……也在我的心里代替她的位置吗？"

在他那因发烧而干燥红肿的眼睛里饱含着泪水。

"不，我不愿。"涅莉头也不抬地回答说。

"为什么呢，我的孩子？你没有亲人了。伊万不可能永远把你留在身边，而在我那里，你就像在自己的家里一样。"

"我不愿，因为您坏。是的，坏，坏，"她抬起头来，坐在床上，对着老人说道。"我也坏，比谁都坏，可是您比我更坏……"涅莉在这样说的时候，脸色发白，眼里闪着怒火；甚至她那颤抖的嘴唇也由于一种强烈的感受而发白，而扭曲。老人困惑地望着她。

"是的，比我更坏，因为您不愿宽恕自己的女儿；您想完全把她忘掉，所以要收留别人的孩子，可是难道可以忘掉自己亲生的孩子吗？难道您会爱我？要知道，您一看见我，就会想起我是外人，想起您有过自己的女儿，是您自己把她给忘了，因为您是一个冷酷的人。我可不愿在冷酷的人身边生活，不愿，不愿！……"涅莉哽咽道，同时瞥了我一眼。

"后天是复活节，大家都互相亲吻，互相拥抱，大家都和睦相处，一切过失都被遗忘……我知道……只有您这个人，您……噢！冷酷的人哪！您走吧！"

她泪如雨下。这些话，看来她早就想好了，背熟了，就等着老头子再来请她到自己的家里去。老头子惊呆了，脸都白了。他的脸上流露了痛苦的感受。

"为什么人人都这样为我操心呢，为什么，何苦呢？我不愿，不愿！"涅莉突然有些发狂似的叫道，"我去讨饭去！"

"涅莉，你怎么了？涅莉，我的朋友！"我情不自禁地叫道，但是我的感叹只是火上浇油。

"是的，我沿街乞讨还好些，我不在这里待下去了，"她痛哭失声地叫道，"我妈妈也讨过饭，她在临终时亲口对我说：永远做个穷人吧，宁可讨饭也不要……讨饭并不可耻：我不是向一个人乞讨，而是向所有的人乞讨，所有的人和一个人是不一样的；向一个人乞讨可耻，向所有的人乞讨并不可耻；这是一个要饭的女人对我说的；我还小，不能谋生。我就向所有的人乞讨。可我不愿待在这里，不愿，不愿，我坏；我比谁都坏；我就是这么坏！"

这时涅莉突然完全出人意料地从桌上抓起一个茶杯摔在地下。

"瞧，打碎了，"她以一种挑战的胜利姿态望着我说，"茶杯一共只有两个，"她补充道，"另一个我也要把它打碎……看您还怎么喝茶？"

她好像疯了，而且似乎在感受着这疯狂中的喜悦；她似乎也意识到，这样做不光彩，不好，却又似乎在放任自己闹下去。

"她有病，伊万，就是有病，"老人说，"或者……我简直不明白，这孩子怎么会这样。再见！"

他拿起帽子，和我握了握手。他的神情极其沮丧。涅莉使他受到了可怕的侮辱。我暴躁起来了。

"你居然不觉得他可怜，涅莉！"只剩下我们两人时我叫道，"不害臊，你真不害臊！不，你不是一个善良的姑娘，真的是个坏孩子！"我连帽子也不戴就跑出去追赶老人。我想把他送到大门口，哪怕安慰他几句也好。在下楼的时候,我仿佛还看到涅莉因为受到我的责备而惨白的脸。

我很快就赶上了老人。

"可怜的姑娘受了虐待,她也有自己的苦楚,相信我,伊万;我却喋喋不休地向她诉苦,"他苦笑着说,"我触动了她的痛处。人们说,饱汉不知饿汉饥,而我,伊万,还要加上一句,饿汉也并不总是知道饿汉饥呢。好啦,再见!"

我还想说几句闲话,可是老人只是挥了挥手。

"不要再安慰我啦。你还是留神一点,别让你的那个孩子跑了;她看上去就是要跑,"他带着一种愤世嫉俗的情绪说道,接着就快步走了,一面挥动手杖,笃笃地敲击着地面。

他没有料到自己有先见之明。

我回到家里,大吃一惊,涅莉又不见了,这叫我如何是好哇!我冲进过道,到楼梯上找她,呼唤她的名字,甚至敲着一家家邻居的门,打听她的下落;我不能也不愿相信,她又跑了。她怎么跑得掉呢?这幢楼的大门只有一个;她大概是在我和老人谈话的时候,从我们旁边走了过去。不过很快我就沮丧地想到,她可能先躲在楼梯上的什么地方,等我回来时走过去了,再溜走,这样我就不可能遇见她了。无论如何她不会走得太远。

我十分焦急,又奔出去找她,我没有锁上房门,万一她回来,就不会被关在门外。

我首先去了马斯洛鲍耶夫那里。他和亚历山德拉·谢苗诺夫娜都不在家。我给他们留了一张字条，告诉他们又发生了这样糟糕的事情，如果涅莉来了，请他们立即通知我，然后我就去了医生的家里。他也不在家，女仆对我说，除了不久前涅莉来过一次，就没有别人来过。怎么办呢？我决定去找布勃诺娃，我从我认识的棺材匠的妻子那里打听到，布勃诺娃出了什么事被关在警察局里，而涅莉**从那时候起**就没有来过。我精疲力竭，又跑去找马斯洛鲍耶夫；还是那句话：没有人来过，而且他们自己也还没有回来。我的字条还在桌子上。叫我怎么办呢？

我苦恼极了，很晚的时候才走在回家的路上。这天晚上我本来要去看娜达莎，她上午就约了我。可是这一天我甚至顾不上吃饭；涅莉的事使我心烦意乱。"怎么会这样呢？"我想，"难道这是生病所引起的古怪的症状？她该不是疯了吧，还是神志失常？可是天哪，她在哪里呢，我到哪里去找她呢！"

我刚这么激动地叫了一下，突然看到了涅莉，她离开我只有几步之遥，站在 B 桥上。她站在路灯下，没有看见我。我想朝她跑过去，但是我停了下来："她在那里干什么呢？"我困惑地想，我相信现在我决不会再失去她的影踪了，于是决定等着看看。过了大约十分钟，她一直站在那里看着行人。终于有一位衣着体面的老者走过，涅莉走到他跟前，那个人没有停步，从衣袋里掏出什么给了她。她向他鞠了一躬。我无法形容我此时的感受。我的心揪了起来，仿佛我所爱护、赏识、珍惜的宝贝此刻在我面前蒙受羞辱，遭人唾弃，但同时我的泪水涌了出来。

是的，我的泪水是为可怜的涅莉而流，尽管我同时也感到一阵不可遏止的愤怒：她不是因为贫穷而乞讨；没有人抛弃她，任她听凭命运的摆布；她不是逃离残酷迫害她的人，而是从爱她、珍惜她的朋友身边逃走。她似乎想用自己的行动折磨谁，吓唬谁，仿佛要表现给谁看！可是她心里有什么隐秘的想法在酝酿着……不错，老头子说得对；她受了虐待，伤口不能愈合，于是她好像故意要用古怪的举止，用不信任任何人的态度来触痛自己的伤口；好像她自己在欣赏自己的伤痛，欣赏这种**痛苦中的利己主义**，如果可以这样说的话。这样触痛伤口并欣赏自己的伤痛，我是能够理解的：许多受欺凌、被侮辱，遭到命运的迫害而深感命运不公的人都有这样的体验。可是我们有什么不公正的地方能让涅莉抱怨呢？她仿佛要用自己的任性，自己的乖戾的举止使我们吃惊，感到恐惧，好像真的要在我们面前炫耀……但是不对！她现在只有一个人，我们没有人看见她在求乞呀。难道她是在这种行为中自得其乐？她何必求人施舍呢，她要钱有什么用？

得到施舍以后，她从桥上下来，走到一家商店的灯火通明的橱窗跟前。在这里她开始数自己得到的钱；我站在离她有十步之遥的地方。她手里已经有不少钱；看来她从一大早就开始求乞了。她手里攥着钱，穿过街道，进了一家小杂货店。我立即走到小店的敞开的门边，想看看她到那里去要干什么？

我看到她把钱放在柜台上，店东拿了个杯子给她，一个普通的茶杯，很像她不久前打碎的那个，当时她摔了杯子，是要向我和伊赫缅涅夫表示，她有多坏。这个杯子大概只值十五个戈比，也许还不到。店东用纸把它包好，拿绳子扎起来，递给了涅莉，她心满意足地匆匆走出了小店。

　　"涅莉！"她走到我附近时我叫道，"涅莉！"

　　她一震，抬头看了看我，杯子从她手里滑了下来，掉在马路上打碎了。涅莉的脸色很苍白，不过她看了看我，知道我已经全都看见了，全都明白了，蓦地脸红起来；她脸红说明她感到一种难堪的、沉痛的羞惭。我牵着她的手，领她回家。路不远。我们一路上都一言不发。回到家里，我坐了下来；涅莉站在我面前，若有所思，很难为情的样子，仍旧很苍白，低头看着地下。她不敢看我。

　　"涅莉，你去行乞了？"

　　"是的！"她低声说道，头垂得更低了。

　　"你想要够了钱，买个茶杯赔我？"

　　"是的……"

　　"可是，难道我责怪过你，难道我为了这个杯子骂过你？难道你不明白，涅莉，你的行为包含着多少恶意，多少沾沾自喜的恶意吗？这样好不好呢？你羞不羞？难道……"

　　"羞……"她很轻很轻地说，一滴泪水从她的脸上滚了下来。

　　"羞……"我跟着说道，"涅莉，亲爱的，如果我有什么地方对不起你，原谅我吧，让我们言归于好吧。"

她看了看我，泪如泉涌，猛地扑在我的怀里。

这时亚历山德拉·谢苗诺夫娜飞快地跑了进来。

"怎么！她在家里？又跑了？哎呀，涅莉，涅莉，你这是怎么搞的？还好，你总算来家了……您是在哪里找到她的，伊万·彼得罗维奇？"

我向她使了个眼色，叫她不要多问，她明白了我的意思。涅莉还在伤心地哭泣，我亲切地向她告别，请求好心的亚历山德拉·谢苗诺夫娜陪陪她，等我回来，我要去见娜达莎。已经迟了，我急着要赶路。

这是决定我们命运的一晚，我和娜达莎有很多事情要谈，不过我还是提到了涅莉，并且详详细细地对她讲了所发生的事。我的故事使娜达莎很感兴趣，甚至使她感到震惊。

"你知道吗，瓦尼亚，"她想了想，对我说，"我觉得她是爱上了你。"

"什么……怎么会呢？"我惊讶地问道。

"是的，这是爱情的萌动，一个女人的爱情的萌动……"

"你说什么呀，娜达莎，得了吧！她还是个孩子呢！"

"这个孩子已经快十四岁了。她这种乖戾的脾气是由于你不了解她的爱情，而她自己也未必了解；她的乖戾有很多孩子气，然而是沉痛而折磨人的。主要的是，你对我的态度使她忌妒。你这么爱我，在家里大概只为我操心，只谈我，只想着我，因而不大留意她。她注意到了这一点，这刺痛了她的心。她也许想同你交谈，迫切地要向你敞开心扉，却不知如何是好，害羞，自己也不明白自己是怎么了，她在等待机会，而你非但没有给她这样的机会，反而疏远她，时常离开她跑到我这儿来，甚至在她生病的时候，也整天把她独自丢在家里。她哭，就是因为她离不开你，你懵然不觉，使她更加痛苦。就说现在吧，在这样的时候，你为了我而把她独自丢下。你怎能离开她呢？快到她那儿去吧……"

"我也不想离开她，可是……"

"是呀，是我自己请你来的。现在你就去吧。"

"我去，可是，你的话我自然一句也不信。"

"因为这种情况和别人很不一样。你想想她的经历，理解了，你就信了。她的成长与你我是不同的呀……"

我还是很晚才回到家里。亚历山德拉·谢苗诺夫娜告诉我，涅莉又像那天晚上一样，哭了好久，像那时一样"流着泪睡着了"。"现在我可得走了，伊万·彼得罗维奇，菲利普·菲利佩奇是这样吩咐我的，他在等着我呢，真可怜。"

我谢了她，在涅莉的床头坐了下来。我居然在这样的时候离开她，自己也觉得于心不忍。我坐在她身边沉思良久，直至深夜……那是苦涩难言的时刻。

第五章

　　我和公爵在 Б 餐厅度过那个令我难忘的夜晚之后，我一连几天经常在为娜达莎担心。"该死的公爵的威胁意味着什么呢，他究竟想怎样报复她？"我时刻自问，不断猜测而惶惶不安。我终于得出结论，他的威胁不是空话，不是虚张声势，只要她还和阿辽沙同居，公爵确实会找她的麻烦。我想，他心地褊狭，报复心重，为人狠毒而工于心计。要他忘记所受的侮辱而不利用机会报复，是很难的。无论如何，在这件事上，他已经向我指出了一点，关于这一点他讲得相当明确：他坚决要求阿辽沙和娜达莎断绝关系，希望我使她作好在近期分手的思想准备，并且不要有"闹剧、田园牧歌和席勒气质"。自然，他最关心的是要阿辽沙对他感到满意，继续认为他是一个慈爱的父亲，这对于他以后轻而易举地占有卡佳的财产是很重要的。可见我面临的工作，就是要使娜达莎准备好在近期分手。不过我发觉娜达莎有了很大的变化：她过去对我的坦率，连影子也没有了；不仅如此，她似乎不再信任我了。我对她的安慰只是对她的折磨；我问长问短越来越使她厌烦，甚至生气。我往往只能坐在那里，呆望着她！她把两只手交叉在胸前，在屋子里从一个角落踱到另一个角落，仿佛想得出神了，甚至忘了还有我在她身边。当她偶然看我一眼的时候（她甚至回避我的目光），脸上会突然流露出不耐烦的怒气，并且迅速地扭过头去。我明白，她也许正在考虑她自己如何应对近在眼前的分手，她在考虑这个问题时怎能不烦恼、不伤心呢？我深信，她已经决心分手了。不过她的忧郁和绝望还是叫我痛心和害怕。何况我有时又不敢和她讲话，不敢去安慰她。所以只能怀着恐惧的心情等着看，这件事将如何结局。

至于她对我的那种严厉而不容亲近的态度，虽然使我不安，使我痛苦，然而我对我的娜达莎的感情是抱有信心的：我看到，她心情十分沉重，而且心灰意懒。任何外来的干扰都会引起她的气恼和烦躁。在这种情况下，深知我们隐私的亲密朋友的干扰尤其叫我们恼火。可是我也很清楚，娜达莎终究又会来到我身边，在我的感情中寻求安慰。

我和公爵的谈话，我自然不提，告诉她只会使她更加焦急，更加伤心。我只是顺便对她说，我在公爵夫人家里见到过公爵，确信他是个可怕的恶棍。可是她并没有多问，这使我很高兴；不过在我讲到我和卡佳见面的情况时，她听得十分仔细。听了以后，她对卡佳也一字不提，只是她那苍白的脸上泛起了红晕，而且这一天她几乎整天都很激动。谈起卡佳，我什么也不隐瞒，我坦率地承认，卡佳甚至给我也留下了非常美好的印象。又何必隐瞒呢？即使隐瞒，娜达莎也猜想得到，还会因为我隐瞒她而生我的气。所以我故意讲得尽可能详细一些，竭力谈一些她可能关心的问题，特别是因为她所处的地位使她很难向我发问：的确，要她装出满不在乎的样子，打听自己情敌的美好品质，容易吗？

我想，她还不知道，公爵一定会安排阿辽沙在星期一陪伯爵夫人和卡佳到乡下去，我很为难，不知怎样对她说才能减轻这个打击。可是我是多么惊讶啊，我一开口讲，她就制止我，说不必**安慰**她，她五天前就已经知道了。

"我的天哪！"我叫道，"这是谁对你说的？"

"是阿辽沙。"

"什么？他已经说了？"

"是的，我已经决定该怎么办了，瓦尼亚。"她说，她的态度显然在不耐烦地告诉我，不要再谈下去了。

阿辽沙常到娜达莎这儿来，但总是只待一会儿；只有一次在这里一连待了好几个小时；不过我不在。他进来时往往面带愁容，腼腆而温柔地望着她；但娜达莎那么温柔，那么温存地迎接他，使他马上就把一切都忘到了九霄云外，快活起来。他也常去我那里，几乎天天都去。不错，他很痛苦，可他一分钟也不能独坐愁城，于是经常往我那儿跑，想得到一点安慰。

我能对他说什么呢？他抱怨我冷淡，说我冷漠无情，甚至抱怨我对他怀有恶意；唠叨着，哭着，离开我到卡佳那里去了，在那里终于得到了安慰。

就在娜达莎告诉我已经知道他们要走的那一天（这大约是在我和公爵谈过话的一周之后），他绝望地跑来见我，他拥抱我，扑在我的胸前，孩子似的号啕大哭。我沉默着，等着，看他要说些什么。

"我下流，我卑鄙，瓦尼亚，"他开口了，"你挽救我吧。我不是因为自己卑鄙下流才哭，而是因为娜达莎要因我而不幸了。要知道，我就要离开她了，让她独受凄凉……瓦尼亚，我的朋友，告诉我，替我决断一下，我更爱的是谁，是卡佳还是娜达莎？"

"这是我无法决断的，阿辽沙，"我回答说，"你应该比我更清楚……"

"不，瓦尼亚，我不是这个意思；我不会蠢到提出这样的问题；但问题在于，我自己也不知道。我问自己，却回答不出。而你是旁观者，也许比我看得更清楚……好吧，就算你也不知道，那么你告诉我，你觉得呢？"

"我觉得你更爱卡佳。"

"你觉得是这样！不，不，绝对不是！你根本没有猜对。娜达莎是我的至爱。无论如何我决不会离开她；我对卡佳也说过，卡佳完全赞同我的态度。你为什么不说话？嘿，我看到刚才你在笑。唉，瓦尼亚，你从来不安慰我，即使我十分难受，像现在这样……再见！"

他奔出了屋子，给惊讶的涅莉留下了非常强烈的印象，涅莉一直在默默听着我们的谈话。那时她还在病中，躺在床上服药。阿辽沙从来不主动和她说话，来的时候对她几乎丝毫不加理会。

两个小时以后他又来了，他那满面春风的样子使我非常吃惊。他又扑上来搂着我的脖子，拥抱我。

"问题解决了！"他叫道，"所有的误解都澄清了。我离开这里就到娜达莎那里去了：我很伤心，我不能没有她。我一进去就跪在她面前，吻她的脚：我需要这样，我想这样；不这样我就会苦闷而死。她默默地拥抱我，哭了起来。这时我坦率地告诉她，我爱卡佳胜过爱她……"

"她怎么说？"

"她什么也没说，只是温情脉脉地安慰我——对她说了这种话的我！她很会安慰人呢，伊万·彼得罗维奇！啊，我在她面前哭诉了我所有的痛苦，把心里话全都对她说了。我坦率地告诉她，我很爱卡佳，但是不管我多么爱她，也不管我爱上谁，我还是不能没有娜达莎，没有她我会死的。是的，瓦尼亚，没有她我一天也活不下去，我的感觉是这样，是的！所以我们决定马上结婚；不过在下乡之前办不成了，因为现在是大斋期，教堂是不举行婚礼的，只好等到我回来以后，也就是要等到六月一日。父亲一定会同意，这是毫无疑问的。至于卡佳，那有什么办法！我的生活不能没有娜达莎啊……结了婚我和她也去看卡佳……"

可怜的娜达莎！她哄着这个长不大的孩子，坐在他身边倾听他的爱情的表白，并且为了使他安静下来，向这个天真的利己主义者杜撰不久结婚的美丽神话，此时她是怎样的心情啊。阿辽沙的确安静了几天。他往娜达莎那里跑，本来就是因为他的那颗脆弱的心无力独自承受他的悲哀。可是当分别渐渐临近的时候，他又惊慌不安，眼泪汪汪，又跑到我这里哭诉自己的痛苦。最近他对娜达莎依依不舍，一天也离不开她，更别说离开一个半月了。不过他到最后一刻还相信，他只离开她一个半月，等他回来就举行婚礼。至于娜达莎，她完全明白，她的整个命运就要发生变化，阿辽沙永远不会再回到她的身边了，这是必然的。

他们分别的日子到了。娜达莎病了，——她面色苍白，两眼红肿，嘴唇焦黑，时而自言自语，时而迅速而锋利地瞥我一眼，她不哭，不回答我的问题，而当阿辽沙进来，响起他的清脆的声音的时候，她浑身颤抖，像风中的一片树叶。她兴奋得满脸通红，匆匆迎上去，痉挛地拥抱他，吻他，笑着……阿辽沙凝视着她，有时不安地问她身体怎样，安慰她说，他很快就回来了，然后他们就结婚。娜达莎显然在努力克制自己，强忍着泪水。她没有在他面前流泪。

有一次他谈起，要留一笔钱给她在他离开期间使用，并且叫她放心，因为父亲答应给他很多钱，供他路上花费。娜达莎皱起了眉头。等到只有我们两个人在一起的时候，我告诉她，我有**一百五十卢布**是给她的，以备不时之需。她没有问这些钱是哪里来的。这是在阿辽沙离开的两天之前，是娜达莎和卡佳见面的头一天，那是她们第一次也是最后一次见面。卡佳让阿辽沙带来了一张便条，请娜达莎允许她在第二天前来拜访；同时也邀请我，希望在她们见面时有我在场。

我决定不管有什么阻力，十二点（这是卡佳约定的时间）我一定要在娜达莎那里；而烦心的事和阻力真不少。不说涅莉了，伊赫缅涅夫老两口就有不少麻烦事叫我操心。

这些麻烦事开始于一周之前。安娜·安德烈耶夫娜派人来找我，要我抛开一切，立刻赶到她那里去，有要紧的事，一点也不能耽搁。我去了，只有她一个人在家。她在屋子里走来走去，又激动又害怕，焦急地等着尼古拉·谢尔盖伊奇回来。像平常一样，我好久也搞不清楚，她有什么事，为什么那样害怕，而每一分钟看来都十分宝贵。她抱怨我："为什么你老是不来，在我们非常痛苦的时候，把我们像孤儿一样抛在一边"，结果"天知道，没有你会发生什么事情"，在发了一通激烈而于事无补的牢骚之后，她总算告诉我，三天来尼古拉·谢尔盖伊奇那么坐立不安，"简直无法形容。"

"简直不像是他了，"她说，"他坐立不安，夜里偷偷地躲开我，跪在圣像前祷告，睡梦中说胡话，醒来就像疯了一样：昨天要喝汤的时候，他连手边的汤匙也找不到，你问他什么，他的回答总是牛头不对马嘴。他时不时往外跑。'有事，'他说，'我要去找律师；'还有，今天早上他把自己反锁在屋子里，说：'我要写一张要紧的状子。'嘿，我想，你连盘子旁边的汤匙也找不到，还能写什么状子呢？不过我从锁孔里偷偷地看了一下，他坐在那里写，哭得像个泪人儿似的。我想，什么状子是这样写的呢？说不定他是在心疼我们的小村子伊赫缅涅夫卡吧，看来我们的伊赫缅涅夫卡是要不回来了！我正在这样想呢，他突然从桌子旁跳起来，猛地把笔扔在桌子上，满面通红，目光灼灼，抓起帽子出来对我说：'安娜·安德烈耶夫娜，我很快就回来。'他走了，我马上到了他的书桌跟前；那里放着他的大量诉讼文件，他碰也不准我碰。我求过他多少次：'让我把文件挪一挪吧，我擦擦桌上的灰尘。'就是不行，又是叫喊，又是挥舞胳膊，到了彼得堡这里他变得非常烦躁，就爱嚷嚷。我在书桌上找了起来，他刚才写的是哪张纸呢？我确实知道他没有带走，他站起来时把它塞在别的文件下面了。瞧，伊万·彼得罗维奇，这是我找到的，你看看吧。"

于是她递给我一张信纸，有一半写满了字，不过涂改得很厉害，有些地方很难辨认。

可怜的老人！一看最初的几行就知道，他写的是什么，是写给谁的。这是给娜达莎，给他的爱女娜达莎的信。信的开端写得热情而亲切，他表示原谅她了，叫她回家。要把信的内容全都弄清楚是很困难的，信写得又没有条理，又很冲动，还经过无数次的涂改。有一点是看得出的，对女儿的挚爱促使他提起笔来，写了感人肺腑的最初几行，在写了这几行之后，他的感情很快就变了：老人开始斥责女儿，夸张地数落她忘恩负义，愤怒地提醒她是何等固执，责备她麻木不仁，也许一次也不曾想过，她的行为对父母造成了怎样的伤害。他威胁要惩罚、诅咒她的桀骜不驯，最后，他要求她立即乖乖地回家，这样，也只有这样，"在家庭中"过一段温顺规矩的新生活之后，我们也许会决定宽恕你，这是他信里的话。显然，在写了几行之后，他把自己最初的宽容看作是软弱，并引以为羞，最后，他由于自尊心受到伤害而深感痛苦，因而以愤怒和威胁结束了这封信。老太太站在我面前，双手交叉在胸前，担心地等待着，看我读完信会说些什么。

我把我的看法都直言不讳地告诉了她。就是：老头子没有娜达莎再也没法活了，可以肯定地说，必须很快地让他们和解，不过，一切都取决于事态的发展。这时我向她说明了我的猜想。首先，诉讼的不幸结果大概使他非常伤心和震惊，至于公爵胜诉使他的自尊心受了多大的伤害，这样结案多么强烈地激起了他的愤怒，那就更不用说了。在这样的时候，一个人不可能不寻求同情，于是更强烈地想念起他爱如掌上明珠的人。也许还有一点，他一定听说了（因为他一直在密切注意，对娜达莎的情况十分了解），阿辽沙很快就会抛弃她。他能够理解，她现在多么伤心，多么需要亲人的安慰。不过他还是不能释怀，认为自己受到了女儿的侮辱和伤害。他大概有一个想法，认为她终究不会首先来迁就他，也许还认为她根本不会想到他们，没有和解的愿望。在我看来，这就是他的想法，因此他才没有把信写完，也许因此而更强烈地感到受了屈辱，谁知道呢，和解也许还要经过漫长的等待……

老太太一边听我说，一边流泪。最后我告诉她，我必须马上到娜达莎那里去，已经太迟了，这时她猛地想起，对我说，她把**主要的**事情忘记了。她把信从文件下面抽出来的时候，无意中打翻了墨水瓶。的确，信的一角有很大一块沾满了墨水，老太太非常担心，老头子看到墨水渍就会知道，他不在的时候有人翻了文件，安娜·安德烈耶夫娜一定看过了他给娜达莎的信。她的担心是很有道理的。要是他知道我们了解他的秘密，光是这一点就会使他感到羞惭懊丧而愤恨不已，并且出于自尊而固执地不肯宽恕女儿。

　　不过我仔细地想了想，劝老太太不必惊慌。他放下信站起来的时候十分激动，可能记不得那些细节了，现在也许会以为他自己把信弄脏了，却忘记了这回事。我这样平息了安娜·安德烈耶夫娜的担忧，接着我们就细心地把信放回原处。我临行前忽然想起要和她认真地商量一下涅莉的事。我觉得，这个无依无靠的可怜的孤女，她的母亲也是受到自己父亲的诅咒的，她讲起自己过去的遭遇以及母亲之死的悲惨故事，一定会感动老人，激发他宽大为怀，不咎既往的感情。他心里已经有了这样的想法，已经酝酿成熟；对女儿的思念开始战胜他的骄傲和受伤的自尊心。只要推动一下，只要有个合适的机会就行了，而涅莉恰恰可以提供这样的一个机会。老太太非常注意地听了我的话，她的脸上焕发着希望和喜悦的神采。她马上就抱怨我为什么不早说？她开始迫不及待地询问涅莉的情况，最后郑重地表示，她要亲自请求老头子收养涅莉。她已经由衷地喜爱涅莉了，怜惜她有病，问长问短，硬要我给她带一罐果酱，还亲自跑到贮藏室去拿了来；她要给我五个卢布，怕我没有钱支付医药费，我谢绝了，只是在知道涅莉需要衣裳和内衣，因而她还可以在这方面帮助她之后，她才勉强安心了，感到安慰，于是翻箱倒柜，把自己所有的衣裳都翻了出来，从中挑选一些可以送给"孤女"的。

我去了娜达莎那里。我登上最后一级楼梯的时候，——我说过，那楼梯是螺旋形的，——我看见她的门口有一个人，他已经想敲门了，可是听到我的脚步声就停了下来。最后，他大概犹豫了一下，突然改变主意，往楼下去了。我在楼梯口碰到了他，我是多么吃惊哪，我认出了那是伊赫缅涅夫。楼梯上白天也很暗。他紧贴着墙壁让我过去，我还记得他那紧盯着我的古怪的目光。我觉得他好像满面通红；至少他非常窘，甚至惊慌失措。

"哎哟，瓦尼亚，是你呀！"他断断续续地说，"我到这里来要找一个人……要找文书……就为了案子的事……不久前他搬家了……就在这一带……不过，好像不是住在这里。我走错了。再见。"

他沿着楼梯迅速地走了。

我决定暂时不把我们这次相遇的事告诉娜达莎，但是等阿辽沙走后，只剩下她独自留下时，一定马上就告诉她。目前她那么悲伤，即使能充分明了、理解这一事实的震撼力量，也不可能有真正的感悟和切肤之痛，这要等到以后，在她陷入最后的压倒一切的伤感和绝望的时候。现在还为时尚早。

这一天我本来可以到伊赫缅涅夫的家里去，我也很想去一趟，但是我没有去。我觉得老头子看到我会很难堪，甚至会以为，我是由于这次相遇而特意跑去的。我第三天才去。老人很忧郁，不过对我的态度相当自然，一个劲儿谈他的官司。

"我说，你那天是去找谁呀，记得吧，我们在那么高的楼上碰到了，——那是什么时候？大概是前天吧。"他突然很随便地问道，不过还是从我身上移开视线，望着别处。

"有一个朋友住在那里。"我回答说，也望着别处。

"噢！我是去找我的文书阿斯塔菲耶夫；人家指了指那幢楼……可我找错了地方……关于这场官司我不是对你讲过吗，最高法院已经作出了裁决……"等等，等等。

他讲起官司的时候，脸都红了。

那一天我对安娜·安德烈耶夫娜全都说了，想使老太太高兴一下，不过求她不要带着特别的神气去看他，不要伤感，不要有什么暗示，总之，不能以任何形式流露出，她已经知道他的这个古怪的举动。老太太又惊讶又高兴，开头简直不肯相信。她也告诉我，关于孤女的事他已经暗示过尼古拉·谢尔盖伊奇了，可是他默不作声，而从前他老是求我收留小姑娘。我们决定，明天她要直截了当地求他，不兜圈子，不用暗示。可是第二天我们两个人都受到了极大的惊吓，惶惶不安。

情况是这样，伊赫缅涅夫上午和一个处理他的案子的官员见了面。官员声称，他见到了公爵，公爵虽然保留小村子伊赫缅涅夫卡，但"**由于某些家庭情况**",决定给予老人补偿,给他一万卢布。老人离开官员以后就直接跑来找我。他的心情坏极了,闪着狂怒的目光。不知为什么,他把我从家里叫到楼梯上,坚决要求我立刻去见公爵,向他转达决斗的要求。我吓坏了,好久也弄不明白是怎么回事。我开始劝阻他。可是老人怒发如狂,差点儿昏了过去。我连忙进屋拿了一杯水来,可是我回来时,伊赫缅涅夫已经不在楼梯上了。

第二天我去找他,可他已经不在家里了。从此他整整失踪了三天。

第三天我们了解到了详细情况。他从我家里出来,就直接跑去找公爵,他不在家,于是给他留了一张便条。他在便条中写道,他知道了他对那位官员所说的话,认为这些话是对自己的极端的侮辱,而公爵是个卑鄙的家伙,因此他要与公爵决斗,同时警告公爵不要拒绝决斗,否则他将当众受辱。

安娜·安德烈耶夫娜告诉我,他回家时十分激动,心力交瘁,甚至病倒了。他对她很温柔,但对她的问题却很少回答,看得出他正在非常焦急地等待着什么。第二天上午收到了一封邮寄的信;看了信,他大叫一声抱住了自己的头。安娜·安德烈耶夫娜吓呆了。但他立即抓起帽子、手杖,跑了出去。

信是公爵写来的。这封信冷漠、简短而有礼貌地通知伊赫缅涅夫,关于他对官员所说的话,他没有义务对任何人作出任何解释。虽然他很同情伊赫缅涅夫输掉了官司,然而尽管同情,却并不认为,败诉者为了报复而要求对手决斗是正当的。至于以"当众受辱"作为要挟，公爵请伊赫缅涅夫尽可放心，任何当众受辱的情况都不会发生，也不可能发生；他的信将立即送往有关部门，接到报警后，警方一定能采取应有的措施，以维持秩序和治安。

伊赫缅涅夫手里拿着信立刻跑去找公爵。公爵又不在家。不过仆人告诉他，公爵现在大概在 N 伯爵家里。他不假思索地就向伯爵家里跑去。伯爵家的看门人在他已经踏上楼梯时阻止了他。愤怒至极的老人用手杖打了他。他立刻被抓住，拖到台阶上交给了警察，他被带到了警察局。伯爵得到了报告。偶然在座的公爵向这个老色鬼说明，这伊赫缅涅夫就是那个纳塔利娅·尼古拉耶夫娜的父亲（公爵曾不止一次在**这种事情**上为伯爵效力），于是显赫的小老头只是笑了起来，他的愤怒一变而为宽大为怀：命令释放伊赫缅涅夫。不过直到第三天才放了他，而且向老人宣布，是公爵亲自向伯爵求情，饶恕了他。

老人回到家里，像疯了一样倒在床上，整整一个钟头躺在那里动也不动；最后，使安娜·安德烈耶夫娜大为吃惊的是，他欠起身来郑重宣布，他要**一辈子**诅咒自己的女儿，使她永远得不到父母的祝福。

安娜·安德烈耶夫娜吓坏了，不过老人需要护理，尽管她自己也精神恍惚，整天而且几乎整宿都在服侍他，不断用醋湿敷他的头部，还敷上冰块。他发烧，说胡话。我离开他们的时候已经是深夜两点多钟。不过第二天早晨伊赫缅涅夫就起来了，他当天就来找我，决定收养涅莉。不过当时他和涅莉的那次争吵，我在前面已经讲过了；这次争吵使他彻底崩溃了。回到家里就卧床不起。这一切发生在复活节后的第一个星期五，那也是卡佳和娜达莎约会的日子，是阿辽沙和卡佳离开彼得堡的前一天。她们见面时我也在场，那是在早晨，还是在老头子来找我，涅莉第一次逃走之前。

第六章

　　阿辽沙在她们见面之前一个小时就来通知了娜达莎。我到的时候，卡佳的四轮马车刚巧在门前停了下来。和卡佳在一起的是一个法国老妇人，她犹豫了好久，才在卡佳的央求下，终于同意陪她前来，甚至答应让她一个人上楼去见娜达莎，但一定要有阿辽沙在场。卡佳叫我过去，她坐在马车里没有下来，请我把阿辽沙喊来。我去了，娜达莎满面泪痕；阿辽沙和她都在哭。听说卡佳已经到了，她站了起来，擦干泪水，激动地面对门口站着。她身穿一袭白色的衣裳。深褐色的头发梳得很光洁，在脑后挽了一个厚实的发髻。我非常喜欢她的这个发式。娜达莎看到我留在她身边，就请我也去迎接客人。

　　"我一直没有机会来见娜达莎，"在上楼的时候卡佳对我说，"他们那样盯着我，简直可怕。我求了阿尔贝夫人两个星期，她才总算答应了。可您,可您,伊万·彼得罗维奇，一次也没有来看过我！我又不能给您写信,也不想写,因为写信什么也讲不清楚。我是多么想见到您哪……我的天,我的心现在跳得多么厉害……"

"楼梯太陡了。"我回答说。

"是呀……楼梯是很陡……娜达莎不会生我的气吧,您说呢?"

"不,怎么会呢?"

"是呀……当然,怎么会呢;我马上就能亲眼看到了;又何必问呢?……"

我挽着她的手。她甚至脸色发白,好像很害怕。在最后一个拐弯处她停了下来喘口气,不过看了我一眼,又坚决地上去了。

她进去时很胆怯,好像做了什么错事似的。她凝视着娜达莎,娜达莎立即对她笑了。于是卡佳快步走过去,抓起她的双手,紧贴在自己丰满的唇上。娜达莎还什么话也没有说,她就严肃甚至严厉地转向阿辽沙,请他让她们单独待上半小时。

"你不要生气,阿辽沙,"她补充道,"这是因为我有很重要的事情要和娜达莎认真地商量一下,这些话你是不应该听的。听话,你出去吧。不过您,伊万·彼得罗维奇,请留下来吧。我们的所有谈话您都该听一听。"

"我们都坐下吧,"阿辽沙走后她对娜达莎说,"我就这样坐在您对面。我想先看看您。"

她几乎正对着娜达莎坐了下来,有好一会儿凝视着娜达莎。娜达莎不由得对她报以微笑。

"我见过您的照片,"卡佳说,"是阿辽沙给我看的。"

"怎么样,像吗?"

"您比照片更美，"卡佳肯定而认真地说道，"我当时就想，您一定更美。"

"真的吗？而我看您都看得出神了。您太美啦！"

"哪里！我才不美呢！……我亲爱的！"她说，伸出一只颤抖的手握着娜达莎的手，于是两人又默默地互相凝视着。"听我说，我的天使，"卡佳打破了沉默，"我们只能在一起待上半个小时，就这阿尔贝夫人也是勉强才同意的，而我们有很多话要说……我想……我应该……我就干脆问问您吧，您很爱阿辽沙吗？"

"是的，我很爱他。"

"既然这样……既然您很爱阿辽沙……那么……您就应该关心他的幸福……"她怯生生地低声说道。

"对，我希望他幸福……"

"这是不错的……但问题在于：我能使他幸福吗？我是否有权利这样说呢，因为我从您这里夺走了他。如果您觉得，而且我们现在认定，他和您在一起会更幸福，那么……那么……"

"这已成定局了，亲爱的卡佳，您自己也看到了，一切都已成定局。"娜达莎低着头轻轻地回答说。显然，继续这样的谈话使她的心情很沉重。

看来卡佳原想就下面这个话题同娜达莎作一番长谈：谁能使阿辽沙更幸福，她们两人当中谁必须退出？但听了娜达莎的回答，她立即明白了，一切早已成为定局，再也不必多说了。她半张着她那美丽的嘴唇，困惑而伤感地看着娜达莎，依旧握着她的手。

"您很爱他吗？"娜达莎突然问道。

"是的。我也想问您一个问题，我是带着这个问题来的。请告诉我，您究竟为什么会爱上他呢？"

"我不知道。"娜达莎回答说，她的回答似乎透露出一种苦涩的烦躁。

"您认为他聪明吗？"

"不是这个原因，我就是爱他。"

"我也是。我总是好像很可怜他。"

"我也是。"娜达莎回答说。

"现在拿他怎么办呢！他怎么会为了我而离开您呢，我不明白！"卡佳感叹道，"我现在见到了您，就是感到不可理解！"娜达莎低头看着地下，没有回答。卡佳沉默了一会儿，突然站起来，轻轻地搂着她。她俩相拥而泣。卡佳把娜达莎搂在怀里不放，在她圈椅的扶手上坐了下来，吻着她的手。

"但愿您知道，我有多么爱您！"她哭着说，"让我们做姐妹吧，让我们永远保持通信联系……我会永远爱您的……我会那样爱您，那样爱您……"

"他对您说过，我们要在六月举行婚礼吗？"

"说过。他说您也同意。您只是为了安慰他，**随便**说说的，并不当真，是吗？"

"那当然。"

"我就知道您的意思。我会很爱他的，娜达莎，我会给您写信，把一切都告诉您。看来他很快就要成为我的丈夫了；快了。他们都在这样说。亲爱的娜达莎，您现在要……要回自己的家了吧？"

娜达莎没有回答，只是默默地使劲吻了吻她。

"祝您幸福！"

"但愿……但愿您也一样。"卡佳说。这时门开了，阿辽沙走了进来。叫他等这半小时实在太难为他了，看到她俩相拥而泣，他疲惫而心疼地跪倒在娜达莎和卡佳的脚下。

"你哭什么呀？"娜达莎对他说，"就因为要和我分别了？会分别很久吗？六月里不是就回来了吗？"

"那时你们就要结婚了。"卡佳含着眼泪急忙说，也是为了安慰阿辽沙。

"可是我一天也离不开你呀，娜达莎。没有你我会死的……你不了解，现在你对我是多么珍贵。尤其是现在！……"

"嗯，那你可以这么办，"娜达莎突然兴奋地说道，"伯爵夫人还要在莫斯科逗留几天吧？"

"对，差不多要逗留一个星期。"卡佳接口道。

"一个星期！那太好了。你明天送他们到莫斯科去，这只要一天，然后你就马上回来。等到他们要从莫斯科出发的时候，你再回莫斯科去送他们，这样我们就只要分别一个月了。"

"这样好，这样好……你们还可以在一起多待四天。"卡佳高兴地叫道，意味深长地和娜达莎交换了一下眼色。

我无法形容阿辽沙听了这个新计划的高兴劲儿。他马上就不再伤心了；他高兴得容光焕发，又是拥抱娜达莎，又是吻卡佳的手，又是拥抱我。娜达莎带着凄凉的微笑看着他，卡佳却受不住了。她以炽热的、闪亮的目光和我对看了一眼，拥抱了娜达莎，从椅子上站起来要走。恰好这时那个法国妇人派人来，请她们快些结束会晤，说约定的半小时已经过去了。

娜达莎站了起来。她俩相对而立，握着对方的手，仿佛竭力要以目光传达彼此心中的郁结。

"我们永远不会再见面了。"卡佳说。

"永远不会了，卡佳。"娜达莎回答说。

"那我们就此告别。"两人拥抱在一起。

"您不要骂我啊，"卡佳仓促地低语着，"而我……永远会……请相信我……他会幸福的……走吧，阿辽沙，你送送我！"她挽起他的手，很快地说道。

"瓦尼亚！"他们出去以后，心绪不宁、疲惫不堪的娜达莎对我说，"你也跟他们去吧，……不要回来了：阿辽沙要在我这里待到晚上八点；再晚就不行了，他是要走的。家里只有我一个人……你九点左右再来。请吧。"

晚上九点我离开涅莉（在摔破茶杯之后）和亚历山德拉·谢苗诺

夫娜，到了娜达莎那里，这时只有她一个人了，在焦急地等着我。玛芙拉给我们拿来茶炊。娜达莎给我倒了茶，坐到沙发上，叫我坐得近些。

"一切都结束了。"她说，抬头凝视着我。我永远忘不了她的眼神。

"我们的爱情结束了。仅仅半年！而又终生难忘，"她握着我的手说。她在发烧。我劝她穿得暖和些，躺到床上去。

"我就去，瓦尼亚，就去，我好心的朋友。让我谈谈吧，回忆一点往事……我现在已经崩溃了……明天十点我和他见最后一次……**最后一次**！"

"娜达莎，你在发烧，马上就要有寒战；你要爱护自己啊……"

"没有关系。他走后的这半个钟头，我在等你，瓦尼亚，你猜，我在想什么，在怎样问自己？我问：我爱过他还是没有爱过他，我们的爱情算什么？我现在才问自己这个问题，你觉得好笑吧？"

"你不要折磨自己了，娜达莎……"

"你瞧，瓦尼亚，我居然认为，我爱他并不是像平常女人爱男人那样，把他看作一个平等的人。我对他的爱是……几乎是一种母爱。我甚至觉得，世间根本就没有两个平等的人之间的爱情，啊？你说呢？"

我不安地看着她，担心她是不是发起热病来了。她似乎有一种冲动，有一种特别想讲讲话的欲望。她的有些话好像没有联系，有时甚至口齿不清。我非常担心。

"他曾经是**我的**，"她继续说道，"几乎从初次见面开始，我就产生了一种不可遏止的欲望，想要他成为**我的**，快些成为**我的**，除了我，除了我一个人，谁也不看，谁也不认识……卡佳说得好：我对他是这样一种爱，仿佛我不知怎么老是在可怜他……在我独处的时候，我老是有一种不可遏止的愿望，甚至苦恼，唯恐他不能得到完满的、永久的幸福。我不能无动于衷地看他的脸（他脸上的表情你是知道的，瓦尼亚）：那样的表情**谁也没有**，而他一笑起来，我身上就会发冷，掠过一阵寒战……真的！……"

"娜达莎，你听我说……"

"人们都说，"她打断了我的话，"其实你也说过，他意志薄弱，而且……而且不大聪明，像个孩子。可我恰恰最爱他的这一点……你信吗？不过我不知道，我爱的是不是仅仅是这一点：很简单，我是爱他的整个人，假如他不完全是这样的一个人，有刚强的性格，更聪明一些，也许我就不会这样爱他。喂，瓦尼亚，我坦白地告诉你：你记得，我们吵过一次，三个月前他去过她那里，她叫什么来着，啊，明娜……我知道了，探听到了，你信不信：我非常痛苦，同时却又似乎很高兴……我不知道，这是为什么……心里只有一个念头，像其他**大男人**追逐漂亮女人一样，他也像个**大男人**跑到明娜家里去啦！我……那时我和他争吵，心里却感到那样快慰；后来我就原谅了他……哦，亲爱的！"

她看着我的脸，怪怪地笑了起来。然后仿佛在沉思，仿佛还在回想。她那样坐了好久，唇边漾着笑意，沉浸于往事的回忆。

"我非常喜欢原谅他，瓦尼亚，"她继续说道，"你知道吗，他把我一个人丢下的时候，我时常在屋子里走来走去，我痛苦，哭泣，可有时却会想：他越是做对不起我的事情，那倒越好……真是这样！你知道吗：我老是觉得，他好像还是个幼小的孩子；我坐在那里，他把头伏在我的膝上，睡着了，我温存地轻轻抚摩着他的头发……他不在我身边的时候，我总是想象这幅情景……我说，瓦尼亚，"她突然加了一句，"这个卡佳是多么有魅力呀！"

我觉得她是在有意触痛自己的伤口，感到有这样的需要，——一种满怀绝望和痛苦的需要……一个在感情上有太多失落的人往往如此！

"我觉得，卡佳会使他幸福的，"她接着说，"她有个性，说起话来仿佛极有信心，对他是那么又严肃，又庄重，讲的都是一些大道理，像个大人一样。其实她呀，她呀，——还十足是个孩子呢！可爱的姑娘啊，可爱的姑娘！但愿他俩幸福！但愿，但愿，但愿！……"

突然她痛哭失声，流出了伤心的泪。整整有半个钟头，她不能自制，丝毫不能平静下来。

娜达莎，我的天使！就在这天晚上，她还能不顾自己的悲痛，关心我的烦恼；当时我见她平静了一些，或者不如说，我见她累了，想让她排遣一下内心的悲伤，于是对她讲起了涅莉……这天晚上我们很迟才分手；我等她睡着了，临走前我又请玛芙拉整夜陪伴自己病中的女主人，不要离开一步。

"啊，快些吧，快些吧！"我在回家的路上呼喊着，"让这些痛苦快些结束吧！不管采取什么办法，只要能快些，快些！"

第二天上午十点整，我已经在她那里了。与我同时到达的还有阿辽沙……他是来辞行的。当时的情景我不想说，也不愿回忆。娜达莎似乎决心要控制自己的情绪，表现得愉快一些，淡漠一些，但是她做不到。她痉挛地、紧紧地拥抱着阿辽沙。她很少说话，却久久地凝视着他，那是痛苦的、宛如疯狂的目光。她倾听着他的每一句话，却又好像一点也不了解那些话的意思。我记得，他请求她原谅，宽恕他那样的爱情，宽恕他此时使她受到伤害的一切，他的不忠，他对卡佳的爱，他的离去……他语无伦次，泪水使他哽咽。有时他突然开始安慰她，说他只离开一个月，至多五个星期，夏天就回来了，那时他们就举行婚礼，父亲会同意的，而且主要的是，后天他就从莫斯科回来，他们还有整整四天可以相聚，所以现在只是分别一天罢了……

奇怪的是，他完全相信，他讲的都是实话，后天一定会从莫斯科回来……那么他为什么要哭，要痛苦呢？

钟终于敲了十一点。我费了好大的劲才劝得他肯走了。去莫斯科的火车十二点整开车。只剩下一个钟头了。娜达莎后来亲自对我说，她记不得最后一次是怎样看他的了。我记得，她给他画了十字，吻了他，接着就双手掩面，奔回了房间。可我必须把阿辽沙一直送到马车上，否则他一定会往回跑，永远也下不了楼。

"全都指望您啦，"他在下楼时对我说，"我的朋友，瓦尼亚！我对不起你，永远不敢奢望你的友爱，但是始终不渝地把我看作兄弟吧：要爱她，不要抛弃她，把一切都尽量详细地写信告诉我，而且字要写得小些，尽量小些，这样就可以多写一些。后天我又在这里了，一定，一定！不过以后我走了，你要写呀！"

我扶他上了马车。

"后天见！"他在车上对我叫道，"一定！"

我怀着沉重的心情上楼回到了娜达莎那里。她站在屋子中间，两手交叉在胸前，茫然地看了我一眼，好像不认识我了。她的头发披散在一边，眼神迷茫游移。玛芙拉失魂落魄地站在门口，恐惧地望着她。

"啊！是你！你！"她对我叫道，"现在只有你一个人在这里了。你是恨他的！你永远不会原谅他，就因为我爱上了他……现在你又来了！怎么？又来安慰我，劝我回到抛弃我并且诅咒我的父亲那里去。我昨天就知道了，两个月前我就知道你会这样！……我不去，不去！我也诅咒他们！……你滚，我不愿见到你！滚，滚！"

我明白，她心情烦躁，情绪失控，我的出现激起了她的发狂似的怒气，我明白，这是在情理之中，所以我认为还是出去好。我在楼梯口的第一个梯级坐下，——等着。我有时站起来，推开门，把玛芙拉叫出来问问情况；玛芙拉只是哭。

这样过了一个半钟头。我这时的感触是难以形容的。我心如刀割。突然门开了,娜达莎戴着帽子,披着斗篷向楼梯跑来。她好像神志不清,后来她告诉我,她对当时的情形只是勉强记得,也不知道为什么要跑出来,要去哪里。

我还来不及跳起来躲开她,她就突然看到我了,她站在我面前一动不动,好像惊呆了。"我突然想了起来,"她后来对我说,"我这个疯子,我这个残忍的女人,居然把你赶了出去,把你,我的朋友,我的兄弟,我的救星!我看到你,可怜的朋友,受了委屈,坐在我的楼梯上没有离去,却在等着我再来呼唤你,——天哪!但愿你知道我当时的心情!仿佛有一把刀子刺进了我的心里……"

"瓦尼亚!瓦尼亚!"她向我伸出双手,叫了起来,"你在这里!……"随即扑进了我的怀里。

我托住她,把她抱进了屋子里。她昏过去了!"怎么办呢?"我想,"她要患热病了,这是肯定的!"

我决定去请医生;必须及时就医。可以很快地就跑个来回;两点钟之前,我的那位德国老人通常都待在家里。临走前,我恳求玛芙拉一分钟、一秒钟也不要离开娜达莎,也不要让她到任何地方去。上帝帮助了我,再耽误片刻,老人就不在家里了。我是在街上碰到他的,他正从家里出来。我立即把他拉进我的出租马车,在他还来不及吃惊的时候,我们已经动身返回娜达莎的住处了。

是的,上帝帮助了我!在我离开的半个钟头里,娜达莎那里发生了一件事，要不是我和医生及时赶到，这件事就能要了她的命。我走了还不到一刻钟，公爵就到了。他刚送走阿辽沙他们，就直接从火车站来到了娜达莎那里。这次拜访想必是他早就决定的，而且作了周密的考虑。娜达莎后来亲自对我说，在最初的一刹那，她对公爵的到来甚至没有感到惊讶。她说："我的心里乱糟糟的。"

他在她的对面坐了下来，以亲切、同情的目光看着她。

"我亲爱的，"他说，叹息了一声，"我理解您的痛苦；我知道您此刻的心情有多么沉重，因而我觉得自己有义务来拜访您。假如办得到的话，您应该感到宽慰，至少您放弃阿辽沙，就成全了他的幸福。不过，这一点您了解得比我更清楚，因为是您采取了舍己为人的高贵的行动……"

"我坐在那里听着，"娜达莎告诉我，"不过起初，真的，我好像没有明白他的意思。只记得我专心致志地看着他的那张脸。他拉起我的手，紧紧地握着。这好像使他感到很愉快。我那样心不在焉，竟没有想到把手抽回来。"

"您懂得，"他继续说道，"要是您嫁给阿辽沙，以后他会恨您，您的高贵的自尊自重使您能够认识到这一点，并且下了决心……不过，我可不是为了夸奖您才来的啊。我只是要当面告诉您，不论何时何地，您再也找不到比我更好的朋友了。我同情您，怜惜您。我参与这件事是不由自主的……但我履行了自己的义务。您的金子般的心一定能理解我，并且与我和解，请相信吧！"

"够啦，公爵，"娜达莎说，"请您别来打扰我。"

"就依您，我很快就走，"他回答说，"不过我像爱自己的女儿一样爱您，您也一定要允许我常来看您。现在把我看作您的父亲吧，允许我对您有所帮助。"

"我什么也不需要，您走吧。"娜达莎又打断了他的话。

"我知道，您很骄傲……不过我的话是真诚的，是由衷之言。现在您有何打算呢？与父母亲言归于好？这是一件好事，但您的父亲不讲道理，又倔又蛮横；请原谅我这样说，但这是事实。在您的家里，您现在只会受到抱怨，忍受新的折磨……不过，您必须自立呀，而我的责任，我的神圣义务就是在这样的时候关心您，帮助您。阿辽沙恳求我不要丢下您不管，要做您的朋友。不过除了我，还有真心爱护您的人。您大概会允许我向您介绍 N 伯爵吧。他心地极好，是我们的亲戚，甚至可以说，他是我们全家的恩人。阿辽沙很尊敬他，爱戴他。他是一位强者，很有势力，已经老了，您一个姑娘是可以接待他的。我已经对他谈到过您。他可以安置您，假如您愿意，也可以给您安排一份很好的工作……在他的一个女亲戚家里。我早就坦率地对他说明了**我们的**情况，他受到他那善良而又极其高尚的感情的驱使，甚至亲自求我尽快安排你们见面……请相信我，他是很懂得欣赏美的，是一位值得尊敬，为人慷慨的老者，懂得尊重人的尊严，就在不久之前，在一起偶然的事件中，他对您的父亲采取了非常高尚的态度。"

娜达莎仿佛被刺了一下，欠起了身子。现在她终于明白他的来意了。

"出去，马上就给我出去！"她叫道。

"可是，我的朋友，您忘了，伯爵对您的父亲也是会有帮助的……"

"我父亲不要你们的任何恩惠。您走还是不走！"娜达莎又叫了起来。

"天哪，您太性急，太多疑了！怎么这样对我呢，"公爵说，不安地望望四周，"不管怎么说，请允许我，"他继续说道，一边从口袋里拿出了一包东西，"请允许我把这给您留下，以证明我，尤其是N伯爵对您的同情，正是他劝我这样做的。这里，在这包里是一万卢布。请等一下，我的朋友，"他看到娜达莎愤怒地从座位上站了起来，连忙说，"请耐心地听我把话说完：您知道，您父亲同我打官司打输了，这一万卢布是作为补偿，这笔钱……"

"滚，"娜达莎叫道，"带着这些钱给我滚！我把您看透了……哦，卑鄙，卑鄙，卑鄙的家伙！"

公爵从椅子上站了起来，气得脸都白了。

他很可能是来看看环境，了解情况，同时，大概非常指望，这一万卢布对贫困而又被所有人抛弃的娜达莎会起到作用……他卑鄙下流，曾不止一次在这种勾当上为老色鬼N伯爵效劳。但是他仇视娜达莎，眼看此事不谐，马上就改变腔调，幸灾乐祸地急于去羞辱她，**至少总算没有白来一趟。**

"这可不大好啊，我亲爱的，您太不冷静了，"他说，声音有些发抖，因为他迫不及待地想尽快欣赏一下他的侮辱所产生的效果。"这可不大好啊。我向您推荐一个保护人，您却翘起了小鼻子……您不知道，您该感谢我才对呢；我早就可以把您送进感化院了，因为我是那个被您勾引，被您骗光了钱财的年轻人的父亲哪，可我没有这样做……嘿嘿，嘿嘿！"

但是我们已经进来了。在厨房里就听到了说话的声音，我把医生拦住一会儿，倾听着公爵的最后一句话。接着就响起了他那讨厌的冷笑声和娜达莎的惨叫："噢，我的天哪！"这时我推开门，向公爵扑了过去。

我在他脸上唾了一口，使尽全力打了他一个耳光。他想向我扑过来，可是一看我们有两个人，就连忙逃走，顺手抓起了桌上的那一沓钞票……是的，钱是他拿的，这是我亲眼所见。我从厨房的桌子上抓起一根擀面杖，向他扔了过去……我又跑回屋子里，看见医生扶着娜达莎，她在他怀里挣扎，要挣脱他的手臂，好像疾病猛然发作似的。我们好久都不能使她安静下来；最后，我们总算让她躺到了床上。她好像在发烧，说胡话。

"大夫！她怎么样？"我问，吓得心都凉了。

"等一等，"他回答说，"还得观察一下病情才能知道……不过，说真的，情况很不好。甚至会患上热病……不过我会想办法的……"

可是我已经又有了一个主意。我恳求医生在娜达莎身边再待两三个小时，并且要求他保证一分钟也不离开她。他答应了我的要求，于是我回家去了。

涅莉坐在一个角落里，无精打采，愁眉苦脸，古怪地打量着我。大概我自己也显得很古怪。

我拉着她的双手，在沙发上坐下，让她坐在我的膝盖上，并且热烈地吻了吻她。她羞得满面绯红。

"涅莉，我的小天使！"我说，"你愿意做我们的救星吗？愿意拯救我们大家吗？"

她迷惑不解地望着我。

"涅莉！现在全靠你了！有一位父亲，你见过他，也认识他。他诅咒自己的女儿，于是昨天来要求你到他的家里去，代替他的女儿。现在他的女儿娜达莎（你说过，你是爱她的！）被她所爱的人抛弃了，她当初就是同他私奔的。他就是那个公爵的儿子，公爵来过这里，记得吗，那是在晚上，当时你一个人在家，你不愿理睬他，逃了出去，后来就病倒了……你是认识他的吧？他是个恶棍！"

"我知道。"涅莉回答道，她浑身一震，脸色变得很苍白。

"是的，他是个恶棍。他恨娜达莎，因为他的儿子阿辽沙要娶她为妻。今天阿辽沙走了，一个钟头以后，他就来到了她那里，并且侮辱她，还威胁要把她送进感化院，嘲笑她。你懂吗，涅莉？"

她那黑色的眸子倏地炯炯发光，不过她马上就垂下了眼睛。

"我懂。"她说，声音低得勉强才能听得见。

"现在娜达莎又孤单又有病；我让我们的医生陪着她，自己就跑来找你了。听我说，涅莉，我们去见娜达莎的父亲吧；你不喜欢他，你是不愿意去的，不过现在我们两个人一起去吧。我们去了以后，我就告诉他，现在你愿意在他们家里代替他们的女儿，代替娜达莎。老头子现在病了，因为他诅咒了娜达莎，因为最近公爵又恶毒地侮辱了他。他现在根本不愿提到娜达莎，可是他爱她，他是爱她的呀，涅莉，而且希望与她言归于好；我知道，我全都知道！情况就是这样！……你听见了吗，涅莉？"

"听见了。"她还是那样低声地说道。

"你相信吗？"

"相信。"

"好，我和你进去以后，我就让你坐下，他们会亲切地欢迎你，向你问长问短，问起你过去的生活，问起你的母亲和你的外祖父。涅莉，你就像当初对我讲过的那样，把一切都告诉他们。一切，一切，全都告诉他们，什么也不要隐瞒。对他们说，那个恶人怎样抛弃了你的母亲，她怎样死在布勃诺娃的地下室里，你和母亲怎样沿街求乞，她在临死前对你说了些什么，是怎样嘱咐你的……这时你要讲到你的外祖父。告诉他们，他怎样不愿宽恕你的母亲，她怎样在临终的时候派你去找他，求他去见她一面，宽恕她，他怎样拒绝了她的要求……以及她是怎样死的。把一切、一切都对他们说！你说了这一切，老头子一定会深有感触。他知道，阿辽沙今天抛弃了她，她现在孑然一身，受尽欺凌和侮辱，孤苦无依，听凭自己的敌人蹂躏。这一切他都知道……涅莉！救救娜达莎吧！你愿意去吗？"

"愿意。"她回答说，深深地叹了一口气，以一种奇怪的目光久久地注视着我；她的眼神里似乎有责备的意思，我心里感觉到了这一点。

但是我无法放弃自己的主意。我太执着于这个主意了。我拉着涅莉的手走了出去。已是深夜两点多钟。阴云四合。最近一直是闷热的天气，但现在远处传来了第一声春雷。风卷过满是尘埃的街道。

我们坐上了出租马车。一路上涅莉默默无语，只是偶尔看看我，还是那怪怪的、谜一样的眼神。她的胸脯起伏不定，我在车子里扶着她，我感觉到，她的小小的心脏在我的手心里急剧地撞击着，仿佛要从胸腔里跳出来似的。

第七章

我觉得这条路好像长得没有尽头。我们终于到了，我怀着紧张的心情进去见两位老人。我不知道，我将怎样走出他们的家门，但是我知道，无论如何，我必须带着宽恕与和解的佳音才会离开。

已是三点多钟。像平常一样，家里只有两位老人。尼古拉·谢尔盖伊奇心事重重，又有病，半躺在他的那把舒适的圈椅里，脸色苍白，心力交瘁，头上缠着一条手帕。安娜·安德烈耶夫娜坐在他身旁，偶尔用醋敷在他的太阳穴上，带着探询和痛苦的神情不断打量着他的脸，这似乎使老头子很烦躁，甚至恼火。他固执地沉默着，她不敢说话。我们突然到来，使他俩大吃一惊。安娜·安德烈耶夫娜看到我和涅莉，不知为什么突然害怕起来，在最初的几分钟，她那样看着我们，仿佛她突然觉得自己有什么过错似的。

"我把涅莉给你们带来了，"我进门时就说，"她已经拿定主意，现在自己愿意到你们家里来。你们就收留她，爱护她吧。"

老头子疑惑地望望我，一看他的眼神就可以猜得到，他已经全都知道了，就是说，他知道娜达莎现在已经是孑然一身，被人遗弃，也许还遭到了侮辱。他很想猜透我们此来的用意，疑问地打量着我和涅莉。涅莉在发抖，她紧紧地攥着我的手，只是偶尔惊慌地向四周投以一瞥，好像一个被捕捉到的小野兽。不过安娜·安德烈耶夫娜很快就醒悟过来，猜到是怎么回事了，于是蓦地扑到她跟前，亲吻她，爱抚她，甚至哭了起来，亲切地让她坐在自己的身边，握着她的小手不放。涅莉好奇并且有点惊讶地斜着眼睛打量了她一下。

不过，老太太亲切地让涅莉坐在自己的身边以后，就再也不知道该怎么办了，带着天真的期待看着我。老头子皱起眉头，可以说他已经猜到我带涅莉来的用意了。他看到我在注意他那不满的脸色和皱起的眉头，就伸手摸着自己的头，生硬地对我说：

"我头痛，瓦尼亚。"

我们仍然沉默地坐着；我在想该从何说起。屋子里很幽暗，天上阴云密布，远处又响起了阵阵惊雷。

"今年春天这么早就打雷了，"老头子说。"记得一八三七年，在我们那个地方春雷来得更早。"

安娜·安德烈耶夫娜叹息了一声。

"要不要沏茶？"她怯生生地问道，但谁也没有回答她，于是她又转向涅莉。

"我的小宝贝，你叫什么？"

涅莉轻轻地告诉了她，头垂得更低了。老头子注意地看了她一眼。

"在我们这里就是叫叶列娜，对吗？"老太太活跃起来，问道。

"对。"涅莉回答，接着又是片刻的寂静。

"小妹普拉斯科维娅·安德烈耶夫娜有个侄女叶列娜，"尼古拉·谢尔盖伊奇说，"我们也叫她涅莉。我还记得。"

"小宝贝，你怎么一个亲人也没有，没有爸爸也没有妈妈呢？"安娜·安德烈耶夫娜又问。

"我没有亲人。"涅莉生硬地、畏缩地低声说道。

"我听说了，听说了。你妈妈早就死了吗？"

"她是不久前去世的。"

"我的小宝贝呀，可怜的孤女。"老太太接着说。尼古拉·谢尔盖伊奇不耐烦地用手指在桌子上敲着鼓点。

"你的妈妈是外国人吧？您这样说过，是吧，伊万·彼得罗维奇？"老太太在胆怯地继续问长问短。

涅莉的黑眼睛急速地瞟了我一下，仿佛在求助于我。她的呼吸似乎有点儿急促，有点儿困难。

"安娜·安德烈耶夫娜，"我开始说道，"她的外公是英国人，外婆是俄罗斯人，所以她的妈妈可以说是个俄罗斯人；涅莉是在国外出生的。"

"她的妈妈和自己的丈夫是怎样到国外去的呢？"

涅莉突然满面通红。老太太立即意识到自己失言了，在老头子愤怒地注视下不禁一颤。他严厉地看了她一眼，就想把脸扭向窗外。

"她的母亲被一个卑鄙的混蛋所骗。"他突然转身对安娜·安德烈耶夫娜说道，"她跟着他离家出走，并且把父亲的钱都交给了情人；而那个人以欺骗的手段把这些钱据为己有，带她到了国外，然后把她掠夺一空，又抛弃了她。有一个好人没有丢下她，一直帮助她，直到他自己去世为止。他死后，她在两年前回国找她的父亲。你不是这样说的吗，瓦尼亚？"他生硬地问道。

涅莉十分激动，她从座位上站起来，想朝门口走去。

"过来，涅莉，"老头子说，终于向她伸出了一只手。"坐这里，坐在我身边，对，就这儿，坐呀！"他弯下腰，在她的额上吻了吻，轻轻地抚摩着她的头。涅莉浑身战栗……但她控制住了自己。安娜·安德烈耶夫娜深为感动，满怀喜悦和希望看着她的尼古拉·谢尔盖伊奇终于疼爱这个孤儿了。

"我知道，涅莉，一个坏人，一个狠毒而道德沦丧的家伙毁了你的母亲，但是我也知道，她爱自己的父亲，尊敬自己的父亲。"老头子激动地说道，继续抚摩着涅莉的头，忍不住在此刻向我们提出了这样的责难。他那苍白的面颊微微发红；他竭力不看我们。

"妈妈爱外祖父胜过外祖父爱她。"涅莉胆怯然而坚定地说道，也竭力不看任何人。

"你怎么知道？"老头子尖锐地问道，像孩子一样不能自制，又好像为自己的急躁而感到不好意思。

"我知道，"涅莉生硬地回答说，"他不肯收留妈妈，而且……把她赶走……"

我看到尼古拉·谢尔盖伊奇想说什么，想反驳，比如他也许会说，老人不肯收留女儿是有道理的，但是他看看我们，没有说出口。

"外公不收留你们，那你们怎样生活，住在哪里呢？"安娜·安德烈耶夫娜问道，她忽然固执起来，非要把这个话题谈下去不可。

"我们回来以后，找外公找了好久，"涅莉回答，"可是怎么也找不到。就在那时妈妈对我说，从前外公很有钱，还想造个工厂，可现在他穷了，因为带着妈妈出走的那个人，从她手里把外公的钱都拿去了，再也没有还她。这是她亲口对我说的。"

"哼……"这是老头子的反应。

"她还对我说，"涅莉继续说道，她越来越兴奋，好像是要反驳尼古拉·谢尔盖伊奇，不过她是看着安娜·安德烈耶夫娜说的，"她对我说，外公非常生她的气，这全都是她的过错，她说，除了外公，她在这个世界上一个亲人也没有了。她讲起来就哭……'他是不会宽恕我的，'她在回国的途中就对我说了，'不过，也许他看到你，就会喜欢你，并且因为你而宽恕我。'妈妈非常爱我，她在这样说的时候总是会吻我，可是她很怕去见外公。她教我为外公祈祷，自己也祈祷，她还时常对我讲起她过去和外公在一起时的生活，她说外公最爱的人就是她。每到晚上她就为外公弹奏钢琴，读书给他听，外公亲吻她，送她很多礼物……什么礼物都有，有一次他们竟然在妈妈的命名日那一天吵了起来；因为外公以为妈妈还不知道，送的是什么礼物，其实妈妈早就知道了。妈妈想要耳环，外公却老是故意哄她说，他要送的不是耳环，而是胸针；当他把耳环拿出来的时候，他发现妈妈已经知道是耳环，而不是胸针，就因为妈妈已经知道了，他大为生气，半天不理她，后来他又来亲吻她，请求原谅……"

涅莉神往地讲着，在她那满是病容的苍白的面颊上甚至泛起了红晕。

显然，**妈妈**曾一再同自己的小涅莉谈起她往日的幸福时光，坐在地下室的一角，拥抱着、亲吻着自己的小女儿（她的生活中仅有的慰藉），对着她哭泣，却根本没有想到，她的这些故事在多病的孩子的病态、敏感而又早熟的心灵里会引起多么强烈的反响。

可是，醉心于往事的回忆的涅莉仿佛突然醒悟过来，怀疑地环顾四周，住口不说了。老头子皱起眉头，又用指头敲击着桌子；安娜·安德烈耶夫娜眼里闪着泪花，她拿起手帕默默地抹去了泪水。

"妈妈回到这里时，已经病得很重了，"涅莉轻轻地补充道，"她的胸部患有重病。我们找外公找了好久，就是找不到，我们自己在地下室的一个角落里租了一块地方。"

"在一个角落里，又是个病人！"安娜·安德烈耶夫娜叫道。

"是的……在一个角落里……"涅莉回答说，"妈妈没有钱。妈妈对我说，"涅莉激动地补充道，"贫穷不是罪过，为富不仁才是罪过……她又说上帝在惩罚她。"

"你们租的地方就是在瓦西里岛吗？"老头子又转头问我："就是在布勃诺娃那里吧？"他竭力装作随便问问的样子。他这样问，好像是坐在那里不说话有些尴尬。

"不，不是在那里……起初是在市民街，"涅莉回答。"那里又暗又潮湿，"她沉默了一会儿，继续说道，"妈妈害了一场大病，但那时还能走路。我替她洗衣服，她就哭。住在那里的还有个老太太，是一个大尉的遗孀，还有一个退职的公务员，他老是醉醺醺的，每天夜里都大吵大闹。我很怕他。妈妈让我睡到她的床上，搂着我，她自己却浑身颤抖，而那个公务员往往在叫嚷、骂街。有一回他想毒打大尉的遗孀，而她是拄着拐杖走路的年迈的老妇人。妈妈很可怜她，就为她鸣不平；公务员打了妈妈，我就打他……"

涅莉不说了。回忆勾起了她的伤心事；她的眼里冒着怒火。

"我的老天爷！"安娜·安德烈耶夫娜叫道，故事使她极为感动，她目不转睛地看着涅莉，涅莉主要是在对她讲话。

"于是妈妈走了出去，"涅莉继续说道，"把我也带在身边。那是在大白天。我们漫无目的地一直走到黄昏，妈妈牵着我的手边走边哭。我疲倦极了，这一天我们整天没有吃过东西。妈妈老是在自言自语，又不断对我说：'做个穷人吧，涅莉，等我死了，谁的话你也别听。不要去找任何人；就一个人过穷日子吧，要找活干，没有活干，就去讨饭，可别去找**他们**。'傍晚的时候我们正穿过一条大街，妈妈突然叫了起来：'阿佐尔卡！阿佐尔卡！'突然一条脱光了毛的大狗跑到妈妈跟前，尖叫着向她身上扑来，妈妈蓦地一惊，脸色发白，大叫起来，猛地跪倒在一位高个子老人面前，他正拄着拐杖，眼望着地下走来。这位高个子老人就是外公，他形容枯槁，衣着破旧。这是我第一次见到外公。外公也大吃一惊，脸色煞白，他看到妈妈伏在他身边，抱着他的两条腿，——竟挣脱了身，推开妈妈，转身就走。阿佐尔卡还留在我们身旁，不停地叫着，舔着妈妈，接着跑到外公那里，咬住他的衣服下摆，拖他回来，外公拿拐杖打了它。阿佐尔卡又要向我们跑过来，可是外公叫了它一声，它就跟着外公走了，还不停地哀叫着。妈妈躺在地下，像死了一样，旁边围了许多人，警察也来了。我不停地哭着，拉妈妈起来。她站起来，看看周围，就跟着我走了。我领着她回家。人们看了我们好久，不住地摇头……"

涅莉停下来喘口气，克制一下自己的情绪。她的脸色非常苍白，但是她的眼里露出坚决的神气。显然，她终于下决心把一切都说出来。此刻她甚至有一种挑战的样子。

"怎么呢，"尼古拉·谢尔盖伊奇说，声音很不平静，带着一点火气，"怎么呢，你母亲伤害了自己的父亲，他有理由不理睬她……"

"妈妈也是这样对我说的，"涅莉生硬地接口道，"在回家的路上，她老是说：这是你的外公，涅莉，是我对不起他，他诅咒了我，所以现在上帝就在惩罚我。这天晚上和随后的几天她老是这样说。说的时候伤心欲绝……"

老头子不说话了。

"后来你们怎么搬了家呢？"安娜·安德烈耶夫娜问道，她仍在抽泣。

"当天夜里妈妈就得了病，大尉的遗孀在布勃诺娃那里找了一个住处，第三天我们就搬了过去，寡妇是和我们一起搬走的。搬到那里以后，妈妈就完全病倒了，一连三个星期卧床不起，我在旁服侍她。我们的钱用完了，寡妇和伊万·亚历山德里奇帮助了我们。"

"他是棺材匠，那一家的男主人。"我作了说明。

"等到妈妈能起床走动了，她就对我讲了阿佐尔卡的故事。"

涅莉稍微停顿了一下。老头子似乎很高兴，话题转到了阿佐尔卡身上。

"关于阿佐尔卡，她对你讲了些什么呢？"他问，在圈椅里更加缩着身子，好像要更深地遮掩自己的面容，眼睛望着地下。

"她老是对我讲到外公，"涅莉回答说，"她在病中也老是讲到他，即使说梦话，讲的也是外公。等到病情有了起色，她又对我讲起了过去的生活……这时就讲到了阿佐尔卡，因为有一次在郊外的一条河边，几个男孩子用绳子拖着阿佐尔卡，要把它淹死，妈妈花钱从他们手里把阿佐尔卡买了下来。外公一看到阿佐尔卡，就大加嘲笑。阿佐尔卡逃了出去。妈妈哭了；外公惊慌起来，他说，谁把阿佐尔卡找回来，就酬谢一百卢布。第三天有人把它送了回来，外公付了酬金，从这时起他开始喜欢阿佐尔卡了。妈妈非常喜欢它，甚至睡觉时也把它带在床上。她告诉我，从前阿佐尔卡跟着江湖艺人在大街小巷到处跑，会用后腿站立，会让猴子骑在背上走来走去，会拿着枪耍把戏，还会很多别的玩意。妈妈离开外公以后，外公把阿佐尔卡留在身边，到处带着它，所以妈妈一看到阿佐尔卡，马上就猜到外公也在那里……"

老头子看来没有料到涅莉会这样讲到阿佐尔卡，越来越闷闷不乐。他再也不问别的什么了。

"那么，你们就再也没有见到外公了吗？"安娜·安德烈耶夫娜问道。

"不，在妈妈的病情开始好转的时候，我又遇到了外公。我到小店里去买面包，突然看到有一个人带着阿佐尔卡，我一看，那是外公。我闪开，紧靠着墙壁。外公看着我，看了好久，那样子真可怕，我害怕极了，他从我身边走了过去。阿佐尔卡认出了我，在我身旁跳来跳去，还舐我的手。我连忙往家里跑，回头一看，外公走进了小店里。我立刻想到，他大概是在打听我们的情况，心里就更怕了。回到家里我对妈妈一字不提，担心她又会病倒。第二天我没有到小店里去，说我头痛，第三天我才去，没有碰到他，可是心里怕极了，所以来去都是急急忙忙地跑着。又过了一天，我正在街上走，刚拐过街角，迎面就碰到了外公和阿佐尔卡。我撒腿就跑，从另一条街拐弯，再从另一头走进了小店；可是又突然与他劈头相撞，我吓呆了，站在那里迈不开步。外公站在我面前，又看了我好久，然后摸摸我的头，牵着我的手走了，阿佐尔卡摇着尾巴跟在我们后面。这时我才看到，外公已经不能正常地走路了，老是要拄着拐杖，手抖得很厉害。他带我来到一个坐在街角卖蜜糖饼干和苹果的小贩跟前。外公买了一个公鸡形和一个鱼形的饼干，还买了一个糖果和一个苹果，他从皮夹子里取钱时，两只手不住地哆嗦，把一个五戈比的硬币掉在地上，我捡起来给他。他把硬币给了我，又把两块饼干递给我，摸摸我的头，但还是一句话也不说，就离开我回家去了。

"于是我回家对妈妈讲了外公的情形，还说我起初怎样怕他，躲着他。妈妈起先不相信，后来她高兴极了，整晚上向我问长问短，又是吻我，又是哭泣，等我终于把一切全都讲了以后，她就叮嘱我不要怕外公，还说既然外公特意来找我，可见他是爱我的。妈妈又吩咐我，对外公要亲，要我跟他说说话。第二天一大早她就催我出去，催了好几次，尽管我说过，外公总是在傍晚前才来。她远远地跟着我，躲在墙角后面，第二天也是这样，可是外公没有来，这几天下着雨，妈妈得了重感冒，因为她总是同我一起出门，于是又病倒了。

"一个星期后外公才来，又给我买了饼干和苹果，仍旧一句话也不说。等他离去的时候，我悄悄地跟在他后面，因为我早就想要了解外公住在哪里，告诉妈妈。我在街道的另一侧远远地跟着，不让外公看到我。他住得很远，不是在他后来居住和死去的地方，而是在豌豆街，也是在一幢大楼里，他住在四楼。我了解了这些情况，很晚才回到家里。妈妈可担心啦，因为她不知道我到哪里去了。等我说了以后，她又非常高兴了，马上就想第二天就去见外公；可是第二天她犹豫了，她怕去，心里老是害怕，这样过了整整三天，结果就没有去。后来妈妈把我叫到跟前，对我说：'听着，涅莉，我现在有病，走不动，我给你外公写了一封信，你去吧，把信交给他。你要留神，涅莉，看他读了信以后说些什么，做些什么；你要跪下，吻他，请求他宽恕你的妈妈……'妈妈哭得好伤心，不停地吻我，画着十字，向上帝祈祷，又拉着我跪在圣像前面，她虽然有病，还是把我一直送到大门口，我频频回首，只见她老是站在那里，目送着我……

"我来到外公的住处，推开了门，门上没有挂钩。外公坐在桌旁吃面包和土豆，阿佐尔卡站在他面前，摇着尾巴看他吃。外公的这个住处也是只有两扇低矮、阴暗的窗户，也是只有一桌一椅。他是一个人过日子。我走了进去，他是那么吃惊，脸色变得煞白，浑身颤抖起来。我也吓坏了，什么也没说，只是走过去，把信放在桌上。外公一看到信，就勃然大怒，他跳起来，抓起手杖向我举了起来，不过没有打下来，只是把我拉到过道，推了我一下。我还没有走下第一级楼梯，他又开了门，把没有打开的信向我扔了出来。我回家把情况全都说了。妈妈又病倒了……"

第八章

这时响起一声惊雷，倾盆大雨抽打着窗玻璃，屋子里暗了下来。老太太似乎吃了一惊，画了十字。我们一下子都发愣了。

"马上就会过去的。"老头子看着窗外说，随即站起来，在屋子里踱来踱去。涅莉斜着眼睛注视着他。我看到，她很痛苦，非常激动，不过她好像不愿朝我看。

"那，后来怎样了？"老头子问，他又在圈椅里坐了下来。

涅莉胆怯地看看四周。

"你就这样再也没有见到过自己的外公吗？"

"不，见到过……"

"好，好！说下去，我的宝贝，说下去呀。"安娜·安德烈耶夫娜接口道。

"一直到秋末，我有三个星期不曾见到他，"涅莉说，"这时冬天到了，下了一场大雪。我在老地方又遇见外公时，非常高兴，因为妈妈在发愁，他怎么不到这个地方来走动了。我一见到他，就故意往街道的另一边跑，让他看到我在避开他。我一回头，只见外公跟在我后面快步走了过来，接着又跑了起来，想赶上我，并且在叫我："涅莉，涅莉！"阿佐尔卡又跟在他的后面跑。我心软了，就停住了脚步。外公来到我跟前，拉着我的手走，他看到我在哭，就停下来看着我，弯腰吻了吻我。这时他看到我的鞋破了，就问，难道我没有别的鞋子了？我连忙告诉他，妈妈一个钱也没有了，主人家①只是可怜我们才给我们一点吃的。外公什么也没说，不过他带我到市场上，给我买了一双鞋，叫我马上换上，然后就带我到他在豌豆街的家里去，顺路在小店里买了一个馅饼，两个糖果，到家以后，他就叫我吃馅饼，他看着我吃，接着又把糖果都给了我。阿佐尔卡把两个前爪搭在桌子上，也想吃馅饼，我就给了它，外公笑了。后来他拉我站在他身边，摸着我的头，问我读过书没有，学过些什么？我对他说了，他吩咐我，只要我有空，可以在每天三点钟去他那里，他要亲自教我。后来他又叫我转身看着窗外，等他叫我再转过身来。我就依他，可是我悄悄地扭头偷看，他把枕头底下的一角拆开，取出了四个卢布。他取出钱就递给我，说："这是给你一个人用的。"我正要伸手去接，可是后来一想，就说："要是只给我用，那我不要。"外公突然大发脾气，对我说："哼，拿着，随你的便了，你走吧。"我走了，他吻也不吻我一下。

---

① 指棺材匠夫妇，因为涅莉的妈妈租的是他们的地下室的一个"角落"。

"我回到家里，对妈妈全都说了。妈妈的病情越来越糟。有一个大学生常到棺材匠家里来；他给妈妈看了病，关照她要吃药。

"我时常去看外公，是妈妈吩咐我这样做的。外公买了《新约》和一本地理书，开始教我；有时他对我谈起，世界上有哪些国家，生活着什么样的人，有哪些海洋，过去发生过一些什么事情，还说基督宽恕我们所有的人。我主动向他提问题时，他十分高兴；所以我就经常问他，于是他详细地讲给我听，而且讲了上帝的很多故事。我们有时不学习，就和阿佐尔卡一起玩耍。阿佐尔卡已经非常喜欢我了，我教会它从棍子上跳过去，外公笑了，总是抚摩着我的头。不过外公难得有笑容。有一次他讲了很多话，可是突然就沉默了，坐在那里，好像睡着了，可是眼却睁着。他就那样一直坐到黄昏，而在昏暗的暮色里，他的样子是那么可怕，那么苍老……往往有这样的情形：我去看他，他坐在椅子上想心事，什么也听不见，阿佐尔卡躺在他身旁。我等呀等，又咳嗽几声；他也不回头望一眼。我只好走了。妈妈还在家里等着我呢：她躺着，我就对她讲呀、讲呀，天要亮了，我还在讲，外公的情况她都要听：他今天做了什么呀，对我说过什么话呀，讲了哪些故事呀，向我提了哪些功课上的问题呀。我讲到阿佐尔卡，讲到我逼它从棍子上跳过去，把外公逗笑了，妈妈也立刻笑了起来，往往是笑了好久，高兴了好久，又叫我再讲一遍，然后她就开始祈祷。我老是在想，为什么妈妈这样爱外公，而外公却不爱她呢，在见到外公时，我就故意对他讲，妈妈有多么爱他。他老是听着，气呼呼的样子，他老是听，却一句话也不说；于是我就问他，为什么妈妈那样爱他，老是问起他，而他却从来也不问起妈妈呢。外公火了，把我赶到门外去了；我在门外站了一会儿，他又突然把门打开，叫我进去，他还在生气，不说话。后来在我们开始学神学的时候，我又问他，为什么耶稣基督说我们要彼此相爱，要宽恕别人的过失，而他却不肯宽恕妈妈呢？他跳起来叫道，这是妈妈教我这样说的，他又一次把我推出门外，并且说，永远不许我再到他那里去。我说，我决不会再去见他，就离开他走了……第二天外公就搬了家……"

"我说雨很快就会过去嘛，瞧，雨停了，太阳也出来啦……你看，瓦尼亚。"尼古拉·谢尔盖伊奇望着窗外说道。

安娜·安德烈耶夫娜非常惊讶地看看他，一向温顺而畏缩的老太太的眼里突然闪出了怒火。她默默地拉着涅莉的手，让她坐在自己的膝盖上。

"对我讲下去吧，我的小天使，"她说，"我要听。让那些狠心的人……"

她说不下去了，哭了起来。涅莉疑问地望望我，似乎又困惑又胆怯。老头子看着我，耸耸肩，不过立刻扭开了头。

"继续讲，涅莉。"我说。

"我有三天没有去找外公，"涅莉又说了起来，"这时妈妈的病已经很重。我们的钱全都花光了，买药的钱也没有，而且没有东西吃，因为主人家也没有吃的东西了，这时他们也开始埋怨我们，说我们在靠他们养活。于是我在第三天早晨起身，穿好衣服。妈妈问我要到哪里去。我告诉她，我要去找外公要钱。她听了很高兴，因为我对妈妈讲过，他怎样把我赶走，而且我曾对她说，我再也不愿去见外公了，尽管她哭着劝我去，我也不听。我到了那里才知道，外公已经搬了家，我就到他的新家去找他。我刚到他的住处，他就跳起来，向我扑过来，跺着脚，我立刻对他说，妈妈的病很重，需要钱买药，只要五十戈比，可我们吃饭的钱也没有了。外公叫嚷着把我推到楼梯上，还把门扣上，把我关在门外。不过在他推我的时候，我对他说，我会坐在楼梯上等，他不给我钱，我就不走。我就在楼梯上坐着。过了一会儿，他开了门，看到我坐在那儿，又把门关上了。后来过了好久，他又开了门，又看到了我，于是又把门关上。后来他还开门看了好几次。最后他带着阿佐尔卡出来，锁上门，从我身边走了过去，一句话也不对我说。我也一句话不说，仍旧坐在那里，一直坐到天黑。"

"我的小宝贝呀，"安娜·安德烈耶夫娜叫了起来，"一定很冷吧，你是在楼上呀！"

"我穿着一件小皮袄。"涅莉回答说。

"小皮袄管什么用……我的宝贝，你遭了多少罪呀！他，你的那个外公，怎能这样呢？"

涅莉的小嘴唇微微颤抖起来，但她使劲忍住了。

"天已经完全黑了，他才回来，进来时意外地撞在我身上，他叫道：是谁？我说是我。他大概以为我早走了，看到我还在那里，感到很惊讶，在我面前站了好久。突然他用手杖敲了一下楼板，跑去开了门，一会儿给我拿来了一把铜币，都是五戈比的，向我扔过来，都掉在楼梯上。'给你，'他叫道，'拿去吧，我的钱都在这里了，告诉你妈，我诅咒她，'随即把门砰地关上。铜币从楼梯上滚了下去。我摸黑把它们一个个捡起来，外公一定想到，他把铜币撒得满地都是，我在黑暗中很难把它们都捡起来，便拿着一支蜡烛开门走了出来，有了烛光，我很快就把钱都找到了。外公也亲自和我一起找，他对我说，这里大概一共是七十戈比，说着就走了。我回到家里，把钱交给妈妈，把情况也都告诉了她，妈妈的病情更加重了，我自己难受了一夜，第二天也发起了高烧，不过我心里只想着一件事，因为我对外公有气，等妈妈一睡着，我就走到街上，朝外公的家里走去，还没有走到，就站在桥上。这时**那个人**正好走过……"

"那是阿尔希波夫，"我说，"我对您讲到过他，尼古拉·谢尔盖伊奇，就是他曾和一个商人到布勃诺娃那里去，在那里挨了一顿揍。那时涅莉是第一次见到他……说下去，涅莉。"

"我叫住他，向他要钱，要一个银卢布。他看看我，问我：'一个银卢布？'我说：'是的。'他笑了，对我说：'跟我来。'我不知道，该去还是不该去，突然有一位戴着金丝边眼镜的老者走了过来，——他听见我在要一个银卢布，弯着腰问我，为什么我非要一个银卢布不可。我告诉他，妈妈病了，要这些钱买药。他问我们住在哪里，并且记下了地址，给了我一个银卢布的纸币。那个人一看见戴金丝边眼镜的老者就走了，没有再叫我跟他去。我到小店里去把纸币换成了铜钱，用纸把三十戈比包好，留下来给妈妈，七十戈比没有用纸包，故意攥在手里去见外公。我到了他那里，推开门，站在门口，抡起手臂，把所有的钱使劲扔给他，扔得满地乱滚。

"'给，把您的钱拿去！'我对他说，'妈妈不要您的钱，因为您诅咒她，'我把门砰地关上，一溜烟跑了。"

她目光炯炯，以一种天真的挑战神气望着老头子。

"该，"安娜·安德烈耶夫娜说，她不看尼古拉·谢尔盖伊奇，把涅莉紧紧地搂到怀里，"对他就该这样；你的外公是个刻薄的冷酷无情的人……"

"哼！"尼古拉·谢尔盖伊奇有了反应。

"那后来呢，后来呢？"安娜·安德烈耶夫娜急切地问道。

"我不再去看外公了，他也不再来看我。"涅莉回答说。

"怎么，你和妈妈的日子怎么过啊？唉，你们好可怜，真可怜！"

"妈妈的病情更加恶化了，她已经不大能起床，"涅莉哽咽着说，她的声音在颤抖。"我们已经一文不名了，我就跟着大尉的遗孀出去。她挨家乞讨，在街上也拦住好心人求乞，她就这样活着。她告诉我，她并不是乞丐，她有文件证明她的身份，文件上还写明，她家境贫寒。她把这些文件拿给人看，有些人看了就给她钱。就是她曾对我说，向所有的人乞讨并不可耻。我就跟着她走街串巷，得到一些施舍，我们就以此为生。这事让妈妈知道了，因为邻居骂她是乞丐，布勃诺娃亲自来对妈妈说，最好把我交给她，不要再讨饭了。她过去也来找过妈妈，带钱给她；妈妈不要，布勃诺娃就说：您何必这样倔强呢，又派人送来食物。现在听她这么一说，妈妈哭了，非常震惊，布勃诺娃就骂她，因为她已经喝醉了，并且说我本来就是个乞丐，在跟着大尉的遗孀讨饭，当天晚上就把大尉的遗孀赶出了屋子。妈妈知道了这些情况，哭了起来，后来她突然从床上起来，穿好衣服，拉着我的手要走。伊万·亚历山德里奇来劝阻，可是她不听，我们就走了。妈妈勉强能走路，时常要在街上坐下来，我搀扶着她。妈妈老是说，她要去见外公，要我带她去，这时天早就黑了。我们突然来到一条大街；那里的一幢楼房前停着许多四轮马车，有很多人从车上下来，窗口灯火辉煌，并且飘来音乐声。妈妈站住了，她抓住我的手，就在那时她对我说：'涅莉，做个穷人吧，一辈子做个穷人吧，不要到他们那里去，不管有谁邀请你，不管有谁来了。你是有可能待在那里的，做个衣着漂亮的富家小姐，可我就是不愿意。他们都是一些凶狠冷酷的家伙……所以我嘱咐你：做个穷人吧，去做工，去讨饭吧，如果有谁来找你，你就说：我不愿到你们那里去！……'这是妈妈在病中对我说的，我要一辈子听她的话，"涅莉补充道，她激动得发抖，小脸通红，"我要一辈子当女仆，做工，我到你们家来，也是要当女仆，做工，不是要做你们的女儿……"

"得了吧，得了吧，我的宝贝，得了吧！"老太太紧紧地搂着涅莉说道，"要知道，你的妈妈那时是有病哪。"

"她是疯了！"老头子暴躁地说道。

"就算她是疯了！"涅莉猛地转身对他说，"就算她疯了，可是她对我这样说，我就要一辈子照办。她说了这句话，甚至晕了过去，倒在地上。"

"我的天哪！"安娜·安德烈耶夫娜叫道，"一个病人，冬天昏倒在大街上？……"

这时尼古拉·谢尔盖伊奇用一只手沉重地撑着桌子站了起来，用一种沉重的、茫然的目光扫了我们大家一眼，又仿佛虚弱无力地跌坐在圈椅里。安娜·安德烈耶夫娜不再看他，抱着涅莉放声大哭……

"就在她临死前的最后一天，妈妈在傍晚把我叫到跟前，拉着我的手说：'我今天就要死了，涅莉，'她还想说什么，可是已经说不出话来。我看着她，可是她好像已经看不见我了，只是把我的一只手紧紧地攥着。我悄悄地抽出我的手，冲出了屋子，一路上跑着去找外公。他一见到我，马上从椅子上跳了起来看着我，他极为震惊，脸色变得煞白，浑身颤抖起来。我抓起他的手，只说了一句话：'她就要死了。'这时他突然惊慌失措，抓起手杖跟着我就跑；他连帽子也忘了戴，可是天气很冷。我拿起帽子给他戴上，两个人一起奔了出来。我催他快走，对他说，最好雇一辆出租马车，因为妈妈马上就要死了；可是外公只有七个戈比。他叫住马车夫，讨价还价，那些人只是笑笑，还嘲笑阿佐尔卡，阿佐尔卡跟在身旁，我们跑了一程又一程。

外公累了，喘不过气来，可还是急急忙忙地连奔带跑。他突然跌倒，帽子也掉了。我把他扶起来，又给他戴上帽子，搀着他走，直到夜色降临才回到家里……可是妈妈已经死了。外公一看到她，就双手一拍，颤抖着站在她身边，一句话也说不出来。这时我走到去世的妈妈身旁，抓起外公的手，对他叫道：'你看看吧，你这个狠心的坏人！你看看！……你看呀！'外公大叫一声，倒在地上，像死了一样……"

涅莉跳起来，挣脱了安娜·安德烈耶夫娜的怀抱，站在我们当中，她脸色苍白，疲惫不堪，神色惊惶。但安娜·安德烈耶夫娜向她扑了过去，又把她搂在怀里，猛醒似的大叫：

"我，我现在是你的母亲，涅莉，你就是我的孩子！是的，涅莉，我们走，离开他们这些狠心的坏人！让他们去作践人吧，上帝，上帝不会放过他们……我们走，涅莉，我们离开这里，我们走！……"

无论是以前还是以后，我从来没有见到她会这样，也从来没有想到，她居然会这样激动。尼古拉·谢尔盖伊奇挺直身子，从圈椅里站了起来，急促地问道：

"你要去哪里，安娜·安德烈耶夫娜？"

"找她去，找女儿去，找娜达莎去！"她叫道，拉着涅莉向门口走去。

"别忙，别忙，你等等我！……"

"没有什么好等的，你这个狠心的坏人！我等得太久了，她也等得太久了，现在我和你永别了……"

老太太说到这里，回头看了丈夫一眼，她愣住了：尼古拉·谢尔盖伊奇手里拿着帽子站在她面前，正在用虚弱颤抖的手匆匆忙地穿大衣。

"你也……你也跟我去！"她感叹地叫道，两只手祈求地交叉在胸前，怀疑地望着他，仿佛不敢相信会有这样的幸福。

"娜达莎，我的娜达莎在哪里呀！她在哪里，在哪里呀！我的女儿在哪里呀！"老人的胸膛终于迸发出这样的呼喊，"把我的娜达莎还给我吧！在哪里呀，她在哪里呀！"他一把抓住我递给他的手杖，就向门口冲去。

"宽恕了！他宽恕了！"安娜·安德烈耶夫娜叫了起来。

不过老人没有走到门口。门迅速地开了，娜达莎奔进了屋子，她脸色苍白，双目闪光，仿佛在害着热病。她皱巴巴的衣衫被雨淋得透湿。遮在头上的头巾滑到了后脑勺上，凌乱、浓密的头发上闪着大滴的雨珠。她奔了进来，一看到父亲就叫着扑倒在他面前，双膝跪地，向他伸展着双臂。

第九章

不过他已经把她抱在怀里了！……

他像抱孩子一样把她抱起来，送到自己的圈椅上，让她坐下，自己在她面前跪了下来。他吻着她的手、脚；他急切地吻她，急切地瞅着她，似乎还不相信，她又和他在一起了，他又能看见她，听见她的声音了——她，自己的女儿，自己的娜达莎啊！安娜·安德烈耶夫娜痛哭失声，抱着她，把她的头紧紧地搂在胸前，在这样的拥抱中一动不动，一句话也说不出来。

"我的朋友！……我的生命！……我的心肝！……"老人断断续续地呼喊着，他握着娜达莎的双手，像恋人一样瞅着她那苍白、清瘦，却又极美的小脸，瞅着她那闪着泪花的眼睛。"我的心肝，我的孩子！"他反复地说，又静静地带着崇敬和陶醉的神情看着她。"为什么，为什么你们都说她瘦了呢！"他说，孩子气地转向我们粲然一笑，依旧跪在她的面前，"她瘦瘦的，不错，有些苍白，不过看看她呀，她有多美！比过去更美了，是的，更美了！"他补充说，不由得默默地心酸起来，这高兴时的心酸，仿佛要把他的心撕成两半。

"您起来，爸爸！您起来呀，"娜达莎说，"我也想吻吻您哪……""啊，亲爱的！你听，你听，安奴什卡①，她说得多好哇，"他痉挛地拥抱着她。

"不，娜达莎，不，我应该俯伏在你的脚下，直到我的心感觉到，你宽恕了我，因为我不管怎样也永远、永远不配得到你的宽恕了！我抛弃你，我诅咒过你，你听见吗，娜达莎，我诅咒过你，——我居然会这样！……而你，而你，娜达莎，你居然也就相信，我会诅咒你！你相信了——你相信了呀！你是不该相信的！你要是不相信，干脆不相信，那有多好！你的心肠好硬！你为什么不到我这儿来呢？你明知我会怎样接纳你！……啊，娜达莎，你是知道的，我过去多么爱你，而现在，在这段时间里，我更是加倍地爱你，一千倍地爱你！我爱你爱得心里流血！我但愿把自己的心血淋淋地掏出来，把这颗伤痕累累的心放在你的脚下！……啊，我的心肝！"

"您吻吻我啊，您这个冷酷无情的人，像妈妈那样，吻我的唇，吻我的脸呀！"娜达莎用苦涩、虚弱、满含快乐泪水的声音激动地叫道。

"还要吻眼睛！还要吻眼睛！记得吗，像从前那样，"在和女儿久久地、甜蜜地拥抱以后，老头子反复说道。"啊，娜达莎，你梦见

_____

① 安娜的爱称。

过我们吗？而我几乎夜夜都梦见你，夜里总是你到我这儿来，我就对着你哭，有一次你像个孩子似的来了，就像你还只有十岁，刚开始学钢琴的时候那样，——穿着短短的连衣裙，好看的小鞋，一双红红的小手……那时她的一双小手是红红的，你记得吗，安奴什卡？——你来了，坐到我膝上，搂着我……你呀，你呀，是个狠心的丫头！你居然以为，我会诅咒你，你来了我会不要你！……其实我……听我说，娜达莎，其实我常到你那里去，你妈不知道，谁也不知道；时而站在你的窗下，时而在你大门外的人行道上等你，有时一等就是半夜！只是想等你出来，能远远地对你看上一眼！每到夜晚你的窗口时常点着一支蜡烛；多少次呀，娜达莎，我在夜晚来到你那里，哪怕能看到你窗口的烛光，哪怕能见到你在窗口的身影，在心里祝你晚安。你也曾在夜晚为我祝福吗？你想到过我吗？你心里是否曾感觉到，我就在你的窗下？多少次我在冬天的深夜，走上你的楼梯，站在黑暗的过道里，在门边倾听，看能不能听到你的嗓音？会不会传来你的笑声？我诅咒过你？可是就在那天晚上，我到你那里去过，我是去宽恕你的，不过到了门口又回来了……啊，娜达莎！"

他站起来，扶起她，把她紧紧地搂在心口。

"她又在这儿了，又贴在我的心口，"他叫道，"啊，上帝，感谢你，为这一切，为这一切，为你的愤怒，也为你的慈悲！……为暴风雨过后照耀着我们的你的太阳！我为有此刻而感谢你！啊！尽管我们被伤害，尽管我们被侮辱，可是我们又相聚在一起，让那些傲慢而骄横，伤害并侮辱我们的人得意去吧！让他们去诽谤我们吧！别怕，娜达莎……我们要手牵着手出去，我要告诉他们：这是我钟爱的女儿，这是我无辜的女儿，你们侮辱她，伤害她，可是我，我爱她，我要永远为她祝福！……"

"瓦尼亚！瓦尼亚！……"娜达莎柔声呼唤我，从父亲的怀抱里向我伸出一只手。

噢！我永远不会忘记，她在这时还会想到我，呼唤我！

"涅莉在哪里呀？"老头子往四周看看，问道。

"哎呀，她到哪里去了？"老太太叫起来，"我的小宝贝！我们把她给忘了！"

可是她不在屋子里；她悄悄地溜进了卧室。我们都到那里去了。涅莉站在门后的角落里，怯生生地躲着我们。

"涅莉，你怎么了，我的孩子！"老头子叫道，想拥抱她。可是她不知怎么看了他好久……

"妈妈，妈妈在哪里？"她好像神志不清地说，"我的妈妈在哪里，她在哪里呢？"她又叫了一声，向我们伸出颤抖的双臂，突然从她胸中迸发出一声可怕的、骇人的尖叫；她的脸上掠过一阵痉挛，她的病猛烈发作，倒在了地板上……

尾 声

临终前的回忆

六月中旬。那是个闷热的天气，城里待不下去了。到处是尘土、石灰、脚手架，晒得滚烫的砖头，被蒸汽污染的空气……不过，听，真叫人高兴！天空响起了雷声，天渐渐地暗了下来；起风了，卷起街道上的一股股尘埃。一些巨大的雨点重重地落在地上，接着仿佛天突然裂开了，城市上空大雨倾盆。半小时后，太阳又出来了，我打开陋室的窗户，挺起疲乏的胸膛，贪婪地深吸一口新鲜的空气。我欣喜若狂，真想抛开笔，抛开所有的工作，也抛开出版商，跑到瓦西里岛上我的朋友们那里去。不过，我虽然受到强烈的诱惑，还是及时克制了自己的冲动，又狂热地投入工作：无论如何一定要把它完成！这是出版商的要求，否则我就拿不到钱。朋友们在**那里**等我，不过晚上我就自由了，像风一样完全自由，而今晚的快乐时光将是对我这两天两夜的辛劳的奖赏，——我写了三个半印张。

我的工作终于完成了。我扔下笔，缓缓站起来，我觉得背痛，胸痛，头晕目眩。我知道，我的神经已受到很大的损害，我仿佛又听到了我的老医生最近对我说的话："再好的身体也受不了这样紧张的工作，因为这是无法忍受的！"不过现在看来，这还是可以忍受的呀！我的头发晕，几乎站不住，但是我的心里洋溢着无限的喜悦之情。我的小说完成了。虽然我还欠出版商很多钱，但是他眼看拿到了这本书，还是多少会付给我一些钱的，——哪怕是五十卢布吧，而我很久以来就没有看到手里有这么多钱了。自由和金钱！……我兴高采烈地拿起帽子，把手稿夹在腋下，一溜烟地跑了出去，我要赶在我最亲爱的亚历山大·彼得罗维奇还在家里的时候碰到他。

我碰到了他，不过他已经到了门口。他刚才也做了一笔与文学无关，却非常有利的交易。他和一个肤色黝黑的犹太人在自己的书房里坐了两个小时，终于把他送了出来。看到我，便客气地向我伸出手来，用柔和亲切的男低音向我问好。这是一位极善良的人，我，说真的，在很多方面多亏他的帮助。在文学界他一辈子都只是一个出版商，但这有什么错呢？他明白，文学需要出版商，而且他看得很准，很及时；他理应得到荣誉，受到尊敬，不言而喻，这是出版商的荣誉。

他愉快地笑了，因为他知道我的小说完成了，下一期杂志的主要栏目也就有了保障。他觉得奇怪，我居然能够**完成**，并且亲切地讲了两句挖苦我的俏皮话。然后他走到自己的铁箱子跟前，拿出答应给我的五十卢布，同时递给我一本厚厚的抱敌意的杂志，把批评栏里的几行文字指给我看，那里有几句话涉及我最近的一部小说。

我一看，这是一位"文抄公"的文章。他没有骂我，也没有恭维我，我也就很满意了。不过"文抄公"顺便提到，我的作品总是"有一股汗味"，意思是说，我写作时汗流浃背，费尽心机，不断修饰润色，使作品散发出叫人腻味的匠气。

我和出版商都大笑起来。我告诉他，我的上一部小说是用两个通宵写成的，这一次花了两天两夜的时间写了三个半印张，——但愿指责我过分雕琢，进展迟缓的"文抄公"了解这一点！

"这都怪您自己不好，伊万·彼得罗维奇。为什么您迟迟不肯动笔，以致不得不熬夜工作呢？"

当然，亚历山大·彼得罗维奇是个大好人，不过他有一个特殊的嗜好，喜欢在据他看来深知其底细的人面前吹嘘他的文学见解。但是我不想和他讨论文学，收到钱就拿起帽子准备走了。亚历山大·彼得罗维奇要到他在岛上的别墅去，听说我要去瓦西里岛，便好心地邀请我乘他的马车同行。

"我有一辆新的四轮轿式马车，您还没有看到过吧？非常漂亮。"

我们走下门前的台阶。马车的确非常漂亮，亚历山大·彼得罗维奇在拥有这辆马车的初期感到非常满意，甚至有一种内心的渴望，想用它"顺路"捎上自己的熟人。

在马车上亚历山大·彼得罗维奇又有好几次讨论起现代文学。他在我面前毫不忸怩、从容不迫地重复着别人的各种观点，这都是他在最近几天从他所信任并尊重其见解的文学家那里听来的。在这种情况下，他所推崇的有时竟然是非常奇怪的论调。有时他会把别人的见解搞错了，或者用错了地方，结果是胡诌一通。我坐在那里默默地听着，对人类贪欲之多、之奇深感惊讶。"就说这个人吧，"我暗自在想，"他很可以一门心思地去攒钱；不，他还想要名望，文学家的名望，优秀出版家、批评家的名望！"

此刻他正在竭力详细地向我阐述一种文艺思想，这是他在三天前从我本人这儿听到的，他曾表示反对，就在三天前还和我争论过，现在却把它当作自己的思想向我宣扬。不过，他如此健忘是常有的事，他的这个无可厚非的弱点在熟人当中是众所周知的。现在他在**自己的**马车里高谈阔论，他是多么愉快，多么得意，多么安然自在啊！他在谈论深奥的文艺问题，甚至他那柔和得体的男低音也给人以学识渊博的印象。渐渐地他开始**自由发挥**，提出了一种无可厚非的怀疑论观点，认为在我国，而且不论在哪个国家，文学界谁也不会具有正直谦虚的美德，只会"互相泼污水"，尤其是在书刊征订开始的时候。我暗自觉得，亚历山大·彼得罗维奇甚至有一种倾向，就是他对于任何一位正直真诚的文学家，就因为他正直、真诚而把他看作傻子，至少也是看作糊涂虫。不言而喻，这种见解是直接来自亚历山大·彼得罗维奇的过分天真。

不过我已经不再听下去了。到了瓦西里岛，我下车就跑去见我的朋友们。转眼我就到了十三道街，他们的小屋就在眼前了。安娜·安德烈耶夫娜一看到我，就伸出一根手指发出警告，对我双手直摇，还**发出嘘声**，让我小声点儿。

"涅莉刚刚睡着，可怜的孩子！"她连忙压低嗓门对我说，"千万不要把她闹醒了！小宝贝的身子真是太虚弱了。我们都在为她担心。医生说，暂时还不要紧。可您的这位医生能说出什么正经呢！您太不像话了吧，伊万·彼得罗维奇？大家都在等您呢，等您来吃午饭……您有两天没有来啦！……"

"不过我三天前就说过，这两天我来不了，"我对安娜·安德烈耶夫娜低声说道，"我得把工作做好……"

"可你答应今天来吃午饭的呀！怎么没有来呢？涅莉，我的小天使，特意从小床上起来，我们让她坐在安乐椅上，把她抬到餐桌跟前，她说：'我想跟你们一起等瓦尼亚，'可我们的瓦尼亚却没有来。快到六点啦！你在哪里逛到现在呀？您可真淘气！您让她好伤心，我简直不知道怎样安慰她才好……还好，她睡着了，可怜的小宝贝。尼古拉·谢尔盖伊奇又到城里去了（他回来吃下午茶），只有我在这里忙来忙去……他的差使嘛，伊万·彼得罗维奇，有着落了，可我一想到要去彼尔姆，心就凉了……"

"娜达莎呢？"

"在小花园里，闺女在小花园里！您去吧……不知怎么，她也怪怪的……我简直不明白……唉，伊万·彼得罗维奇，我心里好难受！她说她很愉快，很知足，可我不信……你去找她吧，瓦尼亚，以后再悄悄地告诉我，她是怎么了……好吗？"

可是我已经不理会安娜·安德烈耶夫娜了，立即往小花园跑去。小花园附属于这幢房子，长、宽各有二十五步，满园青翠。园中有三棵高大的枝繁叶茂的古树，几株幼小的白桦，几丛紫丁香和金银花，有一片悬钩子，两畦草莓，两条蜿蜒的小径纵横其间。老头子对小花园赞叹不已，还说不久就会长出蘑菇来。涅莉爱上了这个园子，人们常常用圈椅把她抬到花园的小径上，涅莉现在成了全家的宠儿。我看到娜达莎了，她愉快地伸着手向我迎上来。她瘦多了，脸色好苍白！她也是大病初愈。

"全都完成了吗，瓦尼亚？"她问我。

"完成了，完成了！我整晚都有空啦。"

"那太好了！紧赶慢赶，累坏了吧？"

"不干不行哪！不过不要紧。这样紧张的工作使我的神经特别兴奋。我的想象更鲜明、更活跃，感受更深刻，甚至文不加点，所以紧张地工作效果更好。一切都很如意……"

"唉，瓦尼亚，瓦尼亚！"

我发觉，娜达莎近来对我在文学上的成就和声誉极为关注。这一年来凡是我写的东西，她无所不读，时常询问我今后的计划，对所有关于我的评论都很感兴趣，对某些批评表示气愤，而且希望我对自己在文学上的造诣一定要有一个很高的评价。她的愿望表现得如此强烈而执着，甚至使我对她现在的这种倾向感到吃惊。

"你只会弄得文思枯竭，瓦尼亚，"她说，"你这样日夜强迫自己写，有一天会文思枯竭的，而且还会搞坏了身体。你看 **C**，他每两年才写一个中篇，再看 **N**，花了十年工夫，只写了一部长篇小说。时间虽然长些，却是精雕细刻！你找不到一点马虎的地方。"

　　"是呀，他们都衣食无忧，写作不受时间的限制，而我却是驿站上的疲于奔命的老马！咳，这都是废话！不谈了吧，我的朋友。告诉我，有什么新鲜事吗？"

　　"有很多呢。首先是，**他**来信了。"

　　"他还在给你写信？"

　　"还在写。"于是她把阿辽沙的信递给我。这已经是别后的第三封信了。第一封信他还是在莫斯科写的，当时的情绪似乎很激动。他说，看情况无论如何也不能按临别前的计划从莫斯科回彼得堡了。他在第二封信里急忙通知说，他日内即将返回，以便及早与娜达莎成婚，他说这一点已经定了，是任何力量也阻挡不了的。可是从全信的语气来看，他显然处于绝望之中，别人的影响给他的压力越来越大，以致他自己也不相信他所说的话。他顺便提到，卡佳是他的天使，只有她在安慰他，支持他。我赶紧拆开他现在的这**第三封**信。

　　这封信共有两页，写得语无伦次，字迹潦草，信纸上洒满了墨水和泪水。一开头阿辽沙就表示要与娜达莎脱离关系，劝她把自己忘掉。他竭力证明，他们的结合是不可能的，外部的敌对势力太强，而且这样也好：他们在一起彼此都不会幸福，因为他们不是相配的一对。但是他按捺不住，突然抛开自己的推理和论证，也没有撕掉信的前半部就接着表白，他对不起娜达莎，说他是个失败者，没有力量反抗赶到乡下来的父亲的愿望。他写道，他无法形容自己内心的痛苦；他又顺便表白，他自信有能力给娜达莎带来幸福，又突然开始证明，他俩是天造地设的一对，顽强而愤怒地反驳他父亲的说法；他在绝望中描绘了他俩，他和娜达莎，一生幸福的情景，如果他们结合的话，他诅咒自己的懦怯，于是——向她诀别！他写信时很痛苦，看来是忘乎所以才这样写的，我的眼里涌出了泪水……娜达莎又把卡佳写来的信递给我。这信和阿辽沙的信是放在同一个信封里捎来的，不过单独封了口。卡佳的信很短，只有寥寥数行，她说阿辽沙确实很伤心，常哭，似乎很绝望，甚至身体有些不适，不过**她**和他在一起，他会幸福的。此外，卡佳竭力向娜达莎解释，请她不要以为，阿辽沙很快就能不再悲伤，不要以为他的悲伤不是出自内心。"他永远不会忘记您，"卡佳补充道，"而且永远也不可能忘记您，因为他不是这种人；他无限爱您，永远都会爱您，不管什么时候，要是他不再爱您了，要是他提起您不再怀念了，那么我立刻就会因此而不再爱他……"

我把两封信还给了娜达莎；我们彼此看了一眼，什么话也没有说。在接到前两封信时也是这样，而且我们现在总是避免谈到往事，好像我们有过约定似的。她痛苦至极，这一点我看得很清楚，但是她对我也不愿表露。回到父母身边以后，她身罹热病，卧床三个星期，现在才刚刚痊愈。我们甚至很少谈起不久就要发生的变化，虽然她也知道，老头子有了差使，我们分别在即。尽管如此，她在这个时期对我是那么温柔体贴，对与我有关的一切是那么关注；我的一些情况是应当告诉她的，她总是那么专注地倾听，起初我甚至很不好受：我觉得她是为了往事，想对我有所补偿。然而这种不快不久就烟消云散：我明白了，她对我是另有一番情意，她**干脆就是**爱着我，她的爱是无限的，没有我，不关心我的一切，她就不能生活，我想，没有一个妹妹会像娜达莎爱我那样爱她的兄长。我很清楚，我们面临的离别使她心情沉重，她也知道，我也不能没有她；但是我们却只字不提，虽然我们对即将发生的种种事情谈得很详细……

我问起了尼古拉·谢尔盖伊奇。

"我想，他很快就要回来了，"娜达莎回答，"他答应回来喝下午茶。"

"他还在忙着谋差使吗？"

"是呀；不过，差使现在是肯定会有的；他似乎没有必要在今天出去奔走，"她若有所思地补充道，"明天去也行的。"

"那为什么走了呢？"

"就因为我收到了这封信……"

"他太**心疼**我了，"娜达莎停了片刻补充说，"这简直使我很不好受呢，瓦尼亚。他似乎做梦也只是梦见我。我敢肯定，他只关心我的情况怎样，过得好不好，在想什么，此外就没有别的心事。我的一切烦恼都会对他产生影响。我看到，他有时多么尴尬地勉强装出并不为我操心的样子，勉强地有说有笑，还和我们逗逗乐。在这样的时候，妈妈也惘然若失，不相信他的笑是发自内心，只顾在那里叹气……她就是那样煞风景……老实人哪！"她笑着说。"今天我收到信了，他就赶紧跑了出去，以免看到我伤心的样子……我爱他胜过爱自己，胜过爱世上所有的人，瓦尼亚，"她低下头，握着我的手补充道，"甚至胜过爱你……"

我们在花园里走了一个来回，她才又说起话来。

"马斯洛鲍耶夫今天来过，昨天也来过。"她说。

"是呀，他最近成了你家的常客了。"

"你知道他为什么到这里来吗？妈妈非常相信他，我也不知道是什么缘故。她觉得他什么都懂（法律啦什么的），什么事都能办得到。你猜猜，她现在有个什么念头？她暗中又伤心又惋惜，我没有成为公爵夫人。这个念头使她寝食不安，看来她把心事都对马斯洛鲍耶夫说了。这件事她不敢对爸爸讲，她想：马斯洛鲍耶夫能不能帮帮她呢，哪怕是在法律方面？马斯洛鲍耶夫看来没有顶撞她，于是她就用葡萄酒款待他，"娜达莎讪笑地说。

"这个调皮的家伙是干得出的。可你怎么会知道呢？"

"是妈妈亲自对我露了口风……她是转弯抹角说的……"

"涅莉怎么样了？她好吗？"我问。

"我简直奇怪，瓦尼亚，你到现在都没有问起她！"娜达莎责备地说。

涅莉在这个家里是所有人的宠儿。娜达莎非常爱她，涅莉也终于对她真心相待。可怜的孩子！她没有想到，她会遇上这么多好人，会得到这么多人的爱，我高兴地看到，她那颗愤世嫉俗的心变得宽容了，她向我们大家敞开了心扉。她以一种异乎寻常的热情呼应着大家的爱，和过去不同，她现在被温馨的爱所包围，而过去的生活只能在她的心里孕育着不信任、仇恨和固执。不过，她曾在一个相当长的时间里坚持固执的态度，有意隐藏在她的内心涌动的温情的泪水，最后才向我们大家流露了她的一片真情。她深情地爱上了娜达莎，接着又深爱着老头子。而我更是她离不开的人，要是我好久不来，她的病情就会加重。最后这一次，我要离开两天，以便最后完成被耽误的工作，我不得不好好安慰她……当然，找了一些能使她放心的理由。涅莉还是不好意思太直露、太无所顾忌地表露自己的感情……

我们都很为她操心。我们没有经过任何交谈，默默地决定，她将永远留在尼古拉·谢尔盖伊奇的家里，可是离别的时刻越来越近，她的病情也越来越沉重。当初我和她来到两位老人的家里，老两口与娜达莎终于在那天言归于好，从那天起涅莉就病了。不过，我在说什么呀？她一向就有病。过去她的病情也在慢慢加剧，不过现在开始非常快地日益沉重。我不了解，也讲不清，究竟是什么病。不错，她发病的次数比过去略微多了一些，然而主要的似乎是精力衰竭，虚弱不堪，是经常过于激动，心情紧张，这种情况近来已经把她折磨得不能起床了。奇怪的是，她的病越沉重，她就越和善，越温柔，涅莉对我们就越真诚开朗。三天前，我从她的小床旁边走过的时候，她抓住我的手，把我拉到跟前。房间里没有别人。她的脸在发烧，眼里闪着火热的光芒。她急剧而充满激情地向我探过身子，我弯下腰凑近她时，她用黝黑瘦弱的双臂紧紧地搂住我的脖子，热烈地吻我，然后马上就要求见到娜达莎；我把她喊来了；涅莉一定要娜达莎坐在她的床边，并且看着她……

"是我自己想看您，"她说，"昨天我梦见过您，今夜也一定会梦见您……您常在我的梦里出现……夜夜如此……"

她显然有话想说，她的感情需要宣泄；但是她自己也不明白自己的感情，也不知道该怎样表达……

除了我，她最爱的人可以说就是尼古拉·谢尔盖伊奇。应当说，尼古拉·谢尔盖伊奇几乎就像爱娜达莎一样爱她。他有令人惊叹的本领，能使涅莉开怀大笑。他一来往往就有了欢笑甚至嬉闹的声音。病中的小姑娘开心得像个婴儿，她对老头子撒娇，戏弄他，对他讲自己的梦，而且总是杜撰一些逗笑的情节，还要他也讲故事给她听，老头子看着自己的"小女儿涅莉"，是那么高兴，那么称心，每一天都被她逗得越来越欢天喜地。

"她是上帝派来，弥补我们大家所遭到的苦难。"有一天晚上他要离开涅莉了，照例给她画了十字以后，对我这样说。

每天晚上我们都相聚在一起（马斯洛鲍耶夫也几乎每晚都来），偶尔来访的还有老医生，他心里充满了对伊赫缅涅夫老两口的依恋之情；涅莉也坐在圈椅里被抬到我们的圆桌旁。通阳台的门敞开着。夕阳下的碧绿的小花园历历在目。园中飘来青草和刚刚绽放的紫丁香的清香。涅莉坐在圈椅里时而温柔地看看我们大家，倾听着我们的谈话。有时她兴奋起来，也不知不觉地说点儿什么……不过在这样的时候，我们听着，通常会感到忐忑不安，因为在她的回忆里有一些不能涉及的话题。那一天，我、娜达莎和伊赫缅涅夫夫妇都深感负疚，因为内心激动、心力交瘁的涅莉**非要**对我们讲讲自己的生活经历。医生特别反对这种回忆，于是大家通常是想方设法岔开话题。在这种情况下，涅莉却不露声色，仿佛不明白我们的用意所在，只顾和医生或尼古拉·谢尔盖伊奇开开玩笑……

可是她的情况还是越来越糟。她变得异常敏感，心律失常。医生甚至对我说，她可能不久于人世了。

我没有把这话告诉伊赫缅涅夫夫妇，以免他们伤心。尼古拉·谢尔盖伊奇深信，在起程之前她一定能康复。

"爸爸回来了，"娜达莎说，她听到了他的声音。"我们去吧，瓦尼亚。"

尼古拉·谢尔盖伊奇像平时一样，一跨进门槛就大声说话。安娜·安德烈耶夫娜对他双手直摇。老头子立刻安静下来，他看到我和娜达莎，便神色匆忙地对我们谈起他奔走的结果：他所张罗的差使已经到手了，所以他很高兴。

"再过两个星期就可以动身啦。"他搓着手说，又关切地瞟了娜达莎一眼。而她报以微微一笑，拥抱了他，于是他的担心顿时烟消云散。

"我们要走了，要走了，我的朋友们，我们要走啦！"他喜气洋洋地说道，"只是你呀，瓦尼亚，和你分手真叫人难受……"（我注意到，他一次也没有邀我与他们同去……在另一种情况下，就是说，如果他不知道我爱着娜达莎，那么按他的性情，是一定会约我同行的。）

"可是有什么办法呢，我的朋友们，没有办法啊！我很难受，瓦尼亚；不过换个地方，我们都会振作起来……换个地方，**一切**都会跟着改变！"他又瞅了女儿一眼，补充道。

他对这一点很有信心，并且因为有这样的信心而高兴。

"涅莉怎么办？"安娜·安德烈耶夫娜说。

"涅莉？怎么说呢……她嘛，这个小宝贝有点儿小病，不过到那时她肯定能复原。她现在已经好些了，你说呢，瓦尼亚？"他似乎有点担心地说，不安地看着我，好像我能解除他的疑虑似的。

"她怎么样？睡得好吗？她没事吧？现在她醒了没有？我说，安娜·安德烈耶夫娜，我们赶快把小桌子搬到阳台上去，把茶炊也拿来，等朋友们到齐了，我们大家就坐在那里，让涅莉也来……那就太好了！她醒了没有呢？我到她那儿去。我只是看看她……不会吵醒她的，你放心！"他看到安娜·安德烈耶夫娜又在对他摇手，连忙说。

不过涅莉已经醒了。过了一刻钟，我们都围桌而坐喝晚茶。

涅莉坐在圈椅上被抬了出来。医生到了，马斯洛鲍耶夫也到了。他给涅莉带来了一大束紫丁香；不过他不知有什么烦心的事，似乎很恼火。

顺便说说，马斯洛鲍耶夫几乎天天都来。我已经说过，人人都非常喜欢他，尤其是安娜·安德烈耶夫娜，但是我们绝口不提亚历山德拉·谢苗诺夫娜，马斯洛鲍耶夫自己也不提。安娜·安德烈耶夫娜听我说，亚历山德拉·谢苗诺夫娜还不是他的**合法**妻子，她便暗自决定，在家里接待她或谈论她都是不能容许的。大家都遵守这一条，安娜·安德烈耶夫娜本人也十分注意。其实，要是娜达莎不在家里，要不是发生过那些不堪回首的往事，她也许是不会如此挑剔的。

这天晚上涅莉不知怎么特别忧郁，甚至满腹心事。她似乎做了一个噩梦，正在想着梦中的情景。不过马斯洛鲍耶夫的礼物使她非常高兴，她满怀喜悦地看着面前插在玻璃杯里的鲜花。

"你很爱花吧，涅莉？"老头子说，"你等着吧！"他兴奋地补充道，"明天……不说了，你会亲眼看到的！"

"我爱花，"涅莉回答说，"我还记得，我们是怎样用鲜花迎接妈妈的。我们还在**那边**的时候（**那边**表示国外），妈妈害过一场大病，病了整整一个月。她有一个月没有跨出房门一步，我和亨里希商量好了，等妈妈起床，第一次走出自己卧室的时候，我们要在所有的房间里摆满鲜花。我们真的这样做了。妈妈晚上说，第二天早晨她一定要出来与我们共进早餐。第二天我们早早地就起来了。亨里希拿来了很多鲜花，我们用绿叶和花带把整个房间布置起来。有常春藤，还有那种很宽很宽的树叶，可我叫不出名字，还有别的叶子，它们碰到什么就会钩住，有大朵大朵的洁白的花儿，有水仙，我最爱水仙了，还有玫瑰，那么好看的玫瑰，花儿可真多啊。我们编成一条条花带挂起来，或者放在花盆里，还有的花像一棵棵树，就放在直筒的大桶里；我们把它们布置在屋角和妈妈的几把圈椅旁边，妈妈出来了，她好惊讶，好高兴，亨里希乐不可支……那情景我至今记得……"

　　这天晚上涅莉似乎特别虚弱，容易激动。医生不安地看着她。可她很想讲话。她讲着当初在**那边**的生活，讲了好久，直到天色暗了下来。我们没有打断她。在**那边**，她与妈妈和亨里希去过很多地方，往日的回忆鲜明地活跃在她的脑海里。她激动地谈到蓝蓝的天，谈到她亲眼见过并从一旁经过的冰雪覆盖的高高的山峰，谈到山间瀑布；又讲到意大利的湖泊和峡谷，讲到那里的花朵树木，乡村居民，他们的衣着和他们的黝黑的面庞、黑色的眼睛；然后讲了他们遇到的形形色色的人和事。接着讲到大都市和宫殿，带圆顶的高耸的教堂，整个圆顶突然会光芒乍现，五彩缤纷；接着讲到酷热的南方城市，那里有蓝蓝的天空，蓝蓝的大海……涅莉还从来没有对我们这样详细地讲过自己的往事。我们非常注意地听她讲。在此之前我们知道的只是她的其他一些回忆：一座昏暗、阴沉的城市，它的沉闷、麻木的氛围，污染的空气，华贵却又总是污渍斑斑的府第；它的暗淡、苍白的太阳，那些使她和妈妈受尽摧残的恶毒而几近疯狂的人们。于是我想象到，在那肮脏的地下室，在凄风苦雨的夜晚，母女相拥躺在破旧的床上，回忆自己的过去和去世的亨里希，以及异国的名胜古迹……我也想象着涅莉，在妈妈死后，独自回忆着这一切，而那时布勃诺娃要以毒打和野兽般的凶残摧毁她的意志，迫使她堕入不幸的深渊……

可是涅莉终于陷入了半昏迷的状态，大家把她抬了回去。老头子非常吃惊，也很生气，悔不该让她讲了这么多话。她的病发作起来，就像昏死过去一样。这样的发作已经有过好几次。她有话要单独对我说。她那样恳切地要求，这一回连医生也执意要满足她的愿望，于是大家都走出了房间。

"我说，瓦尼亚，"只剩下我们两个人的时候，涅莉说，"我知道，他们以为我会跟他们一起动身，但我是不会去的，因为我不能去，我要暂时留在你身边，这一点我早就该告诉你了。"

我想劝劝她，我说，伊赫缅涅夫一家都非常爱她，会把她当亲女儿一样看待。人人都会好好地爱护她。相反，在我这儿她会觉得日子难过，虽然我很爱她，但是没有办法，不得不分手。

"不，不行！"涅莉固执地说，"因为我常常梦见妈妈，她叫我不要跟他们走，要留在这里；她对我说，我把外公一个人丢下，是很大的罪过，她说的时候一直在哭。我要留在这里，要去找外公啊，瓦尼亚。"

"可你外公已经死了，涅莉。"我说，听了她的话我很吃惊。

她想了一会儿，凝神看着我。

"你再对我讲一遍吧，瓦尼亚，"她说，"讲讲外公是怎么死的。全都告诉我，什么也不要遗漏。"

她的要求使我感到惊讶，不过我还是十分详细地讲了起来。我怀疑她是在说胡话，至少也是发病以后神志还不大清楚。

她注意地听了我讲的这段往事，我记得，在我讲的时候，她的一双发出病态、狂热的闪光的黑眼睛始终目不转睛地凝视着我。屋子里已经很暗了。

"不，瓦尼亚，他没有死！"她听完我的话，又想了一会儿，断然说道。"妈妈常对我谈到外公，昨天我对她说：'外公已经死了，'她听了很伤心，哭着说，不，他们说的不是真的，外公在到处乞讨，'就像我和你从前那样到处乞讨，'妈妈说，'他一直在那座桥上走来走去，我和你第一次遇见就是在那里，当时我跪倒在他面前，阿佐尔卡认出了我……'"

"这是梦，涅莉，是一个很反常的梦，因为你现在有病呀。"我对她说。

"我自己也总在想，这只是一个梦，"涅莉说，"我对谁也没有说。只想告诉你一个人。可是，今天你来之前我睡着了，在梦里我又见到了外公本人。他坐在自己家里等我，他瘦骨嶙峋，样子好可怕，他说他已经两天没有吃东西了，阿佐尔卡也一样，他很生气地埋怨我。他还说，没有鼻烟了，没有鼻烟他就没法活。的确，瓦尼亚，这话他以前也对我说过，那是在妈妈死后，有一天我去看他的时候。那时他病得很沉重，几乎已经不省人事。今天我又听他这样说，就想，我要去站在桥上乞讨，要到足够的钱，就给他买面包、烤土豆和鼻烟。于是我仿佛站在桥上求乞，我看到外公在附近走来走去，他略微放慢脚步，来到我身边，看我要到了多少，就全都拿去。他说，这钱是买面包的，你再要钱买鼻烟吧。我要到了钱，他就来拿走。我对他说，他不来我也会把钱交给他，自己一分钱也不留。'不，'他说，'你会偷；布勃诺娃就对我说过，你是小偷，所以我永远不会把你收留在自己家里。还有一个五戈比的硬币你藏哪儿啦？'我哭了，因为他不信任我，可他不理睬我，只顾嚷着说：'你偷了一个硬币！'说着就开始打我，就在桥上打我，打得我很痛。我哭得好伤心……所以我现在就想，瓦尼亚，他一定还活着，在什么地方独自徘徊，等我去看他……"

我又劝她不要这样想，看来她终于放弃了这种想法。她说她怕睡觉，睡着了就会看见外公。最后，她紧紧地拥抱着我……

"可我还是不能离开你，瓦尼亚！"她说，她的小脸紧贴着我的脸。"就算外公不在了，我也不愿与你分手。"

家里人人都为涅莉发病而担惊受怕。我悄悄地对医生说了她的那些幻觉，最后我问他对她的病有什么看法。

"很难说，"他慎重地回答道，"我目前还在揣测、思索、观察，可是……还很难说。反正康复是不可能的。她一定会死。我没有告诉他们，因为你不让我说，不过我很可怜她，明天我要建议举行一次会诊。也许会诊以后病情会有转机。不过我很可怜这个孩子，好像她就是我的女儿一样……可爱，可爱的小姑娘！她是那么机灵乖巧！"

尼古拉·谢尔盖伊奇特别激动。

"这样，瓦尼亚，我想好了，"他说，"她很爱花。你看怎样？明天等她醒了，我们就给她安排一个鲜花环绕的欢迎，就像她和那个亨里希给她妈妈安排的一样，就像她今天说的那样……她讲的时候是那么激动……"

"问题就是她会激动啊，"我回答说，"现在激动对她是有害的……"

"是的，不过愉快的激动就不同了！你要相信我，亲爱的，要相信我的经验，愉快的激动没有害处；愉快的激动甚至会有疗效，对身体有好处……"

总之，老头子对自己的想法着了迷，他已经兴高采烈。要向他提不同意见是不可能的。我向医生请教，可是在他开始考虑之前，老头子已经抓起帽子，跑去张罗了。

"你知道，"他临走时对我说，"这里不远处有个暖房，暖房很大。园丁们在出售鲜花，可以买到，而且非常便宜！……便宜得简直叫人吃惊！你要告诉安娜·安德烈耶夫娜，要不她会为这笔花销马上大发脾气……啊，还有，好朋友，你现在要去哪里？你完成了工作，现在自由了，何必急着回家呢？就在我家过夜吧，在楼上的那个亮间里睡，记得吧，从前你是常在那里睡的。你的被褥和床还放在原来的地方没有动过。睡在那里，舒服就得像法兰西皇帝一样。啊？留下来吧。明天我们早点儿起来，花有人送来，我们在八点之前一起把房间布置好。娜达莎也会来帮忙，她的审美能力可比你我强啊……喂，同意吗？住一宿？"

就这样决定了，我留下来过夜。老头子总算把事情办妥了。医生和马斯洛鲍耶夫告辞走了。十一点伊赫缅涅夫夫妇就早早地睡下了。临走的时候，马斯洛鲍耶夫若有所思，他有话想对我讲，不过又决定等下次再说。我向老两口告别，上楼进了我的小亮间，却吃惊地又见到了他。他坐在小桌旁等着我，手里在翻着一本书。

"我又回来了，瓦尼亚，因为最好还是现在就告诉你。坐吧，事情办得真蠢，简直可气……"

"怎么了？"

"你那个卑鄙下流的公爵两个星期前就惹恼了我，可把我气坏了，到现在还是一肚子气。"

"什么事啊，究竟怎么啦？难道你和公爵还有来往？"

"哼，瞧你：'什么事啊，究竟怎么啦？'天知道怎么了。你呀，瓦尼亚老兄，跟我的亚历山德拉·谢苗诺夫娜一模一样，说到底就是叫人讨厌的娘娘腔……真受不了这种娘娘腔！……乌鸦叫一声，马上就'什么事啊，究竟怎么啦？'"

"你不要生气嘛。"

"我并没有生气，我是想说，对任何事情都要以寻常的眼光去看待，不要浮夸……就是这个意思。"

他沉默了一会儿，好像还在生我的气。我没有打断他的话。

"你瞧，老兄，"他又说，"我找到了一个线索……确切地说，我其实根本没有找到，也没有什么线索，这只是我的错觉……换句话说，我是根据某些想法推测，涅莉……也许……嗯，总而言之，她也许是公爵的婚生女儿。"

"你说什么！"

"瞧，又叫了：'你说什么！'同这样的人简直没法说话！"他狂怒地一挥手，嚷着说。"难道我对你说得很肯定吗？你这个冒失的家伙！我对你说过，她**被证明是公爵的婚生女儿**吗？说过没有？"

"听我说，亲爱的，"我非常激动地插嘴道，"看在上帝分上，你别嚷，把事情讲讲清楚。真的，我会明白的。你要明白，这个情况有多么重要，有多么严重的后果……"

"不错，后果……后果从何而来呢？证据在哪里？没有证据，事情是办不成的，我现在只是私下和你谈谈。为什么我要对你讲起这个情况呢，以后再解释。就是说，现在不能讲。你要静静地听我说，而且要记住，这是秘密……

"你瞧，情况是这样。早在冬天，早在斯米特还活着的时候，公爵刚从华沙回来，他就着手办这件事了。就是说这件事在很久之前，在去年就开始了。但他当时追查的是一件事，而现在却在追查另一件事。主要的原因是他失去了线索。他在巴黎和斯米特的女儿分手，抛弃了她，已有十三年了，在这十三年里他密切注意着她的情况，知道她和今天谈到过的亨里希同居，知道涅莉在她身边，知道她本人有病；总之，全都知道，可是却突然失去了线索。这似乎是发生在亨里希死后不久，斯米特的女儿准备回彼得堡的时候。在彼得堡他当然能很快就找到她，不论她回俄罗斯时用的是什么化名；问题出在，他被他在国外的探子的假情报所骗：他们告诉他，她住在德国南部的一个偏僻的小镇；他们自己是因为疏忽大意而搞错了，把另一个女人错认是她。这样过了一年或一年多。一年后公爵开始怀疑了，根据某些情况他早就觉得那个女人似乎不是她。现在的问题是：真正的斯米特的女儿跑到哪里去了？于是他想（只是偶然想起，并没有什么根据）：她是不是在彼得堡呢？于是在国外进行调查的同时，他又在这里开始调查；不过他显然不想通过太正规的渠道，就来找我。有人向他推荐了我；如此这般，从事办案活动，是出于个人爱好，等等，等等……

　　"于是他对我讲了案情；不过这个兔崽子讲得很含糊，又含糊又模棱两可。与事实不符的地方很多，他会再三重复，每一次都把事实讲得不一样……哼，当然，不管你怎样狡猾，要把所有的线索都掩盖起来是不可能的。不用说，我服服帖帖、老老实实地干了起来，总之，像奴仆一样忠心耿耿；不过我按照我所一贯遵循的准则，也根据人性的规律（因为这是人性的规律）寻思起来，首先，他所说的是他真实的意图吗？其次，他所表达的意图是否隐藏着没有明言的别的意图？因为在后一种情况下，大概你这小子凭你那想入非非的脑袋也能明白，他是在坑我：因为一种服务假定值一个卢布，而另一种服务值四倍的价钱，要是我为一个卢布向他提供价值四个卢布的服务，我岂不成了傻瓜。我开始深入思考，琢磨，渐渐地发现了一些线索；有的是从他本人那里探听出来的，有的是从旁人那里打听到的，有的是我自己琢磨出来的。你也许会问，究竟为什么我会这样做呢？我告诉你：哪怕就因为公爵似乎太操心了，他非常害怕。按说，他实际上有什么好害怕的呢？他把情人从家里带走，她怀孕了，他又甩了她。请问，这有什么大不了的？一场风花雪月的胡搞而已。这会使公爵那样的人害怕吗！可他害怕……所以我就觉得可疑。我，老兄，找到了非常有趣的线索，是无意中通过亨里希发现的。当然，他已经死了；可是他有一个表妹（现在她就在彼得堡这里，跟了一个面包师），这个表妹热恋过他，又继续爱了他整整十五年，尽管一不留神和大胖子面包师生了八个娃娃，——告诉你，就是从这个表妹那里，我经过许多曲折了解到了一个重要情况。亨里希按照德国人的习惯，给她写信和游记，临死前还给她寄来了他的一些文件。这个傻女人对信里的重要内容莫名其妙，只懂得那些描写月亮，写到亲爱的奥古斯丁，也许还有写到维兰德①的地方。可是我却得到了有用的情报，通过这些信件找到了新的线索。比如我了解到了斯米特先生，女儿窃取了他的钱

---

① 维兰德（1733—1813），德国作家，德国浪漫主义的先驱之一。

财，公爵就把这笔钱据为己有；最后，信件在那些感叹、暗示、讽喻之间终于也向我透露了真正的要害：你懂吧，瓦尼亚！没有说得很明确。大傻瓜亨里希故意隐约其辞，只是暗示而已，可我根据这些暗示，根据总的情况，却发现了一对神仙眷属：原来公爵正式娶了斯米特的女儿！究竟是在何时、何地结的婚，经过如何，当时是在国外还是在这里，证明文件在哪里？——这一切都不得而知。瓦尼亚老兄，我简直恼火得直扯头发，于是我找呀找呀，简直是日夜不停地到处侦查。

"我终于找到了斯米特，可他却突然死了。我甚至未能在他生前见上一面。这时由于一个偶然的情况，我突然得知，瓦西里岛有一个引起我注意的女人死了。我连忙赶到瓦西里岛，记得吗，当时我遇到了你。那一次我的收获真不少。总之，涅莉也给了我很多帮助……"

"我说，"我打断了他的话，"难道你认为，涅莉知道……"

"知道什么？"

"知道她是公爵的女儿？"

"你自己也知道，她是公爵的女儿，"他回答说，带着恼怒的埋怨神气望着我，"你这个无聊的家伙，何必问这样无谓的问题呢？问题主要不在这里，而是在于，她不仅是公爵的女儿，还是公爵的**婚生**女儿，——这一点你明白吗？"

"不可能！"我叫起来。

"起先我也对自己说'不可能'，即使现在我有时还说'不可能'！然而这恰恰是**可能的**，而且从各种迹象来看，这是**事实**。"

"不，马斯洛鲍耶夫，不是这样，你搞错了，"我叫道，"她不仅不知道这一点，而且事实上她是个非婚生女儿。一位母亲要是手里握有什么证明文件，难道她能忍受在彼得堡过的那样可怕的生活，还把自己的孩子置于孤苦无依的境地吗？得了吧！这是不可能的。"

"我自己也这样想，可以说，直至今天这仍然是我的一个不解之谜。然而问题在于，斯米特的女儿是世间最疯狂、最乖戾的女人。她这个人是不寻常的；你只要把所有的情况想一想，就知道：这是浪漫主义，全都是表现得极古怪、极疯狂的超凡脱俗的傻气。就说一点吧：从一开头她就只梦想着人间天国，梦想着天使，她的恋情是忘我的，她的信任是无限的，我相信，她后来发疯，并不是因为他不爱她了，抛弃了她，而是因为她看错了他，他**居然能**欺骗她，抛弃她；因为她的天使变成了卑鄙小人，侮辱她，伤害她。她那浪漫而疯狂的心灵无法忍受这样的变故。何况还有怨恨，你明白，那是多么强烈的怨恨！由于恐惧，主要是由于骄傲，她怀着无限的蔑视离弃了他。她断绝了一切关系，撕毁了所有的证明文件；她藐视金钱，甚至忘了这钱并不是她的，而是父亲的，于是弃之如粪土，要以心灵的高洁压倒那个骗子，要把他看作一个窃贼，因而有理由一辈子蔑视他，大概就在这个时候她说过，她耻于做他的妻子。在我们国家是不能离婚的，但是实际上他们已经离异，以后她怎么还会求他帮助呢！你想想，这位疯狂的母亲在临死时还对涅莉说：不要去见他们，你可以做工，可以死，但不要去见他们，不管谁**叫你去**（这就是说，这时她还在幻想，有人会来**叫她**，因而还有一次报复的机会，以蔑视压倒那个**来叫她的人**，总之，她不是靠面包，而是靠满怀怨恨的幻想过日子）。老兄，我也向涅莉打听到了很多情况；甚至现在还偶尔向她打听。当然，她的母亲有病，是肺病；这种病特别容易激起怨恨和愤怒。不过，我通过布勃诺娃的一个干亲家了解到，她给公爵写过信，是的，给公爵，给公爵本人写过信……"

"写过信！他收到了吗？"我迫不及待地叫了起来。

"问题就在这里，我不知道他收到没有。有一次斯米特的女儿碰到那个干亲家（记得吗，布勃诺娃那里的一个涂脂抹粉的姑娘？现在她在感化院里），就想托她把信送去，她已经把信写好了，可是没有交出来，又收回去了；这是她死前三个星期的事……这是一个重要的情况：既然她有过寄信的想法，尽管收了回去，毕竟还有可能再寄。所以我不知道，信究竟寄了没有；但是有理由认为，信没有寄，因为公爵确切地打听到她在彼得堡，打听到她的住址，好像已经是她死后的事。他当时想必非常高兴！"

"对，我记得阿辽沙提到过一封信，他看了很高兴，不过这是不久以前的事，还不到两个月。那后来呢，后来怎么样，你是怎样对付公爵的呢？"

"我怎样对付公爵？你要明白：我敢肯定他有罪，可是一个可靠的证据也没有，——**一个也没有**，不论我怎样搜索。我的处境非常困难！有必要到国外去调查，可是到国外的什么地方去调查呢？——不清楚。我当然明白，我正面临一场搏斗，我只能用一些暗示去恫吓他，假装对情况了解得比实际了解的更多……"

"那结果呢？"

"他没有上当，不过他害怕了，害怕极了，到现在还害怕呢。我们见过几次面；他装得好可怜哪！有一次他态度很友好，主动地对我讲了起来。那时他以为我**全都**知道了。他讲得很好，又诚恳又坦率——当然，他是在昧着良心讲假话。这时我才看出，他对我害怕到了什么程度。我在他面前有时装得极其糊涂，表面上却又似乎在耍花招。我笨拙地恐吓他，其实是故意显得笨拙；我故意对他粗鲁无礼，好像在威胁他，——目的是要他把我当作一个糊涂虫，说不定会露出什么口风。被他识破了，这个下流东西！还有一次我装作醉汉，也没有用，他太狡猾了！老兄，你明白我的意图吗？瓦尼亚，我一直想知道，他对我提防到什么程度，还要让他觉得，我对情况了解得比实际了解的更多……"

"那到底怎样了呢？"

"什么结果也没有。必须有证据，有事实才行，可我没有。有一点他是明白的，我至少可以制造丑闻，让他丢脸。当然，他怕的就是丑闻，尤其是因为他正在这里巴结权贵。你知道他要结婚了吗？"

"不知道……"

"就在明年！去年他就给自己物色了一个未婚妻；那时她只有十

四岁，现在有十五岁了，好像还围着围嘴儿呢，可怜的孩子！可父母乐意！她是一位将军的女儿，是个有钱的小姑娘，很有钱！瓦尼亚老兄，我和你永远也不会这样为了钱结婚的……不过有一点我一辈子也不能原谅自己，"马斯洛鲍耶夫狠狠地捶了一下桌子叫道，"他耍弄了我，这是在两个星期之前……这个下流东西！"

"怎么会呢？"

"事实如此。我看出，他知道我没有任何**可靠的**证据，最后我觉得，事情越是拖下去，就越会暴露我是无能为力的。于是我同意收下他的两千卢布。"

"你拿了他两千卢布！……"

"是银卢布，瓦尼亚，我是不得已才拿的。你想，我干的那点儿事情，哪里值两千卢布啊！我低三下四地收了这笔钱。我站在他面前，仿佛被他在脸上吐了一口唾沫。他说：'马斯洛鲍耶夫，您过去为我做了很多工作，我还没有支付过报酬（其实他为了我过去的工作，早已按照协议给了我一百五十卢布），现在我要走了；这里是两千卢布，我希望，**我们之间的事务**现在就全部了结了。'嘿，我只好回答说：'全部了结了，公爵，'却不敢抬头看一眼他的那副嘴脸；我想，现在他的脸上一定明明写着：'喂，你拿的钱够多了吧？我只是出于好心才把钱给了你这个傻瓜！'我不记得了，我是怎样离开他走了出来的！"

"这可太糟糕啦，马斯洛鲍耶夫！"我叫了起来，"你怎么对得起涅莉呢？"

"这岂止是糟糕，这太可怕了，这太恶劣了……这……这……简直没有话可以形容！"

"我的天哪！至少他应该扶养涅莉呀！"

"谁说不是呢。可是有什么法子可以强制他呢？恐吓他？他未必会怕，因为我拿了他的钱。是我自己，自己向他承认，只要付给我两千银卢布，他就不会再有风险，这是我自己给自己定的价！现在还怎么能唬住他呢？"

"难道，难道涅莉的事就这样完了？"我几乎是绝望地叫了起来。

"没门！"马斯洛鲍耶夫厉声叫道，甚至精神为之一振。"不，我决不会放过他！我要重新开始，瓦尼亚，我已经下了决心！我拿了两千卢布，那又怎样？不值一提。我拿钱，可以说是出于气愤，因为这个混蛋哄骗了我，而且他是在捉弄我。哄骗我，还要捉弄我！不，我不能容许别人来笑话我……现在，瓦尼亚，我要从涅莉本人那里着手。根据我的某些观察，我完全相信，这个问题的彻底解决要靠涅莉。她了解**一切，一切**……是她母亲亲口告诉她的。没有人可以诉苦，恰好涅莉就在跟前，于是她就对她倾诉。说不定我们还能找到一些证明文件，"他搓着双手，满心喜悦地补充道，"现在你明白了吧，瓦尼亚，为什么我要在这儿溜达？首先，是出于对你的友谊，这是不言而喻的；但主要是为了观察涅莉，还有一点，我的朋友瓦尼亚，不管你愿不愿意，你都应该帮助我，因为涅莉听你的话……"

"一定，我向你发誓，"我叫道，"我希望，马斯洛鲍耶夫，你主要是为涅莉效力——为这个可怜的被欺凌的孤女，而不只是为了一己的私利……"

"我为谁的利益而尽力，这与你何干呢，你这个傻气的家伙？但愿事情能办成，这才是最要紧的！当然，主要是为了这个孤女，这是良心的要求。不过你，瓦尼亚，也不能判我有罪啊，如果我也考虑到自己的话。我是个穷人，他要欺负穷人可不行。他使我受到了损失，还要耍弄我，这个混蛋。照你说，对这样一个骗子我还要讲客气吗？决不！"

但是以鲜花欢迎涅莉的设想未能实现。涅莉的病情更加恶化了，她已经不能走出她的屋子。

从此她就再也没有走出过那间屋子。

两个星期以后她死了。在她弥留的这两个星期里，她一次也未能完全清醒过来，也未能摆脱她的那些奇怪的幻觉。她似乎神志不清。她至死都坚信，外公在召唤她，因为她不去而在生她的气，他用手杖打她，叫她去向好心的人们乞讨面包和鼻烟。她时常在梦中哭泣，醒来就说她看见了妈妈。

她只是偶尔似乎恢复了神志。有一天我们单独待在一起，她向我探过身子，用她那瘦弱的，由于患热病而烫人的小手抓住我的手。

"瓦尼亚，"她对我说，"我死后，你就娶娜达莎为妻！"

看来这是她早就有的一个挥之不去的想法。我默默地对她微微一笑。她看见我在笑，自己也笑了，带着调皮的神气用瘦削的手指点点我，接着就开始亲吻我。

在她死前三天，那是一个美好的夏日黄昏，她请求拉起窗帘，打开卧室的窗户。窗口正对着小花园；她久久地看着郁郁葱葱的树木，看着西下的夕阳，突然她请求大家让我们单独留下来。

"瓦尼亚，"她说，声音勉强能听得见，因为她已经非常虚弱，"我要死了。很快就要死了，我想对你说，你别忘了我。我把这个留给你作个纪念（于是她把一个大大的护身香囊拿给我看，那是和十字架一起挂在她胸前的）。这是妈妈临终前留给我的。等我死了，你就取下这个香囊，拿去读一读里面所写的东西。我今天要告诉他们所有的人，把这个香囊只给你一个人。你读了其中所写的东西以后，要到他那里去，告诉他我死了，可我没有宽恕他。还要告诉他，不久前我读了福音书。那里说，要宽恕自己所有的仇敌。我读了，而他我终究没有宽恕，因为妈妈临终前还能说话的时候，她所说的最后一句话是：'**我诅咒他**'，所以我也诅咒他，不是为自己，而是为妈妈诅咒他……你要讲给他听，妈妈是怎样死的，我怎样独自留在布勃诺娃那里；讲给他听，你所看到的我在布勃诺娃那里的情形，把一切、一切都讲给他听，并且立刻对他说，我宁愿待在布勃诺娃那里，也不去找他……"

在这样说的时候，涅莉脸色发白，两眼闪闪发光，心脏跳得那样猛烈，她只好躺倒在枕头上，有一两分钟说不出话来。

"叫他们进来吧，瓦尼亚，"最后她用虚弱的声音说道，"我要向他们所有的人告别。永别了，瓦尼亚！……"

她最后一次紧紧地拥抱我。家里的人都进来了。老头子想不通，她怎么会死；他接受不了这个想法。直到最后时刻，他还和我们争论，说她一定能康复。他由于操劳而十分憔悴，他整天，甚至整夜地坐在涅莉的床边……最后几夜他简直不曾合眼。他总是抢先去满足涅莉的最任性的要求，最细微的心愿，出来时见到我们，就伤心痛哭，可是一会儿他又开始抱着希望，要我们相信，她一定能康复。他在她的房间里摆满了鲜花。有一天他买了一束非常美丽的红玫瑰和白玫瑰，那是他走了很远的路，买回来给自己的小涅莉的……这一切使她十分感动。大家这样爱她，不能不在她的心里引起激动的波澜。在她向我们告别的这天晚上，老头子无论如何不愿与她诀别。涅莉对他笑了，而且整个晚上都竭力显得很愉快，还与他开玩笑，甚至嘲笑他……我们出来时几乎都抱着希望，可是第二天她已经不能说话。两天后她死了。

我记得，老人用鲜花装饰着她的小棺材，哀痛欲绝地望着她那消瘦的没有生气的小脸，她那凝固的微笑，她那交叠在胸前的两只手。他老泪纵横，好像死者就是他自己亲生的孩子。娜达莎和我们大家都劝他节哀，但他哀泣不止，在安葬了涅莉之后大病了一场。

安娜·安德烈耶夫娜从她胸前摘下香囊，亲手交给了我。香囊里有涅莉的母亲给公爵的一封信。我是在涅莉去世的当天读到的。她诅咒公爵，说她不能原谅他，叙述了她临死时的生活，以及她死后涅莉的悲惨处境，恳求他哪怕对孩子发发善心。"她是您的，"她写道，"她是**您的女儿**，而且**您自己知道，她确实是您的女儿**。我吩咐她在我死后去找您，亲手把这封信交给您。假如您不抛弃涅莉，那么我**在那边**或许会宽恕您，而且在审判的日子我将亲自站在上帝的宝座前，祈求我们的审判者宽恕您的罪孽。涅莉知道我的信的内容；我读给她听过；我对她说明了**一切**，她知道**一切，一切**……"

不过，涅莉没有照遗嘱去做，她了解一切，但是没有去找公爵，至死不肯和解。

从涅莉的葬礼上回来以后，我和娜达莎走进了花园。那是晴朗、炎热的一天。再过一个星期他们就要走了。娜达莎以一种异样的目光久久地凝视着我。

"瓦尼亚，"她说，"瓦尼亚，这是一场梦啊！"

"什么是梦？"我问。

"一切，一切，"她回答说，"这一年里所发生的一切都是梦。瓦尼亚，为什么我要毁了你的幸福呢？"

她的眼神在对我说：

"我们本来是可以幸福地共度一生的！"

译后记

　　《被伤害与侮辱的人们》是陀思妥耶夫斯基的一部重要作品。全部故事是书中人物之一，青年作家伊万·彼得罗维奇（瓦尼亚）的回忆。他童年就失去双亲，成为孤儿。好心的小地主伊赫缅涅夫出于怜悯收留了他。瓦尼亚和恩人的独生女儿，比他小三岁的娜达莎"就像兄妹一样"。他度过了童话般幸福的童年。十七岁那一年，他在寄宿学校毕业，要到彼得堡去上大学。他怀着莫名的激动与年方十四岁的娜达莎依依惜别。四年后他和伊赫缅涅夫一家在彼得堡重逢。那时他已完成了他的第一部长篇小说。"我简直无法形容，两位老人家是多么为我的成功而喜悦！"娜达莎怀着无比激动的心情听完了他的朗读，"双颊绯红，满眼含泪"，万尼亚也得到了爱的承诺。他终于盼来了"功成名就、充满美好的希望、春风得意的时候"！然而好景不长。在此后的一年里，"我仿佛老了十岁，我的娜达莎也度日如年"，她终于移情别恋。"我病了，心情极度紧张，我倒在椅子上几乎昏迷过去……那时我头晕目眩，愁肠百结"。

这位青年作家在缠绵病榻，不久于人世的时候，"情不自禁地时时忆起我生平这充满苦涩的最后一年"，这一年的经历"那么像一场噩梦、一场梦魇"。

娜达莎疯狂地爱上了瓦尔科夫斯基公爵的儿子阿辽沙，一个轻浮、空虚的花花公子。就在她决定弃家出走与情人私奔的当天，瓦尼亚曾语重心长地劝她"回头"："要知道，**他的**父亲是你父亲的仇家；要知道，公爵侮辱过你的父亲，怀疑他偷了钱，骂他是贼。他们正在打官司啊……这还是次要的呢，你知道吗，……公爵怀疑，在阿辽沙客居乡间的时候，你的父母曾故意撮合你和阿辽沙？想一想，当初你父亲听到这种诽谤有多难受。这两年他的头发全白了，——你看看他的样子吧！……你要想一想，你父亲认为你无辜遭到那些自以为是的家伙们的诽谤、侮辱，还没有讨回清白！"他说得对，娜达莎这时突然出走，无异于为所有那些侮辱和诽谤提供了口实！这一切她都知道，可是她已经不肯回头了。这注定是一场爱情的悲剧。仗势欺人的瓦尔科夫斯基公爵为了让儿子和一位有百万家私的姑娘结婚，处心积虑地拆散了这对恋人。娜达莎终于被抛弃，不得不回到横遭侮辱与伤害，由于官司败诉而陷于赤贫的父亲家里。

文学批评家杜勃罗留波夫在《逆来顺受的人》一文中在肯定陀思妥耶夫斯基的天才的同时，认为《被伤害与侮辱的人们》的作者没有答复一个根本的问题："像阿辽沙这样一只臭瓢虫，怎么能使一个正派的少女爱上自己……我们有十足的把握请问他：怎么能发生这样的事？可是他答道：瞧，发生了呀，就是这么的。"对这个批评是有争议的，说来也是，优秀的女性爱上一个不值得爱的人，这是屡见不鲜的。何况作者还细致地描写了他们长期交往的过程，他们心理的曲折变化。不错，她爱上了一个渺小的人，还美化他的渺小，可是，一个热恋中"生死相许"的少女为爱人的缺点辩解，甚至加以美化，难道真的那么不可理解吗？对于批评家的质问，作者倒真的可能这样回答：瞧，发生了呀，就是这么的。你觉得荒唐吗？可这是现实生活中的事实。陀思妥耶夫斯基曾在书信中写道："我有自己看待（艺术中的）现实的观点，大多数人几乎称之为荒诞与独特的东西，对我来说，有时正是现实的本质。现象的普遍性和对这些现象的刻板的观点，在我看来还不是现实主义……"①他主张透过"浮在表面上的东西"，在现实生活的似乎荒诞的事实中揭示客观地隐藏于其中的无限丰富和复杂的内容。

涅莉是天才作家所塑造的又一个成功的形象。病榻上的青年作家回忆起与涅莉初次见面的情景。他告诉涅莉，她的外祖父已经在五天前去世。有一会儿她依旧站着，突然却浑身颤抖，而且抖得很厉害，好像她患有一种危险的神经性疾病，就要发作。"我连忙扶住她，不让她跌倒……我看得很清楚，为了对我掩饰她的悲痛，她表现了非凡的自制力"。最后这个评语——"非凡的自制力"是很难用在一般的

---

① 《陀思妥耶夫斯基与世界文学》，上海译文出版社 1997 年版，第 86 页。

孩子身上的。正是这个评语比她那褴褛的衣衫、消瘦而苍白的病容更能说明这个十二三岁小女孩经历了怎样难以想象的磨难。后来他从一次毁灭性的灾难中拯救了她,把她留在自己身边。可是她那黑色的眸子久久凝视,严厉的目光还流露出怀疑的神气。小小年纪似乎已经不敢对这个残酷的世界抱有什么幻想。不过,瓦尼亚对她的无私关怀渐渐化解了她的疑忌,于是她内心的善良和温柔便流露出来了。

一天晚上,瓦尼亚头晕跌倒,昏昏沉沉地躺在床上。"我曾醒了几次,每次都看到俯视着我的叶列娜(涅莉)那满怀关切和忧虑的小脸。不过这一切我只是朦胧地记得,仿佛在梦里,在雾里,而在我昏迷时,可怜的小女孩那可爱的模样隐约显现在我的眼前,仿佛一个幻影,一幅画儿;她为我端茶送水,整理衣被,或者忧心忡忡地坐在我跟前,用手指抚平我的头发。有一次我感觉到了她在我脸上的一个轻轻的吻……我完全清醒过来已是早晨……记得我曾注视她的稚气的小脸。在睡梦中也满脸是决非孩子气的忧伤,有一种异样的病态美;苍白的小脸,瘦削的双颊,长长的睫毛,围在漆黑的头发中间,浓密的黑发随便地挽了个发髻,沉甸甸地坠在一侧。她的另一只手臂放在我的枕头上。我轻轻地、轻轻地吻了吻这只瘦弱的手臂,但可怜的孩子没有惊醒,只是在她那苍白的唇边仿佛掠过一抹笑意。"这诗情画意的抒情描写,是对善与美的赞歌。

终于有一天涅莉向瓦尼亚倾诉了在她的记忆中最使她激动,最使她痛苦的所有往事。"我永远也忘不了这样可怕的经历"。于是作家写下了如下的一番话，这番话表现了作家对"被伤害与侮辱的人们"的无限同情和深深的隐痛，也是对瓦尔科夫斯基之流的愤怒和控诉：

这是可怕的故事；这是一个曾经有过幸福的弃妇的故事；她有病，受尽折磨，被所有的人遗弃；她能寄予希望的最后一个人，她的亲生父亲也抛弃了她，她曾使父亲蒙受耻辱，这位父亲也在难以忍受的痛苦和屈辱中神智失常。这是一个陷入绝境的女人的故事：她带着还被她看作孩子的小姑娘在彼得堡阴冷潮湿的街头流浪，乞讨为生；后来有好几个月奄奄一息地在地下室苟延残喘，而她的父亲直到她生命的最后一刻也不肯宽恕她，只是在最后一刻他才醒悟过来，连忙跑去表示宽恕，但他所见到的只是他的爱女的一具冰冷的尸体。这是一个离奇的故事，讲的是一位老者和他的小外孙女的隐秘的，甚至是很难理解的关系，老者已经年迈昏聩，小女孩却能理解他，她虽然年幼，可是非常懂事，是有些在富裕、平静的生活中度过漫长岁月的人们所不及的。这是一个阴暗的故事，是那些阴暗的、令人痛心的故事之一，这些故事在彼得堡阴沉的天空下，在这座大都市的那些黑暗隐蔽的小胡同里，经常地、不易觉察地、几乎是隐蔽地——发生，这里在乱纷纷的生活中沸腾着麻木不仁的利己主义，互相冲突的利害之争，触目惊心的腐化堕落，暗中肆虐的犯罪行为，这里是无聊而反常的生活的暗无天日的地狱……

这个"可怕的故事"中的罪魁祸首也是瓦尔科夫斯基公爵。这个道德沦丧的伪君子在和伊万·彼得罗维奇的谈话中毫不隐讳地袒露他内心的肮脏和丑恶，不但不以为耻，反而自鸣得意。陀思妥耶夫斯基认为，文明发展过程中的某些条件不是削弱，而是加剧了"人的兽性特征"。而善良人们的忍耐和美德有时会成为对恶人胡作非为的纵容。

娄自良

二〇〇七年二月

图书在版编目（CIP）数据

被伤害与侮辱的人们/（俄）陀思妥耶夫斯基著；
娄自良译.—上海：上海译文出版社,2015.1（2024.12 重印）
（陀思妥耶夫斯基文集）
ISBN 978－7－5327－6366－5

Ⅰ.①被… Ⅱ.①陀… ②娄… Ⅲ.①长篇小说—俄
罗斯—近代 Ⅳ.①I512.44

中国版本图书馆 CIP 数据核字（2014）第 096732 号

Ф. М. Достоевский
УНИЖЕННЫЕ И ОСКОРБЛЕННЫЕ

被伤害与侮辱的人们
〔俄〕陀思妥耶夫斯基 著 娄自良 译
责任编辑/吴健平 装帧设计/张志全工作室

上海译文出版社有限公司出版、发行
网址：www.yiwen.com.cn
201101 上海市闵行区号景路 159 弄 B 座
苏州市越洋印刷有限公司印刷

开本 890×1240 1/32 印张 17.25 插页 2 字数 269,000
2015 年 1 月第 1 版 2024 年 12 月第 20 次印刷
印数：76,001 — 82,000 册

ISBN 978－7－5327－6366－5
定价：65.00 元